U0739869

当代公安实力作家作品精选丛书

独门绝活

——殷毅探案作品精选

殷毅 著

群众出版社·北京

图书在版编目（CIP）数据

独门绝活：殷毅探案作品精选／殷毅著 . —北京：群众出版社，2020. 12

ISBN 978-7-5014-6116-5

Ⅰ . ①独…　Ⅱ . ①殷…　Ⅲ . ①纪实文学—作品集—中国—当代　Ⅳ . ①I25

中国版本图书馆 CIP 数据核字（2020）第 256177 号

独门绝活——殷毅探案作品精选

殷毅　著

出版发行：群众出版社

地　　址：北京市丰台区方庄芳星园三区 15 号楼

邮政编码：100078

经　　销：新华书店

印　　刷：北京谊兴印刷有限公司

版　　次：2020 年 12 月第 1 版

印　　次：2020 年 12 月第 1 次

印　　张：12. 625

开　　本：880 毫米×1230 毫米　1/32

字　　数：325 千字

书　　号：ISBN 978-7-5014-6116-5

定　　价：46. 00 元

网　　址：www.qzcbs.com

电子邮箱：qzcbs@ sohu.com

营销中心电话：010-83903991

读者服务部电话（门市）：010-83903257

警官读者俱乐部电话（网购、邮购）：010-83901775

文艺分社电话：010-83901330　　010-83903973

本社图书出现印装质量问题，由本社负责退换

版权所有　侵权必究

目 录

跨境行动

　　北回归线上的卧牛山，重峦叠嶂，郁郁葱葱。下了一夜的雨，山野里湿漉漉的。轻雾缭绕中，一缕缕阳光从千年野生古茶树林间穿入，照耀着一块块浅浅的水洼，就像一面面的镜子，倒映着蓝天、白云和山峦。树蛙腾跃，翠鸟鸣唱，彩云之南的美丽边陲，盎然着勃勃生机。

　　卧牛山绵亘南延。它的最南端是一处峭壁，下面有一条澜沧江水系的支流。河道宽宽窄窄，蜿蜒曲折，河水时湍时缓，终日不息。河的对岸，是一片茂密的热带丛林，岸边生长着一簇簇蕨类植物——那里是中国境外、全球闻名的"金三角"地区。

　　边陲是美丽的。山山岭岭间，星星点点散落着一座座少数民族山寨，寨内寨外鲜花盛开，好似一枚枚镶嵌在大山丛林中的七彩宝石，闪烁着瑰丽的光彩。边陲又是诡秘的。境外"金三角"那片瘴疠笼罩的原始森林里，尘封着许多鲜为人知的故事。

1

由于特殊的地理位置，在这片与"金三角"山水相连的热带丛林里，从来没有平静过……

边境来了位"玉石商人"

南疆山乡双河的早晨，阿尼推开篱笆门。艳阳高照，蓝天白云。屋前树梢上的黄鹂鸟正在欢快地歌唱。

前几天的泼水节，他拉着几位包车的内地游客，在边境的山山寨寨游玩，既当司机又做导游，挣了不少钱，想今天再到40公里外的高原飞机场拉些客人。

翻开今天的日历，是2017年4月20日。他亲了一下2岁的儿子，带上妻子做的几块糯米粑粑，乐滋滋地开着面包车出去揽活了。

飞机场建在山顶上，是个离边境不远的支线小机场，只有昆明飞来的航班。以前机场的客流量并不大，由于这几年边境贸易日益繁荣，旅游业兴旺，来来往往的旅客渐渐多了起来。

阿尼把车开上了盘山公路，半小时后就转到了山顶。刚停好车，一架客机就从头顶掠过。航班进港了。

阿尼走到出港通道的门口。没多久，通道里陆续走出一些旅客。

阿尼的车子没有营运手续，跑的是"黑车"，他得处处小心。如果能遇上要包车的独行客，是他最乐意的。一群戴着黄色太阳帽的游客过来了。这些人是旅行团的，要统一乘坐旅行社的大巴。

阿尼的目光扫向后面那些零星的散客。

人流的最后，一个戴着墨镜、上穿深色T恤、下着浅灰色休闲裤的中年男子推着拉杆箱，头上棒球帽压得很低，边走边打手机。

阿尼等那个人走近，上前悄悄问了声："老板，这里天气闷热，我用车送您一程？"

那个人挂了电话，打量阿尼一眼，又望了望门口的机场大巴，问："什么车?"

"新买的面包车，进口发动机，空调足哩，包您舒适。"阿尼用手指了下停车场上自己的五菱牌面包车。

"双河离这里多远?"

"老板要去双河? 太巧啦，我家就住在那儿。不远，半小时就到。"

"不要带其他客人了，这趟车我包了。"那个人也不问价钱，摆了下手。

"好的!"阿尼热情地伸出手去接拉杆箱，被那个人拒绝了。

上车坐定，那个人才摘下棒球帽和墨镜。

阿尼通过后视镜，发现这个客人 50 岁左右，稍胖，中等个子，肤色偏白，短发。看样子，此人不是来旅游的。

"你一直住在双河?"

"是啊，就住在双河的傣家寨子里。"

"怎么称呼你?"

"叫我阿尼就行。老板贵姓啊，是第一次来边境吗?"阿尼发动着车子，随后甩了一把方向盘，面包车轻快地驶入了下山的公路。

那个人没有回话，两眼看着山下茂密的山林，似乎若有所思……

一朵朵白云飞闪而过，一处处奇峰异谷被抛在车轮的后面。

40 多分钟后，面包车停在山林间一块建有十几栋宽檐竹楼的坪坝上。

"老板，双河到了。"阿尼跳下车，为客人拉开车门。

那个人坐在后座上，不慌不忙地发了条微信后，掏出 100 元的票子，问了声："够吗?"然后戴上墨镜和棒球帽，抬腿下了车。

"谢谢老板! 够了。"阿尼接过钱，麻利地要帮着拎下拉杆箱。

"先不忙拿，我看天色还早，就请你做个向导，带我到边境那边转转。"那个人点了支香烟，又递了支给阿尼。

阿尼用手推辞道："谢谢！我习惯吸水筒烟。"

稍一顿，他又问："那您晚上住哪儿？"

"到时候再说吧。"那个人扔掉烟头，伸了个懒腰，转身上了车。

"到西边的口岸，还是到前面的界河那边？"

那个人想了一下，说："就沿着界河往西走吧。"

阿尼犹豫了一下："往前面6公里，车就开不了啦，要走一段小道才能到河边。"

"没事，出来就是练脚的。费用好说，怎么样？"

这个人有点奇怪，孤身一人来到这里，不急于落脚住下，也不到民族村寨里游览，一路上话语不多，一直都在发微信……

管他呢，这个老板出手阔绰，有钱不挣是傻瓜。阿尼发动了车子，拐上通往界河的沙石路。

行驶了一会儿，阿尼见客人兴致不错，就趁势再问："老板是哪里人，贵姓？"

"我是做玉石生意的，上海人，姓陆。"

"陆老板！怪不得您要到边境转转，听说界河对面有几个玉石老坑呢。"

"是啊。"陆老板拿出200元钱，扔到副驾驶座上，"阿尼，这边有可以过去的小道吗？"

"这边河面宽，要蹚水。西边司甸村的橡胶林里有条小路，河上有座小竹桥，走起来方便些。不过得办个边境通行证才能过去。"阿尼朝后视镜看了一眼，"办证要好几天哩，送200块钱给那里的寨主也能过去。"

"喔，橡胶林离这里多远？"

"30多公里，是一个佤族寨子胶队的林子。"

说话间，面包车开到了沙石路的尽头。阿尼把车子停在一棵大榕树下，然后从车后拿出一把砍刀，锁上车门，带着陆老板踏上一条红土小道。

间或有一些荆棘枝条伸到小道上。看得出来，这条小道平时没什么人走。

"翻过前面的小山脊，就看到界河了。"阿尼一边走，一边挥刀奋力砍断小道上的荆棘，惊飞起几只在树林里栖息的火斑鸠。

陆老板气喘吁吁地跟在后面，挥汗如雨。十几分钟后，就隐约听到了山那边传来"哗……哗……"的流水声。

爬上山脊，阿尼指了指山下，说："那就是界河，对岸就是'金三角'了。"

"金三角……"陆老板口中念叨了一下，摘下棒球帽，擦了一把汗，一屁股坐在山石上，定神望着界河。

河水湍急，河中央露出一块块大小不一的石头。界河的正对面突兀着一座陡峭的山壁，怪石嶙峋，两侧是一眼望不到头的大山丛林。

陆老板掏出手机拍了几张照片。

眼前这位玉石商人的行为举止有点怪异，阿尼不想让他在界河边多待，要是被边防警察发现了，恐怕会惹上麻烦，就吓唬陆老板说："您小心点，山上有毒蛇，还有野兽呢！"

陆老板一听，立即站起来，紧张地四处张望了一下，抱怨道："你怎么不早说？"

阿尼就势道："现在是雨季，河里涨水了，蹚不过去的。我们下山吧！"

陆老板迟疑了一下，点了点头。

两个人原路返回山下停车的位置。阿尼把车子左拐，开上了一条稍宽些的硬板路，沿着山脚下的边境公路，继续往西。

太阳快要落进前面的那片山林了，残留的金光照射在挡风玻璃上，有点刺眼。

阿尼拉下遮阳板，说："陆老板，前面不远就是拉祜族寨子，天色已晚，您看要不要先住下？"

"不急，再到那个佤族寨子胶队的林子去看看。"

"好吧，不过那个寨子的人我不太熟悉。"

"没关系，那里有一个我生意上的朋友。"陆老板在后面不紧不慢地回了一句。

听了这话，阿尼差点踩住刹车。原以为这个陆老板是初次来边境，没想到他在这里还有朋友。他到底是何方神圣，来边境究竟要做什么生意？

陆老板似乎看出了阿尼的心事，解释道："河对面不是有几个玉石矿嘛，我想在这里投资，办一家生产洗矿剂的工厂，把产品就近卖到矿上。"

"洗矿剂？"阿尼没有听说过。

"就是清洗矿石的清洁剂，跟洗衣粉差不多。"

"地方选好啦？"阿尼赶忙问道。

"还没有，这不正在找嘛。"

阿尼一听，下意识地回了一下头，"我家后面的苦竹林边正好有块空地，紧挨着公路，陆老板要不要去看看？"

"我要建的是个化工厂，这边的环保手续不好办啊！"陆老板回道。过了一会儿，他往前凑了下身子，"阿尼，那块空地是你自己的吗？"

"是啊，自家的地。"

陆老板想了一下，说道："我看你人不错，我们不如合作一下，就在你家那块空地上建一个货物中转仓库，100平方米左右，费用由我出，请你来负责，有货就接货送货，没事了就给我开开车，我付工资，每个月5000元，怎么样？"

阿尼精明着呢。他自己跑跑"黑车"，人虽然辛苦点，但每个月也能挣个大几千的。替这个陆老板开车，贴上车子不说，还白借自家的地给他建仓库，就算自己愿意，妻子肯定也不会答应。可那块地闲着也是闲着，阿尼不想失去这个赚钱的机会。

"陆老板，合作是个好事，就是这钱是不是少了点？"

"那你说多少？"

"我想工资每个月怎么也要 8000 元吧，就是包车也是这个价。另外，那块地里多多少少还有点收成，如果建了仓库，这收成没了，我妻子平时还要帮着照应仓库呢。"阿尼提价的理由虽然有点婉转，但是很充分。

"这样吧，场地费一个月 1000 块，10 块钱 1 平方米，这个价不低了。另外，每次接送货我再打包付脚力费给你，由你自己决定找多少人搬运。"

陆老板虽然没有明确说给阿尼加工资，但是这"打包付脚力费"里头，也是有"油水"的，阿尼不可能听不懂。

阿尼想了想，说："我回家和妻子商量一下吧。"

"那行，商量好之后给我回个话。"陆老板看了下手机，说，"阿尼，不去那个佤族寨子了，把车子开到茶乡酒店，我的朋友发信息给我了，他在那里等我。"

茶乡酒店就在右边的县城里，拐个弯就到了。

阿尼在酒店后面的停车场停下车，两个人互留手机号码后，又加了微信。陆老板的微信名叫"四爷"。

陆老板又递给阿尼 200 元钱，然后把棒球帽低低地扣在脑门上，拎着拉杆箱下了车。

在车掉头的时候，阿尼看到一个皮肤黝黑的中年人撩开酒店大堂后门的竹帘，朝陆老板走去。他觉得这个中年人有点面熟……

第二天一早，阿尼给陆老板打了电话，说妻子同意在家后面建仓库。陆老板让阿尼开车到酒店接一下他，他要过来看看那块地。

阿尼嘱咐妻子杀只土鸡，中午烧木瓜鸡和撒撒，好好招待一下这位上海来的大老板。

阿尼把车开到茶乡酒店，陆老板和那个皮肤黝黑的中年人已站在门口。

陆老板向阿尼介绍："这是我朋友，橡胶队的阿昌。"

阿昌的嘴边冒出一些胡须，稀疏的头发乱蓬蓬的，看上去很疲惫。他一声不吭，面无表情地坐到车子最后一排的座位上。

阿尼朝阿昌微微点了下头，也上了车。

点头的工夫，阿尼这才想起来，这个阿昌是司甸村橡胶队的头儿，他们在泼水节上碰过面，怪不得眼熟呢。听说这个阿昌神通广大，这里的口岸和境外的山寨里都有朋友。陆老板找到阿昌，建洗矿剂厂的生意一定能成。

一小时后，阿尼带着陆老板和阿昌来到自家屋后苦竹林边的那块空地。

那块地四亩左右，有条便道穿过竹林通向公路，距离不到500米。

陆老板对这块地很满意，说："好！就在这里建中转仓库，但是这条小路要拓宽些，货车好进来。"

他问阿昌："你手下的施工队什么时候能过来？"

阿昌直挠头，为难地说："他们正在那边建厂房呢，人手不够啊。"

陆老板有点着急，催促道："老板说了，要赶工期。你看能不能先建个简易的？设备和生产原料很快就到了，总不能露天放在你家的养鸡场里吧。"

阿昌抬头望了一下天，又踩了踩脚下松软的红土："雨季快到了，是得赶工期。但老板说是存放化工原料的，那仓库一定要通风和防雨，还有这地上也要做好防潮……"

陆老板立即打断阿昌的话："也不是什么有毒的化工原料，就是些普通的工业盐什么的。"

阿昌粗算了一下："100平方米的仓库，备材料，做地坪，再搭建，最快也需要一周的工期。"

阿尼插话道："我这边的寨子里可以找几个人帮下忙，就是要开点工资。"

"开点工资没问题。这样吧，我画张图，请阿昌从那边调两个懂搭建的人手，阿尼再找几个做下手的，尽快开工。"

谈好建仓库的事后，几个人就到阿尼的家里吃饭。

陆老板嫌阿尼妻子做的傣家菜香料味太重，吃不惯，就自己下厨煮了碗阳春面。

饭后，陆老板表示每个月给阿尼妻子开 2000 元的工资，请她管理仓库，并且安排人手负责接送中转的货物。

阿尼有点疑惑：陆老板早就认识边境两边通吃的阿昌，为什么还要他带着到界河那边转一圈？还有，听他们的交谈，陆老板的身后还有更大的老板，而且他们已经在什么地方开工建厂房了，为什么昨天还说要找建厂的地方？那个厂房莫非就建在阿昌的养鸡场吗？

阿尼根本没想到的是，自己正被卷进一个黑色的旋涡……

一条模糊的线索

仲春的夜晚，空气中还夹带着丝丝寒意。江苏省盐城市区西郊一个千年古镇的街头流光溢彩，一群大妈在文化广场上踩着欢快的步点，尽情地跳着健身舞。广场边矗立着一块醒目的宣传牌：党政主导，全民参与，坚决打赢涉羟外流犯罪整治攻坚战！

李冬看着宣传牌上的禁毒标语，心里沉甸甸的。

"羟"（qiǎng），是盐酸羟亚胺的简称。盐酸羟亚胺是"邻酮""溴素"等化学品的合成物，其合法用途是作为医药的中间体，生产合成麻醉药品。2000 年年初，这种化工产品被国际制贩毒集团开发，成为制造毒品"K 粉"的重要原料。

这个易制毒化学合成物，就像一个魔影，一直在李冬的眼前飘荡，挥之不去。作为盐城市公安局禁毒支队的支队长，他感到肩上的压力极大。

在这个古镇上，曾经有过一家具备盐酸羟亚胺生产经营资质的小型化工企业，几个化工技师带出了本地一些懂得盐酸羟亚胺生产工艺的"厨子"。

盐城警方在禁毒斗争中，发现有部分盐酸羟亚胺流入非法渠道被用于制造毒品，便主动向省和国家禁毒委员会报告，提请将盐酸羟亚胺及其制造前体"邻酮"予以列管。2008 年 8 月，国家将盐酸羟亚胺列为第一类易制毒化学品，为管制、打击确立了法律依据。随后，盐城警方果断出手，依法予以打击，抓获了一批涉羟犯罪人员，同时持续加大对盐酸羟亚胺的管控力度。自此，盐城再没有盐酸羟亚胺的生产设备和原料，这种化工产品在本地得到了有效控制。

但是，随着"K 粉"作为新型毒品占据"市场"，在暴利诱惑之下，盐酸羟亚胺的需求量增大，而生产盐酸羟亚胺有一定的工艺要求，本地的"厨子"就被一些制毒犯罪团伙聘请到外地的秘密窝点，参与生产盐酸羟亚胺的违法犯罪活动。"盐城厨子"一度成为盐酸羟亚胺犯罪的特征，引起了国家禁毒委和公安部领导的关注。

盐酸羟亚胺问题成为盐城禁毒工作的心头之痛、心底之忧、心中之患。中共盐城市委、市政府高度重视禁毒工作，将禁毒工作从部门行为提升为党政工作，形成了一把手负总责的禁毒领导体制，把治理涉羟问题作为一种态度和立场，绝不允许革命老区先辈洒满鲜血的土地被毒品玷污，绝不允许红色城市带"毒"发展。

这次，李冬就是听从盐城市公安局领导的指示，再次带队到重点乡镇调研，进一步落实外流"厨子"的管控工作。

李冬，1.80 米的个头，40 多岁，白皙的面容上已留下几许岁月的印痕。他沉着冷静，心思缜密，对待工作一丝不苟，满怀热情。由于平时话语不多，有同志说他很严肃。他说禁毒工作，每天都和毒品、涉毒人员打交道，实在容不得半点马虎。

手机响了一下。听到这特殊的铃声，李冬知道是"夜鹰"来消息了，心里一阵激动。

手机屏跳出一条短信息：疑似生产盐酸羟亚胺的窝点位置已经找到，正在进一步确认，结果待报。

李冬想了想，回复：边境情况复杂，一定要注意安全。

他立即向同来调研的支队政委陈海龙说了声："我有事先回去一下。"便驱车迅速赶回市公安局。

李冬为什么要急着回市公安局？

这事还得从 2017 年的元宵节说起。那天晚上，正在盐城水街灯会执行安保任务的李冬，接到亭湖公安分局禁毒大队报来的一条模糊线索：有几个盐城人要在云南边境一带建一个生产洗矿剂的工厂。

云南省是旅游大省，西南边陲有大片热带原始森林，自然环境受到严格保护，那里大山纵横，交通不便，那几个盐城人为什么要在那里建洗矿剂厂？洗矿剂是化学合成产品，涉及多种化工原料，其中有几种经化学合成可生产出盐酸羟亚胺的前体半成品……

有着扎实化工专业知识的李冬不免警觉起来。

他随即来到安保指挥部，请盐城市公安局党委副书记、副局长吴柏林来到一间相对封闭的房间，密报了这一线索。

分管禁毒工作的吴柏林，是位老刑侦。他和盐酸羟亚胺"结识"已久，曾亲自组织破获了一系列涉羟犯罪案件，侦破的多起案件被公安部列为精品范例。听了李冬的汇报，多年的禁毒斗争经验告诉吴柏林，这个要建的洗矿剂厂不寻常。

随着全市加快推进"绿色转型、绿色发展"战略，大力度调整产业结构，一大批化工厂包括易制毒化学品企业相继关停转型，加上禁毒部门加大执法力度，降低了滋生涉毒问题的潜在风险，但是禁毒斗争的形势仍然不容乐观……

望着窗外五彩缤纷的灯海和熙熙攘攘的人流，吴柏林有些激动，他转过身，对李冬说："这几个合伙建厂的人是什么身份背景？有没有涉羟犯罪的前科？他们的资金渠道来自哪里？目前禁毒斗争形势日趋复杂，犯罪嫌疑人手段多变，布下重重迷雾，需要我们沉着应对，去破解这一个个谜团。"

"虽然还没有确切消息证实这些人在从事涉羟犯罪活动，但我还是想暗中排摸一下。如果有嫌疑，再深度经营。"李冬说了自己的想法。

"我赞同你的意见。在禁毒斗争上，我们就是要'见风就是雨'。尤其是这条线索指向云南边境，更应高度警觉。你们先排摸一下，即使最终被排除了也是胜利。"吴柏林肯定道。

李冬随即致电禁毒支队副支队长卞正，指导亭湖公安分局禁毒大队悄悄开展前期排摸工作。

卞正在缉毒一线冲杀了十几年，书柜里堆了一摞奖章和荣誉证书。说起盐城的涉毒人员，他可是个"活账本"。因为在缉毒一线干久了，抓过不少涉毒人员，脸也熟了，为保护他的安全，领导把他从一线撤了下来，转为分管禁毒基础工作。他的新工作职责主要有两项：一是涉毒人员的管控；二是易制毒化学品管理。他大部分时间窝在办公室里，带着两个青年民警刷电脑屏，分析研判，碰撞梳理出可疑线索后交给缉毒队上案侦查。

转到禁毒后台的他，心里虽然不乐意，但是他仍十分感谢领导的关心，谁都知道缉毒是在刀尖上行走的活儿。可他其实一直想能有机会重返缉毒一线，做刀锋勇士才是他的理想。

这不，机会说来就来了。

受领任务后，卞正打了个电话给爱人，说要到外地学习培训。他的爱人接到这样的电话，心知肚明：丈夫又要上案子了。谁让自己嫁给了一个缉毒警呢？这么多年，丈夫风风雨雨的，她也适应了，于是平静地叮嘱了一句："家里你放心，注意安全！"

卞正于是拎起好久不用的缉毒工作包，住进了亭湖分局禁毒大队的一处秘密工作点。

亭湖分局禁毒大队是一个骁勇善战的团队。在缉毒路上，刀光剑影常相伴。

有一次抓捕，犯罪嫌疑人驾车高速冲撞大队长盛志增的警车，并开枪拒捕。盛志增一边举枪还击，一边指挥抓捕组成员沉着应战，最终将犯罪嫌疑人全部擒获，上演了一幕真实版的缉毒枪战大片。而此时他病重的老母亲正在千里之外的家中呼唤着他的名字，怅然离世……

缉毒民警毕侃，从警 10 年来冲锋在缉毒一线。在一次毒品交易收网行动中，犯罪嫌疑人驾车疯狂冲向毕侃。车轮从他的右小腿碾压而过……犯罪嫌疑人被抓住了，他的右小腿已完全变形。"如果怕死，我就不会选择当缉毒警察。"躺在病床上的毕侃平静地说道。

正是有盛志增、毕侃这样的铁骨硬汉，亭湖禁毒大队屡创佳绩，先后参与侦办 9 起公安部毒品目标案件，主侦破获各类毒品犯罪案件 45 起，抓获涉案犯罪嫌疑人 206 名，缴获易制毒化学品盐酸羟亚胺 18.9 吨、邻酮 24.6 吨、毒品"K 粉"900 余公斤，以及一大批涉案财物，并协助广东、湖南、山东等地破获非法买卖易制毒化学品案件 23 起。大队被国家禁毒办表彰为"禁毒成绩突出的先进单位"，被省委、省政府表彰为"人民满意的政法单位"，并被荣记集体一等功。

考虑到禁毒工作的特殊性，卞正对盛志增说："前期参加排摸工作的人不要多，先上两个就行。"

"队里那几个兄弟你还不了解吗？随你挑。"盛志增微笑着道。

"这条线索如果成案的话，我估计最终还得让你们来主侦，谁叫你们这么能打呢？"

"感谢支队领导的信任!"

"毒品案件的侦查,不同于一般刑事案件的侦查。刑事案件通常有现场,由案到人;而毒品案件一般没有现场,大多靠情报线索循线经营,由人到案。所以嘛,我想选两个既擅长情报研判,又有一定侦查经验的骨干。"

"从一案到底的思路考虑,我同意你的选人标准。"盛志增想了一下说,"柏爱山和丁沐怎么样?"

柏爱山是盛志增的搭档、现任大队指导员,丁沐是队里的多面手。

"你舍得?"

"有什么舍得舍不得的,都是搞案子。这条线索涉及边境,情况有点复杂。如果真的上手侦查,战线会拉得很长,涉及的方方面面肯定不会少,就是全队人手都上案,恐怕也应付不过来,到时还需要支队大力支持呢。"

"好!这两位什么时候到?"

"他们都在另外一起案件上。我让他们交接一下,下午就过来。"

下午上班时间,柏爱山和丁沐准时赶到了工作点。研判组正式投入运转。

这是一条十分模糊的线索。

那几个盐城人是谁?

有没有其他的同伙?

云南省的边境线绵延 4060 公里,他们究竟要在哪里建厂?

所需的生产设备和原料会从哪些渠道、以什么方式进来,而其"产品"又会流向哪里?

……

带着一个个未知数,卞正摊开一张地图。

三个人抵肩挨头,挤在地图旁分析。除了在江苏和云南的位置画了两个圈圈外，他们没有其他发现。

"这样不行，这条线索很模糊，我们不能就着线索查线索。"柏爱山捶了捶后腰说。

"我甚至怀疑这条线索的可信度。会不会是个别涉羟人员故意放的烟幕弹，牵制我们的精力好暗度陈仓？"丁沐的脸上满是疑惑。

"线索应该是可信的。只不过提供线索的人因为种种原因，没有掌握到具体的内容。"卞正点起一支香烟，慢慢道。

大家都知道禁毒斗争的纪律，谁也不会追问这条线索的来源。

卞正猛吸了几口烟，说："地图上的两个区域你们也看得差不多了，现在说说各自的想法吧，从哪边排，怎么查？"

"我还是一脑袋浆糊呢，怎么排？"丁沐问。

卞正看着丁沐："我问你，我们为什么要排摸这条线索？"

"不是怀疑这些人生产制毒物品嘛。"丁沐咕哝着。

"那人家在云南生产，我们盐城警察排摸干什么？"卞正又问。

柏爱山推了下丁沐的胳膊："卞支队的意思是，要我们从盐城的涉羟人员查起，看看近期有没有人到过云南，如果有，他就有嫌疑。"

丁沐瞪了柏爱山一眼："我多次参加过这类案件侦查，由人到案我还不晓得？卞支队让看地图，我还以为他有什么成熟的指向呢。"

卞正笑了笑："成熟的指向目前还没有。我让你们看地图，是要你们了解一下江苏省和云南省两地的位置关系，特别是云南省边境一带的城市和地貌特征，为下一步综合排查形成基础印象。"他拿出一沓材料，"这些是我市涉羟重点人员的资料，现在我们就对照人员信息，逐一过堂会审。开工！"

首先把正在坐牢服刑的人员剔出，又把患重病住院的排除，剩余的人员再一一上手研判分析。

基础材料一页页翻过，人员名单一一被打上叉……

一连熬了三个通宵，那沓材料上的人全部被否定了。

排摸工作走进了死胡同。

是不是工作的方向偏了？三个人坐在一起研究着。

卞正思忖了一会儿，说："本来想抄一下近路，现在看来走不通。你们想啊，材料上的这些人都是有过涉羟前科的，被重点管控着，一旦离开盐城的话，他们的行踪很容易被我们掌握。这些人也不傻，如果要干坏事，一般不会轻易亲自出去的。"

柏爱山一拍桌子："有道理。这些人目标明显，容易暴露。"

"他们会不会找一些身份干净的人，替他们出面？"丁沐脱口而出。

"这话说到点子上了。真正的主谋，很有可能躲在幕后遥控指挥。"卞正赞同丁沐的推断，补充道，"我们不妨把网撒得再大些，查一查重点人的关系人，特别是缺钱或者欠债，而最近又与重点人中的某一个频繁联系的人。"

顺着这条思路，三个人分片梳理。

经过一个多月的排摸、关联和信息碰撞，有一个貌似"干净"的人进入了卞正他们的视野……

盐城市公安局情报指挥中心，吴柏林副局长静静地听着李冬的汇报。

"经过一个多月的秘密排查，亭湖分局获取的涉羟犯罪线索得到了初步印证。"李冬拿出一份材料。

吴柏林摆了摆手："你先说，材料我一会儿再看。"

李冬继续汇报："盐都区有个叫陆大林的人，最近和苏州经营玉石的商人刘义岭频繁接触，两个人一同前往云南，一直在云南边境一带活动，时聚时分。他们到边境的说辞是，想投资建一个洗矿剂厂，产品卖到境外的矿区。顺着陆大林这条线，我们查到了涉羟重点人潘士兵。陆大林和刘义岭、潘士兵春节期间接触过，而且这三个人之间电话联系频繁。经过综合研判得知，潘士兵和一个身份不明的人正与几个外地人联系，打算合伙在境外的'金三角'地区建造邻酮、盐酸羟亚胺一体化工厂，生产出的成品由那个身份不明的人联系下家，直接在境外销售。根据潘士兵和陆大林、刘义岭之间的资金往来和行踪分析，潘士兵、刘义岭以及那个身份不明的人很有可能是出资人，其中刘义岭因为长期在云南和境外一带做玉石生意，那里有人脉关系，应该还是当地的联系人；陆大林和刘义岭从小在一起长大，关系密切。但陆大林原来是个瓦工，没有什么钱，有可能是受刘义岭的安排，到境外负责建厂的。"

听着李冬的汇报，吴柏林没有言语。

他接过材料一页页翻看，不时用笔在材料上标注着什么。

李冬说："支队已经对陆大林、刘义岭和潘士兵等人提高了关注等级，密切掌握着他们的动态。由于这伙人要建的生产窝点，处于边陲境外的敏感地区，现在有两种意见，一种是立即采取行动，干预掉，不让他们建成投产；另一种是深度经营，打'全链条'，既捣窝点，又抓获全部涉案人员。"

吴柏林站起身，凝神注视着情报指挥中心大屏幕上云南边境一线的山形地貌。

李冬刚才说的那两种意见，正是他考虑的两个方案。

现在就打，是一个保守稳妥的做法。但是，这个犯罪团伙的组织架构还没有完全搞清楚，特别是掌握生产工艺的"厨子"还没有现身。打了，必定会是一锅"夹生饭"，至多是暂时干预掉。由于证据不足，这伙人打不死，还会卷土重来，这就给以后的禁毒斗争留下后患。其他一些蠢蠢欲动的人，会仿效其犯罪模式，到境外生产盐酸羟亚胺，并且在境外销售。这种"体外循环"式的涉毒犯罪，如果被复制蔓延，必将影响我国在国际上的声誉。

如果适当经营一下，彻底摸清其犯罪的组织架构，在掌握确凿证据的前提下，适时抓捕，一举捣毁这个犯罪窝点，将犯罪嫌疑人押回盐城审判，既可以向境外表明中国警方打击毒品犯罪的立场和决心，也可以有力震慑本地那些贼心不死的人员，对今后的禁毒斗争必将产生深远的影响。

很显然，这第二个方案需要承担一定的风险。适当经营的度，一定要把握得准，底线就是决不能让他们的"产品"在境外流入制毒渠道。可是，境外那片区域各种武装势力割据，情况瞬息万变，要及时、准确地掌握窝点内的生产状态和过程，谈何容易。

吴柏林面色冷峻，反复权衡着利弊……

过了片刻，他转过身来，语气坚定地说："市局党委曾对涉羟问题慎重研究过，一致认为在治理涉羟问题上，务必坚持问题导向，增强系统思维，从服从服务于全国全省禁毒大局的高度出发，持续落实两手抓，即一手抓坚壁清野，牢牢管住本地；一手抓主动进攻，坚决打到外地。毒品是全人类的公敌，涉毒犯罪，虽远必打。基于这一认识，我们要有敢于当远征军的魄力和勇气，把队伍拉出去，甚至打到境外，全链条摧毁其犯罪网络。"

他把那份汇报材料退给李冬："再深度研判一下，一些需要补充的地方，我已标注了。那个身份不明的人要尽快见底。我有预感，此人有可能就是主谋。另外，这里面还缺少关键的一环，就是那个'厨子'——懂得生产技术的技师，要重点排摸一下。条件成熟后，我向局党委建议，专程到省厅和公安部汇报，提出我们下一步行动设想，争取上级的帮助支持。"

根据吴柏林副局长的指示，李冬悄悄放出了一只"夜鹰"……

夜半来客

我国的西南边陲是盘古文化的重要发祥地。

奔腾不息的澜沧江，被誉为东南亚第一长河。它就像盘古手持开山斧在崇山峻岭中凿出的一条壕沟。清澈甘冽的江水，从青海省的唐古拉山北麓开始，直泻而下，流经西藏和云南两地，抵达我国的西南边陲后，歇了个脚，又打着旋儿穿越热带丛林，流过老挝、缅甸、泰国、柬埔寨和越南五国，最终汇入中国南海。滔滔不绝的澜沧江水，哺育了这块土地上同祖同源、血脉相连的汉、壮、傣、佤、彝、白、苗、拉祜、布朗、傈僳等各民族兄弟。澜沧江水流出中国国境后，成为老挝和缅甸两国的界河，当地人称这段河流为"湄公河"。

湄公河流域，两岸高山对峙，丛林密布，地势十分险峻，而且河谷窄狭坡陡，形成了大片的交通死角。湄公河流域的"金三角"地区，其核心区域是缅甸、老挝、泰国三国交界的一块"三不管"地带。这里交通闭塞，山多峰险，多民族聚集，经济相对落后。历史上，西方殖民者将罂粟带到这一地区种植，用鸦片控制被征服者的灵魂。新中国成立初期，溃逃过来的国民党军残部为了生存，强化了毒品贸易；随后国际贩毒集团渗入这一区域，利用地方割据势力，用武装庇护，大规模产毒、护毒，让"金三角"贴上了"世界三大毒源地之一"的标签。

1996 年 1 月，盘踞在"金三角"的最大制贩毒势力坤沙集团被打散后，其手下的人又形成若干个制贩毒集团，深藏在与中国相邻的热带丛林中。这里山水相连，丛林相通，鸡犬相闻，"毒驴"（境外运毒的偷渡者）一步就能跨到中国境内，使云南边境的禁毒斗争形势日益严峻。

自 20 世纪 90 年代起，中国政府通过技术援助、农业支援等形式，主动帮助"金三角"地区开展毒品原植物替代种植，同时大力发展旅游业和边境贸易，使这里的毒情形势发生了很大变化，传统毒品海洛因的产量呈逐年下降的态势。

然而，复杂的地理环境、巨大的利益诱惑、畸形的割据势力，使这片茂密的热带丛林里枪声频仍，轮番上演着关于毒品的悲剧。

2017 年，几个盐城籍人看中了这里得天独厚的条件，也想到这个"冒险家的乐园"里挖一桶金……

太阳收起了最后一缕光线，挂在山头的一团团白雾，渐渐消失在夜幕里。

边陲小镇的夜晚一片寂静。

今晚，刘义岭要带一个人到这个被称为"黄金口岸"的小镇和陆大林碰头。

陆大林，就是那个所谓的"上海玉石商人"陆老板，和阿尼匆忙赶到小镇。在街头的大排档简单吃了晚饭后，两个人就到刘义岭指定的酒店开了两间房，进了各自的房间。

在边境的沟沟坎坎跑了一天，陆大林的身上黏糊糊的。冲过澡后，他坐在沙发上，照例把电视机调到法制频道，一边看电视，一边等着刘义岭。

自从跟了刘义岭后，他只要有时间就看法制频道的节目。此刻，电视节目里正在播放公安捣毁一处制毒窝点的专题片，他吓得冒出了一身冷汗，不由得回想起今年春节以来的一幕幕……

陆大林在家排行老四，高中毕业后开始做瓦工，后来又做过水产养殖，虽然没挣到什么大钱，但是不愁吃不愁穿的，日子过得还算安稳。

春节期间，正在邻居家摸着麻将牌的陆大林，接到同村发小刘义岭的电话，约他到盐城市区的驿都大酒店喝茶叙旧。

刘义岭刚开始也和陆大林一样，都是泥瓦匠出身，但是头脑比陆大林活络，胆子也大，后来到苏州做地坪、油漆之类的生意。闯荡一阵子后，他到云南开了一家建筑公司。那几年，玉石和黄金的行情看涨，刘义岭又做起了玉石生意，还与他人合伙开金矿。几年后，他在苏州安家，开了一家翡翠珠宝公司，兼营云南茶叶。公司平时由刘义岭的老婆和妻弟打点，刘义岭只负责在云南采购，然后带到苏州销售，生意不错。

多年不见的发小相约，陆大林自然是要去的。

到了驿都大酒店，站在门口等候的刘义岭给他拜了年后，问他最近在做什么生意。

"我能做什么？还不是做泥瓦匠，糊糊口。"陆大林拱了拱手，揶揄了一句，"你发大财了，平时听不到你来个电话，早就把我这个穷兄弟忘掉了吧。"

"老四，你这话说得就有点生分了，我可一直记得你呢。这次特意给你带了一提古树普洱，放在那边的茶室。"刘义岭笑着回道。

"找我这个穷兄弟有事？"

"想拉你一块挣钱。"

"我可没有闲钱投你那个玉石，投不起，更赔不起哟。"

"不要你投钱，要你人就行。"

听了这话，陆大林估计刘义岭不是开玩笑，忙问："什么事？"

刘义岭神秘兮兮地说："这件事，稳赚不赔，能赚大钱。"

"有钱赚就行，听你的。"

见陆大林爽快地答应，刘义岭这才低声说道："我和别人合伙，准备在云南边境开一个化工厂，想请你过去帮我照看一下，给你一年开十几万元的工资，包吃住，来回的路费算我的。怎么样？"

陆大林觉得在家里闲着也是闲着，这么好的差事，无异于天上掉下大馅饼。他十分乐意地点了点头。

说话间，两个人走进了茶室。

里面坐着一个秃顶的中年男子。陆大林估计这个人就是刘义岭的合伙人。

"这位是潘老板，做化工生意的。"刘义岭介绍说。

双方互相打过招呼，坐下喝茶。

"我从来没有搞过化工，这一行还不懂呢。"陆大林的心里有点发虚。

他这种心虚，不仅仅因为不懂行，还因为他曾经收到镇里发的宣传材料，说如果发现有人非法生产买卖易制毒化学品，要积极举报。他担心这个工厂也是做这个的，只是碍着发小的面子，没好意思说出口。

"没事，你就帮我们管理管理工厂，技术上的事不用你操心。"刘义岭说着，与身边的潘老板交换了一下眼神，然后对陆大林试探道，"你和我是多年的朋友，我也不瞒你，我们要生产的东西是个化工半成品，可以当作药物的中间体使用，也是制毒的半成品。东南亚一带都要这个产品，生产出来就是暴利，可以赚大钱呢。"

"是不是宣传单上写的那个叫什么'胺'的？"陆大林问。

"是的。"刘义岭喝了一口茶，慢慢放下茶杯，"不过，你也不要紧张。我们的工厂建在境外的'金三角'地区，在那里这些东西不算违禁品，而且生产出来的'货'全部在境外销售，就是国内的公安想管也管不到。"

"'金三角'？听说那里很乱，还经常打仗。"陆大林还是有点担心。

刘义岭道："其实也没有外面说得那么乱，我在那边做了十几年玉石生意了，关系熟，不会有事的。而且建厂的地点已经选好了，就在国境线对面的山坡上，抬腿就能过去。你平时就住在境内，需要的时候才过去。"

陆大林想了一下，说："行，什么时候去？"

"过完春节就走。"

"反正我也没事，随时可以走。"陆大林应道。他长这么大还没有出过国呢，正好去见见世面。

"我们先在边境物色几个当地人，然后在境外开工建厂房。等厂房建得差不多时，潘老板就会把生产设备和原料运过来，立即投料生产。"

"那怎么也得要半年的时间筹备吧？"

"这个你就别管了，反正有人给你开工资。就是设备和原料到了边境，要找个地方暂时存放一下，然后分批运出去。"一直坐在那儿喝茶的潘老板开腔了。

"这个我已经有所考虑。但是境内的仓库不能建得过早，动静不能太大，还是先缓一步为好。"刘义岭说。

茶过三道，那个秃顶的潘老板就借故离开了。

陆大林觉得这个人有点阴阳怪气的，整个见面的时间里，除了喝茶，只说了一句话，而且那双老鼠眼像防贼似的一直盯着自己，感觉很不舒服。

酒足饭饱后，刘义岭拎了一提普洱茶给陆大林，叮嘱他："你和家里人讲一下，就说到广西的一个工地当保管员了，别的什么都别说。"

"我晓得哩。"陆大林一口答应。

刘义岭通过微信转了一笔钱给陆大林："你到专卖店买些品牌行头，到了那边要有个老板的样子。"

春节过后，陆大林就跟着刘义岭来到了云南。刘义岭向别人介绍他是"陆总"。

陆大林在边境跟着刘义岭东奔西跑地忙活了三个多月后，刘义岭让他回了一趟盐城，带了一包温度计之类的东西，又立即飞回云南。

刚到昆明，刘义岭就打电话给他，说境外的工厂已经建得差不多了，叫他在边境找一个中转仓库。为了确保安全，这个中转仓库要建在邻县，而且离阿昌的橡胶林要近些。同时看看有什么小道可以出境，他准备在密林里再找个备用通道，以防万一。

陆大林于是转机飞到邻县，结识了阿尼，很快落实了中转仓库的事情。

陆大林虽然到边境有一段时间了，但是一直没有出过国境。那个工厂究竟建在哪里？规模有多大？要生产的那个产品在国外真的不属违禁品？

想着想着，陆大林歪在沙发上打起盹儿来……

半夜三更，手机响了。

陆大林拿起手机划了下屏幕，听到刘义岭说："老四，我们到了。房间里就你一个人吗？"

"阿尼在隔壁的房间睡了，我在208房。"陆大林打了个哈欠，回道。

不一会儿，刘义岭一脸倦容地出现在房门口。身后还站着一个清瘦的中年人。

"这是华老板，我边境上的朋友。"刘义岭介绍了一下那个中年人。

陆大林打量了一下华老板，又探头看了下走廊，迅速关上房门。

"别疑神疑鬼的，都是自己人。"刘义岭不满地嘀咕一句。看上去他的心情不怎么好。

刘义岭招呼华老板先到卫生间冲一下。看到陆大林欲言又止的样子，就问："有什么事？快说！"

陆大林吞吞吐吐："我刚才看到电视上放公安抓制毒的新闻……"

"哦，我说你紧张什么，原来是因为这个。"刘义岭坐下，点了一支香烟，宽慰道，"放心，他抓他的，我们做我们的。"

"我们正在建的那个厂会不会被公安发现？"陆大林还是有点担心。

"不会的，我们建在境外。化学反应你不懂，复杂着呢。这个制毒半成品再往前走一步，就是'K粉'，但是往后退一步，也可以还原成合法的化工产品。更何况，这个半成品是在国外生产，中国公安总不能跑到国外去抓人吧？"

吸了口烟，刘义岭问："双河乡那个中转仓库建好了？"

"早好了，一直没有货物过来。"

"不急，这些生产设备和原料是从几个地方运过来的。为了防止公安察觉，又绕道走了一段路，还有一些东西是通过物流渠道过来的。潘老板说过几天就能到，你让阿尼做好接货的准备就是了。"

陆大林问刘义岭："阿尼正在睡觉，要不要叫他过来，你和他见个面?"

刘义岭立即制止："干这种事，还是小心一点为好，尽量少和其他人碰头。当初我让你以上海人的身份在邻县找中转仓库，就是这个意思。阿尼这条线是你找的，还是由你来单线联系。记住，你别和他提我。"

刘义岭瞄了一下卫生间，压低声音说："有件事和你商量一下。境外那块建厂房的地，是这个华老板联系的，他长期在那边的赌场玩，认识好多人，关系熟。但是潘老板认为他一没有投资，二花钱太多，担心他用我们的钱去赌博，就多次提出和那边接上头后，不想让华老板再介入了，否则，潘老板就退出。"

陆大林知道刘义岭为什么心情不好了，便问："潘老板要是退出了，怎么办?"

刘义岭显得十分不满，说："这个潘老板鬼精鬼精的。到目前为止，他只是联了一些生产原料和设备，还没有见到他往里投一分钱，就是个人干股的。而且这个人经常小肚鸡肠的，上次我拉你进来，他认为你没有投资，一开始也不同意，后来我反复跟他做工作，他才答应。"

陆大林这才明白，春节期间在盐城驿都大酒店碰头时，那个潘老板为什么贼眉鼠眼地盯着他。

"我们一起从小玩大的，互相知根知底，那些虚头巴脑的话就不多说了。告诉你，我跟华老板刚刚从那边过来，已经把那边的关系全部接过来了。我和……"说到这里，刘义岭立即收住，迟疑了一下接着道，"我准备每个月开给华老板几千块钱，算是封口费吧，先稳住他。那边的厂房已经建得差不多了，过几天安装设备时，你就过去具体负责。"

"那边都是些什么人，牢靠吗?"

"已经和境外的寨主谈妥了，每个月交20万元给他，细节就不说了。"

陆大林还是有点不放心："听说那边很乱，经常打枪，你一定要保证我的安全啊。"

"你就放宽心吧。'金三角'那边安排了一个当地人当厂长，由他自己招些境外的工人，我们这边再找些负责生产技术的人过去。你其实就是我的代表，给他们发发工资，再监督一下他们。万一那边有什么麻烦，你也好脱身，抬脚就回国了。"

"工厂的位置离边境有多远？"

刘义岭指了指窗外黑黝黝的大山说："不远，就在对面东南方向一座大山的半山腰上，周围是当地寨主的一片橡胶林。从口岸过去，再坐车走山路要一个多小时。不过，从司甸村过去直接上山，不到半小时就到了。我刚才就是从小路回来的。"

陆大林问："我一直在用阿尼的车子，他多少应该知道我们做的不是什么好事情。我就这么过去了，他会不会起疑心？"

刘义岭考虑了一下说："他和橡胶队的阿昌熟悉，瞒不住的。阿昌我已经花钱买通了，请他从小道帮我们偷运设备和原料出境，并且负责架设电源、协调境外的事情。我想，以后我们还要依靠他们替我们做事呢。这样吧，多给阿尼点钱。他要是问，坚决不能说出实情，还是说建洗矿剂厂，反正他又不懂。"

华老板出来了。闲聊了一会儿，刘义岭带着华老板走了。

他们去哪里，陆大林没有问。听华老板说话的口音，陆大林觉得他应该是江浙一带的人，至于他究竟是不是姓华，陆大林也不想知道。自己跟着刘义岭在边境上混了几个月，也知道了这条道上的规矩。干这一行的，名字就是个代码，除非以前就认识，否则一般都用假名。

但是，从刘义岭刚才欲言又止的神情，陆大林觉得自己这个发小的后面，不会只是那个秃顶的潘老板，应该还有一个更神秘的大佬。

要不然，懂这一行的潘老板说要退出，刘义岭为什么还是信心十足呢？

蓄势待发

"旭春啊，你能不能坐下来？转来转去的，转得我头晕。"盛志增朝火旭春瞪了下眼睛。

火旭春是新加入研判组的侦查员，他从武警部队转业后，曾经在经侦部门工作过几年，在资金分析研判上有一手。

"盛大队，我被你叫到这里参加研判，得交出作业啊。"火旭春咧嘴笑了笑，一屁股坐下。

"大队长说得对，你光转能转出个啥名堂？"柏爱山走过来，双手搭在火旭春的肩上，"来，我教你一招，用冥想法。"

"什么冥想法？"

"你坐直了，慢慢地闭上双眼，凝神静气，让你的思维穿过大脑皮层，慢慢向外生长，就像一棵大树伸出一根根树枝……"

"打住！又忽悠我了。看你这么沉得住气，肯定有想法了，快说来听听。"

"我哪敢忽悠你？"柏爱山反诘一句，"我的大脑也快缺氧了，现在是一片空白，需要透透气。"

他走到窗口推开窗子，望着满天的星星。

丁沐自言自语："小瓦匠陆大林没有消息，化工捅客潘士兵也没有消息，那几个和他们有关联的'厨子'一直窝在家里没有动弹，一切如常。难道这些人收手了？"

"收手？他们辛辛苦苦忙活了大半年，就这么收手了？"盛志增看着卞正，"卞支，你怎么看？"

"风平浪静的下面，必定是暗流涌动。"卞正思忖了一下，说，"我记得，去年你们曾经和潘士兵在一件案子上交过手，当时因为证据不足，没有动他，这就说明他反侦查的意识很强，做事不留痕，很狡猾。"

火旭春说："能不能换个打法，比如想办法把他们引出来？"

盛志增眼睛一亮："说具体点。"

"我也就是随便乱想一通，还没有成熟的想法。"

盛志增顿了顿，道："我们不能按照他的节奏来。通知辖区派出所正常上门查访时，对和潘士兵有过联系的涉羟人员，注意暗中观察，看能不能发现一些蛛丝马迹。"

卞正说："内紧外松是个办法。我想，他们暂时没有动静，一定有原因。我们要对症下药，分析一下他们为什么不动。"

"哎哟，我的卞大哥，你就别再十万个为什么了。有何妙招，快说出来吧。"柏爱山催促道。

卞正放下笔，看了一下大家，慢慢说道："我分析，有关联的'厨子'暂时没动，说明那个生产窝点还没有完全建成。这么长的时间没建好，应该是他们的资金链出现了问题。"

柏爱山一拍脑袋，转过身子："卞支队说得有道理。根据我以前参与捣毁这类窝点的经验，要建这么个一体化生产窝点，前置的邻酮和后道的盐酸羟亚胺需要两套生产装置。我估算过，光反应釜至少就需要10台，还有锅炉、增压、冷却、甩干等一系列设备，加上厂房、操作区域的搭建，没有个两三百万元拿不下来。这还不包括购买化工原料、运输和打通境外各个环节的费用。"

火旭春瞪大了眼睛："不得了，我看你能当'厨子'啦。"

盛志增笑了："你刚从经侦调过来，还不太清楚生产盐酸羟亚胺里面的道道儿，打交道多了，你也能当'厨子'。"

火旭春说："看来，我们不光要盯住人，还要盯住他们的资金流和物资流。"

"到底是老侦查员，一点就通。"盛志增赞许道，"卞支队，我建议分三条线齐头并进。旭春在经侦干了七八年，分析资金流有经验，主攻这一块；爱山和丁沐办过多起跨区域涉羟案件，对生产设备和所需的主要原料生产地熟悉，他们负责从源头梳理，排摸信息线索。我继续对那几个重点人进行动态分析。总体上，请市局禁毒支队领导统筹协调。"

卞正笑着举了下手："同意。"

盛志增推了一把卞正："我还不是顺着你的思路走嘛。"接着，他转身朝向大家，"兄弟们，按照新的分工，继续干活。"

李冬彻夜未眠。

接到卞正的电话，他原则同意研判组三线并进的工作安排，要求围绕已经掌握的重点人员向外拓展，注意综合分析各种信息，想方设法关联碰撞出有价值的线索，为市局领导"全链条"打击的决策提供准确的信息支撑。

"夜鹰"一直没有消息。

那伙在边境一带活动的嫌疑人目前是什么情况？那个生产窝点究竟建到哪一步了？

还有，生产邻酮和盐酸羟亚胺所需的设备和原料，分别从哪些渠道过去？会直接在境外购买吗？

应该不太可能。因为境外那一带战乱不断，还没有形成完整的化工产业体系，必须从第三国购买。如果这样，入关，再翻山越岭运到毗邻中国边境的那个窝点，不仅要打通层层关节，而且耗资巨大，这伙人目前还没有这个能力。由此推断，那些生产设备和原料，很可能从国内采购，然后化整为零，分批偷偷运抵边境，再设法弄到境外……

这些，仅仅是李冬的初步分析，他急需"夜鹰"的情报，为下一步打击提供精确的坐标。

李冬拿出工作手机，用特定的方式发出了呼叫暗号。

一小时后，"夜鹰"向他报告：那伙人防范意识很强，而且时聚时分，行踪不定，跟踪有困难。

但是"夜鹰"提供了一个新情况：有一个40多岁、短发、身材较瘦的男子来到边境，和陆大林同住在小镇上的一套出租屋里。因为是远距离观察，听不出口音，无法判定是哪里人。

随后，"夜鹰"发过来一张照片。

这张照片是用手机拍的，画面显示的是陆大林和这个男子正在边境小镇的一家超市购物。男子是正面，从他的衣着来看，应该是江浙一带人。

李冬连夜来到研判组。

卞正根据照片着手研判。

通过大数据碰撞，很快有了结果：此人叫张小斌，江苏省盐城市盐都区人，曾经在一家县属企业上班，后来到上海、苏州一带做建材生意。2005年因犯诈骗罪，被苏州市吴中区人民法院判刑入狱，出狱后经常到澳门赌博，欠了很多高利贷。没有涉羟犯罪前科。

这个赌徒为什么和他们搞到一块去了？李冬看着现有的信息资料，陷入了沉思。

羟、赌合流，是那些涉羟人员的显著特征。根据已经抓获人员的交代，他们在非法生产销售盐酸羟亚胺获取暴利后，大多有到澳门赌场豪赌的经历。挥霍一空后，他们又会重操旧业，周而复始。

李冬分析，张小斌经常到澳门赌博，有与那些涉羟人员接触的条件。另外，他和刘义岭同期在苏州做过生意，活动的轨迹有重叠，而且是老乡，现在又和同是老乡的陆大林住在一起……

结论只有一个：张小斌已参与其中。

但是，这个突然出现的张小斌在犯罪团伙中扮演了什么角色，会不会是投资人呢？李冬提出了自己的疑问。

卞正说："他都赌得欠了一屁股债了，哪里还有什么钱投资？我估计，他是因为躲债才跑到那边去的。"

"你的分析，从逻辑关系上说得通。但是张小斌和陆大林不同，他是个在生意场上闯荡过的人。不是有句话说，破船还有三千钉呢，更何况像他这种人，有能力融到资。我想，他参与这个窝点投资，再搏一把是有可能的。"

又一个没有涉羟犯罪前科的人进入了警方的视线。

接下来，研判组围绕张小斌进行深度研判……

一天早上8点半，盐城市区文峰中学门口的垃圾箱旁，一个身穿迷彩羽绒服的年轻人，手里拿着一张报纸左顾右盼。

少顷，一个骑着白色踏板电瓶车的精瘦男子，从东边穿行而来。这个男子头戴一顶深灰色帽子，脸上捂着黑色口罩，看上去40岁左右。他骑到年轻人身边停了下来，说了几句话后，从电瓶车座位下的工具箱里拿出一只鼓鼓囊囊的黑色布袋子递给年轻人，就匆匆离开了。

年轻人拿到布袋子后，随即拦了辆出租车，来到驿都大酒店。

十几分钟后，年轻人离开酒店，那只黑色布袋子不见了，身上多了个挎包。年轻人上了一辆出租车，来到凤鸣缇香小区对面的江苏银行，一笔汇出20.7万元，接收账户显示收款人是张小斌。随后，这笔资金又迅速流向刘义岭的户头。

一个多月后的一天下午，还是这个年轻人到驿都大酒店开了一间房入住。

当晚8点多钟，一个40多岁矮矮胖胖的男子出现在年轻人的房间。说了几句话后，他递给年轻人一只白色袋子就迅速离开了。

第二天上午，年轻人来到海德公园小区附近的中国建设银行分理部，往苏州一个叫"王飞"的户头打入36.4万元。这笔钱最后也流入了刘义岭的账户。

这一幕幕情形，都清晰地进入了研判组民警的视线。

这个年轻人就是张小斌的儿子张某，而那个王飞，则是刘义岭的妻弟。

火旭春追踪刘义岭账户上的资金流水，发现几批进账的大额资金，很快就被拆分转入陆大林和边境一些人的信用卡上……

研判组据此确认张小斌涉案，其角色是为这个犯罪团伙在幕后提供、中转涉毒资金。

与此同时，由柏爱山和丁沐负责的物资流这条线也有重大收获。

根据关联陆大林的信息源，柏爱山拓展出一辆盐城号牌的红色危险品运输车。

该车从盐城行驶到河南省某市一家化工有限公司。该公司经营范围包括生产邻酮和盐酸羟亚胺需要的几种主要原料。这辆红色危险品运输车疑似到该公司进货。

随后，该车的行驶轨迹转向云南，最终在边境某地停留了半天，疑似卸货，于当日的傍晚驶离。

一个半月后，该车又从盐城出发，行驶到河南省的另一个城市，装了一批化工原料后，再次运到云南省边境的同一地点，卸货后立即返回盐城。

……

综合分析已获取的信息，李冬认为，这个境外的生产窝点已经基本建成，刘义岭等人正在秘密调集生产原料，一旦"厨子"到位，就会立即投入生产。

但是他心里十分清楚，要建这个生产窝点，需要大量的资金投入。从目前掌握的几笔有限的资金数额和流向来看，这个犯罪团伙的组织架构还不十分清楚，背后应该还有一直没有浮出水面的大佬。

会不会就是当初和潘士兵在一起的那个身份不明的人？

李冬要求研判组密切关注掌握盐酸羟亚胺、邻酮生产技术的"厨子"动向，同时加大研判力度，深挖那个身份不明的幕后大佬。

几天后，研判组发现盐城两名涉毒人员戴彬彬、胡仲春同机飞抵昆明，随后转机前往边境城市。

戴彬彬，盐城市盐都区龙冈镇人，系制毒技术人员，掌握盐酸羟亚胺、邻酮生产技术和设备安装等知识。胡仲春，盐城市亭湖区人，系涉毒违法犯罪有前科人员。这两个人的动态轨迹反常，具有重大嫌疑。

然而，一周后戴彬彬和胡仲春又返回了盐城市，再也没有动静。

又过了几天，一直蛰伏的"厨子"严俊有动静了。

这天深夜，严俊在开发区一家棋牌室打完麻将后，突然上了一辆黑色小轿车。3小时后，严俊出现在无锡机场，搭乘飞往云南的航班。

严俊，外号"俊哥"，盐城市盐都区龙冈镇人。先后因犯盗窃罪、故意伤害罪和涉及毒品犯罪，多次被公安机关处理，2013年又一次被刑满释放。此人掌握盐酸羟亚胺生产技术，被列为涉羟重点人员。

几乎与严俊同时，另一个"厨子"朱根顺也出现在云南边境。

朱根顺，盐城市盐都区龙冈镇人。此人掌握邻酮生产技术。

紧接着，又一个涉羟重点人马宏基，带着他的儿子马小强，和王亮、黄磊一起，驾驶一辆蓝色马自达轿车从盐城出发，3天后到达云南边境的一个县城。

马宏基，盐城市盐都区龙冈镇人。曾因非法生产邻酮被判刑4年，2017年10月刑满出狱。

王亮，滨海县人，暂住无锡市惠山区。因犯盗窃罪被判刑3年9个月，2017年6月刑满释放。

黄磊，盐城市亭湖区人，某学校的老师。马小强，在外地一家酒厂做销售工作。黄磊和马小强均没有犯罪前科。

研判组随即围绕这几个"厨子"的社会交往，深入排摸隐藏在幕后的主要犯罪嫌疑人及其相互关系。

马宏基和王亮当年一起在连云港某监狱服刑，马宏基的同案犯蒋仁兵同时也在这个监狱服刑，和王亮同住一个监舍。这三个人之间的关系形成交叉。

蒋仁兵，盐城市盐都区龙冈镇人。其在盐都区某工业园有一家企业，生产形势一直很好，有一定的经济实力。2015年6月，蒋仁兵因非法买卖制毒物品罪被判处有期徒刑3年。

研判组综合各类信息发现，由蒋仁兵关联形成了两条线：一条线是潘士兵、刘义岭、张小斌等人；另一条线是严俊、朱根顺、马宏基、王亮等人。

这两条线之间，不形成横向关系，只是蒋仁兵和潘士兵、刘义岭之间，刘义岭和张小斌之间，近期有多笔大额资金流动。

研判组据此推断，第一条线是组织、融资以及窝点管理架构，第二条线是由懂技术的生产人员构成。

研判组随即将一直窝居在家、深藏不露的蒋仁兵列为1号嫌疑人。

生产邻酮和盐酸羟亚胺的"厨子"们终于出动了。

自此，该案进入全面侦查阶段，需要集中力量投入。

李冬和禁毒支队政委陈海龙沟通了前期秘密研判的情况，一对搭档立即把研判获取的相关信息做了详细梳理，呈报给市局领导。

盐城市公安局党委研究后决定：

——立即将研判组升格为专案组，由市局禁毒支队牵头、亭湖分局为侦查主体、盐都区公安局配合，抽调技侦、网安等部门的业务骨干提供技术支撑。

——取得省公安厅支持，派出工作组前往云南省会同当地警方共同开展侦查工作，做到情报互通、信息共享，联合侦办、共同打击。

——在公安部和省公安厅的统一指挥下，协调各方资源，适时打掉该非法生产窝点，实现全链条全环节打击，彻底摧毁整个犯罪网络。

北京，中华人民共和国公安部。吴柏林副局长率领禁毒支队支队长李冬、政委陈海龙一行，专程赴公安部禁毒局汇报工作。

国家禁毒办常务副主任、公安部禁毒局局长梁云专题听取了盐城禁毒工作情况汇报，对盐城坚持党政主导、强化打击整治，在重点研判、主动出击、深层经营等方面的做法表示肯定。

随后，吴柏林提出了捣毁境外窝点的行动设想：

"根据此案涉嫌犯罪人员网络基本清楚、窝点已经具备正常生产条件、资金和原料来源基本明确等情况，我们认为已经基本具备收网条件。鉴于该案涉及跨省、跨境的大量工作，需要在公安部强有力组织指挥和云南省公安厅的大力支持下，整合各方资源，彻底摧毁整个犯罪网络。"

梁云问道："你们想打过去？"

吴柏林说："是的。就此案而言，怎么打、打到什么程度，我们党委一班人反复研究过。这是我们发现的第一起有盐城籍人参与的境外涉羟案件，我们有责任坚决打掉它。为此，我们做了大量的前期研判和侦查工作。"

在座的国家禁毒办副主任、公安部禁毒情报技术中心副主任刘峻说："前不久，云南省厅禁毒总队也得到一份情报，有一批化工设备和原料运抵边境的同一区域。我们经过研判分析，确认是同一伙人所为。你们和云南碰线了。"

"和云南碰线是必然的。"吴柏林微笑道，"云南处在我国打击毒品犯罪的最前沿，积累了丰富的禁毒斗争经验，值得我们好好学习。但是，就打击涉羟和邻酮犯罪而言，我们盐城先后成功侦办了一系列部督大案，捣毁了多个生产窝点，积累了不少经验。为提升打击此类犯罪的法律效果和社会效果，我们提请部局领导将该案指定由我们盐城市公安机关开展结案工作。盐城市公检法机关对此类案件的重处重判，不仅有利于严惩犯罪、震慑盐城籍犯罪人员，而且有利于固化禁毒整治成果、有效遏制涉羟犯罪转向境外的苗头。"

梁云说："我非常理解盐城同志们的心情。近几年，盐城有少数掌握生产技术的人员外流到一些地方，参与非法生产买卖盐酸羟亚胺和邻酮的犯罪活动，客观上对盐城的社会经济发展带来了一定程度的负面影响，也给你们造成了很大的压力。由你们负责结案工作，我原则上同意。但是，还需要和云南省厅协调一下，结合部里开展的'净边'行动，形成一个联合打击的行动方案。要打，就要打彻底，打出声势。"

吴柏林激动地表示："感谢部局领导对我们的信任。我们将继续对该团伙详细的组织架构、窝点人员、原料来源、资金链条、生产情况和销售渠道等进行深入侦查，进一步查实案情。同时做好收网前的各项准备工作。如有可能，建议由我局人员前往现场参与勘查和检验工作。"

梁云和刘峻商量了一下，说："前期，安国军副局长已经召集江苏省厅和你们盐城，认真研究了这起专案的侦办工作。最近，就在你们盐城召开联合打击制毒犯罪专项行动案件交流会，再听一次你们的工作进展情况汇报，以便确定联合打击行动的具体方案和时间。"

得到国家禁毒办领导的答复后，吴柏林一行回到盐城立即召开会议，研究细化下一步的侦查工作。

在江苏省公安厅的大力支持下，盐城市公安局高规格成立"12·28"专案组，由市局主要领导亲自担任组长、吴柏林任副组长，亭湖、盐都公安机关的主要领导，以及市局禁毒支队和相关部门参加，多警种参与，合成作战。

弓开如满月，一支除毒之箭即将射出。

波谲云诡的热带丛林

海拔 2000 米的大山，平均坡度 30°～40°，地形北陡南缓、坡陡林密，其间藤蔓交错、草棘丛生。大山的南边有一条崎岖不平、不到 3 米宽的山路，绕着西侧山坡穿过一片茂密的橡胶林，弯弯曲曲地伸向北坡的半山腰。

时常出没的蛇蛭，到处飞舞的蚊虫，令人毛骨悚然的怪声，土牢里传出的惨叫以及半夜零星的枪声，使这片热带丛林被罩上了一层原始、神秘又令人恐惧的面纱，让从未涉足过这里的人不寒而栗，惊恐之感不可言状。

这里是"金三角"西侧 B 区密林中的一座山头。它北面的陡坡下是一条静静的界河，对岸就是中国云南边境的小山村——司甸村。

刘义岭花钱打通 B 区地方上的各个关节，用了将近半年的时间，在这座山上建造了一个邻酮、盐酸羟亚胺一体化生产窝点。

位于半山腰的这个窝点，与中国边境直线距离大约 500 米，站在中国一侧，可以隐约看到对面山坡上那座蓝色的钢瓦复合板厂房。

他选择这个地方建生产厂房颇费了一番心思。

这个地区，各方武装割据势力为了抢夺矿产资源，经常爆发战火；地方治安机构和私人武装力量之间，时时擦枪走火；有钱人豢养的家兵也会寻衅滋事、袭扰客商。然而，越是乱的地方也就越安全。刘义岭把工厂建在紧挨着中国边境的山上，一方面可以躲避中国警方的打击；另一方面就是一旦发生战火、纷争等情况，能迅速撤下山，逃到中国境内。

他在边境橡胶队的阿昌身上花了不少钱，生产所需的设备和原料由阿昌负责运过国境线，动力电也是请阿昌从中国境内的橡胶林中直接架设电线，输送到对面的厂里。

刘义岭自以为躲在这个夹缝地带就可以进退自如，投产后就会顺利生产出制毒"半成品"（盐酸羟亚胺）。但是不知道什么原因，设备安装好后，潘士兵先后安排了几个"厨子"过来，连前道产品"油"（邻酮）都没有弄出来，接连出了几锅废料，大把的钱扔到了水里。

为此，刘义岭和潘士兵彻底闹翻了。

一直躲在幕后的蒋仁兵得到消息后，本来就看那个秃顶潘士兵不顺眼，认为他一分钱的投入都没有，还想空手套白狼。于是就请一个中间人给了潘士兵10万元封口费，把他踢开了。

随后，蒋仁兵亲自出马，花钱雇了另外几个"厨子"过来继续生产。

2018年3月的一天，吊诡的事发生了，境外工厂里的一个"厨子"突然不见了……

半夜时分，刚刚从密林小道蹚水回到境内的陆大林，打开手机上的社交聊天软件，看到刘义岭发给他的一条信息。

刘义岭告诉他：山上的"大鼻子厨子"和"平头"打起来了，让他立即再去境外的工厂调解一下，不能把事情闹大。因为那些"厨子"都是偷越国境的，惊动了境外的治安机构麻烦就大了。

陆大林这时已窝了一肚子火。原来以为到这里来帮着发小刘义岭照应照应，看看国外的风光，每年能轻轻松松地拿到十几万元钱。但是到了这里后，除了大山，就是原始森林，连境外的城市是什么样子都不知道，还动不动要按照刘义岭的指示，给那里的寨主送保护费。过手了几十万元，自己一分钱没捞到。生活开支全是由刘义岭一点点打到以前住过的那家边境酒店，他再到酒店去取，采购些香烟、土酒和牛肉什么的送到境外的厂里。整天提心吊胆，有好几回他梦见公安来抓自己。

由于从正规的口岸出境，要绕很远的路才能到达山上的工厂，而到了境外，沿途有好几个武装势力的岗哨，那些黑不溜秋的哨兵，每次不是要几包香烟就是敲点小钱，既讨厌又难缠，后来他干脆直接从阿昌安排"厨子"过境的小道偷渡过去。

那条小道他来回走了好几趟，闭上眼睛都能摸回来。

山上那几个浑身脏兮兮的"金三角"人，穿着方格花裙（笼基），趿拉着露出大黑趾头的人字拖鞋，一个个瘦得像黑猴，还经常用水筒烟吸食毒品卡苦。特别是那个叫萨果的厂长，整天躺在厂门口的芭蕉树下的躺椅上，眯着一双混浊的眼睛，一声不吭，就像个活僵尸。陆大林都不敢多看他一眼。

山下寨主养的那几个娃娃兵，经常从下面的小碉堡里过来，拨弄着比他们人还高的 AK-47 自动步枪要吃要喝。陆大林真担心这些娃娃兵不小心射出一梭子子弹。

那些化工原料散发的气味，呛得他连气都喘不过来。每次一到山上，他要做的第一件事，就是戴上防毒面具。由于森林里闷热潮湿，他的脸上都捂出了湿疹，奇痒难忍。

工厂先后来的几批"厨子"，连姓什么叫什么都不知道，但是一个比一个难伺候。从他们偶尔说话的口音听，应该是盐城人。

他想向他们问点家乡的事情，但是这些人从不与他多交流，往往用手势来表达意图，就跟个外国人似的，别扭得很。

可是，窝火归窝火，刘义岭叫他了，陆大林还得过去。

到了边境橡胶林小道时，遇到一个站"花哨"（敲竹杠）的人。陆大林打了一个电话给阿昌，阿昌就让那个人放行。

蹚过界河，陆大林摸黑爬到山上。几间满地垃圾的宿舍里，黑乎乎的电风扇有气无力地转动着，几张脏兮兮的床上横七竖八地躺着几个"金三角"人。

陆大林戴上防毒面具来到生产车间，那个"大鼻子厨子"正站在一排反应釜旁看着压力仪表。

陆大林拍了一下"大鼻子厨子"的后背，请他出来。

"大鼻子厨子"跟着陆大林来到车间外面的棚子下。

陆大林摘下防毒面具，喘了口气问："'平头'师傅呢?"

"大鼻子厨子"望了他一下："原来你也是中国人啊。"

陆大林闻到他满口的酒气，苦笑了一下："我们就不要瞒什么了，都是盐城老乡。"

"大鼻子厨子"说："哦，你问'平头'，不晓得他到哪块挺尸去了。"

"我刚才到宿舍里看过了，没见到他啊。这荒山野岭的，他能到哪里去呢？"

"我听他嚷嚷要回去的，是不是一个人下山了？"

"就吵了几句嘴，还不至于吧？"陆大林接着说，"其实我也不想多问。刚才老板通知我，说你们吵架了，叫我赶快过来劝劝，不要把事情闹大了。"

"你不晓得，这个人铁头犟。'油'弄不出来，他非说锅子（反应釜）质量有问题。我反复检查过了，锅子肯定没问题，应该是压力不够。他就跟我倚老卖老，骂骂咧咧的，我忍了。吃饭时喝了点酒，他又骂我，我就朝他甩了个嘴巴。"

"哦，打得不重吧？"

"不重不重，我手上有数哩。""大鼻子厨子"接着抱怨说，"他是生产'油'的，我负责后道工序，出'半成品'。他的'油'一出来就化了，应该是做废掉了。我着急，就帮他看看，他不让我看，还朝我发火。"

"凡事啊，过犹不及。你帮着点不错，可是也要注意分寸啊。你们这一行我虽然不懂，但是我总觉得你们之间个个防着对方，好像怕手里的技术被别人学去了。难怪一直弄不出来。"

"我是一就是一、二就是二的人。他弄不出'油'，我就一直干等，待在山上活受罪。"

"你们都太直了，说话不会拐个弯。这里不是国内，是'金三角'，不能把事情闹大了。听老板说，在'金三角'公开投资建厂，要交很高的税。老板只是偷偷找了这里的寨主，虽然他有些背景，但是这个地方有好几股势力呢，要是他们知道了，会出大麻烦的。"

"你说得也有道理，毕竟都是吃这碗饭的，出事了，谁都跑不了。"

"就是，就是，多个朋友多条路嘛。"

那个"平头"究竟到哪里去了？这里是境外，他人生地不熟，语言又不通，万一出事就糟了。

陆大林又到那几间宿舍仔细找了一遍，发现"平头"的换洗衣物还晾在衣架上，但平时用的双肩包不在了。

他十分不情愿地推醒那个活僵尸厂长萨果，问"平头"在哪里。

萨果睁开惺忪的眼睛，焦黄的牙齿间蹦出一句简短的中国话："没看见！"翻个身，又睡了。

陆大林不想在这个山上多待，而且这边山上的信号不好，就立即下山回到了境内。

按照规矩，陆大林和"厨子"不直接联系，他只是经常看到有新"厨子"出现在工厂里。谁安排的，怎么上山的，他一点都不知道，而且刘义岭交代过他，不要和那些"厨子"多接触，碰到了就当作没见到。要不是刘义岭叫他连夜越境过来调解矛盾，他除了过去找寨主送钱和带些生活用品上山，和那些"厨子"几乎没有说过什么话。

"平头"突然消失了！

是被山下的军阀抓了，还是酒后掉下山崖了……这事不小！陆大林不敢迟疑，立即向刘义岭报告。

刘义岭拨打"平头"的手机，关机了；再联系蒋仁兵，蒋仁兵只是让他赶紧找人，别的也没有多说一句。

刘义岭非常着急。他这条线只负责接收设备、原料，建厂和招收境外的工人。而"厨子"全是蒋仁兵或者潘士兵找的。

这个"平头"究竟是谁安排过来的，连他也不清楚，更不能多问。

但是他又不敢声张，就悄悄请阿昌和萨果帮他暗中查找……

几天后，刘义岭告诉陆大林，萨果手下的人在山下的赌场找到了"平头"，已经把他安全送回国内。

又过了几天，刘义岭带着一个尖嘴猴腮的人找到陆大林。

据刘义岭介绍，这个人叫张小斌，是他的一个朋友。因为欠了很多赌债不敢回家，张小斌一直在边境的朋友家里躲债。

刘义岭在小镇一家银行的家属楼租了一套房屋，让陆大林退掉宾馆的长包房，和张小斌一起住到出租屋里。

刘义岭说，要接一个新"厨子"，给陆大林丢下几千元生活费，就匆匆离开了。

陆大林和张小斌几天接触下来，彼此有了些了解。

一次酒后，张小斌告诉陆大林，他和另外一个人先后往境外这个工厂投了近 100 万元，一直没有回报，很不放心，就过来监督生产。

4 月中旬，刘义岭接到萨果厂长的电话，说大风刮断了密林里的那条动力电缆线，厂里停工了。

刘义岭立即通知陆大林赶紧过去，看看是怎么回事。

陆大林不想见到那个"活僵尸"，正好张小斌提出要过去看看，就联系了一个开摩托车的"过山客"（边境偷渡者），送张小斌过去。

下午 4 点，张小斌到了对面的工厂。

阿昌和萨果正在说话，旁边还站着一个扎着彩色头巾的"金三角"女人。

张小斌站在山坡上，看见树林里的电缆线好好的，就对阿昌说："电缆线不是没有断嘛。"

阿昌说："断掉的地方在下边的山坳里，这里看不到。"

"那什么时候能接上？"

"要等电力公司的人来修。"

"老板交代了，最好自己弄，不能让电力公司的人知道。"

萨果似乎听懂了张小斌的话，朝阿昌嘀咕了几句外国话。

阿昌朝张小斌捻了捻手指："那要多花点钱。"

"要多少？"

"至少 5000 元。"

"就把断掉的地方接上，哪里需要这么多？"

"断掉的地方在境外，萨果厂长要私下请人来修。"

张小斌掏出手机，没有信号。

他有点犹豫："钱太多了，我做不了主。你和萨果厂长再商量一下，看看能不能少点？"

阿昌又和萨果叽里咕噜地说了几句，然后告诉张小斌："最少也不能低于 4000 元。"

张小斌估计是萨果和阿昌又想诓钱了，但是在这里能有什么办法？

他想了一下，说："那就 4000 元吧。"掏出身上的钱，凑齐了4000 元，交给萨果，又赶紧问道，"什么时候能恢复供电？"

萨果接过钱一张张点过后，蹦出一句生硬的中国话："钱到电通。"

张小斌无奈地摇了摇头，走进彩钢瓦搭建的生产车间。看见有两个"厨子"坐在铁扶梯上说话，是盐城口音。

他用盐城话和这两个人搭讪："东西什么时候能出来？"

"出个鬼呀，又是一锅废料。"一个下巴尖尖的"厨子"没好气地回了一句，随后问张小斌，"那个萨果是不是又敲竹杠了？"

张小斌苦笑了一下："在人家的地界上，还不是人家说什么我们就听什么。"

"喂，下次你来，带点猪头肉，这边一天三顿全是米团就咸菜，没法吃。"

"就你话多。"旁边一个年纪稍大一些的"厨子"捣了一下"尖下巴"。

"尖下巴"立刻闭嘴了。

张小斌见状，没好气地咕哝了一句："全是饿死鬼投的胎。这次来得急，下次带些过来。"转身就下山了。

回到出租屋，张小斌向陆大林说了山上的情况。

陆大林没吱声，蔫头耷脑地坐在阳台的小竹椅上抽闷烟。

自从受了"平头"突然失踪的惊吓，陆大林又发现这个工厂是几个老板投资的，而且制毒"半成品"一直没有生产出来，他估计刘义岭当初说的话不一定算数，就不想再干下去了。

他扔掉烟头，打电话给刘义岭，说自己的家人生病住院，需要回去一趟；并且特意表态，这里的事情他绝对不会对任何人说，叫刘义岭尽管放心。

刘义岭当然听出了陆大林的意思，犹豫了一会儿，只好同意了，还说日后生产出来了，一定不会忘掉他的。

挂了电话后，刘义岭往陆大林的银行卡上打了两万元封口费。

陆大林把手头的事情全部交给了张小斌，收拾好衣物，惊魂不定地离开了云南边境。

有家难回的张小斌继续留在边境，盼望着对面山上的工厂能生产出制毒"半成品"，赚了钱就能还赌债了。

不承想，一心做着发财梦的他，已经坐在了一堆炸药上。

几天后，厄运再次降临到张小斌的头上。

4月27日下午，张小斌接到境外寨主的电话，要他过境一趟，说有事要面谈。他估计那边又催缴保护费了，就把这个情况告诉了刘义岭。

刘义岭说，已经投入300多万元了，那个制毒"半成品"一直没有生产出来，资金有点紧张；他已经和蒋仁兵商量好了，准备用几件废品去诓骗点钱，让张小斌先过去应付一下。

第二天一早，张小斌到出租屋附近的超市买了一些小包装熟食，顶着瓢泼大雨，先绕到山上的工厂送了食物。

然后，他按照萨果指点的路线，深一脚浅一脚地穿过一片橡胶林，来到山脚下一座金碧辉煌的庭院。

寨主躺在红木卧榻上，见张小斌光站在那里打哈哈，就是不谈钱的事，不耐烦了，挥了一下手臂。

只见立刻跳出两个家兵，把浑身湿漉漉的张小斌绑了，搜走了他身上 9000 元备用金。

随后，张小斌被关进了后院的土牢。

当天下午，刘义岭得知张小斌被抓的消息，但是他一时无法筹齐拖欠的巨额保护费，就立即通知工厂里的两个"厨子"连夜撤离。

那个寨主等了 3 天，见工厂老板刘义岭一直没有反应，又听说山上的"厨子"都跑了，彻底恼了，一个电话打给了当地的警察部队。

于是，张小斌被关进了警察部队的羁押场所。

高山深谷的隐世小道，雾气氤氲。风云变幻的密林深处，步步惊心……

密林"夜鹰"

夜鹰，一种生活于热带丛林里的鸟类。它从不筑巢，体型较鹰隼小，但是视觉和听觉十分敏锐，一双大眼睛在黑暗中闪闪发亮，擅长在黑暗中捕食飞虫。更为不同的是，夜鹰有一身与环境相适应的羽毛，在树上栖息时，身体紧贴在树枝上，就像一个隆起的枯树节隐藏着自己。

李冬放出去的这只"夜鹰"，不是一个人，而是由两名侦查员组成的特别行动小组。他们是亭湖公安分局禁毒大队的缉毒民警陈峰和葛俊。

过刚者易折，善柔者不败。李冬给执行特殊任务的行动小组取了个"夜鹰"的代号，一是保密需要，二是希望陈峰和葛俊像夜鹰一样，能很快适应云南边境的复杂环境，巧妙伪装，不露声色地跟踪犯罪嫌疑人，及时为后方大本营发回准确的情报信息。

当初李冬接到这条线索后，他从已经侦破的多起盐城人外流涉羟犯罪案件的经验分析，这条线索虽然很模糊，但有一定的可信度。

经过多次评估和再三考虑，他决定让陈峰和葛俊以到云南警官学院禁毒学院进修的名义，悄悄来到云南边境，暗中排摸这几个盐城籍人的行踪，对线索做出进一步甄别。同时通过秘密跟踪，查找这个犯罪团伙在边境一带的活动地点，为实施精确打击提供坐标。

考虑到禁毒斗争的严峻形势，李冬和"夜鹰"之间有约定，正常情况下，"夜鹰"必须保持静默状态；除非有重大情报，而且必须是在确保安全的情况下，才能进行单线联系。

身材壮实的陈峰年龄稍大些，沉稳内敛、心细如发，一双眼睛英气逼人，说话虽慢声细语，但极具感染力；葛俊圆脸宽额，性格开朗、活泼奔放，笑起来唇边绽开两个小酒窝，完全是一名阳光帅警。

这对搭档，共同的特点是在长期艰苦的缉毒工作中历练出不屈不挠的韧性，有一种坚忍不拔的意志和顽强持久的耐力。

这次他们一连几个月在边境一带隐姓埋名，化装侦查，对他们无疑是一个更具挑战性的艰巨任务。

金色的阳光照耀着层层梯田，千峰叠翠打造出边陲神韵。

这里是极边山乡双河。

一天前，"夜鹰"接到李冬的指令，要求他们根据一辆到双河乡的盐城号牌红色危险品运输车的轨迹，密查设在这里的中转仓库。

第二天，他们扮成了两个摄影爱好者，肩背摄影包，挎着照相机，搭乘一辆中巴车来到风光旖旎的双河乡。

双河乡政府地处海拔约 2000 米的坪坝上。路边的树林中弥漫着一团团薄雾，几只金黄色的木菠萝挂在粗壮的树干上，披着艳丽羽毛的黑面土公鸡在树根处悠闲觅食。

山坡上古村幽幽，几个人才能合抱过来的大榕树随处可见，一树成林的景观在这里不足为奇。四周山清水秀，奇峰叠翠，静谧安详，陈峰和葛俊仿佛置身于一个传说中的世外桃源里。

佤族的寨门有个牛头图案，傣族的房顶画着金凤凰。陈峰和葛俊在这个多民族聚集地，对哪个寨子属于哪个民族已非常熟悉。他们在小街上东晃晃，西转转，煞有介事地举着相机拍了几张色彩艳丽的门楼照片。

中午时分，两个人走进一家小食店，点了两碗米线，边吃边琢磨。

弯弯的街道上，就两家小超市和十几个出售生活用品的门店。那辆盐城号牌的红色危险品运输车究竟在哪里卸的货，又卸了什么货？

这个边境山乡，地处大山深处，人稀车少，红色危险品运输车如果开到乡政府门前的小街上，应该十分醒目。可是他们和几个门店里的人闲聊，并没有获取到相关信息。

那辆车会不会没有开到坪坝上？

但是从国道下来，只有这条稍宽一些的硬板路，通往下面寨子的都是机耕道，大型车辆根本无法通行。

"走，回头从国道口，再沿途捋一遍。"陈峰说着，三两口就扒拉完了米线。

葛俊抬头道："这里离国道有七八公里，中巴班车下午 4 点才回头，我们不能坐在这里傻等。"

"看到小街上的摩的没有？就坐它。"

结了米线账，他们各上了一辆摩托车，顶着午后骄阳回到了国道口。

这条国道从昆明方向过来，通向边境的口岸。在县城的西边有个三岔口，两条支线分别通向县城和双河乡两个方向。

三岔口自然形成了一个小集市，路边有几家出售红木家具和野山菌的门店。

葛俊拉了一下陈峰的胳膊，悄悄指了一个监控探头。两个人的目光顺着探头的电缆线，落到了一家门店里。

店堂里摆放着几张大小不一的原木茶案板，后面是一排排红木家具。一个50多岁的男子坐在竹椅上吸着水筒烟。

陈峰和葛俊一前一后走进了店堂。

店堂里的男子看了他们一眼，又低下头吸水筒烟。

陈峰一眼就发现了墙角那台电脑，显示屏上路口的情况一览无余。

陈峰和葛俊交换了一下眼神，走到男子跟前，说："老板好，请问有没有看到一个人，背着和我们一样的摄影包？"

男子头也不抬，回道："没看到。"

"哎呀，真急死人哩，他和我们走散了，手机又打不通，可能没电了。"陈峰故意把声音提高了几度。

葛俊心领神会地接话道："是哩，这里全是大山森林，他一个人是不是迷路了？"

男子放下水烟筒，抬眼望着他们，说："那得赶紧找找，没进过林子的人，没人带肯定会迷路的。"

陈峰递给他一包烟，焦急地说："看你这门口有个摄像头，能不能看一下他有没有从这里经过？"

"这东西我不会弄，要等我儿子回来才行。"

葛俊接口说："简单，我来看看。"

"那行，电脑就在那边，自己看吧。"老板指了下墙角的电脑，又坐下抱起水烟筒。

葛俊立即操作电脑，回放前一天的录像，很快就查到那辆盐城号牌的红色危险品运输车的踪影。

这辆车在昨天下午 3 点 10 分从岔道口下来，经过这家店门后没多远就左转开进了一条支路，于傍晚 6 点 08 分又从门前返回国道。

葛俊和陈峰的目光对视了一下，迅速把画面调开。

陈峰叹了口气："唉，这上面没有看到。"

葛俊说："我们赶紧再到别处找找吧。"

谢过老板后，两个人不动声色地离开了。

陈峰和葛俊来到那条左转的支路。

这条机耕道新铺了一层沙石，路面明显被拓宽过，上面隐约可见重型卡车驶过的痕迹。沿着这条路穿过一片苦竹林，不远处有一座彩钢复合板搭建的板房，房前有一块场地，四周不见人影。

陈峰在苦竹林里目测了一下，那块场地大型车辆可以掉头。通过照相机的长焦镜头，陈峰清晰地看到铁栅栏窗户里有几只椭圆形的化学反应釜和一些蓝色的塑料桶，每只塑料桶中间的标签已经被撕掉。空气中可闻到一丝氨水的气味。

葛俊刚想走出苦竹林抵近侦查，陈峰一把拽住他，指了指后面。

只见一辆五菱牌面包车开过来停在场地上，从车上下来一男一女，陆续搬下五六只鼓鼓囊囊的白色塑料编织袋放到仓库里，然后走进了仓库东边的一座小竹楼。

这里应该就是中转仓库，那一男一女应该和这个犯罪团伙有关联。陈峰立即给李冬发了定位，随后两个人悄悄撤离。

回到县城，葛俊又通过笔记本电脑把拍摄的照片传给了李冬……

几年前，国家为了改善边境地区少数民族的生活环境，投入资金新建了一座座色彩艳丽的民族村寨，还配套兴建了水、电和天然气设施。边民们陆续离开老旧的山寨，搬进了敞亮洁净的新居。

司甸村新寨子建在边境公路旁边，距离老寨子不到 1 公里。老寨子在大山南面的一片橡胶林里，与境外的"金三角"地区隔河相望。

陈峰和葛俊顺着橡胶林里的小道，"吭哧吭哧"往山上走。

一棵棵青绿色的橡胶树干上绑着小碗，白色的橡胶汁液从树干的切口处一点点渗出，缓慢滴进下面的小碗里。那一滴滴的橡胶汁液，像是橡胶树在无声地流泪。

这片橡胶林是司甸村联营橡胶队的。经过几次秘密跟踪，陈峰和葛俊发现邻县双河中转仓库的货物，好像蚂蚁搬家似的被分批运到这片诡秘的橡胶林里。

为了摸清这些货物的种类、批量以及偷运出境的通道，陈峰和葛俊根据李冬的指令，在暗中侦查，搜集相关证据。

他们趁中午时分橡胶林里无人，顺着林间机耕道上的车辙印，悄悄摸到一个养鸡场附近。

鸡舍空空，一地鸡毛。看得出，这个养鸡场已经被废弃。

"咦！昨天下午明明看到一辆装着蓝色塑料桶的轻型货车开进这片林子里，难道会插上翅膀飞了？"葛俊嘀咕着。

"当时橡胶林里有人割胶，没办法跟进来。我想，这些东西应该在昨天夜里被偷运出境了。"陈峰说着，蹲下身子拨开地上的枯树叶，"你看，地上这些圆形的痕迹就是塑料桶的压痕。从深浅程度看，这些塑料桶里应该装满了东西。"

葛俊抓起压痕处的一块泥土，捏了捏，又闻了闻："有一股氨水味！"

"是从塑料桶里渗漏出来的。由此及彼，那辆轻型货车的车厢里应该也有渗液。"

"那辆轻型货车是谁的呢？"

"它悬挂的是云南省本地号牌，我已经把车牌号发回去查了，有车主信息后我们再循线查下去。"

他们判定，这个橡胶林里废弃的养鸡场，是涉毒犯罪团伙使用的一个货物临时存放点。

撤出橡胶林后，陈峰和葛俊拦了一辆车，来到边境的小镇上。

两个人进了一家小排档。

"又是米线，都吃腻了，有没有大排面？"葛俊看到窗口一碗碗白花花的米线，皱了皱眉头。

"你就将就点吧，这里是边境民族地区，主食就是米线，哪有什么面条？"

"几天没开荤了。今天我埋单，改善一下，请你吃大餐。"葛俊点了一道大盘土鸡。

"算了吧，亲兄弟明算账，还是 AA 制。"陈峰给葛俊点了份饵丝，自己要了份米线。两个人坐在矮桌旁，一人抓起一只鸡大腿开吃。

"考考你，邻酮和盐酸羟亚胺都是国家列管的化学品，它们有什么区别？"陈峰问葛俊。

"能有什么区别？都是制毒原料，按照法律规定，非法生产和买卖这些制毒物品，都必须打击。"

陈峰嘬了一口米线，说："要我说吧，这邻酮和盐酸羟亚胺就像你我眼下的饵丝和米线。饵丝半熟，开水烫一下就吃；米线是生的，要下锅煮熟了才能吃。其实呢，饵丝和米线就是一回事，都是米做的，只不过一个细些，一个宽些罢了。饵丝好吃吗？"

"滑溜，好吃！"葛俊嘬了一大口饵丝，抹了一下嘴，看到陈峰得意的神情，恍然大悟："好啊你，知道我不想吃米线，刚才说了一大通，敢情是在这里等着我呢。"

当天晚上，他们根据李冬发来的车辆信息，又悄悄来到司甸村新寨子，终于查到了停在阿昌家门口那辆深蓝色轻型货车，并且成功提取到化工原料氨水的样本。据此他们锁定了车主阿昌。

随后，他们通过秘密跟踪陆大林，发现了陆大林等人在小镇口岸左侧的另一个偷渡过境通道，可就近抵达境外的寨主家。

……

至此，"夜鹰"根据李冬的安排悄悄来到云南边境，克服了人生地疏、气候环境不适等种种严峻考验，孤军作战，以超凡的智慧和极大的耐力一路跟踪刘义岭、陆大林和张小斌等人，循线排摸出阿尼、阿昌和萨果等几个境内外涉案人员，完成了边境一线涉案人员组织架构的刻画，锁定了他们在境内接头、储存货物和境外生产的几个窝点，为案件侦破提供了精确的指向。一直到盐城警方工作组正式开进云南，他们才浮出水面，与李冬、盛志增等会合。

黄昏的南疆边陲，和内地时差有一个多小时。

雨后的天幕像被水洗过，湛蓝湛蓝的，一块块金黄色的彩云从头顶飘过，好像大山在移动。飘动的彩云幻化出不同的图案，一会儿像骏马奔腾，一会儿又似高山瀑布。

陈峰和葛俊根据李冬的指示，已经潜伏在密林里一整天了。

上午下了一场大雨，把他们浇了个透湿。中午雨停了，可是闷热的森林里散发出一股难闻的腐叶气味，身上的衣服湿了被焐干，干了又被汗水浸湿……

他们的眼前，是山洼间一条狭长形的开阔地，对面的山坡下就是混浊的界河。

裹挟着南疆红土的河水，从北侧的一个山垭口流下来，被前面的山脚阻挡，成130度角折向了西南方向茂密的丛林里。由于大量泥沙淤积，山脚处形成了一块扇形的浅滩，卷起裤腿过去就可以到达界河的对岸。

对岸有一条不到3米宽的土路通向密林。路边可见一个低矮的木板房，房顶插着一面旗子。半山腰上的那个窝点由于森林遮掩，只能看到蓝色的房顶。

"不对呀，张小斌已经过去一天了，怎么不见他回来？"葛俊嘀咕着。

"有点反常。他们以往过去也就个把小时，会不会是窝点里要出货了？"陈峰伸手驱散一团蚊虫，举起高倍望远镜。

边境公安局禁毒支队的郭华大队长从后面过来了，手里拎着一只黑色的箱子。

"郭大，什么先进设备？"葛俊问。

"这可是我们支队长的心肝宝贝，无人机。"郭华从双肩包里拿出两块糍粑，"两位先垫下肚子。等收网了，我请你们吃土鸡炖野山菌。"

"谢谢！"葛俊咬了一口糍粑，又问，"张小斌到现在没有回来，你们那里掌握什么信息没有？"

郭华寻思道："会不会去那边的赌场了？"

陈峰摆了下望远镜："可能性不大。我看他上午冒着大雨拎了一袋东西匆忙过境，肯定有什么着急的事。"

"再等等。我们支队的任明明已经通过边境警务联络官办公室，从口岸过去了，应该会摸到情况的。"郭华打开箱子，一边安装无人机，一边说，"等天黑了，把无人机升到边境一侧，详细观察一下窝点的情况。"

夜幕渐渐降下。对面山坡上的丛林间透出一点灯光，界河的两侧静悄悄的。

无人机悄悄升空，在界河上空盘旋。

遥控器屏幕上传来红外线图像，虽然有些模糊，但是大致可以看出密林中那个窝点的结构。

一座稍高一些的建筑物是生产厂房，外面有一个大敞篷。厂房的西边有一排房子，估计是宿舍……

陈峰迅速在草图上一一标注。

这时，潜伏点后面的机耕道上有灯光闪了一下，同时传来汽车的马达声。

有情况！郭华立即收回无人机。

不一会儿，一辆轻型货车沿着密林间的机耕道开了过来。从潜伏点的下面驶过时，陈峰他们闻到一股刺鼻的气味。轻型货车摇摇晃晃地驶过开阔地，又通过了界河上的那段浅滩，在对岸那座木板房前停留了一会儿，就消失在大山的密林里。

"阿昌的车子，上面装的是溴素。"陈峰从味道和车厢内货物的包装外形判定。

"溴素是合成盐酸羟亚胺的重要原料。这么说，他们已经生产出邻酮了？"葛俊进一步分析。

"有可能。"陈峰也警觉起来。

根据专案联合指挥部制定的行动预案，窝点里只要生产出第一道产品邻酮，就立即收网。

晚上 10 点 20 分，界河对面西侧的树林中有手电光晃动了一下，随后又灭了。

不一会儿，月光下有两个人影一前一后蹚过界河，迅速穿过开阔地，朝潜伏点的方向摸过来。

郭华悄声说："两个偷渡的。"他让陈峰和葛俊伏着不动。

两个人影渐渐靠近。

"刚刚躺下，又叫我们赶快回来，一天到晚神经兮兮的。"

"听说有人要到厂里检查，肯定又是来敲竹杠的。"

"一锅料才投下去，那几个'金三角'人笨头笨脑的，看样子又要做废掉了。"

"老板叫我们走的，又不是我们做坏掉的，怕什么？快点，老板在等我们呢……"

说话声渐行渐远。

原来西侧树林里也有一条偷渡过境的小道。

根据这两个人的盐城口音，陈峰和葛俊判定他们是从窝点下山的两个"厨子"，并确定其中没有白天过去的张小斌。

这两个"厨子"为什么要连夜下山呢？

张小斌还留在窝点干什么？

到底是什么人要到窝点检查？

带着这一连串疑问，陈峰随即将这一重要情况报告给了李冬。

第二天一早，深入境外窝点一侧抵近侦查的任明明，也带回了一个重要情况：犯罪嫌疑人张小斌已被境外的寨主扣押，具体原因不明。

情况突变！

远征"金三角"

吴柏林副局长率领的盐城警方工作组抵达春城昆明，参加公安部禁毒局召开的专案联合行动部署会。这次会议，是公安部禁毒局在盐城召开的全国公安机关联合侦查打击涉毒犯罪之后的第三次协调会。在盐城会议上，"12·28"专案被公安部确定为部督目标案件，云南联合指挥部随即成立。

云南省公安厅禁毒局会议室里，吴柏林在详细通报了这个涉毒犯罪团伙的内部成员、组织架构以及人员分工、角色定位等情况后，指着大屏幕上播放的由盐城警方"夜鹰"秘密拍摄的照片，一一说明这个涉毒犯罪团伙在云南边境使用的3个秘密通道：

"在云南警方的大力支持下，除了正规口岸外，目前我们盐城警方的'夜鹰'组，已经掌握了这个涉毒犯罪团伙根据不同用途使用的3个秘密过境通道。一条是从口岸左侧不远处一个小道，通往境外的寨主家；另一条是司甸村阿昌家后面橡胶林里的一条机耕道，可以用轻型货车或拖拉机运设备和原料到界河对面的窝点；还有一条是橡胶林里西边一个专送'厨子'的通道，这条通道距离最短，蹚水过河后，可以直接上山抵达窝点。这个窝点的具体位置已经摸清，就在界河对面的一座山上，离中国边境直线距离大约500米。"

大屏幕切换上陈峰绘制的窝点结构图。

吴柏林继续介绍："经过化装侦查，我们确认这个境外制毒窝点就在界河对面的山腰处，由生产车间、敞篷和一排简陋的房屋组成，占地面积不到 1000 平方米。根据可靠情报，这个窝点先后来过六批'厨子'。由于种种原因，一直没有成功生产出邻酮和盐酸羟亚胺。但是就在昨天晚上，我们发现有人往境外窝点运送了一批溴素。据此分析，该窝点内可能已经或者即将生产出合格的邻酮。我们认为，此案已经到了收网捣毁的最佳时机。"

接着，李冬一一展示了盐城警方获取的这个犯罪团伙成员在密谋、筹资、组织运输生产设备及化工原料、安排"厨子"等方面的一系列犯罪证据材料。

随后，云南警方汇报了通过本地研判系统分析研判出的几个盐城籍人员在境外涉嫌制毒犯罪活动的情况。

一个跨国非法生产制毒物品犯罪团伙的完整轮廓，清晰展现在与会人员的眼前。

江苏省公安厅副厅长裴军对云南警方的大力支持与配合表示衷心感谢。他说："云南警方仅仅通过精确研判，就分析出这个跨境涉毒犯罪团伙的相关情况，而且与我们掌握的信息完全一致，值得我们学习借鉴。我们江苏省副省长、公安厅厅长刘旸已经明确指示，在公安部的统一指挥下，及时查清团伙网络架构、境外生产窝点，适时采取破案收网行动，实施'全链条'打击。"

时任公安部禁毒局侦查指导处处长、云南省公安厅厅长助理赵仲忱说，此案是一起部局统筹指挥、苏滇两省密切协作、联手侦办的非法生产制毒物品大案，反映出江苏盐城警方在线索排摸、打击挤压及禁毒整治等方面取得的成效。他希望通过联合收网打击行动，在禁毒重点整治历程中写下浓墨重彩的一笔。

时任江苏省公安厅禁毒总队总队长孙春就联合打击行动的具体事项，和云南警方进一步交换了意见。鉴于盐城警方前期做了大量工作和充分准备，会议确定该案由盐城警方主办、云南警方配合侦办；在联合实施收网捣毁行动后，此案的涉案人员全部移交盐城警方处理。

云南警方表示将充分利用有效资源，全力支持该案的侦破。

国家禁毒办副主任、公安部禁毒局副局长安国军要求，江苏和云南警方在现有的基础上，继续加强禁毒执法合作，进一步做好案件的后续侦查和收网工作，合力办成精品案件，并认真总结经验，为今后全国公安机关联合侦办跨区域案件做出示范。

由于犯罪嫌疑人张小斌突然被境外扣押，云南联合行动指挥部立即决定，紧急启动边境警务合作机制，境内境外同时收网。

刘义岭与蒋仁兵怎么也想不到，边境上发生的一幕幕，竟一直在专案组的视线中。

两个人商议，先把窝点里做废掉的货卖掉，骗些钱。可境外那个寨主等不及了，突然翻脸，抓了张小斌，使他们的如意算盘落空。一群乌合之众立即作鸟兽散，各自躲藏起来。

但他们的行踪，完全被警方秘密掌控。

江苏省副省长、公安厅厅长刘旸指示：确保一人不漏、一网打尽，依法从严从重打击。

2018年5月3日晚，盐城市公安局指挥中心大厅。盐城市公安局的领导、江苏省公安厅禁毒总队副总队长张光利以及亭湖区公安分局、盐都区公安局的局长，注视着屏幕墙上的一个个监控画面。

"报告指挥部：第一抓捕组到位。"

"第二抓捕组到位。"

"第三抓捕组到位。"

……

江苏省内的14个抓捕组相继报告。

行动总指挥下达江苏省内抓捕命令。

盐城市区先锋岛某沐浴中心一个包房内，涉毒犯罪团伙的幕后大佬蒋仁兵正在闭目养神。

得知张小斌被境外的人抓了后，他怪刘义岭目光短浅，为了省几个钱，找了个境外的小寨主做保护伞，结果被那个寨主要了。好在生产制毒物品的工厂建在境外的"金三角"地区，就是中国警方知道了也无可奈何，更何况那个被扣押的张小斌是刘义岭那条线上的人，根本不知道有他这个幕后老板存在，应该不会牵涉到他。

刘义岭一直说和"金三角"那边的人多么熟、关系多么铁，原来全是吹牛的。蒋仁兵刚和刘义岭商量过了，准备筹一笔钱先把那个倒霉蛋张小斌赎出来，然后再派"厨子"过去把制毒物品盐酸羟亚胺生产出来卖给下家。投了几百万元在那边，总得要有回报啊。

包房的门被推开了，进来3位面色严峻的人。

"我们是盐都区公安局民警，请问你叫什么名字？"一名民警亮出证件。

"我又没犯法，你们凭什么查我？"蒋仁兵看这阵势，条件反射似的反问一句。

"依法执行公务，请你配合。"

"我……我的身份证在家里。"老奸巨猾的蒋仁兵知道大事不妙，故意拖延时间，想寻找逃脱的机会。

"别四处张望了，你走不了的。"民警稍稍提高了声音，"请先说一下你的名字！"

听到这不可抗拒的声音，蒋仁兵只得报出了自己的名字。

"蒋仁兵，你涉嫌一起非法生产制毒物品案件，请配合我们调查。"

蒋仁兵就此落入法网。

接着，盐城市区鹿鸣路一家酒店，犯罪嫌疑人潘士兵被抓获。

盐都区北龙港街道，正在麻将桌上的犯罪嫌疑人陆大林被抓获。

苏州市虎丘区某小区，蛰伏在此处的犯罪嫌疑人刘义岭被抓获。

宿迁市某化工厂宿舍，犯罪嫌疑人马宏基和王亮被抓获⋯⋯

午夜时分，禁毒支队政委陈海龙走进指挥中心大厅，向行动指挥部报告战果：

当晚江苏省内的收网行动，共抓获涉案犯罪嫌疑人 14 名，其中严俊、朱根顺、马宏基、王亮等涉案"厨子"也悉数被擒。

副总队长张光利立即和吴柏林通电话，询问云南具体战况。

吴柏林告诉他，盐城工作组在云南警方的大力配合下，已将云南境内的 7 名涉案人员擒获；另外 7 名境外人员，经公安部协调，已经被当地司法警察机构控制。云南联合指挥部通过边境警务联络官办公室，正在落实境外窝点的勘查取证工作。

张光利传达后方指挥部的指令：此案收网行动初战告捷，下一步盐城警方要派出精干力量到境外取证，彻底捣毁那个生产制毒物品的窝点，并且要将被境外扣押的张小斌带回到国内接受审判，此案才算彻底告破，达到"全链条"打击的效果。

根据后指挥部的要求，吴柏林立即协调云南联合指挥部，随后命令已办理出境手续的卞正、柏爱山和张士斌 3 人，随中国警方境外工作组跨出国门，参与境外的调查取证工作。

中国边境某口岸，蓝天白云，艳阳高照。

上午 9 点，口岸的大门无声地被打开，6 辆越野车鱼贯驶出。由云南赵亚东支队长带队的境外工作组，执行捣毁窝点的任务。当地司法警察机构的几位官员在口岸的另一侧等候。

车队沿着口岸外的大道一路向南。连绵不断的山峰间，可见一些破旧的房屋，与一河之隔的中国边境形成天壤之别。路边间或有几个挎枪的人在行走，几辆黑色的丰田敞篷车上坐满了荷枪实弹的地方武装士兵，笼罩着一片随时爆发战火的阴云。

肩负重任的卞正、柏爱山和张士斌丝毫不敢懈怠。他们要面对的是一个完全陌生的境外环境，而且是一个局势动荡的特殊区域，战火频发，各种势力交织，情况瞬息万变。

根据联合指挥部的安排，柏爱山、张士斌要和卞正分开。他们将跟随云南警方的同志到那个半山腰窝点勘查取证，最终爆破那些制毒设备。卞正要和另一组到当地的司法警察机构，与境外的萨果等涉案人员面对面交锋，力争获取他们的口供及其相关证据材料，同时通过交涉，顺利带回被扣押的犯罪嫌疑人张小斌。

车队在一个岔道口分开。

柏爱山一行人在境外司法警察官员的陪同下，沿着扬满灰尘的沙石路来到山脚下的一个丛林小警署。经过一番协调沟通后，柏爱山一行驾车驶进了一片密林。

狭窄的林间小路土松地软，越野车冲过一道道泥坎，沿着坑坑洼洼的机耕道艰难前行。刚转过一个山腰，小道的前面发生塌方，一堆山土和树杈封住了道路。

工作组成员纷纷下车，手扒肩扛清理路障。半小时后，越野车吼叫着爬过土堆，继续前进。

转过几道山口后，一座蓝色钢瓦复合板的建筑物，在山林间时隐时现，刺鼻的化学品原料气味越来越浓。

罪恶的窝点，就在前面。

越野车爬上半山腰，在窝点门前的场地停下。

工作组成员穿上防护衣，打开勘验设备，按照预先的分工，有条不紊地勘查取证。

这个制毒窝点，由生产车间、敞篷作业区和一排简陋的宿舍组成，敞篷区安放着锅炉和几台压缩机。在大约 400 平方米的车间内，南北两侧是排列着化学反应釜的两套完整化工生产装置，分别生产制毒物品邻酮和盐酸羟亚胺。中间是冷却设备和离心甩干装置，东西两侧排放着溴素等一些化工原料的包装物。

柏爱山大致看了一下车间里各式各样的化工生产设备，估算着，这个邻酮、盐酸羟亚胺一体化生产窝点，如果技术和原料保障到位，1个月就可以生产出1吨的制毒物品。

柏爱山和张士斌仔细查看着这些化工设备，分别提取反应釜、离心机及其他设备上的残留物，并一一摄像和照相，固定证据。

在几间杂乱无章的宿舍里，他们发现了"厨子"留下的衣物等生活用品。其中有一个小本子，上面有几组代号和日期。

柏爱山分析，它是"厨子"记录的投料及化学反应的过程，可能因为走得匆忙被遗忘在窝点。

境外工作组在当地警察的配合下，还查获了窝点内一批尚未使用的化工原料。

紧张的勘查取证结束后，窝点内的制毒关键设备被拆除，连同收缴的化工原料被运回国内，其余物品随窝点一起被爆破销毁……

半个月亮挂在山头，暮色从四面八方包围过来。天空相继呈现出褐红色、湛蓝色、藕荷色，影画般地交替变幻。阴森森的原始森林里，不时传来一阵阵刺耳的风哨声。

柏爱山和张士斌此时已饥肠辘辘。

由于中国边境对面的某小镇一带，刚刚发生过境外武装势力之间的冲突，吴柏林要求他们务必在天黑前撤回境内。

返回到边境口岸时，张士斌看了一下手机上的微信运动步数排行榜，咧开嘴道："今天走了5万多步，排行榜第一名。"

柏爱山捶了捶发硬的双腿："中午在山上就吃了一个饭团夹咸菜，肚子已饿扁了，晚上叫盛大队长好好犒劳一下。"

"想得美，盛大抠门是出了名的，肯定还是一人一碗米线，至多补加两片腊肠。"

……

在境外警务人员的配合下，卞正和云南警方的同志分别和张小斌以及萨果等几个境外涉案人员谈话，获取了境外窝点里的组织架构、人员分工以及生产过程等相关言词证据，随后就移交张小斌一事，与当地司法警察官员进行交涉。

当地一名官员告诉中方工作组："我们准备把张小斌枪毙了。"

中方紧急协调，坚持要让张小斌回国受审。

对方研究后回复：人先杀了，尸体再移交。

中方继续协调。而随着中国警方国际威信的建立，亚洲周边国家，其实都希望同中国达成针对跨境犯罪的密切合作。

经过反复交涉，对方最终同意移交张小斌。

可能有人不太理解，一名涉嫌生产制毒物品的人被境外抓了，杀就杀了，为什么非要把他带回来？

原因很简单，也很重要，就是一定要让张小斌接受中国法律的审判。

戴着手铐的张小斌被一队士兵押解到口岸，移交给中国警方。

跨过边境线时，他回头默默瞥了一眼。也不知道他是否看清了波谲云诡的"金三角"在混沌中显露出的真容……

张小斌被扣押后，一开始以为自己是中国人，这些境外地方武装势力不敢对他怎么样，至多是敲点钱后就放掉。但随之而来的情况让他惊恐不已。

每次被审讯时，娃娃兵都端着荷枪实弹的 AK-47 自动步枪对准他。审讯结束后，他又和那些残暴嗜血的杀人犯关在一起，时时受到牢头狱霸的欺凌。死亡如影随形。

他听看守说，这个地方没有法律体系，只要几个头头碰一下，说杀就杀。因此当他知道自己会被枪毙时，感觉身子已进了一口棺材，只差一根棺材钉钉上就长埋于这个异域的蛮荒之地了。

夜深人静时，铁窗外原始森林里恐怖的声音飘荡着。境外那一件件匪夷所思的事情、一次次惊悚离奇的遭遇轮番涌上他的心头，让他后悔不已。

原指望刘义岭会疏通关节，花钱把自己赎出去，但一直没见到任何动静。此时，他才真正意识到，在这片未开化的热带丛林里，人性的卑劣，所谓的友情荡然无存。

张小斌这才悟出，只要干了涉毒这一行，就是一只脚在人间，一只脚跨入了地狱。

在公安部的统一指挥下，由江苏盐城市公安局主侦，会同云南公安机关经过一年多的艰苦奋战，成功侦破"12·28"特大跨国制毒案，共抓获犯罪嫌疑人28名、捣毁位于"金三角"地区的制毒工厂1个、缴获制毒原料80余吨及各类制毒设备24件（套），取得了"全链条"打击制毒犯罪活动的重大战果，为打击跨国制毒犯罪活动做出了突出贡献。

国务委员、国家禁毒委员会主任、公安部部长赵克志签发嘉奖令，通令嘉奖全体参战单位和民警。

盐城市委书记戴源批示：战果丰硕，给予表扬。

"全链条"打击、全要素管控、全社会动员、全力度保障。盐城警方牢固树立"主动出击，虽远必打"理念，在严打严控本地毒品犯罪的同时，通过加强区域协作，坚持主动进攻，坚决打到外地，打到境外，形成对毒品犯罪的全环节追踪、"全链条"打击。

2017年以来，盐城警方已成功侦破18起公安部毒品目标案件，捣毁制毒物品生产窝点18处，抓获犯罪嫌疑人233名，有力地打击了盐城籍人员参与的全国涉羟犯罪活动，禁毒重点整治取得明显成效。

"和谐"号动车在崇山峻岭中穿行。

李冬和盛志增率队押解张小斌和7名在云南抓获的犯罪嫌疑人回盐城受审。

盛志增巡视了一遍车厢，随后给正在医院里护理老父亲的大哥发了一条微信：明晚到家换班。

不一会儿，他的大哥发来一个"笑脸"表情，随后跳出一行字：平安就好，悠着点，多保重。

李冬看着眼前已累得疲惫不堪的战友，南疆边境日日夜夜的战斗情景，禁不住在脑海里回闪……

禁毒斗争，充满了艰难和凶险，承载了太多的故事，但它永远和平安、阳光在一起。他想起了那次公安工作报告会上，有一位警营诗人为禁毒民警作的一首诗：

　　总有一种豪情和期望，
　　以青春的岁月铸就不朽的丰碑；
　　总有一缕意念和追求，
　　用沸腾的鲜血谱写忠诚的乐章！
　　默默无闻的禁毒民警，
　　你们长年搏杀在缉毒的第一线，
　　用人民幸福的欢歌抚平艰辛的皱纹，
　　用社会安定的礼炮鼓满前进的征帆，
　　用磐石般的信念和无悔的人生，
　　独创一首天下无毒的诗篇。

毒品一日不除，斗争一日不会停止。

为了"天下无毒"的目标，禁毒卫士们肩扛着神圣责任，为了光荣的使命继续战斗，战斗……

破译血案密码

引 子

那天早晨，阵阵清风把雾霾一点点吹散，和煦的阳光轻轻洒进常州市武进区湖塘镇物流园。随着一阵刺耳的金属撞击声响，一长排两层楼的物流门店卷帘门相继被打开，园区恢复了往日的喧嚣。

突然，从一间门店里走出一个头发凌乱、尖嘴猴腮的中年男子，四处张望了一下，戴上手套，开着一辆叉车往货车上装了几桶润滑油，低着头回到了门店。

"各点注意，嫌疑人出现，准备抓捕！"对讲机里传出行动指令，抓捕小组的刑警们分别从各个蹲守点，悄无声息地向那间门店靠近……

几分钟后，这个 14 年前雪夜杀人的"孤狼"，终于被收入法网。

至此，2018 年 10 月 31 日，一直困扰着盐城公安刑警的"2004·12·28"重大命案水落石出。

最后的午餐

时光倒流到 2004 年的 12 月 27 日上午，江苏省盐城市最北端的县城——响水。

县机关干部王建华接到妻子李娟的电话，说她到县城办事，中午一起吃个饭。

放下电话，王建华的心里立刻荡漾起一阵甜蜜幸福的波浪。漂亮的妻子小他 5 岁，性格开朗，能歌善舞，而且为人善良，聪慧能干。1995 年中专毕业后，她从陈家港镇的乡镇办事员，一路走来，先后担任乡妇联副主任、乡人大秘书，26 岁就当上了七套乡党委委员，成为响水县当时最年轻的副科级女干部。

虽说在一个县，这两口子自结婚以来，一直分别在不同的乡镇工作，先后调了几个地方，两个人总是相距几十公里，聚少离多。有了孩子后，在县领导的关心下，王建华从小尖镇财政所调到了县城工作。

中午，县城的"好邻居"快餐店。宽大的玻璃窗外北风呼啸，行人匆匆。

窗内一张临街的卡座旁，李娟从包里拿出一件童装，抖开，眉宇间流露出做母亲的满足："建华，这是我到北京出差给东东买的，你看怎么样？"

"这衣服怎么像电视剧里皇太子穿的？"正在点菜的王建华抬头看了一下。

"东东就是我们家的小皇帝哟！"李娟莞尔一笑，慢慢收起童装，"我在偏僻的乡镇工作，宝宝一直跟着外公外婆过，我这个做妈妈的平时带得少……"说着，眼圈又红了。

"娟子，你又来了！这不都是为了工作嘛。"王建华赶忙打岔，"那个楼盘我看了，交8万元首付后，按揭贷款每个月900多元。"

李娟用面纸揉了下眼角，说："宝宝已经5岁了，马上要上学，是得在城里买房安家了，老住在小尖我娘家也不是个事儿。我算了一下，我们两个人的工资，一个供生活开销，一个交按揭，够了。"

"够是够，就是辛苦你了，这么多年一直在乡里。等住上新房，再想办法把你调到城里来。"王建华夹了个鸡腿给李娟。

"我们节省着过，慢慢熬吧……"李娟的声音像是响水灌河里流淌的水，缓缓的，柔柔的。

王建华放下筷子，凝神注视着妻子端庄清秀的脸庞，忽然觉得他们又回到了6年前恋爱的时光。他情不自禁地拉住妻子的手，感慨道："娟子，我们能单独在外吃个饭，还真的不容易哩。"

"是不容易啊。"李娟的脸上泛起一阵红晕，瞟了一下四周，抽出手，拔下王建华额头的一根白发，"你也别太劳累了，每天上下班开着摩托车县城、小尖两头跑，一定要注意安全。"

"习惯了，没事的。"

李娟把那个鸡腿又夹给丈夫："现在我们都忙工作，我也没有多少时间陪你，好日子长着呢！"少顷，她探过身子，悄声说，"你比我大5岁，等我们老了，你坐轮椅，我推着你一起逛街。"

两个人边吃边聊，憧憬着美好的未来……

饭毕，李娟突然提出要去看望一下公婆。

王建华劝她："你还要赶回七套呢，下次吧。"

不知怎么了，李娟坚持要去："爸妈身体都不太好，天气降温了，还是去看一下吧！"

于是，两个人走进一家商店挑了两件长绒保暖裤，又买了些补品，一起去看望王建华的父母。

寒风刺骨，李娟拉上淡绿色羽绒服的衣领，匆忙赶回七套乡……

27日晚上，月黑风高，一片片雪花随风飘落。

响水县原七套乡财政所小院，由于是周六，工作人员大都回到了县城的家里，西边两层办公楼和几间宿舍灯熄门锁，只有平房东侧第一间单身宿舍的门虚掩着，露出一条斜长的光影。

院内漆黑一团，除了朔风发出的尖利风哨声外，死一般寂静。

谁也不会想到，就在这个年关岁末的雪夜，就在这静静的复堆河南侧小院里，即将发生一起绝命惨案。

当晚9时许，一个鬼影潜入院内，游荡片刻后，悄悄推开那扇虚掩的房门……

"救命！救命啊……"一阵凄惨、无助的呼救声，惊醒了枯枝上的孤鸦。一声瘆人的惨鸣后，孤鸦惊悚飞离。

大约一小时后，鬼影遁出，迅速消失在暗夜中。

院内又恢复了死一般的寂静。夜幕里的苍穹，雪花被凛冽寒风挟持着在飞旋，凄怆飘零。落雪无声，大雪无痕……

王建华一直惦记着李娟交代的那件事。

28日下午，他稍稍提前下了班，到一家装裱店取出妻子订制的七套乡党组织活动牌匾，小心地绑在摩托车后座上，随后就顶着漫天大雪赶往七套乡。

晚上6点多，王建华来到七套乡。

李娟办公室的门锁着。王建华就拨打妻子的小灵通手机，一连打了好几次，都没打通。

他来到乡政府值班室。一位副乡长正和几个工作人员打牌。

"李娟让我送牌匾过来，你看见她了吗？"王建华问那位副乡长。

副乡长抬起头："你这一问，我倒想起来了，好像今天一整天都没看见她哩。"

他又问其他几位。

"我们也没看见呀。"几位工作人员互望了一下说。

"咦？奇了怪了！"这位副乡长叫来乡女组织干事，"你知道李娟在哪儿吗？"

"不知道啊，我正要向她报告党建台账的事，打了好几回电话，她的小灵通都关机。"

"快到她宿舍找找，天寒地冻的，是不是生病了？"副乡长丢下牌，带着王建华和组织干事走出乡政府，穿过小桥，来到乡财政所院内李娟的宿舍前。

从窗口看，屋内里间的电视机好像开着。

"李娟不是在宿舍里嘛！"副乡长咕哝了一声。

"娟子……娟子！"王建华敲门喊了几声，屋内没有应答。

女组织干事掏出钥匙开门，拉亮灯，大家顿时被眼前的血腥惨状惊呆了。

房内凌乱不堪，散发出浓烈的血腥味。台灯摔在地上，木方凳也歪倒着，床上、地面和墙壁上有大量血迹。床上的红色羽绒被下伸出一条裸露的腿，耷拉在床沿。

王建华掀开羽绒被，眼前的女性血肉模糊，面貌难辨，被交叉捆绑于胸前的双手怒拳紧握，尚未闭上的双眼，冻结着惊恐、愤怒与绝望……

"不，不是娟子！"王建华想努力否定眼前的一幕，可当他看到她身上那件熟悉的淡绿色的羽绒服，他的大脑一片空白。

"保护现场，赶快报案！"

副乡长立即拨通七套乡派出所电话。

现场疑云

盐城市殡仪馆大院黑咕隆咚，静悄悄的。只有尸体解剖室内的灯亮着，隔壁冰冻尸柜的压缩机发出"嗡嗡"的声音。

彭明琪细心缝合上尸体头颅上最后一针，麻利地打上结、剪断线头，又用手指轻轻按压了下缝合口。

"尸检缝合还要像外科手术那样细致？"助手周亮嘀咕了一句。

"我们干法医的，第一条就是要做到对逝者的尊重。"彭明琪拉下乳胶手套，交代周亮，"记下，死亡原因：死者系颅脑损伤致珠网膜下腔出血引起脑疝形成死亡。"

这是一起交通肇事逃逸案。一辆外地大货车撞死一位蹬三轮车送粮的农民，驾驶员一加油门跑了。交警支队正组织警力追查。

和医院的大夫不同，法医要做的是"最后的诊断"。他们的职责就是和死者"对话"，通过尸检，破解死亡密码，让死者"开口"，说出犯罪现场的真相。因此，法医又被称为"尸语者"。

彭明琪是盐城市公安局刑事科学研究所法医。1994年从南京医科大学临床医学系毕业，穿上警服，一晃已有十个年头了。十年中，他到过形形色色的刑案现场，解剖过若干尸体，包括高度腐败、爬满蛆虫的残体。抽丝剥茧查死因，明察秋毫洗冤情。他已经成长为一名屡立战功的主检法医师。助手周亮，毕业于中国刑警学院法医系，是一棵颇具潜力的好苗子。

350兆电台响了，是刑科所所长孙洋。

"尸检结束了？"

"刚完，正准备收工。"彭明琪回话。

"案子都撞到一块了，越到年底越忙！"孙洋告诉彭明琪，响水县七套乡财政所发生一起命案，他和副局长鲁昌钊、支队长沈立海、政委陈玉龙已经在路上了，让他带着周亮立即赶过去。

"好，我们准备好器材，马上出发。"

"雪天路滑，注意安全。"孙洋叮嘱道。

当晚10点左右，彭明琪和周亮二人赶到响水县七套乡政府。"2004·12·28"命案侦破指挥部设在这里。

室外风雪肆虐，室内烟雾缭绕，会议桌上的烟灰缸里塞满了烟头。

响水县公安局局长戴刚，政委顾正东，副局长严金海、崔凯等人，正在向市公安局副局长鲁昌钊、刑警支队的领导和侦技人员介绍情况。

"今天晚上7点04分，我局刑警大队教导员潘万飞接到七套乡派出所所长周长兵的电话，七套乡女干部李娟死在她的宿舍里，具体情况不详，请求速派人员勘查现场。"说着，戴刚朝县局刑警大队大队长吴利荣点了一下头，"下面由利荣大队长汇报初步勘查的情况。"

吴利荣翻开工作本："我们带领技术中队的同志在当晚7点40分到达现场，这时，中心现场已经被周长兵所长和嵇礼成探长保护起来。"

大雪使气温骤降。由于走得急，吴利荣他们衣着单薄，几个人都冻感冒了，一个个流着清水鼻涕。

吴利荣撸了一把鼻子，接着道："我们请七套乡纪检干事、办公室秘书作为勘查见证人，于7点45分开始现场勘查……"

看到吴利荣满面潮红，鲁昌钊打断了汇报："请正东政委安排乡政府熬点姜汤，再弄些药来。"他用目光扫了一下在座的各位，关切地说，"正准备攻山头，大家一定要注意防寒保暖，后勤保障务必跟上，别仗没打，先倒下一批病号。"

顾正东出门张罗去了，吴利荣接着汇报。

简要听取案情介绍后，鲁昌钊下达指令："事不宜迟，现场勘查和社会面排摸同时进行。请县局的同志立即由里向外组织排查，及时掌握一些有价值的线索。"

沈立海猛吸了几口烟，掐灭烟头，转身对孙洋说："走，去现场看看。"

现场位于七套乡财政所院内。

拉着警戒带的院门朝西，双扇铁皮大门一半开着，门口有一条南北向小路，路西是农田和一座独立的公厕。沿着小路向北不到

100 米，有座通往七套中心街的水泥桥。财政所的北边是复堆河，南边是乡计生办和一个鱼塘。财政所和计生办各有独立的围墙和院门，东边隔河相望是乡政府。

天已黑成一片，外围现场只能先做一些简单的巡视。

中心现场位于财政所院内一幢坐北朝南、带廊檐平房最东侧的单人宿舍内。平房西边紧挨着一座两层办公楼，东边还有一幢面朝西的平房，南边是一排树木和围墙。

市局刑科所技术员韩朝阳、邹中南站在门外，先用照相机、摄像机把现场内可见范围固定下来，然后铺上勘查踏板。

沈立海和孙洋穿戴上一次性勘查护套，依次进入室内。

中心现场已被响水刑技人员初步勘查过。两个人站在踏板上，由外到里巡视了一遍。

这间单人宿舍门朝西，外面有一扇铝合金框的纱门，内侧木门是司必灵碰锁，未见撬压痕迹。室内被一道腰墙隔成里外两间，外间有张小方桌，靠东墙摆放着一大一小两个放餐具的橱柜和一个木质脸盆架，南墙窗口下是水池、煤气灶具，水池上面的墙上有一面镜子，水池下面的切菜板上放着一把菜刀；里间南北方向靠西、南墙摆放一张木床，死者头南脚北仰面躺在床上，头、颈、腹等处血肉模糊，右腿挂在床边；床的对面靠东墙放有电视柜、办公桌，床上蚊帐坍塌，死者身上、床上、地面可见大量血迹；一只沾有血点的台灯摔在地上，床前有一倒地的木方凳，凳面开裂、血迹粘着发丝；床西侧、南侧墙壁上有喷溅状和挥摔状血迹。

现场惨不忍睹，凶手心狠手辣。

更为诡异的是，现场有两张纸，上面用圆珠笔写了四个字"我来报仇"。

沈立海浓眉紧锁，一言不发。

两个人又由里到外复看了一遍，一步一步退到门外。

一阵刺骨的寒风刮过，沈立海缩了下脖颈，打了个寒战。

"这鬼天气,冻得人脸皮发麻。"他掏出香烟,递了支给孙洋,自己叼一支,用手焐了一会儿打火机,点上烟。

长吐了一口烟,沈立海原地转身,扫视了一圈夜幕下的院子,若有所思。

"孙所,说说,有什么想法?"

孙洋思忖了片刻:"不好说。中心现场的门没有撬压痕迹,凶手有可能是和平入室。从现场痕迹看,凶手和死者应该有过打斗。从被害人的伤口看,凶手的加害动作多,有些动作明显多余……"他想再说点什么,又打住了,"还是看现场勘查的结果吧。"

"你这个法医物证出身的所长,说话滴水不漏啊。"沈立海交代孙洋,"立即安排现场勘查。"

孙洋是从刑案现场一步步走出来的刑科所长,凶手在现场留下"我来报仇"的字条,似乎在暗示作案的动机,好像不怕公安机关查到他。

凶手这样做,有悖常理。难道凶手和死者之间确有深仇大恨,怀着一种视死如归的心态作案?如果抱着这种心态,凶手作案后往往有三种可能:报仇后自杀;到公安机关投案自首;逃离或者隐匿起来。

从现场情况看,这起杀人案看似普通,但疑云密布,定有蹊跷。

他知道《刑事案件现场勘查规则》中有一条:切忌主观臆断。所以他刚才把想说的话又咽了回去。

他扶了下眼镜,招呼刑科所的弟兄们过来:"我们做刑事技术勘查的责任重大,必须坚持实事求是的科学态度,一定要全面、客观,心细如发,为案件侦破提供准确的技术支持。"

说罢,他挥了下手。

按照流程,照相组韩朝阳、邹中南首先进入中心现场,对现场进行全方位拍照、摄像。接着,痕迹检验组陈益、郑中华等人进行前期勘查，提取痕迹物证，用粉笔标注好进出现场路线上的足迹，打开移尸通道。随后，法医组彭明琪、潘万飞、周亮等人先后入室，勘查现场。

现场勘查，是侦破刑事案件的首要环节，在刑事侦查工作中占有特别重要的位置。其任务是发现和搜集犯罪的痕迹、物证，研究分析案情，判断案件性质，确定侦查方向和范围，为破案提供线索和证据。

这是个专业技术含量极高的细巧活。

进行勘查时，首先要认真观察现场每个物体和痕迹的位置、状态以及相互关系，然后使用各种技术手段和方法，对现场的有关部位和物体进行详细勘查，以发现和提取痕迹物证，研究每一痕迹物证形成的原因以及与犯罪行为的关系。

现场勘查按步骤有条不紊地进行着。

韩朝阳、邹中南、陈益、郑中华等人拍摄现场照片、提取痕迹物证、制作现场笔录和现场图。除了韩朝阳手中的照相机发出的"咔嚓"声外，现场静得似乎落下一根针都能听到。

彭明琪和潘万飞、周亮三位法医初步检查了死者的衣着状况，尸体的外表现象，伤痕的位置、形状、大小以及现场物品、血迹与周边物品的关系后，退出了中心现场。

"可以移尸了吗？"站在门口的孙洋问。

彭明琪活动一下发麻的腿脚，搓着手，点了点头。

孙洋于是向大家传达指令："指挥部要求连夜对尸体进行解剖，立即做好移尸准备。"

彭明琪抬腕看了下手表，已经快深夜11点了。

他又回到室内，对尸体的头部、手、脚进行妥善保护后，用一块新床单把尸体包裹得严严实实，然后和潘万飞、周亮、龚超向外转移尸体。

七套乡派出所所长周长兵带着两个当地人站在门口。其中一个留着长发、尖嘴猴腮的年轻人伸着脖子朝屋里张望。

周长兵朝彭明琪说:"他们是侯万财父子,乡里搞殡葬的,就让他们抬吧。"

彭明琪将担架把手交给那个长发年轻人时,年轻人有些紧张,手一抖,担架差点滑落。

"又不是第一次抬死人,害怕什么。"后面的侯万财,低声朝儿子呵斥道。

年轻人没回话,低着头,抬着担架,快步向停在院子里的殡葬车走去。

"慢点。"侯万财又呵斥一声。

尸体被抬上车后,年轻人一声不吭,低头迅速离开了院子。

深夜时分,天黑人乏,谁也没注意有什么异样。

寒风凛冽,雪花纷飞。

孙洋和彭明琪等人把被害人的尸体运到小尖殡仪馆内的解剖室时,已经是深夜12点多了。

解剖室的条件十分简陋,就是一个水泥瓷砖解剖台,上面两盏灯,下面一只水龙头。水龙头被冻住了,响水县公安局的法医龚超请殡仪馆的师傅弄来了一桶水。

作为刑科所长,现场那边还有许多事情等着孙洋去组织和协调,他没等尸表检验结束就匆匆赶回七套了。临行前,他特别对生物检材的提取提出了要求。

彭明琪、周亮和龚超开始解剖尸体。

天气非常寒冷,解剖室里外温度相差不大,三位法医冻得鼻涕直往下流,带着乳胶手套解剖,无法处理鼻涕,只好头偏到侧面用力甩几下。

一直干到凌晨4点多,解剖工作才结束。

尸检结论:被害人系颅脑损伤并失血性休克死亡。

彭明琪随后用手持台向孙洋做了汇报。

"辛苦兄弟们了！这边的现场还在做。这样吧，指挥部的地铺都躺满了人，你们不要急着赶回来，就在当地找个地方抓紧休息一下，明天上午再详细汇报。"孙洋的喉咙有点沙哑。

"彭主任，我家就在附近，不如跟我回家将就着眯一会儿吧。"龚超说。

法医这一行有个不成文的规矩或惯例，解剖尸体后要洗个澡才能回家。彭明琪有点犹豫。

"现在到哪儿洗澡？都是干法医的，就别那么讲究了。"龚超推了一把彭明琪，"快走吧，我爱人今晚在医院值班。"

也没有更好的办法了。这是彭明琪从警 24 年来，工作结束之后唯一一次睡在别人家里的经历。之后，他多次向年轻法医讲过。

第二天上午 8 点，彭明琪准时赶到七套乡指挥部。

室内太冷，乡政府的同志把食堂的大铁炉抬了过来，生上火。

由于许多侦查工作都在同步进行，时间紧张，各组只能简短报告一下初步搜集到的情况，说明自己的意见和依据。

顾德祥带警犬进行嗅源追踪，天下大雪，警犬在院子里的雪地上光打转，没反应。

现场提取了 23 枚杂乱指纹，但是在沾有大量血迹和头发的方凳上，没有提取到指纹。

凶手留在现场的"我来报仇"两张纸，是从室内一本练习簿上撕下来的，也没有提取到指纹。

彭明琪报告了尸检结论，并根据胃内容物的量、性状及排空情况，结合被害人末次进餐的时间分析，死亡时间在 27 日晚上 9 点半左右。

痕迹、法医两个组汇报结束后，响水县公安局刑警大队副大队长高培才和探长时宽义分别汇报了外围排查这条线前期走访调查的情况，没有令人兴奋的线索。

各条线汇报了一遍，不知不觉就到了饭点，大家分批轮流吃午饭。

彭明琪跟着一批人穿过雪后泥泞的场院，来到乡政府食堂。食堂刚刚翻修过，地坪上还铺着保温的草垫，几个瓦工正在院子里忙碌着。

"停一下，都出去，让公安的同志吃饭。"乡政府的干部叫了一声。几个瓦工马上收拾工具。

"小侯二，手脚快点，老拖拖拉拉的。"包工头催促道。

"就好，就好。"一个穿着脏兮兮的深色羽绒服、留着长发的小青年，拎着帆布工具包，飞快地跑出乡政府大门。

刑警的心结

由于案情重大，当天下午，江苏省公安厅刑侦总队政委吴大有、调研员白金陵等刑侦专家相继赶到七套乡案发现场。盐城市公安局局长戴苏生传达了省厅领导的指示精神。吴大有一行听取前期侦破工作情况汇报，复勘了现场。

综合各方面的情况，专案指挥部初步认定：凶手系和平进入，戴手套作案，自带致伤工具，采用多种方式致被害人死亡，有泄愤、唯恐不死情节。从现场痕迹分析，倾向于一人作案，男性，倾向于与死者生前熟悉。由于被害人独居单位宿舍，室内许多物品以及原先摆放情况等细节暂时无法见底，但是死者的手表、戒指以及包内1300元现金未被劫走，谋财杀人的可能性不大。较多迹象符合矛盾、情仇杀人案特征。

几天后，省厅刑侦局派出由法医专家王甫云带队的专家组，再次对现场和尸体进行复勘、复检。专家组一行对现场进行更为细致的研究，在盐城法医分析意见的基础上，明确头部锐器损伤为尖刀类工具刺戳形成，提出了作案过程的几种可能性。

2005年1月5日，盐城市公安局刚刚投入运行的DNA实验室，对现场提取的血迹做出鉴定，死者身上、墙壁、地面以及方凳等处的血迹，均为被害人血迹。

侦查工作分几条线继续紧张地进行。

然而，大网撒下去，没有捞到实质性线索。

刑侦领域有一个共识，案件侦破是有黄金期限的。通常来说，案发的头三天，是一宗"热案"，也是最容易破案的阶段。三天后，就成为了"温案"。若一个月后仍未破获，案件就会变成"冷案"。

受当时技术条件限制，案件的侦查工作主要依靠传统手段进行，组织人工排摸，查找破案线索。

沈立海又召开专案组会议，进一步分析研究案情，部署下一步侦查工作措施。

这个从基层刑警队历练出来的支队长，看到案子一天天"冷"下来，他不免有些着急。

他点上一支烟，连吸了几口，香烟就烧掉半截。

他说："经过紧张工作，各条线陆续搜集了一些情况，但都是面上的初步排查，有价值的线索不多，说明我们的排查工作还不细，面也不够广，思路还不够开阔。"

他本来就黑的脸更黑了，用手点了点桌子："群众看公安，关键看破案。同志们，这是一起命案，大家应该知道我们刑警肩上的责任。"

在座的面面相觑。

陈玉龙政委立即给大家鼓气："不过，大家也不要气馁，我们还是有收获的。经过省厅法医专家复检，同意彭明琪他们的尸检结论，被害人的死亡时间和死亡原因已经明确，这就为我们下一步的工作提供了重要的时间节点。"

沈立海扔了支烟给正在埋头看现场图的副支队长熊新民："大熊，你是分管侦查的，谈谈你的看法？"

熊新民是搞痕迹检验出身的，养成了严谨细致的工作作风。他慢慢放下现场图："我刚才又看了一遍现场，建议大家注意以下几点：一是凶手作案时身上应该沾有血迹，作案后极有可能换掉血衣。因此，要排摸在 27 日晚上到 28 日上午这个时间段更换衣着或者穿潮湿衣服的人；二是凶手作案后的行为举止可能有反常，或临时出走，或恐惧害怕；三是要注意排查案发前，特别是最近几天与被害人有过纠葛的人。另外，对案发地周边的男性也要进行定位排查。"

喝了口茶，熊新民继续说："七套乡位置偏僻，可以排除流窜作案。我想，我们侦查的重点，应该是七套乡，重点中的重点是乡政府和七套中心街一带。当然，面上、线上都要统筹兼顾，主要是围绕被害人生前工作、生活过的地方的熟人及其他交往人员开展排查。"他说话不紧不慢，逻辑性强，给人以沉稳、内敛的感觉。

"熊支队提了很好、很具体的意见，我完全赞同。"沈立海巡视一下会场，"我们下一步的侦查方向，要紧紧抓住死者的关系人这条主线，要想方设法，穷尽查证见底。现场提取的指纹、掌纹要仔细核排，对上谁，要进一步查清；要多渠道、多措施同步进行，文检、痕检也要齐头并进。另外，被害人小灵通手机的通话、短信记录要抓紧梳理。在侦查力量的安排上，市、县两级刑侦力量进行整合，以线分组，领导要带队负责到底，就不要天天派工了。"

王荣华副支队长补充了一句："对袭击单身妇女的案件，目前看关系似乎不大，但建议还是要关联碰撞一下。"

又一道网撒了下去。

几天下来，依然没有突破。

由于这起蹊跷的杀人案没有理出头绪，新的情况接踵而来——原本是一起普通的杀人案，因被害人是乡党委委员，又是一位性格开朗的年轻女性，狡猾的凶手作案后伪造了现场，加上受当年刑事科学技术条件的限制，案件侦破一时难以取得突破性进展，社会上开始议论纷纷，包括对被害人也有一些不负责任的流言蜚语，被害人的亲属情绪激动，多次到公安机关，强烈要求尽快破案，严惩凶手。这些不仅给公安机关的声誉带来影响，而且对社会稳定造成不可预测的影响。

盐城警方的压力陡增。

彭明琪和周亮又在中心现场猫了一个上午。他们再次仔细观察了现场物体、痕迹的位置、状态，对照被害人的衣着、尸表以及伤痕的性状等要素，分析其中的相互关系。

两个人一前一后走了出来。

摘下口罩，彭明琪敲了敲发酸的后腰："亮子，你看这雪后的乡村多美啊。"

"我可没有闲情逸致欣赏这田园风光，现在我们就像在黑夜里的大海上行舟，完全找不到方向。"周亮无精打采地回道。

"不一定吧？"

"什么不一定？这现场反反复复看了多少遍，外围排查也撒了几回网，凶手在哪里？他在现场留下字条，是在向我们示威呢。"

"少安毋躁。亮子，我给你提个醒啊，我们当前的首要任务，就是做好过细的勘查。尽管凶手的性别、身高、体貌特征不详，但是一定会留下蛛丝马迹的。"

"我估计这未必是……"

"未必是什么？"

"……再说吧！"

彭明琪自然明白周亮想说什么。现场的痕迹杂乱无章，凶手加害的动作毫无规律可言，尽管现场留有"我来报仇"的字条，但是并不能充分说明凶手因仇杀人的动机，况且文字检验也没有核对上重点嫌疑人。这起命案疑雾重重。

"案子没破之前，一切皆有可能。还是靠证据说话吧！"彭明琪像是说给周亮听，又像在自言自语。

考虑到被害人生前工作过的乡镇多，具体承担过的事务门类多，因岗位形成的人际关系也相对复杂，为方便走访排查和保密需要，指挥部决定分两条线工作：对被害人生前特定关系人的排查，由市局刑警负责；社会面上的走访调查由县局负责。

市局刑警采取不同的方式方法，先后排查了陈港、张集、黄圩、小尖、七套等乡镇526名特定关系人。经过艰苦细致的工作，发现了一些线索和有疑点的人员，但是最终被一一排除。

响水县公安局抽调警力，围绕七套乡附近区域组织社会面排查。民警们按照上门入户，逐一访问14岁以上50岁以下男性的要求，过筛子般排查了一遍，也没有获取有价值的线索。

市、县两级50余名刑警连续奋战，继续双线并进。

又是十多天过去了。

"大熊，案件侦查有新的进展吗？"市局戴苏生局长打电话给盯在一线的熊新民。

"目前还是没有什么有价值的新线索。"熊新民的语气里有点懊恼。

戴苏生安慰道："不要泄气，这起案件的现场情况相对复杂些，一时找不到突破口也正常。我想，要反复勘查现场，认真翻阅现场资料、会办记录和走访材料。另外，重点人头与重点线索材料也要过细再梳理一下，弄清底数，看看有没有遗漏的人头线索。"

"又甄别出遗漏人头17人，但是都被排除了。"

"省厅和市领导一直很重视，要求尽快破案。"戴苏生停顿了一下，"这件案子搞了这么长时间，仍然没有理出头绪，我看外围辅线的工作需要再加强一下，不能放松。必要时，再请省厅和兄弟市的同行帮我们把把脉。"

于是，指挥部又邀请省厅以及徐州、常州、扬州等地刑侦专家来响水会诊，针对现场笔迹等检材多次组织会商，听取各方面意见，集思广益，寻找案件侦查的突破口。

徐州市公安局时任副局长、知名刑侦专家王铁兵复勘现场后，对案件的性质提出了更为具体的推断：这是一起强奸杀人案。

但是，目前还没有有力的证据证明王铁兵的观点。

从现场字条和被害人的伤口情况分析，有仇杀、泄愤的迹象，而且现场也没有提取到凶手的相关生物检材。

正当大家一筹莫展之时，省公安厅领导来到七套乡案发地，实地察看现场，听取侦破工作进展情况汇报，与市、县局有关领导和侦技人员详细研究分析案情，要求专案组坚定信心不松劲，扎实稳步地推进排查工作，对案发现场要研究透彻，同时空中信息、电信资料梳理等措施要紧紧跟上。

指挥部决定成立由市、县两级公安机关 15 名刑警组成的专案攻坚组，针对前期工作"查漏补缺"，寻找新的突破口。

专案刑警们反复走访调查，耐心做通当事人的思想工作，带破了 12 起侵袭单身妇女隐案。

但是经审讯，相关犯罪嫌疑人都不具备"2004·12·28"案件的作案条件，嫌疑相继被排除。

再次对被害人原籍地及其相关工作地展开查访，还是没有收获。

回访被害人最后接触过的人员、最后通信的人员，以及具备被害人宿舍钥匙的人员，弄清他们在近几年内的生活状况，排摸异常情况，也没有收获。

反查已采集进指纹库的重点人头，没有收获。

扩大范围采集指纹、笔迹，仔细检验，没有收获。

将重要现场物证白色毛巾、红色保暖长裤、白色睡衣、木凳、门把手、笔套、水果刀等先后送公安部进一步检验，仍然没有收获。

……

刑案侦破，有时就是这样徒劳无功。在案件没有水落石出之前，你无法判断哪些该做哪些不该做。有些工作做过了，才知道是徒劳的，但是只有坚持做下去，才有可能看到希望，如果停下来也就关闭了破案的大门。

专案组尽管有一些模糊不清而又无法细致明言的预测和判断，但总归让大家在茫茫大海里似乎见到了一丝漂浮不定、若隐若现的希望。

刑警有句口头禅：宁可信其有，不可信其无。参战刑警们毫不气馁，顶着隆冬的寒风，继续深挖细查。然而，推测与现实有时会存在惊人的差距，其结果又是竹篮打水一场空。

时间一天天过去。

此案疑云密布，侦查工作陷入了僵局。但是专案组在挫折面前誓不言败，侦查工作一直没有停止过。案件不破，班子不撤，工作不停。

因为破案是刑警的天职。他们忍辱负重，暗刀藏鞘，默默追踪着杀人凶手……

"2004·12·28"命案，成了盐城、响水两级公安刑警的共同心结。

疑案的诉说

光阴流转，一晃十多年过去了。

当年参与办案的民警，有的调离刑侦岗位，有的退休。响水县公安局的局长换了几任，但是每一任都把此案列为重点攻坚任务，盯住不放。县局刑警大队的物证保管室搬了好几次，"2004·12·28"案件的几大箱物证一直标志清晰，完好无损。每次破案会战，市、县刑侦部门都要组织人员回头看，痕迹物证检验一有新技术，刑事技术部门首先想着试一试。

2012年，DNA检验一系列新方法刚刚出来，专案组就把现场的木方凳、衣服等物证再次送到公安部第二研究所检验。2017年，群众反映一个被排查对象案发后行为反常，处处小心翼翼，专案组立即组织核查。2018年7月，连云港市灌云县公安局刚刚引进一种新的DNA提取试剂，检出效果好，专案组又将当年现场的重要检材送检……然而，都是无功而返。

形形色色的刑事案件，既有它的普遍性，也有被种种假象掩盖住的特殊性。如何从它的普遍性中，捕捉到深藏的特殊性，不仅仅要凭刑警们的经验和智慧，还要依靠先进科技手段的支撑。因为案件的侦破，讲究的是证据，如果能获取有价值的线索，再循线侦查，分析出其中的逻辑关系，形成证据链条，案子也就破了。

可是，查缉杀人元凶的证据在哪儿呢？

这一切似乎预示着，"2004·12·28"案件的侦破，在等待着一个转机。

"我搞了三十多年刑侦，这起杀人案一直是我心中解不开的结，成为我从警生涯中抹不去的阴影。每次路过当年的现场，总会在那里停留一会儿。"时任响水县公安局刑警大队副大队长的高培才说。他已经担任了县局副局长，当年的满头乌发如今已经花白。

每当他参与此案研究会办，总会五味杂陈，百感交集："这是我们刑警欠下的一笔债啊！"

而在彭明琪的心里，则一直埋着一连串的问号：

被害人是颅脑损伤死亡，但是凶手的加害动机在尸体上反映并不明确。颅脑损伤多且重，足以致死，颈部切开损伤是多余的，反映出凶手的心理是唯恐被害人不死，是加固性损伤吗？

被害人的姿势和衣着符合性侵一般表现，但是她的双手被捆绑，已经丧失反抗能力，凶手为什么还要加害？

凶手用钝器打击、锐器刺戳两种方式，有些动作显然是多余的，为什么？

被害人的腹部等位置有切割、刺戳形成的伤口，符合泄愤目的，这又与性侵的动机相矛盾，为什么？

如果为财，一般一类损伤致死，无须再用刀。即使考虑用刀威逼，放在显眼位置的包里有大量现金以及手表、戒指却不拿，为什么？

现场留有"我来报仇"字条，但是被害人胸部等一些致命要害部位，为什么凶手一刀未刺，而是在面部切割、头部刺戳，不符合一般凶杀案件的规律……

他感到很困惑，这起离奇的凶杀案，无法用一元论来解释尸体损伤和现场表现。老所长当年的分析有道理，凶手作案时，定有蹊跷。

对这起案件不离不弃的，还有王建华。

心理学上有一种专业术语，叫创伤后应激障碍，即"记忆侵扰"，指人对受创时刻的伤痛记忆挥之不去。

自从妻子惨遭杀害后，王建华一直怀着深深的伤痛。这种伤痛，一开始是因为爱妻被残忍杀害，但随着时间推移，逐渐转化为一个带泪的问号：妻子为什么被杀？凶手究竟是谁？面对坊间的一些传言，种种疑虑和猜测在他的脑海里萦绕。

漫漫长夜，王建华手捧一家三口在南京珍珠泉边的最后一张合影，彻夜难眠。

两年过去了，他的微博头像仍是妻子的照片。

2006年10月26日晚，王建华在网络上发出血泪呼唤：谁能为我遇害的妻子找到凶手？

> 2004年12月28日，我的妻子被人杀死在江苏省响水县七套乡政府院内的单身宿舍里。遇害时年仅30岁多一点，上有70岁的父母，下有5岁的孩子……当地群众的期盼，5岁孩子的呼唤，70岁老人的奔走，天堂冤魂的哭泣……难道能让凶手逍遥法外吗……作为死者的丈夫，我没有能力为死者找到凶手，但我有决心为我的妻子奔走终身，继续求助警方，求助社会、媒体的各位朋友，能够积极关注此案，早日为死者讨个公道。

2006 年 11 月 3 日，王建华再次发出一条《我爱我妻》的微博：……凶手绝逃脱不了法律的制裁！

弗洛伊德说过："人的创伤经历，特别是童年的创伤经历会对人的一生产生重要的影响。悲惨的童年经历，长大后再怎么成功、美满，心里都会有个洞……那些发生于童年时期的疾病是最严重，也是最难治愈的。"

东东对母亲的记忆永远停留在他 5 岁的时候，母亲漂亮、慈爱，会唱歌跳舞……

随着日出日落，他渐渐知道了一些情况，自己的母亲没有出差，是在一个漫天飘雪的寒夜里被人杀害了，而凶手一直没有被抓到。他幼小的心灵受到了莫大的伤害，失去母亲的悲伤又不愿意对别人诉说，一直埋藏在心里。他感到孤独、无助，慢慢向外人关闭了心灵的窗口。

见到儿子常常独坐在窗前，一语不发，王建华的心像被钢针扎了一般。

东东的大姨心疼他，就经常买些吃的玩的来看他，久而久之，东东把大姨当成了自己的母亲。

每次大姨走时，东东都泪汪汪地站在门口。那种依恋不舍的眼神，邻居们见了，个个心酸。

这时，有一个人，多年的小日子似乎过得风轻云淡，但在他见不得光的内心世界，一直想摆脱那起血腥命案的魔咒……

2012 年 10 月 31 日下午，常州市武进区湖塘镇物流园。

"侯二，赶快把这批货卸了，送到服装厂。"物流园里一家小门店的王老板催促妹夫侯二。

"好的。"一个尖嘴猴腮、鼓睛暴眼的中年人低着头应了声。别看他个子不高，长得像只瘦猴，却有把子蛮力气，一个人蹿上跳下的，把大卡车上的货物一件件搬到小货车上。

"当心点，别又伤了腰。"站在门店里的王老板提醒妹夫侯二。

侯二又应了一声，继续爬上跳下地搬箱子。

望着妹夫忙得汗流浃背，捧着茶杯的王老板心里乐滋滋的。以前来打工的，都嫌活重工资少，干不长，他既当老板又干搬运工，累得够呛。这个侯二虽说平时话语不多，像个被鬼附过身的闷驴，但是干起活来却是把好手，装卸货物、开车送货样样行，一个人顶几个用。他当初也是出于可怜才收留了侯二，现在看来这个选择不错，既帮了妹妹一家，又替自己省了不少心，门店的业务量也上来了。

半小时后，侯二把十几箱货搬到了小货车上，接过王老板的茶杯猛灌了几大口，用衣袖抹了一把嘴，抓起桌上的送货单，一声不吭地出去送货了。

晚上7点多，侯二回到物流园，拿了几件换洗的衣服，进了金鸡东路的一家浴室。

侯二在池子里泡了一会儿，搓了背，来到大堂躺下，眯眼小憩。

"老板，看你躺着没事，不如做个大保健吧！"一个衣着暴露的女人递过一杯茶，粉白的大团脸对着侯二胡子拉碴的脸，柔媚地说。她浑身散发出劣质香水味。

侯二眄视了一下，翻个身，没有搭理。

"看老板的样子，好久没回过家了吧？"这个做皮肉营生的浪女，嘴上一口一个老板的，眼睛却毒得很，一眼就看出这个猥琐男人是个打工的乡下人。

她伸手轻轻拍了一下侯二尖尖的屁股，挑逗他："来吧，就在上面的阁楼里，安全呢。"

这一拍不打紧，长期没碰过女人的侯二，体内的血液立刻大合唱，升腾起一股饥渴的骚动，不由自主地转回身子，抬起头，打量了一下面前的女人，不安分的目光把这个肥腩腩的女人上下审视了一遍。突然，他又倒头睡下。

他在拼命克制住那种久违的冲动。不是他不想，而是他不能——自己人不人鬼不鬼地熬了那么多年，万一被公安抓住，他的小命就完了。

"哎呀，又不是没碰过女人，还不好意思哩！"女人在侯二瘦骨嶙峋的胸口又揉了一把。

这下侯二把持不住了：自己的小命也是赚来的，再说哪能那么凑巧？风流一回是一回吧。他咬咬牙，一骨碌爬起来，低头跟着这个女人爬上了脏兮兮的小阁楼。

"多少钱？"

"200块。"女人一边说，一边催促，"快点。"

"100吧？"

"还跟老娘还价？"女人竖起粗黑的双眉，立刻变成了女魔头。

"我只有130块，还没有吃晚饭哩。"侯二贪婪地看着女人，喉结上下滑动着。

"算了，今天老娘就甩卖了，130块，成交！"

侯二饿狼一样扑向那堆肉团……

就那么凑巧。突然，外面传来一阵杂乱的脚步声。

侯二立刻提着裤衩往楼下狂逃，脚一滑，轱辘般滚落下来。他抬起头，眼前站立着一位警察。

侯二和那个女人被带到派出所。

"哪里人？"

"安徽的。"

"什么名字？"

"王……王小二。"

民警抬起头，紧盯着侯二："你没说实话吧？听你的口音是苏北人呐！"

"我……我是在物……物流园打工的。"侯二忙哀求道，"别让我老板知道好吗？他是我亲戚，我认罚，多少钱都行。"

"身份证呢?"

"没……没有。"

"没有?那就先在这里待几天,好好审查一下。"

侯二更慌了,连连拱手作揖:"求求警官了,千万别关我,我说,我说……"侯二只好说出自己真实姓名,被罚款、行政拘留。

他惶恐不安地在拘留所里煎熬了5天后,回到物流园。

王老板做梦都没想到,这个闷驴妹夫平日里老实巴交、寡言少语,竟然也会去嫖娼。他心里自然不痛快,但又心怀恻隐,都是男人嘛,侯二正值血旺之年,长期离家,一时按捺不住走了小道,也可以理解。加上妹夫一直勤勤恳恳替自己做事,是个好帮手,就不多说什么了,并且答应不把这件事告诉自己的妹妹。

王老板也在打着小算盘:倘若妹妹知道这事,肯定要逼着侯二辞工回去,那再到哪里去找像侯二这样既省心又能干的帮工?

而侯二却心事重重,对大舅哥说,自己做了对不起老婆的事,要回家一趟,就急匆匆走了。

王老板当然不知道,这个侯二的心里藏着一个天大的秘密。

惊弓之鸟的侯二,并没有回苏北响水的家里,而是躲了起来,暂避风声。

窝在一个鱼塘边的小棚里,侯二心神不定,不时四处张望。他担心这次因为嫖娼留了案底,被公安机关追查出以前的事。

8年前的那个寒夜,一直让他心惊肉跳……

游走的"孤狼"

此人叫侯大海,1981年12月26日出生,响水县七套中心社区七套居委会中西组人。其实,他真正的名字叫"侯小海"。

"侯大海"是他没见过面的哥哥的名字。哥哥5岁那年掉到家门口的复堆河里淹死了,父母就又生了他。他结婚前一直使用"侯小海"的名字，后来不知什么原因，他用哥哥的名字"侯大海"登记了身份证，但是乡邻们仍然叫他"侯小海"，家里人叫他"侯二"。

侯大海的父亲是做殡葬营生的，附近有人去世了，就帮着换老衣、抬尸体，挣个扶重钱。因此他在上小学时，就不受同学们的待见，嫌他身上阴气重。他小学没读完就辍学了。

整日在七套小街上晃荡的他，偷枣摘瓜的，常被人追着打，就躲到录像厅里看录像片。小小年纪他便学会抽烟喝酒，喝了酒就耍酒疯，不是嚷嚷下河就是要跳楼，闹得乡邻四舍鸡犬不宁。乡亲们更不爱搭理他了。

长期被人冷落的侯大海，内心里也感到痛苦，久而久之，痛生忌，忌生恨，恨生恶，变得性格孤僻，就像一只游走在社会边缘的"孤狼"，骨子里透着敌视、暴戾和凶残。

17岁那年，侯大海跟着亲戚学做瓦匠，在七套乡一带替人家修屋建房。刚开始做小工，搬搬砖头，递递沙灰桶，慢慢学会了一些瓦工活，砌墙上梁的，练出一身的蛮力。

2004年12月27日，侯大海跟着师父给七套乡政府翻修房屋。他的人生就此走上罪恶的拐点。

傍晚要收工的时候，天上飘起了雪花。

承包食堂的老张走过来，指着食堂走廊说："几位慢走，趁手再把这几个平方米的地坪收下光，我管酒。"

师父挠了挠头："下雪了路不好走，这样吧，侯二你家就在附近，加个工，把地坪收拾一下。"

临走前，师父叮嘱了句："少喝点酒，驱驱寒气就行了，再耍酒疯可没人管你。"

侯二不满地低声哼了一下，只好又拿出工具开始光地坪。

晚上7点多收工，老张热了三个菜，又拿了一瓶白酒给侯二后就回家了。

侯二一个人在食堂里喝着闷酒。喝了六七两后，他肚子不舒服，闹腾起来。

"这个老张真抠门儿，尽拿些剩菜糊弄我。"侯二捂着肚子跑到乡政府厕所拉稀。完事出来后，看到一个年轻女子从隔壁的女厕所出来，走出乡政府大门。

昏暗的灯光下，这女子身材婀娜，丰腴诱人。

"乡政府里竟有这么漂亮的女人，我以前怎么没见过？"侯二立刻来了精神，三两下收拾好工具放在食堂门外，就去追那个女子。女子早就没影了。

这时，他的肚子又"咕咕"作响，就钻进财政所门外的厕所又拉稀。出来后，恰巧又见到那个女子拎着包，从财政所桥北边往南走，然后进了财政所的院子。

侯二开始想入非非，两眼发出绿光。他看看四周无人，财政所院内静悄悄的，就尾随着那个年轻女子进了院内。

女子进了财政所那排带走廊平房最东边的宿舍，随手虚掩上门。

侯二躲在暗处，那双色眯眯的眼珠滴溜溜转。窗口映出那女子的身影，隐约传出盆响水声。

"她洗洗准备睡了……"看到此情此景，他体内骚动得越发厉害，心底的罪恶被熊熊欲火燃烧着，蹿涌着……

"今天是周末，院里没人，不如把她睡了！"他戴上做工用的手套，蹑手蹑脚，悄悄拉开纱门，又轻轻推开虚掩的木门，恶狼般闪入房内。

"你是谁？干什么的？"正坐在里间床边洗脚的女子，看到侯二便厉声问道。

侯二立即转身锁上外间木门的司必灵碰锁。

女子紧追出来，看到他锁上门，知道不好，立刻大声喊："救命！"

侯二冲上去用手捂她的嘴，两个人扭打起来。

一个弱女子怎敌得过酒后欲火炽盛的恶狼？可怜的女子被拖进里间，双脚乱蹬，两手乱抓，挣扎着，嘴里不停地呼喊"救命……"

女子拼命反抗。侯二看到床南头地上有一根木棍，就顺手捡起往女子的头上狠狠击了几下，女子顿时昏了过去。为了防止女子醒来继续反抗，侯二又把她的双手捆绑在胸前。

这时，女子醒来了，大口喘着气问他："你是要钱还是要什么？"

满脸酒气的侯二狞笑着，没回话。

"你要钱我给你钱，就当什么都没有发生过。"女子断断续续说。

侯二继续狞笑，仍然没有回话。他虽然喝了酒，但是心里十分清楚，如果就这么住手，这个女人以后肯定会报警，公安就会抓到我。既然已经做了，就只能我一个人知道——必须把她杀了。

他心底的罪恶已经全部迸发出来了，拿起床前一只木方凳，两眼露出杀机。

"求求你，别杀我……"女子哀求道。

丧心病狂的侯二全然不顾女子一声声哀求，举起凳子朝女子的头部恶狠狠砸下。女子抬起被绑的双手往上挡了一下，侯二越发凶狠，双手举凳，一下，两下……

女子又昏了过去。侯二脱下左手套，用手指在女子鼻口试了一下，还有微弱喘气。看到床头桌子上有一把水果刀，他就把手套戴起来擦了一下女子鼻口，拿起水果刀朝女子的头上猛戳。

女子满含屈辱，带着悲愤离开了人间……

他在香港录像片中看到过，说人死前眼睛里会留有凶手的影像，在额头划上一刀就没有了。他又在女子的额头位置横着划了一刀。

望着女子满是鲜血的脸，侯二什么兴趣也没有了。

杀人了，很快这里就会全是警察，怎么办？得转移公安的视线。

狡猾的侯二想了想，又在尸体的其他部位故意划、戳了几刀，拉开羽绒被把尸体盖起来，把房间里的衣柜、办公桌、小桌子、手提包等东西也故意乱翻了一下。

随后，他从桌上的本子上撕了两张纸，用圆珠笔匆匆划拉了"我来报仇"四个字。

又想了想，侯二端走有洗脚水的脚盆，倒入外间的水池里，把脚盆放在脸盆架下面。在水池边的镜子里看到自己鼻梁上有点血迹，就拧开水龙头接了一点水，然后用手套把鼻梁上的血擦净，发现鼻梁不知什么时候擦破了一点皮。

回到里面房间，侯二又一一擦去现场痕迹，拿着那根木棍和水果刀离开房间，从外面把门关了起来。

他把木棍和手套等物件分几处扔到河里后，才回到家里。

当发现身上的深色羽绒服上有黏糊糊的血迹，他本想塞进厨房里的洗衣机洗一下，转念一想，就用鞋刷把血迹一点点刷掉，晾在厨房里。收拾妥当后，他才回卧室睡觉。

第二天一早，侯二继续穿上那件深色羽绒服，像往常一样回到乡政府，一声不吭地做工。

"杀人了！"傍晚的时候，这个惊人的消息，在七套小街不胫而走。财政所门外围了很多人。

侯二依旧一切如常，吃晚饭，睡觉。

半夜里，侯二的父亲喊他去抬尸体，他起床、穿衣，跟着父亲来到财政所。院内有很多警察，尸体被床单包裹着，他的心里虽然很紧张，但不露声色，一声不吭地和他父亲一起把尸体抬上殡葬车，随后没作任何停留，又回家继续睡觉。

埋在被窝里，他反复回忆自己一天里的举动。早上出门时特意没换昨天穿的深色羽绒服，上面沾有血迹的地方，已经用鞋刷刷过，颜色深，又沾上了水泥灰，脏兮兮的没人能看出来；白天做工也没有露出蛛丝马迹；半夜里抬尸体也把持得挺好……

他很想逃离七套。

但是他知道，这样反常的行为必定会引起警方的注意，不能自乱阵脚，自投罗网。不是有个词叫"灯下黑"吗？最危险的地方也是最安全的。

要想平安无事，须下死功夫。他从此遏抑自己，谨言慎行，再也不在外面惹是生非。为了防止酒后乱言，嗜酒成性的他时时把控住自己，能不喝的人情酒尽量不去喝，实在推不过去，只喝一点点。毕竟命比酒重要。

就像一条冬眠的毒蛇，他蛰伏在离凶案现场不到200米远的家中，静观其变。

不得不说，这个杀人恶狼虽然读书不多，但是具有很强的反侦查能力和心理承受能力。他作案时凶狠残忍，狼心狗肺；作案后奸同鬼蜮，形若狐鼠。他的一系列反应，狡猾、诡异、冷静、奸诈，多次成功逃脱了警方的视线。

但是，自他杀人之日起，噩梦就缠绕着他。

他惶惶不可终日，每天提心吊胆。每次路过乡财政所院子，晚上就噩梦阵阵，见到警车、警察，就远远躲避……

死罪暂存，活罪难熬。冤魂放不过他。

没多久，侯二替人家盖房子的时候，房子塌了，他从二楼摔下来，腰椎骨裂，左耳朵也聋了，在医院和家里躺了一年多，包工头没有钱赔，自己积攒的那点钱全花空了。出院后，凑钱买了辆农用车跑点运输挣钱，又出了交通事故……

过了一段时间后，他觉得已经风平浪静，是时候离开七套了。

内心惊恐不安的侯二借口外出打工，说通自己的大舅哥，来到常州市武进区湖塘镇物流园。

虽然远离了七套，但是他一直魂不附体。每次从噩梦中惊醒，就偷偷摸摸躲到僻静处烧点纸钱，嘴里还不住地念叨什么。腥红的火焰映照着他那张惨白的脸，就像一个孤魂野鬼。

命案在身，侯二有家不能回，有亲人不能团圆。这担惊受怕的日子哪天是个头啊？

似水流年，8 年的时光岁月，也不知他是怎么熬过来的。

这次因为长期离开老婆，一时把持不住嫖娼被抓，着实把他吓得不轻，躲藏了起来。但是也不能老躲着，"失踪"时间长了，更容易引起大麻烦。考虑再三，他偷偷溜回物流园打探，大舅哥的门店一切如常，也没有公安来过，那颗悬着的心又渐渐放了下来。

侯二只能走夜路吹口哨，给自己壮胆：这么多年过去了，盐城公安也许早就忘记那个案子，应该不会有事了。

十几天后，这只游走的"孤狼"又窜回了物流园。

然而，天道昭昭，法网恢恢。侯二当然不知道，一柄正义之剑即将高悬于他罪恶的头颅之上。

"冷案"不冷

在当地老百姓的眼里，"2004·12·28"案已经被时间的潮水淹没。事实上，盐城刑警一直没有放弃对此案的侦查。因为破案是每个刑警的使命，这起"冷案"是他们心里的隐痛。他们坚信，只要坚持不懈，案件最终会迎来真相大白的那一天。

2018 年，盐城警方重新梳理这起"冷案"，重新评估，重新踏勘，重新检验……

6 月 12 日下午，盐城市公安局再次召开"2004·12·28"专案分析会。

会议室灯暗人静。市局分管刑侦的副局长朱晓明，响水县政协副主席、公安局局长张瀚以及专案组成员依次在座。

刑警支队支队长熊新民站在大显示屏前，对着当年的现场照片，详细汇报"2004·12·28"命案现场情况以及侦查的曲折过程。他足足讲了两个多小时才结束。

灯亮了。

"这起命案，鉴于当时的侦破条件，一直没有破。"朱晓明环顾了一下会场，"今年市局已经把这起案件列为必破案件。在座的都是干刑警的，张瀚同志也是老刑侦，我不搞一言堂，今天每个人都要开口，说说自己的想法，发发牢骚也可以。"

会场沉闷的气氛被打破了，大家各抒己见。

张瀚首先表态："这起案子发生在我们响水，这么多年下来，县局的几任局长都先后组织过攻坚，一直没有拿下来，我们的压力很大。但是我们有信心，不管遇到什么样的困难，付出什么样的代价，这笔欠账一定要还上。"

副支队长薛红军心思缜密，从容淡定，面对再难的案子都是一副波澜不惊的样子，被弟兄们称为"儒警"。此案案发时，他是市局刑警支队反侵财案件侦查大队大队长，当时虽没有直接参与此案侦查，但是作为一名刑警，一直关注着此案的侦破情况。担任副支队长后，他逐步参与侦查，曾经果断排除了一名当时认为有重大嫌疑的对象。

他轻轻合上笔记本电脑："我认为此案当时在侦查的大方向上没有错，以中心现场分被害人生前的关系人和周边社会面两条线同时排查，但是把主要的力量投入关系人这条主线上了，社会面上的排查虽然也拉了好几次网，力量相对弱了一些，还不够细致。建议从头认真梳理一下，特别是案发现场周边的乡镇，看看有没有漏掉什么。"

"我说几句。"后排的彭明琪站起身，"从现场看，似情杀或仇杀，可是一直没有找到相关点，凶手也不像是事先经过周密的计划。从现场的痕迹和被害人的伤口看，凶手好像东一榔头西一棒子的，而我们就是找不到关键的线索。现场脱落细胞和血迹已经做过多次，结果都是被害人的。"说到这里，这个一向很斯文的书生有点着急了，"我干了二十多年刑侦技术工作，参与侦破了多起命案积案，怎么单就这起一直找不到头绪呢？真窝囊！"

"坐下！"熊新民回头瞪了彭明琪一眼，低声喝道。

此刻，朱晓明十分理解大家的心情。几十年的刑侦生涯告诉他，急，不是个办法。

他语重心长地说："有案必破是我们刑警的天职，大家有点急躁情绪可以理解。但是无论遇到什么挫折，我们刑警对党忠诚、服务人民的信仰不能丢，攻坚克难、永不言弃的精神不能丢，向失败学习、善于总结的传统永远不能丢。"

张瀚接过话头："这起案件尽管已经过去十多年了，没破固然有它当时的特殊性。但是雁过留声，蛇过留痕，我们要找准突破口，查找到关键证据。我想，突破口还是现场。"

"现场早没了！原来的平房已经改建，面目全非，怎么找？"

……

大家都说得差不多了，朱晓明看了看各位，语气轻缓地说："同志们，英国19世纪著名改革家塞缪尔·斯迈尔斯说过，我们从失败中学到的东西，要比从成功中学到的东西多得多。大家要有信心啊！面上的排查要进一步梳理，时过境迁，难度可想而知。但现在我们的科技手段提高了，我想，刑侦技术人员要在现场物证方面再上上力。"他举重若轻的神情，让大家缓解了不少压力。

其实，作为分管全市刑侦工作的副局长，他身上的压力比谁都大。

这几年，盐城公安坚持以人民为中心，抱元守一，创新进取，构架了平安盐城的"四梁八柱"，保持了社会大局持续平安稳定。特别是一轮又一轮的打击行动，已成为惩治违法犯罪的常态化利器，打出了荡污除垢的平安声势。现行命案全部告破，全市刑事发案数与3年前相比下降了50%，万人刑事发案数在全省最低，十万人命案数仅为全国平均数的五分之二。只是，"2004·12·28"这起"冷案"就像一块搬不走的石头，一直压在朱晓明的心头。这个案子的工作专班人员虽然已经换了几茬，但是一直在接力侦破。大家很辛苦，压力也很大。刚才，他让每个同志都发发言，就是让大家把多年的憋屈和压力都释放出来，轻松上阵。

朱晓明扬了扬手中省厅挂牌侦破的文件："同志们，我们不仅要打击现行，更要破积案，还欠账，坚决把杀人凶手绳之以法，告慰亡灵，给死者亲人以及社会群众一个交代。"

他思量了一下，说道："西方有一条谚语：罗马城不是一天建成的。对眼下这个案子，我们一方面要加紧破案，另一方面也要有足够的耐心。记住，证据要确凿，要把这个案子办成经得起历史检验的铁案。"

朱晓明转身交代熊新民："这样吧，你辛苦一下，盯上去，再次组织'回头望'，一定要实现积案清零。"

彭明琪着急是有缘由的。

这起"冷案"久侦不破，当地的百姓也已淡忘了这个案子，人工排摸困难重重，破案的着力点只能放在当年的现场物证上了。因此，刑科所责任重大，而作为一所之长的他，肩头的担子自然是沉甸甸的。他当然着急。

这么多年过去了，彭明琪每当遇到用刀、有泄愤、性侵倾向的杀人案件时，总会想起"2004·12·28"案件中许多特定的动作、损伤，反思当初分析的作案动机是否正确？作案过程是否合理？

回到办公室，他又翻开历次参加这起"冷案"会办的笔记本，对着现场图和照片埋头琢磨起来。

"明琪，进入角色蛮快的嘛！"薛红军在朱晓明副局长那里和熊新民等几位支队头头儿碰过后，来到刑科所。

"这个案子不破，堵心哩！"彭明琪泡了杯茶。

薛红军笑着，接过茶杯坐下："刚才在会上沉不住气了？不是我说你，你现在已经是刑科所掌舵的了，遇事要冷静啊。"

"领导批评得对，我这不是着急嘛。"

"这个案子错综复杂，侦破工作难有进展。我问你，凶手为什么要故布疑阵呢？他的目的不就是扰乱我们的侦查视线吗？"

彭明琪指了指桌上的现场图，"我这不是把这个案子的笔记本全找出来了嘛，正在重新捋头绪哩。"

薛红军拿起现场图，仔细看了起来。

这张现场图，他不知看了多少遍，哪件物证在什么原始位置、什么状态，他都清清楚楚。

他一直在试图破解这其中的密码。

他在沉思：当年现场门窗没有被撬压的痕迹，凶手和平入室可以肯定。当时正因为这一点，综合分析被害人特殊的身份和社会关系，许多疑点都指向了熟人作案。但是被害人生前的关系人，过筛子一样排摸了若干遍，都没有作案的动机和条件，这又怎么解释？

有没有可能是被害人当时就没有关门，凶手尾随入室？乡财政所院内，大家经常相互走动，有时晚上也会在宿舍谈工作，只要人在宿舍平时不关门，这也很正常嘛。就是晚上回来，随手掩下门，洗完脚出门倒水后再关门睡觉，也符合当地乡村的生活习惯。

他越来越怀疑，凶手未必就是被害人的熟人。但是那得凭证据说话。

看来，这个凶手的狡猾和阴鸷，远远超过了专案组的想象。

会不会是当年排查工作在哪里出现了疏忽？现场早已没有了，但是物证还在。晓明副局长"在现场物证方面再上上力"的点拨好，我们不能像只没头的苍蝇到处乱撞。现在的刑侦科技手段提高了，要从物证入手，重新过筛子，不放过任何一点蛛丝马迹。

薛红军放下现场图："真相往往隐藏在细节当中。我就不相信，凶手作案就丝毫不露马脚，越是到了困境，我们越需要冷静、细致，把狐狸尾巴揪出来。"

"这几年我一直在想，这个看似普通的情仇杀人案，但是现场好多地方细细推敲，觉得又有些不符合逻辑。"彭明琪说。

"眼见未必是实。直觉告诉我，这件案子的现场那么乱，不那么简单，肯定有原因。"薛红军站起来，"虽然我们不能凭直觉破案，但是作为一名刑警，如果有一个案子的门在你面前关上了，但是不见得就是锁上了。也许你再往前走一步，轻轻推一下，这门就打开了，真相也就大白了。"

"现在首先要做的，就是找到那扇门。"彭明琪眼前一亮，"我这就组织人手去响水，和县局的同志一起，把现场物证逐件再过一下。"

"这就对了嘛。刚才晓明副局长要求锦华副支队长带队再次进驻响水，熊支队长已经和响水高培才副局长通过电话了，他们也在调整专班成员，信心很足啊。记住，一定要过细筛查。"

刑科所要有一套人马值班备勤，还有几起案子在手，自己将要参加省厅一个重要培训，派谁参加命案积案攻坚小组？

经过考虑，彭明琪决定先由副所长陈益带领朱明进、李健、许凯波几位作为第一批人员参加。

2018年10月24日，副支队长葛锦华率队进驻响水。响水县公安局也抽调精兵强将，县局党委委员、刑警大队大队长时宽义和刑警大队教导员龚超带领刘治刚、李洪磊、栾兴华、王思远等一批精干刑警参与。

专案由市公安局副局长朱晓明亲自挂帅，刑警支队支队长熊新民和响水县政协副主席、公安局局长张瀚具体负责，市、县公安局刑警联手，再次向这起扑朔迷离的"冷案"发起攻击。

响水县公安局刑警大队会议室灯火通明。

会议桌上摆满了卷宗，每个人的笔记本上都是密密麻麻的阅卷记录。大家分头看，查疑点，形成交叉后再讨论分析，一步步向前推进。

痕迹组的陈益、许凯波综合各方面信息，得出一个结论：一人作案，倾向男性。

这个结论与当年的会办意见一致。大家经过反复分析，意见趋于一致。

一切又回到了原点。

那么，这个隐藏了 14 年的神秘凶手，究竟是谁呢？

26 日早上 8 点，刚参加完全省法医培训班培训的彭明琪，就带领法医周亮、痕迹技术员刘亮和 DNA 实验室的高瑞祥赶到响水。

许凯波见到彭明琪就说开了："彭所啊，就怪你不早点来，我被你们害惨了，熬了两个通宵不说，还回不了家过周末。"

周亮笑着回道："凯波，你这个影像专业主任，到底年轻经不起考验，政治站位不高，其他人想来参加都没有机会。就凭你这个表现，想进步还得再磨几年。"

"凯波是向你这个所长诉苦呢。"葛锦华走过来，"这两天现场勘查、调查访问的情况已经全面梳理过，DNA 检验还没有开始，就等你这个所长哩。"

彭明琪想了一下，说道："响水县局的 DNA 室刚刚进行了技术改造，都是最先进的检测设备，检验技术员牛洋、项玉梅也很优秀，配合上没问题。我看不必来回跑了，就让高瑞祥牵头在响水做。"

高瑞祥是厦门大学的生化专业高才生，做事严谨，一丝不苟，思路也开阔，善于琢磨，是刑科所论文成果"高产户"。近年在全市多起命案中，他成功检测出嫌疑人的 DNA 数据，起到了一锤定音的作用。而且小高的 DNA 实验室联系点就是响水，情况熟。

葛锦华表示同意，随后又叮嘱："一定要细致些！要围绕中心现场查找物证，反复甄别，力争获取有重大价值的线索，为案件的侦破指明方向。"

破译血案密码

犯罪现场的一切，甚至空气、光、声音、气味……都是有迹可循的。先进的刑事技术让它们显现踪迹。

在与刑事罪犯的较量中，盐城公安刑事技术革新也在大步迈进。近三年来，除市局刑科所外，全市县级公安机关也都建成了DNA实验室，为加快现代科技破案步伐打下了坚实的基础。

响水县公安局宽敞、洁净的DNA实验室。测序仪、扩增仪、移液器、纯化仪等一台台先进的检测设备一字排列。外间是5只装满"2004·12·28"案件相关物证的大号打理箱，每一个物证均有标签和唯一性标注。

法医物证学研究的对象，主要是与人体有关的生物检材，以其生物性成分和特性来证明案件事实。由于案件类型的多样性和犯罪现场的复杂性，法医物证检材不可避免地受到环境的影响。因此，法医物证检材具有不确定性。即是什么性质的检材、污染与被破坏程度如何等，这就需要法医针对物证检材的特点，设计合理的分析策略，选择正确的实验方法，尽可能减少不确定性，实现对法医物证的精确鉴定。

高瑞祥在出发之前就备了课，查找以前的鉴定卷宗并复印成册，认真梳理送往各地的检材检验情况，做到对以前的检验情况了如指掌。到达响水后，他考虑到大部分物证已经检验过，有的物证甚至经过多部门的反复检验，再次检测就得区分重点和方法。

而提取现场物证上的检材样本是第一关。

他和牛洋、项玉梅一起梳理保存的现场物证，寻找出能够进行DNA检验的斑迹。

高瑞祥把木方凳表面大范围检验，重点是凳子的四条腿。因为犯罪分子用来击打时，手应该抓在凳腿上。

他一点一点仔细察看，查找可供检测的斑痕。

然而，提取的DNA样本检测结果和以前一样，都是被害人本人的。

彭明琪敲了敲玻璃门："看出什么玄机没有？"

高瑞祥摘下口罩，扭了扭脖子："玄机一点没有看出来，我看离眩晕倒是不远了。"

彭明琪笑了一下，向他们招了招手："不急，休息一会儿吧，我们再碰碰。"

"所长是不是有想法了？愿闻其详。"高瑞祥拉开玻璃门，直了直腰。

"也没有什么新想法。我们搞刑事技术的，就是要让现场物证说话。情况越复杂越要冷静。别看目前我们还没有查到有价值的线索，可一些疑点被一一排除，而这排除其实就是进展，说明我们正一步步接近真相。我们刑侦这一行，不是常说去伪存真、抽丝剥茧吗？"

"你这个想法很特别，逻辑成立，赞同。"高瑞祥摘下眼镜，用棉纸擦了擦，戴上。

"我们不能受前面检验结果的影响，要坚定信心，一切从头做起。"彭明琪看了下打理箱，"现场和尸体反映出打斗的痕迹，凶手可能有捂口、扼颈等动作，而且加害动作多。综合分析，凶手当时有受伤的可能。你们再仔细一点，不要放过任何一个疑点。"

"既然这些大块的血迹都做过了，我想把所有物证逐一网格化检查，看能不能找到细小的血迹斑点。放心吧，一有结果就向你汇报。"高瑞祥说。

法医鉴定结论，具有科学性、公正性和权威性。近几年，DNA检验技术突飞猛进，已成为破案攻坚的一把神器。

凶手当时可能受伤，那么他的血迹，很可能在打斗时留在现场。

以前的 DNA 检验技术刚刚起步，检测设备对检材的要求高，灵敏度也差。但现在检测技术提高了，肉眼看不到的微量斑迹，都能检出 DNA 密码。

关键是要找到那个隐藏在现场的微量斑迹。

刑侦破案，有时需要那么一点运气，但是这种运气不是等来的，而是要靠一名刑警的专业素养和执着。每个人首先都得做好自己那1%的工作，余下的兄弟们做的99%才有意义。运气好，第一个1%就旗开得胜；运气不好，穷尽了99%的工作，那么最后一个承担1%工作的人就一定是幸运的。反之，你承担的1%的工作不细致，使罪犯成为漏网之鱼，那兄弟们承担的99%工作无论做得多好，也发现不了，也是无用功。

高瑞祥和牛洋深知自己担负的责任，必须做好自己那1%的工作。

他们在DNA实验室又枯坐了一夜。

眼前是一件件现场物证，根据现场录像、照片，对照现场图和勘查笔录，两个人在脑海里一点一点复原现场，反复推演打斗的过程，不放过任何一个细节。

原始现场的重要物证方凳，被打得开裂，凳面和凳腿上均黏附大量血迹。现在方凳都干干净净了，可见前期DNA检验不是一遍两遍，应该已经达到"网格化"标准了。

经过仔细分析，他们把视线转移到被害人当年所穿的衣物上。

考虑到衣物上的血迹较多，而且经过多次检验，高瑞祥有针对性地选择死者衣物上的点状斑迹进行网格化检测。

由于剪取部位较多，他和牛洋分工配合，一块一块贴标签、拍照，以固定位置，便于溯源。

又一天下来了，没有检测出令人兴奋的结果。

失败，再检测。

再检测，又失败……

深夜，彭明琪打通高瑞祥的手机，开口就说："瑞祥，我不是催你，熬了两个通宵了，赶紧休息一下。慢工出细活。"

"睡不着啊，已经检测了80多个点，都是被害人的血迹。"

"睡不着也要睡，这是命令！"过了一会儿，彭明琪又说，"获胜者看到每个问题的答案，而失败者看到每个答案的问题。获胜者往往是答案的一部分，而失败者往往是问题的一部分。"

"这句话有点绕口，但是很耳熟啊。"高瑞祥打了个哈欠。

"犯罪鉴识大师李昌钰说的。睡觉，赶紧的！"

2018年10月30日一大早，高瑞祥和牛洋带着新的希望，又跨进DNA实验室。

被害人身上穿的衣服以及床单、被褥等都被网格化检测过了，一件乳白色绒布睡衣映入高瑞祥的眼帘。

对照现场图，这件睡衣当时被害人并没有穿，放在床的里侧。虽然有点旧，但是看上去干干净净。

睡衣放在床的里侧，会不会沾上凶手的生物痕迹？

高瑞祥和牛洋把睡衣展平，用放大镜一点点察看。

睡衣的右手臂一处细小的斑迹，引起了高瑞祥的注意。

"像是没有洗干净的陈旧铁锈斑点。"牛洋说。

血痕与铁锈，从表面观察有些相似，只有经过初步检验，才能确定是否为血痕。

高瑞祥没有吱声。经过仔细辨别，他根据多年的经验，确认这个细小斑点是血迹。

于是，他用一次性剪刀剪下一小块，放入离心管里，注入一些试剂消化提取了微量DNA。然后，他用扩增仪扩增2小时后，把裂解的检材放入3500DNA测序仪，按下启动键。

这台外形跟微波炉相似的DNA测序仪，是目前全国最先进的检测设备，进口价格为150多万元，灵敏度高，操作方便。以前设备检测不出的微量生物检材样本，到了它的肚子里，就会现出原形。

高瑞祥和牛洋在静静地等待着检测结果。

DNA，是脱氧核糖核酸的英文缩写，它是一种生物分子，双链结构，可组成遗传指令，引导生物发育与生命机能运作。主要功能是长期性的资讯储存，可比喻为"蓝图"或"密码"。

法医 DNA 检验，就是通过对刑事案件现场遗留的生物检材，进行 DNA 分型或者线粒体 DNA 测序，并与犯罪嫌疑人的 DNA 分型结果或线粒体 DNA 序列进行比对，直接认定或否定犯罪嫌疑人。

侦查破案，对普通人而言，要的是结果，即犯罪嫌疑人是谁。

而对刑警来说，过程是关键。

他们就像是破解挡在面前的一道道谜锁，当穷尽手段打开最后一把锁时，结果就很简单了。

然而这看似简单的结果，却饱含着刑警的艰辛付出，勘查、排摸、分析、推理……每一步艰难的突破，都是对他们职业忠诚和专业素质的考验。

功夫不负有心人。一个多小时后，这起侦办了 14 年的"冷案"，终于被誓不罢休的刑警们焐"热"了。

检测结果显示：被检测的样本，不是被害人本人的，而是一男性 DNA 分型。

案件侦查获取重要线索。

"彭所，检出一个完整男性分型。"高瑞祥立即打电话向彭明琪报告。

"好啊，终于捕捉到凶手的踪迹了！"彭明琪很兴奋，转而冷静一想，忙问，"会不会是被污染呢？"

"应该不会，检材都是单独存放的。"

"立即在国家库中比对，消息暂时保密。"

高瑞祥和牛洋把这一分型在全国数据库进行比对，电脑屏幕比中栏跳出一条比中信息。

"100%，完全相同！"两个人欣喜若狂，搂抱在一起。

高瑞祥立即查看比中对象的信息：侯大海，男，汉族，1981年 12 月 26 日出生，户籍地响水县七套中心社区七套居委会中西组。

12 点 09 分，高瑞祥再次报告："DNA 比对上一个人，是响水七套乡七套居委会的侯大海。"听得出，高瑞祥很亢奋。

彭明琪高呼："好!"

他预感到，案子破了。

长夜破晓终有时

侦查工作出现了重大转机。张瀚立即召集副局长高培才、刑警大队大队长时宽义等人，对这条重要线索进行研判。

侯大海→响水县七套乡人→家离中心现场不远→案发时其正在乡政府院里做瓦工→中心现场核心区域，床里侧的被害人睡衣上检测出侯大海的 DNA 分型。

这个销声匿迹 14 年之久的犯罪嫌疑人，终于被锲而不舍的盐城刑警成功锁定。

张瀚一拍桌子："侯大海有重大作案嫌疑，立即组织抓捕。"

时宽义随即带人对犯罪嫌疑人侯大海进行暗中侦查。

乡邻反映多少年没有见到侯二了。为了不打草惊蛇，时宽义决定暂不和侯大海家人接触，继续在外围排摸。

很快，警方就查出侯大海长期活动的区域——常州市武进区湖塘镇物流园附近，分析其可能从事物流快递工作。

30 日下午 4 点，时宽义带领栾兴华、王思远、李洪磊等十余名刑警奔赴常州。

这家物流园，位于 312 国道边的一个工业园区内，门店众多，人员复杂，进出车辆不断，而且占地广，面积达数万平方米，短时间内要找到嫌疑人，难度很大。

时宽义安排两个人一组，步行绕物流园查看建筑物结构、通道等具体情况。

一长排两层的物流门店后面，有一道绿化带，再往后就是车辆川流不息的 312 国道。

侯大海打工的门店在哪儿呢？

一小时后，栾兴华报告，某个门店广告牌上的手机号码与侯大海大舅哥的一致。

嫌疑人有可能就在门店二楼的宿舍里。

但现在已经是深夜，大门紧闭。

绝不能让这个狡猾的恶狼再逃脱了。

尽管大家都想早一刻抓住这个潜藏了十多年的杀人元凶，时宽义考虑到房屋内部结构尚不清楚，嫌疑人是否在里面也不清楚，不能贸然行动。

他当即决定在物流园架好网，静候嫌疑人侯大海出现。

第二天早晨6时许，抵近侦查的人员发现一个上着物流工作服、下穿蓝色破旧牛仔裤的中年男子从门店里出来，开一辆叉车往大货车上装润滑油桶。

"侯大海！"时宽义想到嫌疑人正在驾驶叉车，此时抓捕存在一定的风险，便一边部署人员守住每个出入口，一边继续暗中注视着嫌疑人的一举一动。

十多分钟后，侯大海下了叉车，又走进店铺里。

时宽义和栾兴华悄悄跟进店铺。

在店内小房间门口，迎面撞见拿着快递单的侯大海。

侯大海操着一口常州话问："你们干吗？"

"过来寄快递的，询问一下价格。"时宽义边说边靠近。

时宽义佯装看着屋内的陈设，漫不经心地问了句："你是侯大海？"

"是的。"侯大海随口应了一声。

话音刚落，时宽义和栾兴华就抓住侯大海的胳膊，迅速反剪戴上手铐。

"你们是干什么的？凭什么抓人？"侯大海的大舅哥王老板拦住时宽义。

时宽义掏出证件:"我们是警察,侯大海涉嫌一起重大刑事案件,需要配合我们调查。"

"什么?侯二会犯法?打死我也不信!他可是个安分守己的老实人。"

"安分不安分,他自己心里最清楚。请你不要阻碍我们公安机关办案。"

王老板再掉过头,像是不认识似的,仔细打量着给自己打了这么多年工的妹夫。

侯二面如死灰,浑身发抖。

王老板心里有数了——这个闷驴,肯定又干了什么犯法的事。

考虑到犯罪嫌疑人侯大海有较强的反侦查能力,朱晓明亲赴响水,向时宽义等人面授审讯机宜。

响水县看守所讯问室。

冰冷的铁栅栏内外静静的,但却弥漫着剑拔弩张的气氛。

胸有成竹的时宽义朝李洪磊点了下头,李洪磊打开记录仪。

时宽义打破沉闷,轻松地说了句:"我们玩猫捉老鼠的游戏十多年,终于见面了。你就不想说点什么?"

讯问就这样开场了。

戴着手铐脚镣的侯大海,抬起耷拉的眼皮,与时宽义、李洪磊的目光对峙了一下,又低下头,嘀咕了句:"我除了那次嫖娼,没有什么好说的。"

"那就说说你嫖娼以前的事吧。"时宽义看似心不在焉地说了一句,其实在慢慢靠近核心问题。

"以前替人家打工。"

"再往前。"

"在七套做瓦工。"

"嗯,说说你做瓦工时干的事。"包围圈进一步收紧。

"我没做过什么违法的事。"心里有鬼的侯大海一阵发怵,赶忙挡住话头。

侯大海已经方寸初乱。

时宽义立即眉头一扬，紧追一句："没做过？那为什么会坐到这里？"

狡猾的侯大海立刻镇定了下来，转守为攻，反问了一句："不就是嫖娼吗？"

他仍心存侥幸，在探警方的底。

时宽义不慌不忙地抽出一支烟，放在鼻子下闻了闻："我说你就不要想得太天真了。我们没有铁的证据，能在茫茫人海里找到你？"随即话锋一转，"你嫖娼这一页翻过去了，还是说点干货吧。"

此话柔中带刚，既及时堵住了侯大海的退路，又一针见血地击中了要害。

时宽义见侯大海的眼神有点慌乱，趁势点了一句："那天晚上的事情，你不会忘记吧？"

"那……那天晚上我在乡政府食堂吃过饭，肚子痛，到厕所里拉稀的。"侯大海顿时紧张起来，慌忙答道。

"哪天晚上？"

这下侯大海才意识到说漏嘴了："就……就是那天。"

"那天是哪天？"时宽义紧追不舍。

"就……就是 2004 年 12 月 27 日。"侯大海心头一颤，精神防线渐渐崩溃。

他心里十分清楚：警察能追到常州，已经说明了一切。

"记得很清楚嘛，拉完稀又干什么了？接着说！"

"没……没有干……什么。"

"没有干什么？"时宽义身子往前一倾，鹰隼一样的眼睛紧盯着侯大海那张惨白的脸。

侯大海不停地摸着手腕上的钢手铐，精神彻底崩溃了。

接下来，他就像一只烧开的热水壶，咕嘟咕嘟地往外冒气，如实供述了令人发指的犯罪事实，对其强奸（未遂）、杀害李娟的经过供认不讳，并对抛弃作案工具的现场一一进行了指认。

欠下的终究要偿还。

其实，侯大海自从被铐上手铐那一刻起就知道，任何抵抗和狡辩都是徒劳的。本来自己活着，就是个行尸走肉，这一天终于来了，对他来说未尝不是个解脱。

长夜破晓终有时。

案子再难，也要坚决侦破。凶手躲得再久，也要缉拿归案。这是盐城刑警的责任和使命，体现了新时代盐城警察的血性与担当。

风雨 14 年，盐城刑警面对一次次挫折，誓不言败。有的壮志未酬带着遗憾离开了刑侦岗位，有的甚至退休后仍然对这起案件念念不忘……正是这些铁骨刑警们矢志不渝，接力侦破，"2004·12·28"这起错综复杂、跌宕坎坷的"冷案"，才能宣告被成功侦破。

无悔追踪，警方终于抓获了真凶。

案子破了，老刑警们没有欢笑，而是潸然泪下。

这起血腥命案的成功告破，时间跨度虽然绵长了一些，但是不管怎样，这一结果无论对被害人还是她的亲人，也算是心灵上迟来的慰藉。

逝者终于能得以告慰安息了。此案带给被害人亲属的伤痛纵然永远无法弥补，但真相大白后，澄清了坊间的一些闲言碎语，他们从此解开了心结，重整心态，可以好好生活了。

2018 年 11 月 19 日，王建华和李娟的兄弟姐妹一行 4 人来到响水县公安局，燃放鞭炮，赠送锦旗，衷心感谢公安机关这么多年的坚持。

2018 年 11 月 14 日，响水县公安局在网上发布了《警情通报》。

2004 年 12 月 28 日，我县七套乡境内发生一起杀人案件，死者李某（女，31岁）。案件发生后，警方从未放弃对案件的侦查工作，但久侦未破。近日，在省、市公安机关的指导下，通过民警不懈努力，终于将杀人嫌犯侯某某（男，37岁，响水县七套乡人）抓获。

经县人民检察院批准，今日对侯某某执行逮捕，该案成功告破。

"致敬！负重前行的盐城刑警。"

"感谢长期奋战在侦查办案一线的民警，你们辛苦了！"

"以前技术手段有限，可警方坚持14年不放弃，为他们点赞。"

……

网友们纷纷赞扬警方的不懈努力，许多媒体也作了相关报道。

沉冤终得昭雪。

这块压在所有参战民警心头的石头，也终于被彻底搬开。到此，这起曾经轰动盐城的杀人案，画上了沉重的句号。

誓不言败的盐城刑警，让"冷案"不冷。

黑帮团伙覆灭记

3 万元的借条

"陆老板，我向你借两万元，拿到手只有 1.4 万元，你却要我打 3 万元的借条，每天还要还 500 元的利息，这账……"老实巴交的刘家宁小心翼翼地问陆小鹏。

留着尖尖发型的陆小鹏，半躺在质地考究的老板椅上，仰脖吐了个烟圈，两眼看着天花板，懒洋洋地回道："我是个讲道理的人。俗话说，这求人如吞三尺剑，靠人如上九重天。你有求于我，我必须有利可图才行吧？我做这金融放贷业务，手底下养着一帮子弟兄，他们总得拿工资吧？"

他欠了下身子，往大号水晶烟灰缸里弹了弹烟灰："你说，我说得对吗？"

"是……是的。我是想这利息能不能少点？还有……"

"刘厂长，你又不是不知道，现在的小额贷款公司都是这个行情。"陆小鹏直起身，打断刘家宁的话，"再说了，我一不要你征信手续，二不要你的房产做抵押，只让你登个记就拿到钱，这么宽松的条件，你到哪里去找？"

陆小鹏那狡黠的目光在刘家宁的脸上迅速划过。

刘家宁仍然有点犹豫，不放心地说："算了，利息高点我认了，但是我们说好了的，到时候还是按两万元的本金还贷，你……你们可不能坑我啊！"

"唉！你这话我就不爱听了。我和你无冤无仇，坑你做什么？放心吧，这3万元借条也就是个君子协定，只要你不违约，还是按两万元计结。"见刘家宁还在犹豫，他就冷冷地冒了句，"是你自己找上门要贷款的。要不，你再到大银行去看看？"

说罢，他站起身，摆出一副要送客的架势。

陆小鹏能放走这个快要到手的猎物吗？

他狡猾着呢，这是他玩的欲擒故纵之计。能到他这种金融公司借钱的人，一般在银行征信上都有些问题，根本贷不到款。

他套的就是这些人的钱。

果然不出陆小鹏所料，刘家宁考虑再三后，最终还是打了3万元的借条。

"这就对了嘛！我们是做银行代理业务的正规金融公司，放贷给你也要担风险的。你拿着借条站好了，我拍张照片留个证据，这是规定的程序。"陆小鹏拿着手机拍了一下，随后接过借条，夹到一个黑皮面的笔记本里，伸手拢了下头发，嘴角露出一丝得意的笑容。

被蒙在鼓里的刘家宁万万没有想到，46天后，自己竟会以一种近乎疯狂的方式，结束了自己的生命，丢下了他深爱并且为之骄傲的女儿，丢下了他苦心经营的那座工厂……

沿着盐城市区的范公路高架通道向北，跨过新洋港河不远，有座大约400平方米的简陋厂房，门口挂着"吉华机械制造有限公司"的牌子。

路还是那条路，厂房还是那座厂房，门前的那棵树依然挺立着，可是人们再也听不到厂房里传出的熟悉轰鸣声。

村民老李说，刘老板老实厚道，为人热心，我们家里要装个防盗窗、焊个铁条什么的，他二话不说，停下手里的活，立马帮忙弄好，从来不收一分钱，也不吃一口饭。

工人老王说，厂里替人家加工柴油机配件，一件也就赚个一两块钱，钱难要，资金没得回笼，单子还得做，刘厂长他难呢。

房东老胡说，这个人虽然平时不怎么爱说话，但是做人本分，讲诚信，临死之前还记得把租厂房的钱和水电费结清了。

刘家宁的大哥更伤心，弟弟的日子过得清苦也很窝囊。一个人住在厂里，平时就吃个咸菜、挂面什么的，身上穿的是他给的旧外套，骑个破电动自行车，哪像个厂长？

……

那么，刘家宁在生命的最后一个多月里，到底遇到了怎样一道迈不过去的坎儿？

一道索命的算术题

当今社会，黑恶势力的诸多恶行，以多种多样的形式出现，而且又在极其巧妙的伪装下隐匿。

戴着民间借贷"白手套"的"套路贷"黑恶犯罪，便是其中一例。

刘家宁原本有一个幸福的家庭，兄妹三人，父亲是政法系统一位退休干部。他高中毕业后，到一家食品厂工作，几年后结婚成家，有了一个可爱的女儿。

参加工作没多久，他放着当时令人羡慕的食品厂职工不当，辞职下海，先和朋友合伙做广告标牌业务，后来做窗帘生意、批发蘑菇罐头等，挣了些钱，还买了一栋别墅。

这样，他东一行、西一行地闯荡了几年，觉得以前做的尽是些小本经营的生意，人也很辛苦，就想找个相对稳当的行当做做。

他看中了机械加工，于是就不顾家人反对，把自己的积蓄全部投了进去，开了一家小工厂，加工金属零配件。

他为人朴实善良，诚信经营，也能吃苦，既当厂长，又做业务员，还当车间的操作工。

刚开始生意做得还可以，他就想把业务进一步做大。但是他有两个严重缺陷，一是性格既迂腐又倔犟，用他哥哥的话说，弟弟认准了的事，就是撞了南墙也不回头；二是不怎么懂得企业管理，更不精于成本核算。比如一笔加工费不到 3 万元的业务，光是开模具费就需要两万多元，这样的业务他也接，说是为了保住客户。看着生意红火，其实赚不了多少钱。

夫妻二人经常为此产生矛盾。久而久之，矛盾越结越深，他索性一个人搬到了厂里。

为了争口气，刘家宁于 2014 年年底在城北郊新洋港河的北岸租了一处场院，把厂子搬迁过来。他又东挪西借地凑了些钱，添置了一些机床设备，开始生产柴油发电机的配件。

一心想拓展业务的他，替人家配套加工小零件，本身的赚头就不大，加上他又过于厚道，到客户那里结算加工费，人家说暂时没有钱，他也不好意思追着要，而单子却继续接。

就这样，客户欠他的钱，他欠原材料供应商的钱，旧账套新账，就连他自己也说不清楚，自家的工厂到底是赢利还是亏损。

资金回笼不及时，加上他管理不善，工厂经营状态一直不好。

他拆东墙补西墙，一直挨到 2017 年的下半年，资金链彻底断了，工人的工资半年没有开了。

正在读大学的女儿需要生活费，银行的贷款需要还，工厂的房租水电费要交，拖欠的材料款要支付，欠工人的工资要发……

可银行已经贷不到款，怎么办？

他也想过把这个倾注了心血的小厂关了，可是打听了一下，那些当初花大价钱购买的设备，只能当废钢材卖掉，他不甘心。

更何况他有订单，如果有一笔资金注入，他深信会有翻身的机会。

2017年11月底的一天，他到马沟一个客户那里催要加工款。客户说安徽那家柴油机厂的钱还没有到，三两下就把他打发走了。

失望而归的路上，他看到公交站台上贴着一张无抵押贷款的小广告。走投无路的他，鬼使神差地拨通了上面的电话。

"您好！我们是宏源金融服务公司，请问您有资金方面的需求吗？"那头的话语非常温馨。

"你们是不是金融担保公司？"刘家宁有点担心。

"不是的。我们是银行代理机构，和各大银行都有合作关系，专做银行贷款业务。请问您是做什么的？"

"我开了家小工厂，需要借点钱购买材料。"

"那您找对了！我们就是为你们这样的小型企业提供金融服务的。"

"在你们这里贷款，需要抵押吗？"

"不需要，只要凭本人的身份证就能拿到钱，有'空放'和'零钱贷'两种形式，只是还款的周期不同。这样吧，您可以过来，我们具体面谈一下。"

"嘟……嘟……"

刘家宁还想再问几句，那头的电话却挂了。

什么叫"空放"？什么叫"零钱贷"？刘家宁根本就不懂，但是他听说只需核实一下身份证，不需要抵押就可以贷到款，急需钱购买原材料的他，怦然心动了。

按照小广告上写的地址，刘家宁来到了位于城西的这个"魔窟"。

自此，他一步步陷入一个黑恶犯罪团伙设下的"套路贷"陷阱……

2018年1月24日，大雪纷飞，北风呼啸。

这一天，正逢中国传统的腊八节。每年这个时节，家家户户都会用糯米、红枣、桂圆等食物熬上一锅稠稠的腊八粥，全家人围坐在一起，喝着浓香四溢的热粥，祈求五谷丰登、幸福吉祥。

吉华机械制造有限公司的厂房内，胡楂儿满腮的刘家宁一脸愁容，一支接一支地抽烟，不停地徘徊。

腊八节，对此时的他来说，似乎仅是个记忆中的节日。他已经两天粒米未进了。

门口，站着四个凶神恶煞般的人。其中一个身材粗壮、满脸横肉的家伙，吐了口痰，朝刘家宁吼道："喂，已经跟你一天一夜了，还真把我们当成你的保镖啦？你答应我们大哥的，今天中午先还4万元。大哥说了，剩下的6万元就滚到下期的账吧。"

"什么？还了这4万元，还有6万元？"刘家宁一头雾水，"陆老板没有跟我说过啊，这笔借款当时说好是借8万元的，我实际拿到手只有65000元，已经还了10多万元了，怎么还欠这么多？"

他怎么也算不清这笔绕来绕去的糊涂账。

"还欠这么多？你的忘性真大啊！"那人掏出一张纸条，抖了抖，"这是你写的10万元借条，难不成你想赖账？"

"那是陆老板当时要我写的10万元借条，说好了，是按8万元还钱的。"

"哼，你装什么糊涂？逾期违约了，就得按借条上的金额还钱。告诉你，我大哥说出的话，就是射出去的箭，收不回来的。"

"……"刘家宁还能说什么呢？自己写的借条在人家手里攥着，白纸黑字，就是打官司也没用。

他机械地嗫嚅道："就还、就还……"

钱是男人的脊梁骨。身高一米八几的刘家宁，此刻竟然软弱得像个囚犯，连连朝那几个逼债的弓着腰。

"什么就还、就还？你从昨天到现在，除了说这句话，还会说些什么？"那人训斥道。

"喔……"刘家宁呆若木鸡。

"喔什么喔？今天你必须拿钱，要不然……"恶狠狠的声音又甩了过来。

"唉！"刘家宁狠狠捶了捶自己的胸口，一脸的无奈，"你们昨天先把我带到你们的公司对我逼债，半夜里又把我带到厂里，一直逼到现在，就连上厕所也盯着我，我怎么出去弄钱啊？"

"要溜？想都别想。我记得上一期的结息，你不是打电话叫亲戚还的嘛，再打呀！"

刘家宁摘下眼镜，用脏兮兮的衣袖撸了下眼窝里的浊泪："大兄弟啊，你也听到了，我亲戚朋友的电话都打了好几遍了，实在借不到钱。能不能发发善心，再宽限几天，等我把外面的加工费结回来，一次性还清。"

"别哭穷了，你一个厂长，难道连这点钱都拿不出？哄鬼哩！痛痛快快地把钱掏出来，我和兄弟们好向大哥交差。"

"我对天发誓，现在真的拿不出来，就可怜可怜我吧，不要再逼我了。"

"逼你？你这是说的什么话，欠债还钱，天经地义。我们一没有打你，二没有绑你，就是走到天边也不怕。"那家伙扭头望了下身边的三个小兄弟，瞪着双眼，"我今天把话撂在这儿，你如果再不还钱，我可管不住他们。说不定，他们会给你家里送花圈、烧纸钱，再往你家大门上喷漆，用大喇叭喊，说你借钱不还想赖账。"

旁边一个小马仔立马撸起袖子说："华哥，我听说他丫头在南京读大学哩，不如到她的学校去……"

这话戳到了刘家宁的痛处。

夫妻二人的感情已经破裂，老婆正在闹离婚，女儿是他唯一的希望。快要毕业了，如果这帮人到学校缠着她要钱，她还怎么去找工作？

"几位兄弟啊，我求你们了，千万不能这么做。"刘家宁朝他们连连作揖求饶。

那四个逼债的，个个凶巴巴，丝毫没有商量的余地。

万般无奈的刘家宁哭丧着脸，又退回到车间的旮旯里。

刘家宁满脸焦虑，又接连拨打了几个电话，充满血丝的眼睛里全是失望。

他掏出身上几张皱巴巴的钞票，数了数，总共只有75元。

他深深地叹了一口气。

一股寒风挟裹着几片雪花，从南墙的小窗口飘入。

刘家宁注视着那几片雪花落到了冲床上，慢慢地消融，留下点点水渍。

人的一生，会遇到各种各样的命题。这次，刘家宁遇到了一道怎么也解不开的算术题，一根怎么也摆不脱的夺命绞索。

原来想借2万元救个急的刘家宁，按照宏源金融服务公司的要求，打了3万元的借条，扣除家访费、手续费、砍头息、香烟费、油费等杂七杂八的费用后，他借到手的只有1.4万元。

可是到了还款时，因为莫名其妙的"逾期""违约"，他的债务突然又高出了很多，原来准备的钱根本不够还。厂里还等着钱购买原材料，而这家公司规定不允许他再到另外的金融公司借款，否则视为违约，要交很高的罚款。

刘家宁只好继续向宏源金融服务公司借款，一边填前坑，一边挖新塘，又先后两次借了2万元和8万元，他按要求分别打了5万元和10万元的借条，扣除五花八门的费用后，他实际只借到1.55万元和6.5万元。

而刘家宁在一个月内，已经陆续向这家金融公司还款累计达

15.8 万元，结果仍然欠下 10 万元的债务。而且从原来每 10 天交一期 1.6 万元的所谓利息，改为每 5 天交一期。

他这才知道，中了这伙人下的连环套了。

他恨自己千不该、万不该，不该跨进那个吃人的"魔窟"。

套路，在空气中飘动时，没有人闻到它的气味。

刘家宁被这吃人不吐骨头的"套路贷"逼到了绝境。他已经无力偿还这每日攀升的"债务"了。

然而，这世上没有后悔的药。

刘家宁的手机振动了一下，他赶忙打开一看，是一位客户打来的 3000 多元加工费尾款。

他凄凉地摇了下头。

他已经掉下了无底的深渊，这点钱还不够交一期的利息呢，根本救不了他。

想了想，他偷偷把钱分成两笔，迅速转了出去。一笔支付欠下的房租，剩下的几百元打到了女儿的银行卡上。

他最后一次给女儿打出这笔生活费后，心里也释然了。

他感觉那个沉重的包袱彻底被卸下了——他已经做出了一个悲惨的决定。

定了定神，刘家宁拿起一块纱团，一一擦掉冲床上的油污，又归置好铁架上的工具。

做完这一切后，他用混浊的目光，扫视了一下熟悉的车间，然后按下南边一台小冲床的开关。

冲床"咣咣"空转起来，上面的金属滑块一下一上地伸缩着。

门口那几个逼债的人伸头望了望，以为刘家宁在调试设备，没有理会。

这种冲压设备，刘家宁操作了多少年，熟悉上面的每一个零部件。

他知道，只要用脚踩一下踏板，上面的滑块就会以千钧之力，直线冲下，把工作台上的钢板冲压成型。

他目光呆滞，神情恍惚……

几分钟后，刘家宁关掉那台小冲床，转身看了一下门口。

那几个逼债的人正在玩手机。

他想说些什么，但没开口，失神地呆立在冲床旁，面色苍白。

过了一会儿，刘家宁点上烟盒里最后一支烟，大口地吸着，一步步走到东边那台大冲床前，咬咬牙，伸手按下了开关。

大冲床"轰隆、轰隆"地响了起来。

他的胸脯剧烈地起伏着。

又过了一会儿，刘家宁扔掉烟头，默默摘下黑框近视眼镜，用衣袖擦了擦，折起镜腿，轻轻放到工作台的右侧。

随后，他弯下高大壮实的身躯，伸出屈辱的头颅，贴靠在冰冷的工作台上，闭上了绝望的双眼。

疯狂的"套路贷"，已经逼得他生无可恋。

他在静静地听着自己的心跳声……

几秒钟后，刘家宁完成了生命里的最后一个动作——一脚踩下踏板。

闪着寒光的金属滑块，瞬间冲击而下，大地猛然颤抖了一下。

是时，刘家宁刚过 50 岁生日。

他到临死之前，一直都没有弄明白，那个杀人不见血的宏源金融服务公司，究竟是怎样"计算"出这道索命的算术题的……

窗外，瑞雪纷飞，腊八粥飘香……

一个什么样的人要自杀，才会对自己采取如此极端的方式呢？

中国人民公安大学李玫瑾教授认为，人在极度痛苦、一心求死的情况下，实施自杀行为时的心理状态，是不能用常人的心理去衡量的。

人们在痛惜刘家宁冤死之时，不禁要问：究竟是一伙什么样的人，逼着这位厚道善良的人走上了绝路？

扫黑除恶"1号专案"

刘家宁自杀的当天下午，盐城市公安局亭湖分局新兴派出所三楼会议室。时任盐城市亭湖区副区长、公安分局局长王健，亲自察看了发案现场，随即召开案情分析会。

新兴派出所所长邵连华报告相关情况："死者刘家宁，男，1968年1月出生，盐城市亭湖区人，在新兴镇新界村租房，开了家机械加工厂。为了方便开税票，注册登记了'吉华机械制造有限公司'，主要加工生产一些金属零配件。由于资金不足，经营状况一直不好。"

时任亭湖区公安分局副局长葛富春，介绍了初步勘查情况："今天下午1点42分，市局110指挥中心接群众报警称，有一家小厂的厂长，被一伙讨债的人堵在厂里。后来不知什么原因，这个厂长头部血肉模糊倒在地上，已经被'120'拉走了。我们随即赶到现场，经初步勘查，此人系冲床冲压头颅后倒地，现场没有发现打斗痕迹。现已得到急救中心医生证实，此人已经死亡。"

王健气质斯文儒雅，眼神凌厉。他敏锐感觉到，刘家宁的死亡不那么简单。

刘家宁究竟是怎么死的？自杀，还是他杀？

刘家宁生前欠谁的钱？

那几个讨债的是什么人？

他们又受谁的指使？

这里面有没有黑恶势力渗透……

一个个问号在王健的脑海里盘旋。

他问葛富春："那几个讨债人的身份清楚吗？"

"我们已经找到几个当地的群众。据他们反映，这两天一直有人找死者要钱。当地群众没有看到这些人殴打过死者，但是这些人看上去都很凶狠。另外，我们从厂门口小商店的监控探头中发现，从昨天下午起，先后有黑色和白色两辆轿车出现在厂门口，有多人进进出出。"

"死者欠谁的钱？要尽快摸清楚，这几个讨债人的身份要尽快弄清楚，迅速上手。"

"我们已经根据车辆和人员的特征，正组织力量查找。"

王健合上笔记本："同志们，虽然目前我们还没有发现讨债人员使用暴力的情况，但是死者是在被讨债人员控制期间死亡的，这里就存在一定的因果关系。那台冲压机床我看过了，几道安全防护装置正常，刘家宁绝不可能是意外死亡。"他斩钉截铁地下达指令，"立即成立'1·24'专案组，尽快查清导致刘家宁死亡的真相，构成犯罪的，坚决予以打击，绝不手软。"

随后，王健又交代葛富春："把你那个扫黑除恶专业队调过来，这个案子用得着。"

亭湖公安分局餐厅，菜香四溢。

扫黑除恶队队长仓云鹏刚刚端起饭碗，手机就响了。他一看，是刑警大队教导员顾卫兵打来的电话。

"有新任务，领导亲自点名要你们上。"

"什么案子？"

"一个人死了，自杀还是他杀，目前还不明朗。你带领队里的弟兄们立即追查那几个曾经到过现场的嫌疑人，今晚必须查找到案。"

"有这些人的相关信息吗？"

"我还在现场调查，已经初步排摸了一些情况，稍后给你发蓝信。"顾卫兵略微停顿了一下，"大队长刚调走，我主持工作，你跟几个兄弟说一下，千万别给我掉链子，懂吗？"

"我们扫黑除恶队是干啥的？就请教导员放一百个心吧！"

挂了电话，仓云鹏立即在蓝信工作群里发了条消息：有任务，10分钟后，全队在队部集合。

扫黑除恶队是干啥的？顾名思义，就是一支打击社会黑恶势力的警方专业队。

在常人的想象中，这些警察常年与那些欺行霸市、怙恶不悛的黑恶势力较量，和那些敲诈勒索、为非作歹的混混儿过招，应该个个都是腰圆体阔、敢打能拼的虎警。

然而，亭湖警方这支专业队，大多是30岁左右的年轻帅警。

就拿队长仓云鹏来说吧，32岁，个儿不高，体不阔，说话慢声细语，眉清目秀像个大姑娘。然而，他外柔内刚，疾恶如仇，正义凛然。

神枪手是子弹喂出来的，而打黑能手是案件喂出来的。

扫黑除恶队原来叫"打黑队"，成立于2006年。队员们都经过精挑细选，一个个生龙活虎，智勇双全。他们在一起起涉黑案件侦办中历练成长，先后摧毁了多个黑社会性质团伙，一批批横行霸道的涉黑涉恶犯罪人员被他们送入大牢。

这次，仓云鹏他们即将与之博弈的，是一个披着合法外衣的"套路贷"黑恶势力。

队员们分成几组，冲入大雪纷飞的寒风中……

根据目击者反映，那几个讨债的年轻人，先后乘黑色和白色的轿车来过现场，案发后去向不明。

警方调取监控探头，获取了车主信息。经过细致回访、缜密侦查，随后分析研判出相关人员的身份信息。

仓云鹏发现，这是一个劣迹斑斑的团伙。

车主朱大强，宏源金融服务公司法人，应该是这个团伙的主要人物，曾因吸食毒品被公安机关处理过。

其他几个相关人员分别是王大刚、张小虎、刘强、陈小兵、杨华和黄磊。王大刚因非法携带管制器具、吸食毒品等行为，先后被警方 3 次行政拘留；张小虎因吸食毒品行为被行政拘留；刘强因无证驾驶行为被行政拘留；陈小兵因犯聚众斗殴罪，被判处有期徒刑1 年 8 个月，缓刑两年。

在盐城市公安局刑警支队指导协同下，亭湖警方分别于 24 日当晚和 25 日的中午，将上述人员悉数抓获。

就在警方依法搜查宏源金融服务公司时，马路的对面，一个留着尖尖发型、面目凶悍的男子默然注视着公司大门。十几分钟后，他开着一辆路虎 SUV 驶离……

顾卫兵立即组织突审。

经过几番较量，政策攻心，这几个犯罪嫌疑人相继交代了刘家宁当初向宏源金融服务公司借款，他们一步步设下连环套，直至逼死刘家宁的过程。

随着刘家宁自杀之谜被破解，一个陌生的词——"套路贷"，出现在办案民警的眼前。

什么叫"套路贷"？它和民间借贷有什么区别？采用滋扰、纠缠、恫吓等方式逼债，在法律适用上有什么依据？

顾卫兵和仓云鹏向盐城市公安局刑警支队支队长薛红军汇报案情，请求支援。

顾卫兵说："初步查明，这伙人以经营具有合法外衣的金融公司为名，长期盘踞在盐城市区，向民营企业、个人设套路放贷，并且采用喷油漆、烧纸钱、送花圈、喇叭喊等方式逼讨债务，获取暴利。"

薛红军拿出一份材料："根据省厅通报，外地也出现了'套路贷'犯罪的案例。我认为'套路贷'和普通的民间借贷有着本质上的区别，其主观目的就是非法占有他人钱财。当然，我们定性时还应当结合它的本质特征，根据案件的具体事实来准确把握。"沉思了片刻后，他问，"有没有发现这伙人使用暴力的情况？"

仓云鹏回答："这家公司内部安装的监控视频画面显示，没有发现暴力殴打行为，但有恐吓、辱骂等语言暴力。"

"软暴力"逼债！

薛红军的脑海里立即跳出这五个字。他意识到，这是一个贷恶合流的犯罪团伙，社会危害极大，必须从速予以打击。

薛红军说出了他的想法："单就刘家宁的情况看，这伙人涉嫌非法拘禁犯罪已经无疑，但是他们发放高利贷的对象绝不是刘家宁一个人，因此，我们不能拘泥于个案的侦办。"

他看了看仓云鹏："现在你应该知道，王健副区长为什么让你们扫黑除恶队上这个案子了？"

仓云鹏立即站起身："明白，以刘家宁被逼自杀为突破口，继续摸清这个团伙的组织架构，深挖细查，彻底查清他们涉黑涉恶的全部犯罪事实，坚决打深打透。"

"好！"薛红军满意地点点头，接着又叮嘱，"既要查清他们具体的犯罪事实和危害后果，还要查明他们高利放贷的原始资金来源、涉案的金额等，掌握确凿的证据，全链条铲除这个社会毒瘤。"

薛红军安排刑警支队重案大队大队长向宁、副大队长徐旭鸣跟案指导。

仓云鹏和队友们研究了审讯策略后，又一头扎进了审讯室。

随后，这个披着合法外衣的"套路贷"涉黑涉恶犯罪团伙，渐渐浮出了水面。

根据嫌疑人杨华的交代，又一个涉案重要嫌疑人进入了警方的视线。

刘家宁最后一次打的10万元借条，刚开始的债权人是一个叫陆小鹏的，后来不知道为什么，债权又转让到宏源金融服务公司杨华的名下。

陆小鹏是这家公司经营人朱大强的妻弟，他和宏源金融服务公司实际存在什么样的关系？

刘家宁向宏源金融服务公司贷款，为什么借条打给陆小鹏？

陆小鹏后来又为什么把债权转让给杨华？

刘家宁的自杀与陆小鹏究竟有没有关系？

调查刘家宁银行资金进出情况发现，陆小鹏当时分别以1万元、1万元和2.9万元3次转了4.9万元给刘家宁，而刘家宁随即将这4.9万元转给了朱大强，这又是为什么？是刘家宁还以前的欠款，还是陆小鹏和朱大强之间玩转单平账的把戏，设套路欺骗刘家宁？

经过综合研判，所有的线索绕来绕去，最终都交叉在陆小鹏的身上。

仓云鹏他们确认，朱大强虽然是宏源金融服务公司的法人，而陆小鹏才是这个犯罪团伙的真正"主脑"。

但是此人已经杳无音信，去向不明。

平安盐城，盐城警方要捧出一张有温度的"答卷"。这是盐城6000余名人民警察的共同追求。近年来，盐城公安坚持以人民为中心，查乱点、治堵点、除痛点，紧抓社会治安的"水龙头"，最大限度地消除各类风险隐患，取得了实实在在的成效，为人民群众对美好生活的向往，提供了更多的"安全供给"，提升了群众的获得感、幸福感和安全感。

然而，树欲静而风不止。随着公安机关不断打击，一些狡猾的黑恶势力"转型""漂白"，多以"公司"的形式出现，其组织形式"合法化"、组织头目"幕后化"、打手马仔"市场化"，违法犯罪活动更为隐秘，逃避打击的手段不断翻新。特别是那些所谓的小额借贷公司，披着合法外衣，打着民间借贷的幌子，疯狂占有被害人的钱财，再施以暴力、"软暴力"逼债，致使绝大部分被害人不敢报案，也就谈不上用法律来维护自己的合法权益。

这类新型黑恶犯罪，不仅严重侵害当事人的合法权益，也扰乱了金融市场秩序，影响社会和谐稳定。要实现盐城社会高质量的平安稳定，达到社会长治久安，盐城公安必须要以滚石上山、爬坡过坎的精神，始终保持严打高压态势，向那些或鱼沉池底伺机复出、或乔装打扮戴"白手套"作孽的黑恶势力宣战。

深夜 11 点，盐城市公安局 9 楼会议室。

王健和市局刑警支队支队长薛红军、重案大队大队长向宁等人，向市公安局分管扫黑除恶斗争的副局长朱晓明汇报"1·24"专案前期侦办的情况。

朱晓明一边记录，一边不时询问他关注的细节。

几位汇报完了，朱晓明放下了笔。

他先没有就案件的侦查工作表态，而是意味深长地说："习近平总书记说过，社会有正气，民族才会生生不息，国家才会兴旺发达。"这句话，是习近平总书记在 2017 年 5 月 19 日，会见全国公安系统英雄模范立功集体表彰大会代表时讲的，体现了习总书记对全国公安机关的殷切希望。

王健和薛红军等人自然明白朱晓明此时引用这句话的用意。

朱晓明双眉紧锁："1 月 23 日，中央召开扫黑除恶会议，1 月 24 日，刘家宁被逼自杀。同志们，面对黑恶势力，我们一定要提高政治站位。公安机关是国家机器的重要组成部分，任务就是预防和打击犯罪。那些人以民间借贷之名，巧立名目，布局设套，非法占有被害人钱财，危害的不仅仅是被害人及其家庭，而是公然挑战法律，严重危害社会经济秩序，影响社会安定。"

王健说："请您放心，我们决不会懈怠。"

"你们前一阶段的办案思路和方向是正确的。我们要分析一下，'套路贷'这种新型犯罪，为什么会发展得这么快？"朱晓明若有所思。

薛红军说："非法暴利驱使。一些违法犯罪团伙利用部分人需要资金，又无法从正规渠道获取的急切心理，打着小额借贷公司的幌子，钻法律空子，翻倍虚增债务，将原本少量的债务通过反复平账等手段，最终变成巨额债务。"

王健接话道："这种新型犯罪，手段易于复制传播，危害极大，而且此类犯罪活动具有很强的欺骗性、隐蔽性，被害人不知不觉中了他们设下的各种套路，然后，他们通过滋扰、纠缠、非法拘禁、敲诈勒索等暴力或'软暴力'手段催讨债务。"

朱晓明表示："我们绝不能让贷恶合流的'套路贷'在盐城形成气候，要出快拳加重拳，坚决予以打击。同时，要通过这类案件的侦办，向社会广为宣传，揭露它的犯罪套路和危害性，表明我们对此类犯罪活动'零容忍、零懈怠'的态度和决心，让人民群众特别是被害人积极举报，挤压'套路贷'的生存空间。"

薛红军介绍："我们对全省范围内的类似警情作了梳理，各地或多或少都发生过'套路贷'犯罪案件。但是这种新型犯罪如何定性和处理，在查找相关证据以及法律的适用上，在如何认定共同犯罪以及犯罪数额等方面，还面临许多困难。"

"有困难不可怕，只要我们以法律为准绳，认真思考，大胆实践，就一定能够攻克它。"老干探朱晓明举重若轻，胸有成竹。

王健道："为了切实维护主城区社会大局持续平安稳定，我们亭湖分局针对黑恶现行案件，已经形成第一时间掌握、第一时间组织、第一时间抓捕、第一时间审讯、第一时间突破的工作机制，实施盯案打击、深追细挖，力争发生一起、破获一起。"

朱晓明点头赞许："很好！不过，我还要提醒一句，'树德务滋，除恶务本'。侦办这类黑恶案件，我们不能像'割韭菜'，割了一茬又冒出一茬，必须连根拔掉，并且要铲除其滋生的土壤。"

他顿了顿，对下一步的侦查做出明确指示："要加大侦破的力度，市局刑警支队派出精干力量，和分局组成联合专案组，全面展开外围调查，突破全案。陆小鹏和其他几个涉案人员要尽快到案，立即组织审讯，彻查其犯罪事实，然后针对《中华人民共和国刑法》第294条的4个基本特征，进一步梳理，完成证据链，坚决把这个披着合法外衣的黑恶团伙绳之以法。"

几天后，盐城市公安局党委决定：将此案列为全市扫黑除恶"1号专案"。

一个街头小混混儿的"发迹"史

陆小鹏犯罪团伙在当今黑恶势力中，有着一定的代表性。

大多数人对"黑恶势力"都是一种朦胧的想象，动辄将其"古惑仔电影"化，在一些揭露黑社会罪恶的影视剧中，黑恶势力掠夺、控制和争斗的残忍场面随处可见。但是和现实中的陆小鹏犯罪团伙相比，影视编剧的想象力就显得过于贫乏了。

被江湖上称为"笑面虎"的陆小鹏，原本是一个从街头小混混儿"浪子回头"的人。他开了金融公司后，不再动刀舞棍、拼拼杀杀了，追讨债务也不允许手下的人使用暴力，像个守法儒雅的金融白领。但其狡诈、毒辣和凶狠的一面，则远远超过人们的想象。

在"套路贷"上，陆小鹏网罗着一批有前科劣迹的人员，暗中操控着宏源金融服务公司所谓的金融业务，"玩"得穷"黑"极恶。

他打着民间借贷的幌子，向一些急于用钱的人布下"套路贷"陷阱，然后不断垒高债务。他制造出种种"被违约"，接着就步步紧逼，让被害人不断交纳"罚金"。他设计出花样百出的"软暴力"手段，指使手下马仔"依法"为其逼讨所谓的"欠债"，疯狂攫取被害人的钱财。他用毒品"摇头水"控制手下的马仔，让他们死心塌地为其卖命；他严厉控制着组织成员，顺他者昌、逆他者"逐"。他还通过黑吃黑，悄悄挖"同行"的墙脚，慢慢吞并"同行"地盘，让自己的"业务"范围逐步延伸到大市区……

这种"套路贷"黑恶势力，最大的恶是对社会秩序的危害。应当说，从2018年年初开始的"扫黑除恶"专项行动中，像这样典型的案例还不多见。

陆小鹏这股贷恶合流势力的形成，自然也不是一两天的事情。

那么，陆小鹏有着一个怎样的混世"发迹"史呢？

十多年前，他还是城郊一个乡镇街道上的小混混儿。

父母常年在外地跑物流，他从小就跟着爷爷奶奶一起生活。读小学的时候，他刚开始几年成绩还不错，但是读到了五年级，学校旁边开了好几家游戏厅，他就迷上了打游戏，把爷爷奶奶给的午饭钱、零用钱，全部花到游戏厅里，学校也不去了，每天玩到晚上放学的时候才回家。爷爷奶奶看到小孙子每天背着书包上学，晚上按时回家，以为他很乖顺，不惹事。实际上整个小学六年级，陆小鹏就是在三天打鱼，两天晒网中度过的。

一直混到小学毕业时，陆小鹏的父母被学校叫过去，才知道儿子的情况。父母把他揍了一顿后，又开着大货车跑生意去了。

读初一的时候，陆小鹏认识了一个外号叫"黑子"的人，又通过"黑子"认识了"胡二"。三个人就整天在一起，打游戏、上网，到溜冰场玩溜冰，开始混社会了。

就在那一年，陆小鹏第一次与公安机关打上了"交道"。

一天中午，他和"胡二"偷了两辆自行车，骑到二手市场出卖的时候，警察把他俩抓住了。

因为陆小鹏年龄还小，又是个学生，民警就通知老师到派出所带人。随后，他的父母知道了，回来又把他揍了一顿。看到爷爷奶奶实在管不住这个顽劣的泼猴，就把他"押"上大货车，带着他全国各地到处送货。

陆小鹏吃不了这种颠沛流离、风餐露宿的苦，挨了一年多时间，就死活不肯上车。他父母拗不过这个犟种，心想树大自成材，只好由他去了。

这下，没人管束的陆小鹏更野了，天天在外面瞎混，慢慢接触上一些三教九流之徒。那时候，他虽然是个跟不上趟的"活闹鬼"，但是他感觉那些在社会上混的人，个个都很"威风"。

没多久，他又认识了比他大一岁的小混子"三宝"。看到"三宝"经常到 KTV、娱乐城等夜场一玩一个通宵，他认为"三宝"出手大方混得好，十分羡慕。在"三宝"的"关照"下，陆小鹏也开始"提档升级"，从街头小网吧混到了娱乐城，开始接触毒品"摇头水"。

陆小鹏跟着"三宝"混，自然就有了与公安机关的第二次"接触"。

2008 年 2 月的一天，贼头贼脑的"三宝"到陆小鹏家玩，看到他父亲放在家里的踏板摩托车，就跟他借，开出去兜了一圈回来，"三宝"扔给他 50 块钱。如此几次下来，陆小鹏发现，原来"三宝"开摩托车是去偷人家电瓶车上的电瓶。于是，陆小鹏就帮他望风，自己也弄点钱花花。

没多久，陆小鹏因为参与偷电瓶第二次进了派出所，被处行政拘留 10 天。由于他当时未成年，没有被执行。

陆小鹏的父母看他不学好，又急又气。

为了让儿子走正道，父母就把他送到北京大兴的一个物流配货站，让他专门给自己家里的物流车配货。野惯了的陆小鹏觉得在北京没人玩，太无聊，没待上几天，就偷偷坐火车回到了盐城。

他父亲恨铁不成钢，就当没养这个儿子，把他逐出了家门。

这倒遂了陆小鹏的心愿，不回家就不回家，反正外面有"大哥"罩着，有的吃有的玩。于是，他更加为所欲为，放荡不羁了。

七八个有人养没人管的小混混儿纠集在一起，天天在街上晃荡，看到人家的电瓶车，就偷走车上的电瓶，然后卖掉换钱。有钱了，一伙人就到娱乐城、KTV 等场所，喝"摇头水"，经常通宵达旦，玩得天昏地暗。

2008 年 9 月，陆小鹏因犯盗窃罪第三次进了公安机关的门。这次，他坐了 1 年 10 个月的大牢。

刑满释放的那一天，陆小鹏的父亲到监狱接他回家，告诉他，已经给他买了一套房子，还买了辆轿车，苦口婆心地劝他，从今往后一定要学好，再也不要去盗窃了，家里有钱。

可怜天下父母心。陆小鹏的父母哪里知道，他们辛辛苦苦挣来的钱，根本收不回儿子的心了。

陆小鹏追求的是在江湖上的那种"感觉"。

出狱后，陆小鹏没有过上几天安生的日子，又跟"三宝"混到了一起。经"三宝"介绍，陆小鹏认识了比他"入道"早几年的"大哥"黄彬彬，就屁颠屁颠地跟在他后面。

比陆小鹏大四岁的黄彬彬，年龄虽不大，却是个心狠手辣、经历过"风雨"的老江湖。他以前学过几年木匠，后来靠在街头舞刀弄棒起家，先后因携带管制刀具、殴打他人、敲诈勒索等恶行被公安、法院5次处理。被政法机关多次处理，他不思悔改，反而变本加厉，也因此成了一帮街头小混混儿的"大哥"。

陆小鹏跟着黄彬彬，每天都要到娱乐城玩耍。钱不够用，黄彬彬说有一个弄钱的路子，问陆小鹏干不干？

"什么路子？"陆小鹏问。

"在网上发布放贷的消息，如果有人来借钱的话，就把他哄到车子上，拿电棒电他、打他、恐吓他，敲诈他的钱。"

"人家本来就是借钱的，哪里能敲诈到钱？"

"这么没世面，我看你的牢是白坐了。"黄彬彬拍了一下陆小鹏的后脑勺，"小兄弟，他只要上了车，我们先借几千块钱给他，让他打个加上高息的借条，再把钱抢回来，然后逼他按借条还钱，不就OK啦。"

2011年5月11日下午，他们接连敲诈了两个人。

张某因急需钱还债，看到网上放贷的帖子后，就拨打陆小鹏的手机。

还真有人"咬钩"呢。黄彬彬和陆小鹏窃喜。

经过一番密谋后，陆小鹏就约张某在西环路的某处见面，随后叫上"三宝"等几个小混混儿。

他们与张某见面后，立即把他哄上车。

黄彬彬一本正经地借了 8000 元给张某，并让他打了一张 1 万元的借条。

张某正要下车，陆小鹏一把拦住他，突然问了句："你借钱是还别人的债吧?"

张某随口回了声："是的。"

黄彬彬说："你欠了一屁股债，拿什么还我的钱?"

"我肯定会还的。"

"不行，我不借了，把 8000 元还给我。"

张某不知道有诈，十分不情愿地又把还没有焐热的钱掏了出来。

黄彬彬一把抢过钱，立即凶相毕露："好哇，你吃了豹子胆了，竟敢诓我的钱。"

随后押着还没有还过魂来的张某，把车子开到僻静处。几个人对张某拳打脚踢，用电棒电，逼他吃烂泥，通过暴力殴打，逼着张某重新打了一张 2 万元的借条，才放开张某。

鼻青脸肿的张某离开后不久，黄彬彬的手机响了，又是一个借钱的。

黄彬彬约此人见面。

碰面后，黄彬彬借了 1 万元给他，并让他打了一张 2 万元的借条，随后重演了上述一幕。先以此人没有偿还能力为由，将借给他的钱要回，然后 4 个人你一拳我一脚地围殴他。谁知道此人也有一把子力气，拼命反抗，逃脱了。

当晚，黄彬彬继续敲诈张某，打电话给他说，只要交出 1 万元，就放过他。

张某报警了。

随后，陆小鹏、黄彬彬和"三宝"几个人被警方抓住。

陆小鹏因犯敲诈勒索罪，第四次进了公安局的大门，后来被人民法院判了 6 个月的有期徒刑。

他出狱后，有所收敛了吗？

因为第一次失败的婚姻，陆小鹏发誓要混出个头来，带兄弟，当个"左青龙，右白虎，中间文了个蜊蜊蛄"的江湖"大哥"。

说起陆小鹏的那次婚姻，属于一见钟情、草草收场的那种。

当年，陆小鹏和一个女孩好上了。

一天，他带女朋友去看电影，旁边有个女的朝剃着尖尖发型的陆小鹏笑了一下。他的女朋友立刻打翻了醋坛子，张嘴就骂这个女的，还打了她一下。没料到这女人也不是好惹的，立即打电话喊人。

没多久，来了一帮气势汹汹的人，把陆小鹏叫出来"摆场子"。

原来，那个女的是江湖一个"大哥"的女朋友，那"大哥"手下的兄弟多着呢。迫于那个"大哥"的淫威，陆小鹏只得认怂，连忙朝这帮人低头认错，摆了一桌酒席才算了结。

这件事，让陆小鹏感觉自己很窝囊，丢了江湖上的面子，心想如果手下也有一帮兄弟的话，他肯定不会低头的。

女朋友的父母是开厂的，家里经济条件好，根本看不起陆小鹏这个街头小混混儿，坚决不同意他们谈恋爱。后来他把女朋友的肚子搞大了，女朋友的父母只好认了。结婚没多久，因为吵架，老婆把孩子打掉了，两个人因此而分手。前妻很快又找了个男朋友。

这件事深深刺激了陆小鹏。

他认为如果混得好，手里有大把的票子，女方和她家里人肯定不会这样对他。

要混就要混出个模样，当上城南片的"大哥"。

当江湖老大，要有钱来养一帮小兄弟。他文了身，开始弄钱了。

在娱乐城，他认识了一个在"赌棚"放"头子"（高利贷）的人，叫"龙哥"。"龙哥"就带着他进棚混"红钱"（赢家发的欢喜钱）。从这个时候开始，他就慢慢接触"赌棚"了，每天混"红钱"也能弄个五六百元，但是别人在棚上"放水"捞的钱更多，他就开始也在"赌棚"上"放水"，利息是一万块钱一天200元，两个月左右，"赌棚"圈子里的人他全混熟了。

有了一些资本后，他就开始赌钱，先后出老千诓了200多万元，经赌友们介绍，又进其他的"赌棚""放水"。

后来他发现，在"赌棚"里"放水"风险比较大，有几笔钱借出后没有收回来，于是就在社会上放高利贷了。

他这个人有点迷信，认为老天不会既让他赌钱赢钱，又让他同时放高利贷赚钱，所以赌钱的那段时间，他就不放高利贷，放高利贷的时候就不赌钱。

2014年年初，陆小鹏有钱了，就开始物色小兄弟，拉"杆子"混江湖了。

揭底"套路贷"团伙

近几年来，盐城警方以前所未有的凌厉攻势，雷霆出击，除邪惩凶，在广袤的黄海之滨掀起了铁腕整治的风暴，荡丑恶，净风气，有力震慑了犯罪。

有了跟着黄彬彬混下大牢的"教训"，陆小鹏学聪明了。

公安机关打得那么紧，不能再明晃晃地舞刀弄棒了。干高利放贷这一行，要做得不冒风险，就不能这么玩，得动动脑子，设套路放贷，然后"依法"讨债。因此，他手底下的兄弟也不是随便挑的，要看准人，既要对自己忠心、讲义气、听话，还要脑子灵活，各有所长。

英国诗人琼斯说：罪恶的意念必然导致罪恶的行为。

陆小鹏挑选手下的马仔，都是按照他建立黑社会组织的"用人标准"来选的。

建湖的王大刚，是陆小鹏拉进"队伍"的第一人。

早在2013年，他在娱乐城就认识了黄彬彬的手下王大刚，此人膀子上文了条青龙。接触下来，感觉这个人虽然寡言少语，但骨子里透着凶狠，而且脑瓜子好，鬼点子多，一肚子坏水，能做个"师爷"。

他就经常请王大刚喝"摇头水"，联络感情，最终将他从黄彬彬的手里"挖"了过来，并在市区为其租了间房子。王大刚跟陆小鹏的时间最长，对他忠心耿耿，而且做事比较"稳重"，擅长出阴损的"软"招数，后来入伙的小马仔都尊称王大刚为"大师兄"。

陆小鹏团伙的"二师兄"叫查小宝。

因此人天生嘴歪，道上那些个混世魔王大字不识几个，把姓氏"查"（zhā）读成了"茶"（chá）字音，就叫他"歪嘴茶"，喊来喊去，喊成了"歪嘴壶"。他原来在城西一带瞎混，偷鸡摸狗，打架斗殴，是派出所的"常客"。后来跟了一个"大哥"。有一次，他为这个"大哥"卖力出了事，坐了几年牢。出来后，"大哥"对他没有说法，让他很寒心，就想重新找个"大哥"跟跟。

"歪嘴壶"听说城南的"鹏哥"正在招兵买马，就自报家门投靠了过来。陆小鹏也听说过此人讲义气，敢打架，能替他出去"站场子"，就把这个后背文了个"雷震子"的"歪嘴壶"收留下来，封为"二师兄"，专门玩"硬"的。

"歪嘴壶"排在王大刚的后面，心里不太服气。陆小鹏就唱了一出"将相和"，说"大师兄"跟他早，不能乱了道上的规矩。"歪嘴壶"只好认了。有了"二师兄"的名号后，"歪嘴壶"就不让别人再喊他"歪嘴壶"了，谁喊他就朝谁撸袖子。

王猛是陆小鹏的小学同学。一次陆小鹏到一家银行转账时碰见王猛，就闲聊了几句，得知王猛在一家金融公司做业务员。

陆小鹏看中他手里的客源，又是一个熟手，就动起了花花肠子。在陆小鹏连哄带骗之下，王猛稀里糊涂地成了他手下的一名

"业务骨干"。

潘大兵入陆小鹏一伙有点"特殊"。2016年3月左右，同样是街头小混混儿的潘大兵跟"歪嘴壶"借钱，"歪嘴壶"没钱，就从"鹏哥"那里拿钱借给潘大兵。其实，潘大兵当初是想"黑吃黑"，要诓"歪嘴壶"的钱，借钱后根本就没准备还。陆小鹏就带着王大刚、"歪嘴壶"和王猛到潘大兵家里去逼债。

陆小鹏看潘大兵身高1.8米以上，很壮实，膀子上有文身，就改主意了，大气地说，都是在道上混的，钱不要了，交个朋友。就这样，潘大兵便成了这个黑恶团伙中的一员干将，当了陆小鹏的"贴身保镖"。

陆小鹏拉拢刘强入伙，着实下了一番功夫。刘强是一名退伍士兵，1.75米的个头，小小的眼睛，身体长得很精干，也结实，说话还带着一些害羞，身上并没有社会上小混混儿的戾气。他退伍后被几个"朋友"带着，经常出入酒吧、KTV等消费场所，一晚花费就有好几千元，短短几个月就把退伍补贴和父母的资助挥霍一空，他又陆续向"朋友"借钱，累计欠下了几万元的债务。

为了还钱，他听"朋友"介绍，找陆小鹏的姐夫朱大强借钱。朱大强和他聊了几句后说，这样吧，你不如就跟着我做事，欠的钱我来替你还。

听到这话后，刘强心存感激地问：那我平时做什么？

朱大强说不要做什么，有"坏账"就跟我出出场，要要钱。

刘强欣然答应了。

不谙江湖狡诈之术的刘强当然不知，他误入歧途，都是陆小鹏在后台精心操控的。

陆小鹏深知，他手下的"棋子"不能个个都是凶神恶煞的"文身哥"，也需要像刘强这样温文尔雅、做事沉稳有"素质"的人，做到"人岗相宜"，什么场合，就推出什么适合的"棋子"。

他带着手下的一批马仔在"棚"赌钱、"放水"，在社会上放高利贷，逼债诓钱，做得"风生水起"。

2015 年 5 月，他花了 100 多万元，买了辆路虎越野车，开车出去有台型，看上去有江湖"大哥"的气派了。

2016 年，陆小鹏的姐夫朱大强开了"宏源金融服务公司"，用这个名头专门放高利贷，手下也有几个小马仔。

都是放高利贷的，又有亲戚这层关系，双方手下的小马仔们慢慢就熟悉起来。有时朱大强也会叫陆小鹏的马仔帮下忙，配个"棚"，一起去要债。毕竟朱大强是陆小鹏的姐夫，那些个小马仔碍着"鹏哥"的面子，不好推。当然，他们要到钱，朱大强总会发些辛苦费。

2017 年 9 月下旬，陆小鹏和朱大强两股势力正式合并，联手经营"宏源金融服务公司"。

由此，一个黑恶犯罪组织逐步形成，罪恶的羽翼渐渐丰满。

为了逃避公安机关打击，陆小鹏对手下马仔定下若干"规矩"。

首先，下面的马仔们必须对他忠心耿耿，唯其马首是瞻。"大哥"说什么就必须做什么，"大哥"虽不明说什么，也能知道"大哥"想要做什么。

其次，全体马仔的手机必须保持 24 小时畅通，不准关机，也不能静音，电话一打要随叫随到。

再次，马仔们出去要债的时候，必须随时向他请示汇报，尽量不要动手打人。如果动手要掌握"技巧"，不得留下硬伤。

最后，不管是进"棚"，还是放高利贷、逼债的时候，手下的马仔都不准带刀。

陆小鹏研究过法律，带管制刀具被警察抓住的话，会被拘留。他就在黑市上弄了一些电棒发给手下，逼债的时候把电棒拿出来吓唬人。

他还要求手下的人不能溜冰吸毒，溜冰吸毒会把脑瓜子弄痴呆了，就不能胜任"工作"了。

为了控制手下的马仔，他每天都发毒品"摇头水"给他们喝。他认为这玩意儿喝了对脑子伤害小，但是会上瘾，上了瘾，就对他唯命是从。

由于公安机关的打击，1 瓶"摇头水"的价格由 2015 年的 50 元左右，涨到 2017 年的 180 元。一个马仔一天少的喝两三瓶，瘾大的要四五瓶，是笔不小的开支，马仔们承担不起。

一开始，陆小鹏带着马仔们在娱乐场所喝，公安机关不停地扫毒，这些场所不是倒闭关门，就是老板被抓。这期间，他自己和"歪嘴壶"、王大刚也因为喝"摇头水"被抓、被处理过。于是，他就带着马仔们转移到车库、公司或出租屋里喝。

他还采取"怀柔"手段笼络人心。定期发放工资，过节发放福利，按照个人"业绩"分发提成、奖金。为马仔们充话费，弄四连号的手机号码给他们用，出门给他们开高档车，让他们在场子上更加有"面子"，对他也更加"忠心"。不定期组织聚餐，组织马仔们一起用手机打"王者荣耀"游戏，增强"团队"成员之间的默契，培养"兄弟"感情。他甚至许诺给他们一人买一套单身公寓……

当然，如果手下的马仔不贴心或者违反"规矩"，陆小鹏也会坚决把他"开除"的。比如王猛有件事就让他很不开心。

王猛和一个小混混儿"大林"玩得好，"大林"又和陆小鹏第一个女人的现男友好，陆小鹏曾经跟"大林"要过这个人的住址，想教训他一下。谁知"大林"讲义气不肯说，陆小鹏就跟他闹掰了。他要求王猛不准再跟"大林"来往，但是王猛和"大林"私下还保持着联系。他是"大哥"，不好"公报私仇"就这么把王猛开了，于是就借口王猛吃里扒外，把客户介绍到别的公司，把王猛开除了，还收回王猛四连号手机。

还有"歪嘴壶"经常溜冰，弄坏了脑子，说话越来越不利索，既影响公司的形象，又会引火烧身，他也一脚把其踹了。

在陆小鹏恩威并施、精心"调教"下，这个黑恶团伙组织严密，分工明确，手下的马仔个个"身怀绝技"。潘大兵人高马大，满脸横肉，逼债的时候只要他往那儿一站，被害人往往乖乖拿钱。"大师兄"王大刚对陆小鹏忠心不二，做事心狠手辣，不允许任何人说"大哥"的不是。有个金融公司的老板，说了几句对陆小鹏不满的话，他不等陆小鹏的指示，立马带着几个小马仔找这个老板"算账"，吓得对方跪地求饶。

2017年，街上的小额借贷公司越来越多，披着合法外衣的"空放"和"零钱贷"开始出现。

陆小鹏玩这一手心更黑，精心研究了一系列套路，专营以非法占有为目的的"套路贷"罪恶勾当，组织实施犯罪的手段更隐秘。

他对马仔们说，我们不是以前的下三烂了，是开正规金融公司的，要有法律意识，"依法"行事，"放贷"要严密程序，严格分工，每一步都要留下证据。

他在借款的条件设定上，故意把"门槛"降得很低，借钱的人不需要担保和抵押，只要有房产，凭身份证就能借到1万~5万元钱。但是在计息、还款等环节上，设下了一个个"陷阱"。借1万元每天300~1000元利息，每5天或10天为1个还款周期，先扣除第1期的利息和五花八门的费用，借款人实际拿到手也就6000元左右，到期后大钱不到小钱到，必须交钱，而且打的借条都是双倍以上的"高条"。

这些是明的，还有更为歹毒的阴招。

陆小鹏规定，借款人必须在还款日的中午12点钟之前还钱。如果超过12点钟，就是逾期，违约了。而到了还款日规定的时间点，陆小鹏就消失了，电话也关机，故意制造借款人逾期违约，而违约罚金的多少，就由他随口说了算。借款人还不了钱的时候，他就让手下的马仔上门逼债。

在下套的流程上，接到客户以后，首先由他跟客户面谈，了解借款人的个人、家庭、工作单位、在外有无负债等情况，量身定制"套"餐。面谈过后，就派出马仔到借款人的家里去"家访"，摸清借款人家庭和单位的地址，为下一步逼债做准备。"家访"后，办理"借款"手续，要求客户手写一张"高条"，并且手持着"高条"照相。有时还会制造一个假的银行流水，也就是把借条金额的钱打进借款人的银行账户，然后派人盯着，借款人把钱取出来又交还给他。办理过这一套手续后，再扣除利息、家访费、中介费、香烟费等后，把剩下的钱给借款人。借款人实际拿到手的钱，远远低于他原先想借的金额。

他制造假银行流水的目的，就是证明借款人确实向他借了"高条"上的金额，这样就能"名正言顺"地按借条上的金额，上门逼债或者向法院起诉。

借款人也不是个个都傻，实际上没有借到那么多钱，当然不同意打"高条"给陆小鹏。

这时，"笑面虎"陆小鹏就会哄骗借款人。先是大讲特讲"空放"和"零钱贷"的便利性和安全性，信誓旦旦地保证还掉本金后，双方债权债务全清。然后说，让你打双倍以上的借条也就是个君子协定，是为了约束你按时还钱。

其实他知道，来借款的这些人，基本上是在银行、其他小额贷款公司和亲戚朋友那里借不到钱的主儿，急着用钱，只要哄上几句，一般都会打双倍以上的借条。而借款人一旦借款后，就会身不由己地中了他设下的"逾期违约"连环套。

逼债也有一套程序。一帮文身的马仔带着"高条"上门，威胁、恐吓借款人和他的家人。比如说知道借款人家属的单位在什么地方，不还钱就去单位催账；知道借款人的子女在哪里上学，去学校找借款人的子女麻烦。

如果借款人或者借款人家里人还是不愿意拿钱，他就进入下一道程序——戳脸皮。他指示手下马仔在借款人家门口，或者门市外墙醒目的地方喷漆"某某人欠债还钱";有时候还会喷上猪头、骷髅头之类的图案;在借款人的家里撒冥币或者烧冥币,用喇叭循环喊话,喊"某某人欠债还钱",砸借款人家的窗户玻璃等,逼他们出来还钱。

不行,他还有一招,抓到借款人,"跟结账"。

刚开始,他都安排马仔把人看在浴城逼债,后来他听说有"同行"把人看在浴城,被公安机关以"非法拘禁"抓了,就安排马仔把人看在汽车上,过几个小时带着借款人到派出所附近的监控下转一圈,造成正常要债的纠纷假象,钻法律的空子,打擦边球,其实借款人根本就走不掉,一直到借款人被迫还钱为止。

当然,陆小鹏作为"大哥",逼债的时候一般不会亲自出马,只安排马仔们去做就是了。但是跟借款人和借款人家里人谈还钱的事情,都是他这个"笑面虎"亲自谈。

陆小鹏通过虚增债务、利滚利、多次"转单平账"等手段,不断垒高被害人债务,疯狂诈取被害人钱财,江湖名气陡升。

他渐渐看不起连个借条都不会写的黄彬彬,拉的一帮马仔只知道打打杀杀地玩粗暴讨债。

这年10月的一天,黄彬彬眼看着陆小鹏一天天做大,自己的势力范围一点点被挤压,就低下身段,邀请陆小鹏到他那里坐坐。一是想搞好关系,要陆小鹏手下留情,让点"生意"给他做做;二是向他这个以前的手下马仔讨教一下"经验"。还有,就是商量一下进一步"合作"事宜,相互"配棚"逼债。

陆小鹏也有自己的"歪经":为了更隐秘地垒高借款人的债务,他需要另外一家金融公司帮助他"转单平账"。对一些亲戚朋友介绍的"业务",他不好直接操作,想借壳别的公司来做,这样逼债的时候,亲戚朋友那里也好交代,他还能出面"调解"一下,当个"善人"。

他自然就想到了黄彬彬开的这家金融公司。

一进门，陆小鹏就听到小屋里传出喊声："快放我出去，要不我就报警！"

黄彬彬瞪眼朝他的马仔吼道："把他的嘴堵上！一天到晚号叫，听得人心烦。"

陆小鹏拉了一把黄彬彬："黄老大，当初我也是跟你混的，不是兄弟我说你，现在公安机关的打击行动一阵紧过一阵，你经常动武玩粗活，早晚要进去的。"他故作深沉地说，"干我们这一行，要做得不冒风险，就不能这么玩。要动动脑筋，有所为，有所不为。"

"自古以来欠债还钱，我怕什么？"黄彬彬不服气。

陆小鹏瞥了他一眼："我说你黄老大，脑子里尽是男欢女爱争风吃醋那些糗事，能不能装点正货？我们现在是正规公司了，你还当是以前的街头小混混儿呢？要依法讨债，懂吗？"

喝了一口茶，陆小鹏继续"开导"他当年的"大哥"："你想弄钱也不是这么个弄法啊，要取之有道。这个道，就是死缠着，让他不得安生，还有烧点纸钱、喷喷油漆什么的。这叫民间借贷，有凭有据的，我又不打他，公安想管都管不了，至多调解一下，出了门，我又盯住他。有借条，他打官司也必输。"

一番话说得黄彬彬连连点头："陆老大所言极是。公安巴不得我们舞刀弄枪的，暴力讨债就坐实了，一抓一个准儿。我吃过这亏的，坐过几回大牢。"

"我给你讲个故事。有一个人，为了喝几口牛杂汤，就跟偷牛的借锅去，结果没想到，贼把锅砸了，这个人倒成偷牛的了。"

"什么喝汤砸锅的，这都是哪儿跟哪儿啊？哥哥我脑子不够用，请陆老大说明白点。"

"到底是干木匠出身的，书读得少，知识贫穷限制了你的思维。"他不屑地回道，"黄老大，我们就是要让借钱的变成贼，我们成为被害人。有借条，有资金流水证据，他就不怕上法庭打官司？就不怕我们告他诈骗？"

黄彬彬被他以前的小马仔挤对，心里自然不舒服，但是今非昔比了，又不好发作。

他尴尬地笑了笑，恭维道："嘿嘿，还是陆老大玩得转，牛！哥哥我佩服。"

喝了几瓶"摇头水"后，他们彼此间的深度"合作"也达成了。

黄彬彬一高兴，提出跟陆小鹏飙下车。

陆小鹏瞟了一下黄彬彬50多万元的宝马车，冷言道："先放60万元现金到你车顶再和我飙。"说完，开着他那辆100多万元的路虎车走了。

此时的陆小鹏和黄彬彬，江湖上的地位已经彻底转换。

抓捕"陆老大"

短短的时间内，陆小鹏和朱大强同流合污，又有黄彬彬的跟进"合作"，迅速发展成为盐城大市区"实力"最强的"套路贷"黑恶团伙。其他金融公司都忌惮陆小鹏的恶名，有的被害人同时欠几家公司的钱，最先还的必须是陆小鹏公司的钱，这也成了"行内"的规矩。

陆小鹏和朱大强联手种下的这棵黑恶之树，开枝散叶，一天天超常规壮大。

古语道：恶稔罪盈，是贼灭亡之日。

2017年年底，山穷水尽的刘家宁到宏源金融服务公司借了几次钱。陆小鹏见这个小厂长既迂腐又老实，就玩了个花样，以自己个人的名义借钱给刘家宁，继而又一次次下套，连续诓刘家宁的钱。

一个多月后，他见刘家宁还不起高额的"债务"了，就派出马仔找到刘家宁，先把他带到公司里恫吓；说好第二天中午还钱后，又连夜叫大马仔杨华领着几个小兄弟，把刘家宁带到厂里逼债。

第二天下午1点多，杨华打电话给他，说刘家宁被逼死了。

他知道这次玩砸了，大事不好，就和朱大强紧急商议，揭掉公司门口的"宏源金融服务公司"招牌，迅速转移公司里的全部账册和所有借条。

随后，陆小鹏打电话通知杨华立即回来。他要赶紧为自己找条退路。

满头大汗的杨华回到公司。

陆小鹏扯了几张抽纸递给他，故作埋怨地说："兄弟，我让你去追债，你怎么把他逼死了？"

"我也没想到他会自杀啊。"

"你们有没有打他？"

"大哥呀，我对天发誓，几个兄弟都没打过他，就是按你交代的，缠住他，吓唬他，让他不得安生，哪里想到他这么不经吓，自己用冲床冲死了，白脑浆子都冒出来了。"杨华惊魂未定，"大哥，你看我和几个弟兄要不要出去躲躲？"

躲？你躲了我怎么办？要躲也是我躲！奸邪的陆小鹏已经有了舍弃这几个马仔的念头。

他对杨华也玩起了阴招："兄弟，这事闹大了，警察一定会查到是你带人上门逼债的。你躲过初一，还能躲得过十五？当然，道上讲的是个'义'字，大哥我是不能不管弟兄们的。"

陆小鹏把杨华叫到一边，假惺惺地说："有一个办法，能让你要债合法化。"转身又拉出几张面纸，亲自擦去杨华额头上的汗珠，"这大冬天的，你怎么这么多汗？"他故意不马上说出那个损招。

先吓后柔，头脑不会转弯的杨华着急了："哎哟，我的大哥，你倒是快说啊，什么办法？"

见杨华上钩了，他这才慢吞吞地说："前提是这事不能牵涉我。如果我也进去了，谁在外面捞你？"

杨华连忙表忠心："大哥不能进去，我绝对不会说是大哥叫我去逼债的。"

"但是当初是我借钱给刘家宁的，借条上的债权人写的我名字，这不好办哪。"陆小鹏想让杨华自己说变更一下债权人，免得江湖上的人说他这个做"大哥"的不仗义。

可是四肢发达、头脑简单的杨华，根本没有领会他的弦外之音，傻乎乎地看着陆小鹏。

陆小鹏苦笑了一下，只好自己开口了："这样吧，我和你签一个债权转让协议，把刘家宁欠的 10 万元债权转到你的名下，你找他要债不就顺理成章了？警察也拿你没办法，至多赔点钱或者进去蹲上几天。放心，外面有我这个大哥呢。"

就这样，不知有诈的杨华名下多了个所谓的 10 万元"债权"。

其实，这是陆小鹏玩的脱身术，要杨华和那几个小马仔顶罪，不让公安机关追查到他这个幕后的主使。

随后，他悄悄让贴身大马仔潘大兵，赶紧找一个靠得住的小兄弟，为他安排一个地方躲藏起来。

奸猾的陆小鹏，躲得过法律的制裁吗？

在侦办"1 号专案"过程中，专案组发现陆小鹏、朱大强等人长期在大市区非法发放高利贷、"套路贷"，同时雇用一批马仔专门从事讨债逼债，涉嫌敲诈勒索、非法拘禁、寻衅滋事、虚假诉讼、强迫交易、开设赌场等犯罪，社会影响恶劣。另经初步查明，陆小鹏、朱大强等人涉嫌组织、领导、参加黑社会性质组织犯罪。

朱晓明多次听取专案组情况汇报，要求全面梳理陆小鹏、朱大强等人所有违法犯罪事实，专题研判涉案人员情况，不漏一人，不漏一罪，坚决铲除这一社会毒瘤，为打击日益猖獗的"套路贷"黑恶犯罪，提供一个破案攻坚的标杆范例。

但是，这个"套路贷"团伙的头目陆小鹏一直在逃，下落不明。

除恶务尽，必须尽快将他缉拿归案。

1月25日下午，患中耳炎正在医院挂水的何开春手机响了。是一个陌生号码，接通才知道是潘大兵的电话。

"兵哥啊，怎么换号啦？"

"先不说这些，有件事请兄弟帮个忙。"

"兵哥客气了，有什么事尽管吩咐。"

"你先回家，我要带一位道上的大哥到你家里住几天。"

何开春也是个社会上的小混混儿，先后两次被公安机关处理，正在缓刑期。他已经听说宏源金融服务公司因为逼死人的事，被警察"抄"了，抓了好几个人。他估计这位"大哥"就是"笑面虎"陆小鹏。

都是在道上混的，讲究的是江湖上的义气和面子，既然潘大兵开口了，他当然得答应："楼上有空房间，尽管过来。"

当晚9点左右，陆小鹏和潘大兵到了，客气几句后，陆小鹏拿出一沓钱递给何开春。

随后，潘大兵给他一部手机，叫他出去就用这部手机和他们联系。说完，陆小鹏和潘大兵上了二楼的房间。

当夜无话。何开春懂得道上的规矩，他们不说，他也不问什么。

陆小鹏和潘大兵一直躲在何开春家楼上，要吃什么就叫何开春去超市买。一直到第三天凌晨，陆小鹏和潘大兵来到何开春的房间，才告诉他因为逼债出事了，陆小鹏正在被公安机关追捕中。

2月10日下午，陆小鹏让何开春找辆"干净"的车子，他们要出趟门。

何开春当然明白陆小鹏的意思，小混混儿的车子不能借，就拐弯抹角地借了辆白色SUV。开到家门口，他按了一下喇叭。

陆小鹏和潘大兵出来，拆了车号牌后，陆小鹏说由他自己来开车。

一路上，陆小鹏也不说去哪里，尽挑一些偏僻的小路开。七拐八拐，三个人一路颠簸到了建湖县城。

陆小鹏把车停在一个巷子里，一个女的上了车。

陆小鹏也不作介绍。何开春听那女的和陆小鹏谈话的口气，估计那女的应该是陆小鹏的老婆。

是的，那女的正是陆小鹏离婚再娶的第二任老婆，并生有一子。

四个人在建湖街上的一家饭店吃过晚饭，又到浴城泡过澡后，陆小鹏和那个女的离开了，何开春和潘大兵就睡在这家浴城里。

一直睡到第二天的下午，陆小鹏来了，拎了两袋新衣服送给何开春和潘大兵，说要过年了，大哥的一点意思。

2月11日晚上9点多，三个人又开车回到盐城何开春的家中。

陆小鹏冒险去建湖，不单单是为了见一下躲在娘家的老婆和儿子。

刘家宁被逼死后，公司立即被警方查封，朱大强以及他手下的马仔陆续被抓。陆小鹏和杨华签了一份《债权转让协议》，撇清了关系，稍稍定了神。

但是到了何开春家，他上网百度搜索"非法拘禁致人死亡"，网上说，这个罪10年起步。他估计杨华和那几个小马仔是不会替他顶这个大"雷"了，知道已经在劫难逃，公安机关早晚会逮住他。

他后悔当时走得急，把那只塞满借条的LV包，遗忘在家里客厅的沙发上了。公安机关如果查到，就会掌握他更多的违法犯罪事实。

陆小鹏先是打电话让老婆把包收好，后来又叫她把那些证据转移到别的地方。但是头发长见识短的婆娘不放心藏在别人那里，一直随身带着。

他必须亲自和老婆见上一面，晓以利害，立即把账册、借条那些要命的证据转移出去。

陆小鹏进了二楼西侧的房间，没有开灯，走到北边的窗口看了看，小巷里没有一个人影，一切如常。

他松了一口气，拉上窗帘，暗自庆幸神不知鬼不觉地去了趟建湖，成功说服了自己的老婆。

弄出了人命，迟早会再次跨进牢房，还是躲一天算一天吧。他呼吸着房间里自由的空气，有些绝望地感受着灵魂深处的最后一丝知觉……

正是这趟建湖之行，让陆小鹏暴露了行踪。

城南某小区。一幢幢新建的住宅楼半掩在翠绿中，花园一样的小区静悄悄的。

住宅楼的影子一寸寸变短，冬阳渐渐在手指间失去了热度。仓云鹏的目光始终没有离开那幢大楼的进出口通道。

他在等待一个年轻女人的身影。

陆小鹏人间蒸发了，他的老婆为什么大门不出，二门不迈，一直在家里？这种反常的现象，让仓云鹏烧了不少脑细胞。

陆小鹏逃跑后，专案组原来是想找他老婆讯问的，仓云鹏却提出了反对意见。

有着多年扫黑除恶经验的仓云鹏认为，宏源金融服务公司的法人是朱大强，"1·24"案中，陆小鹏也只是在幕后操控，刘家宁自杀后，陆小鹏立即变更了与刘家宁所谓的债权债务关系。种种迹象表明，这个犯罪团伙的"主脑"十分狡猾，事先就设置了一道道"防火墙"。他设置"防火墙"是为了逃避打击，他的"消失"更是为了这个目的。

仓云鹏由此分析，陆小鹏是想暂避一下风头，看看公安机关是不是真的能追查到他。因此，他躲得并不远。既然这样，他必定要和他的老婆联系。如果贸然找他老婆问话，势必会打草惊蛇，不如就遂了他的心理，故意放出风，说涉案人员已经全部抓获，很快就结案了，暗中观察陆小鹏老婆的行踪，寻找蛛丝马迹。

专案组采纳了仓云鹏"明修栈道，暗度陈仓"的建议。

"仓队，以前蹲守全是抓男的犯罪嫌疑人，现在跟着你守一个带小孩的女人，还不让抓，我这套拳脚功夫也用不上啦。"队友曹楠咕哝着。

"和黑恶团伙过招，不光要做'神级捕快'，还得靠智慧。"仓云鹏笑呵呵道，"陆小鹏一伙是戴着'白手套'作案。侦办打着民间借贷幌子的'套路贷'新型犯罪案件，目前的难点是这种案件涉及面广，案情错综复杂，现有法律的适用上很难把握，即使抓住了，未必拿得下；即使拿得下，未必拿彻底。必须从证据入手，梳理查实他们涉嫌犯罪的完整线索。陆小鹏的老婆很可能参与其中，但是还不能动她，要通过她引出陆小鹏这条'大鱼'。"

仓云鹏的判断是正确的。

几天后，他们根据陆小鹏老婆的行踪，成功抓住了狐狸的尾巴，并由此牵出了黄彬彬黑恶团伙。

盐城市公安局随即将黄彬彬团伙列为扫黑除恶"4号专案"，交由建湖县公安局侦办。

寒风从静静的小巷里穿过，仓云鹏的目光紧盯着小巷深处一幢幢小楼。

两层高的楼房外形都差不多，一式大约两米高的围墙。夜色中，小楼的窗户看不到一点光亮，仓云鹏冷静地判断着，"笑面虎"陆小鹏和他的贴身马仔潘大兵应该就在某幢楼那扇紧闭的大门背后。

这里是盐城西郊城乡接合部的一个居民自建小区。

西侧是高架的高速公路，有三条小路从下面穿过，弯弯曲曲通向一片树林；北边是农田，东、南各有一条五六米宽的小河，河边停靠着几只小木船，上了木船很快就能到达对岸；居民区内的建筑物杂乱无章，小巷密如蛛网，纵横交错。

如有惊动，陆小鹏和潘大兵就会利用四通八达的巷道、河道迅速逃窜。

必须精准定位，一招制敌。

在辖区派出所民警的全力配合下，抓捕组很快锁定了陆小鹏和潘大兵准确的藏匿地——那幢灰白瓷砖墙的平顶两层小楼。

经过抵近侦察后，仓云鹏决定由自己带领突击小组翻墙进入，控制院子房屋各个方位，然后打开院子大门，其余抓捕人员进入院子实施抓捕。同时，在东、南两侧的河边以及西、北两侧的各个巷口安排人员扎口，严防陆小鹏和潘大兵分散逃窜。

凌晨 2 时许，仓云鹏拉开伸缩梯，率先攀过两米高的围墙，徐凌杰、徐殿成、王晨 3 人随后翻入。徐殿成轻轻打开大门，十余名抓捕人员悄无声息地进入院子。

迅速判明房屋内部结构后，仓云鹏用手势指了指一楼东边房间和二楼的东、西两个房间，抓捕人员分别扑向三个方向。

二楼西房间的门反锁着，徐凌杰飞脚踹开房门，厉声喝令："警察！不许动。"

和衣躺在床上随时准备逃跑的陆小鹏，闻声一跃而起，冲向窗户，企图跳窗逃跑。

仓云鹏飞身跃过床头，一把擒住陆小鹏，迅速戴上了手铐。

与此同时，徐殿成和王晨也分别在另外两个房间，将犯罪团伙骨干成员潘大兵、涉嫌窝藏的何开春擒获。

整个抓捕行动如雷霆出击，干净利落。

这一天是 2018 年 2 月 12 日。对于"套路贷"团伙头目陆小鹏来说，应该是他人生中最寒透骨髓的隆冬。

然而，仓云鹏的心里却盎然出早春的气息：作恶多端的陆小鹏在负案潜逃 19 天后，终于被抓获了。

但是他知道，被称为盐城"套路贷"毒蛇的陆小鹏，有多次被打击处理的"经验"，与他的博弈才刚刚开始，下一步的较量将会更加艰巨和激烈。

正义的审判

2018 年 2 月 23 日，农历正月初八，千家万户正沉浸在春节喜气洋洋的氛围中。

上午 11 点，十余辆警车开进了盐城市看守所。

"陆小鹏！""朱大强！""潘大兵！""杨华！"……

随着一声声喝令，关押在监室里的犯罪嫌疑人一个个被叫出。

朱大强等人的心中，一瞬间有那么一丝丝迷惑。因为当天是大多数兄弟被刑事拘留 1 个月期限到期的日子，听见喊到他们的名字，一般来说应该是释放或取保，可是他们自己也觉得不太可能，犯下这么严重的罪行，怎么可能会被释放？

他们等来的，果然是一纸变更强制措施的法律文书，随后被戴上黑色头套和手铐脚镣。

犯罪嫌疑人杨华感觉自己要被拉出去枪毙了，吓得面如土色，浑身直哆嗦，被两名民警架上了警车。

这个黑恶团伙的主要成员和骨干分子，分别被押上一辆辆警车，送往指定居所监视居住。

有过多次牢狱经历的陆小鹏心里非常清楚，等待他们的将是正义的审讯。

就在一小时前，王健亲自召开了"1 号专案"审讯环节的部署会。

这场最后的决战，他举全局之力，从各警种抽调了 100 余名警力，分成 10 多个审讯组。每个组的组长都经过他精心挑选，由有着丰富审讯经验的办案队队长担任，各组成员老、中、青三结合，投入的警力前所未有，审查力量的搭配也是优势互补。

为了坚决攻克"1 号专案"，他在市局刑警支队的大力支持下，周密制定了针对每一个犯罪嫌疑人的审讯方案。

面对斗志昂扬、整装待发的战友们，王健发出了动员令："以陆小鹏、朱大强为首的黑恶势力打着民间讨债的幌子，对被害人实施抢劫、敲诈勒索、非法拘禁等违法犯罪活动，从中获取巨额暴利，多数被害人因为被逼债有家不能回、有班不能上，甚至家破人亡。其犯罪气焰极为嚣张，影响极其恶劣。此案已经被市局挂牌为我市扫黑除恶'1号专案'，这充分说明市局党委对我们的信任和期望。我们亭湖公安是一支特别能吃苦、特别能战斗的队伍，我坚信，大家一定会不辱使命，坚决完成市局党委交办的任务，打响全市扫黑除恶行动的第一枪。"

出了审讯室门，李建中朝仓云鹏直嚷嚷："仓队，几天下来了，你怎么跟陆小鹏这种混子讲道理，小说看多了吧？"

"这家伙几进宫了，是有名的'滚刀肉'。一开始就跟这种人直上桥，肯定没戏。先给他做做铺垫，温温火。"仓云鹏心中有数，"我注意到他的状态了，他一直在回避实质性的问题，特别是对刘家宁闭口不谈，而大谈特谈他怎么在黑道上混的。"

"他这是在出什么幺蛾子？"

"他是故意的。我了解过他的历史，这个人从小就在社会上混，特别看中他在江湖上的地位，常摆谱。收审了，还不由自主地沉浸在往日的生活里。不急，先让他信口开河炫耀他的经历，说到一定程度，打断他，直接切入主题。"

说着，仓云鹏拨打手机问队里的内勤丛建行："陆小鹏的资金流水有异常吗？"

丛建行回话："没有发现异常，做得很老道，干净得超过纯净水哩。"

"不急，再把他老婆、妹妹等其他人的账户关联一下，他总不能一直带着几十万元现金吧。"

挂了手机，仓云鹏对李建中说："别看他年龄不算大，却是个老江湖，狡猾着呢。他把小卒子推过河，就来个一退六二五，死不认账。"

"那也不能由他牵着我们的鼻子走，这还叫审讯吗?"李建中有点按捺不住了。

"我会让他牵吗?"仓云鹏轻松地笑了笑，"在复杂的局面中，我们不能疏忽细节。其实，他已经动摇了。"

"动摇了，我怎么没看出来?"

"他要听歌曲啊。"

李建中一听，一把拽住他:"哎!仓队，你不会真让他听吧?"

"真让他听，必须的。这说明他的心理活动已经外化，我们再忍耐一下，看谁耗得过谁。"

仓云鹏在电脑里下载了歌曲《铁窗泪》，又回到审讯室。

于是，一个奇特的现象在严肃的审讯室出现了。

弥漫着歌声的审讯室里，一边是戴着手铐脚镣的犯罪嫌疑人陆小鹏，另一边是审讯台上的仓云鹏和李建中。

陆小鹏微闭双眼，戴着手铐的手随着音乐轻轻抖动。

仓云鹏连放了两遍后，关了。

陆小鹏睁开眼:"怎么不放了?"

"算了，还是别放了，这歌曲我听了也心酸，不知道你老婆和父母听了有什么感觉?估计也好不到哪儿去。"仓云鹏漫不经心地回了句。

从一走进审讯室，仓云鹏就发现，陆小鹏虽然一副不买账的架势，挺胸昂头，面带着微笑，摆着江湖老大的派头，大讲自己在黑道上的浪迹史，但是他冒着风险去建湖看望自己的老婆和孩子，又表现出他的另一面。仓云鹏选《铁窗泪》的用意就在这里，捣他的软肋。

"这歌曲也听了，你是不是该说点什么啦?"仓云鹏问陆小鹏。

"哼!公安局的门我也是几进几出了，就别给我下套了。再说了，我这么快就撂了，传出去，我还怎么在道上混?"

"你认为你还会当江湖大哥?"

"……"

要让他开口说真话,必须先灭掉他的嚣张气焰。仓云鹏略微提高了声音:"你以为自己在黑道上混了一阵子,身价够,底子足,就可以藐视法律?"

"你在威胁我?那我告诉你,我现在已经打着赤脚了,什么也不怕!"

"什么也不怕?"仓云鹏站起身,手指着他厉声道,"你虽然已经做了黑老大,其实你很自卑;你整天坐豪车,花天酒地,其实你始终也摆脱不了在物流大卡车上颠沛流离、风餐露宿的阴影;你外表强悍,其实你的内心很脆弱;由于你第一次的短暂婚姻,你一直怕被别人看不起……"

仓云鹏的话,就像一柄柄利剑,直戳陆小鹏的心窝。

他低下了那颗一直高昂的脑袋,然后又抬起头来茫然地看着仓云鹏,露出被人戳穿老底而惶恐不安的神情:"你……其实,我心里怎么想的,你根本就不知道。"

"你说这话,眼睛往左偏干什么?说明你正在调动你的想象思维,在说谎。"

陆小鹏目瞪口呆:这个书生模样的警察原来这么厉害,我小看他了。

到火候了。仓云鹏走过去,点了一支烟给他:"就别跟我玩虚的了。其实,你的那些破事,我们早就掌握了。要不然,你也不会坐在这里。"

陆小鹏猛抽了几口烟,还是不肯交代自己的罪行。

"我见过王八爬、蛤蟆跳的,就是没见过你这么胆小的。"仓云鹏继续剥陆小鹏这个"江湖老大"的外衣,"你口口声声说自己是'大哥',犯下的事却让下面的'小弟'担着,这就是你这个江湖老大的义气和做派?你以为不说就能逃脱法律的制裁?别做梦了,告诉你，你不说，有人会说，你做过的那些事铁证如山，我们现在只是给你一个认罪的机会。"

在凌厉攻势下，这个所谓的江湖老大终于扛不住了，开始供述犯罪事实。

"陆小鹏终于撂了！"李建中合上手提电脑，兴冲冲地跟着仓云鹏走出审讯室。

仓云鹏停下脚步，拍了拍手中的案卷："你先别忙着骄傲，我们还有许多事要做。对于一个黑恶团伙的头目来说，他所说的话，并不一定全是真实的。可能有许多是虚构的谎言，但是这些虚构的谎言有可能就是改头换面的真实。比如，他交代在刘家宁死之前，就和杨华签了债权转让协议。另外，在榨取刘家宁钱款的金额上，与我们已经掌握的情况明显不符，这说明他试图减轻罪责。"

"行啊，仓队，慧眼如炬呵！"

"所以嘛，我们要善于洞察陆小鹏的心理变化，在他的谎言里，寻找到真实的部分。就是要分析他为什么撒谎，并从谎言中，过滤出与真实相勾连的部分。只有这样，我们才能查清这宗黑恶案件中诸多事实和真相。"

"那你怎么知道，他的话哪些是谎言？"

"人的大脑，分左脑右脑，左脑主要控制记忆力，这右脑呢，主要控制创造力。他在回答问题时，眼睛往左下角斜了一下，代表在回忆某件事情。但是刚才他回答刘家宁借钱的事情时，眼睛往右上角眄了一下，表明他在'创造'了，也就是撒谎了。"

"那陆小鹏说话时眼睛往左偏，你说他正在调动想象思维，在说谎，这究竟是咋回事？"

"嘿！你怎么也绕进去了？那是我忽悠他的，要不他能说实话？"仓云鹏得意地朝李建中眨巴一下眼睛。

李建中愣了一下，一抬头，仓云鹏早跑了。

专案组通过反复研究打击"套路贷"犯罪的最新法律规定，以及寻衅滋事、诈骗、敲诈勒索、抢劫、非法拘禁等关联犯罪的构成要件，制定对应的取证标准；围绕黑社会性质组织罪的组织特征、经济特征、行为特征、危害性特征，梳理陆小鹏、朱大强黑恶犯罪团伙错综复杂的组织架构……

经长达 10 个月的内审、外调，专案组查明陆小鹏、朱大强等人通过高利放贷并实施"软暴力"、暴力逼债牟取暴利，涉嫌敲诈勒索、非法拘禁、诈骗、寻衅滋事、虚假诉讼等犯罪行为共 59 起，非法获利 200 余万元，依法扣押、查封、冻结涉案资产约 300 万元，共形成 77 册卷宗材料。

这个恶行累累的犯罪团伙，组织化程度高，所造成的社会危害极大，是近几年来盐城"套路贷"黑恶犯罪的典型代表，符合《中华人民共和国刑法》第 294 条的 4 个基本特征。

2018 年 10 月 15 日，亭湖公安分局向亭湖区人民检察院正式移送盐城市扫黑除恶"1 号专案"。

2019 年 2 月 26 日，晴空万里，蓝天如洗。

位于盐城市区青年东路 53 号的亭湖区人民法院一号审判庭外，十几辆警车有序停放，几十名全副武装的特警依次站立。

庄严的审判大厅内，国徽高悬，座无虚席。

审判台后侧中央，端坐着身着法袍的审判长周晓文，她的左右是两位人民陪审员，前排是书记员席，东西两侧分别是辩护人和公诉人。

被告席上，14 名身着号衣的被告人一字排列，每个被告人身后，站立着两位面色冷峻的法警。

由江苏省公安厅挂牌督办、盐城市公安局亭湖分局主侦的扫黑除恶"1 号专案"，经过两次计 6 天的开庭审理后，周晓文宣读刑事判决书。

随着法庭列举被告人被依法确认的一桩桩犯罪事实，这个涉黑涉恶犯罪团伙的累累恶行昭然若揭。

法庭依法宣判：

被告人陆小鹏犯组织、领导黑社会性质组织罪、非法拘禁罪、抢劫罪、诈骗罪、敲诈勒索罪、寻衅滋事罪，数罪并罚，决定执行有期徒刑 21 年，剥夺政治权利 4 年，并处没收个人全部财产。同时，禁止其在刑罚执行完毕后 4 年内从事金融行业。

被告人朱大强犯组织、领导黑社会性质组织罪、非法拘禁罪、抢劫罪、敲诈勒索罪、寻衅滋事罪，数罪并罚，决定执行有期徒刑 19 年，剥夺政治权利 3 年，并处没收个人全部财产。同时，禁止其在刑罚执行完毕后 3 年内从事金融行业。

其他 12 名被告因犯参加黑社会性质组织罪、敲诈勒索罪、寻衅滋事罪等，决定分别执行有期徒刑 10 个月至 15 年不等，并处相应罚金。

长达 184 页的刑事判决书宣读完毕后，周晓文手起槌落。

"咣！"威严的法槌声在审判大厅内久久回荡。

一个作恶多端的社会毒瘤终于被法律之剑切除了。

坐在旁听席上的仓云鹏，心情一直难以平静。自从开庭后，他的脑海里就一直晃动着一个从未谋面过的身影——刘家宁，那个被"套路贷"团伙逼死的冤魂。

盐城扫黑除恶 "1 号专案"，是开展扫黑除恶专项斗争以来，盐城警方侦办的第一起以"软暴力"为主要行为手段的黑社会性质组织犯罪案件。

公安机关坚持严格依法办案，准确把握该黑社会性质组织的 4 个特征，在"两高""两部"《关于办理实施"软暴力"的刑事案件若干问题的意见》出台之前，打造了司法实践先行先试的样板。

与此同时，由盐城市公安局"扫黑办"牵头，建湖县公安局主侦的扫黑除恶 "4 号专案"也侦审终结。犯罪嫌疑人黄彬彬等 14 人，在盐城大市区有组织非法高利放贷，以各种暴力手段进行违法犯罪活动，先后组织实施绑架、抢劫、敲诈勒索等 36 起违法犯罪活动，形成稳定的黑社会性质组织，非法获利 104 万元。警方依法扣押、查封、冻结涉案资产 490 万元。建湖县人民法院依法判处主犯黄彬彬有期徒刑 21 年，并处没收个人全部资产，剥夺政治权利 5 年。

盐城警方荡涤黑恶，"扫"出平安声势。如果公安执法失之于宽，失之于软，黑恶分子便会恣意妄为，势必削弱法律权威，影响群众安全感。党中央部署扫黑除恶专项斗争后，盐城警方在市委、市政府的坚强领导下，充分发挥主力军的作用，铁帚扫黑，利剑除恶，以雷霆万钧之势，在盐阜大地掀起摧毁黑恶势力的风暴。

截至 2019 年 2 月，盐城警方已经排摸和受理涉黑涉恶线索 2442 条，共打掉黑社会性质组织 5 个，摧毁恶势力犯罪集团 45 个、涉恶团伙 283 个，破获涉黑涉恶刑事案件 741 起，抓获黑恶违法犯罪嫌疑人 3200 余人，647 名涉黑涉恶犯罪嫌疑人迫于斗争声势投案自首。

这是盐城警方深入开展扫黑除恶专项斗争交出的第一张"成绩单"。

大战，仍在继续……

骗术变种"名堂山"

古今中外，诈骗案例数不胜数，大到骗钱、骗物、骗色，小到骗吃、骗喝、骗玩……狡诈的骗子挖空心思，骗术花样百出，手法不断翻新，如水银泻地，无孔不入，各种骗局渗透到社会的每个角落。

骗子的行径，比起偷盗、抢劫更隐蔽、更狡猾。虽然不像抢劫那样直接威胁到人们的生命安全，但是它手段卑劣，防不胜防，更令人咬牙切齿，深恶痛绝。

随着网络和智能手机迅猛发展，骗子们也"与时俱进"，各类新型诈骗活动"提档升级"，体现出"时代色彩"。骗子们撒开一张张无形的黑网，精心设计种种骗局，让你不知不觉困在"局"中……

形形色色的骗子，就像一个个披着伪善外衣的恶魔，张着血盆大口，疯狂吞噬着人们的钱财。

这不，从2017年下半年起，一些人陆续收到一封封的信件。

撒旦的"请柬"

"只要交303元报名费,你就能成为'世界华人联合会'的会员,之后可以享受股权分红、工作安排等福利,福利可以传三代。"

"先交500元民族资产解冻税费,年底可得1000元,还可以优先得到精准扶贫资金。"

……

这些天方夜谭般的传说,你相信吗?大多数人会说:不信。

你不信,可有人信。

2017年年底某日。寒夜,月朗星稀。

江苏省盐城市区解放南路一家火锅店食客爆满,生意红火。

正忙着配菜的王小丽,接到了老姐妹顾芹发来的微信语音:"有人介绍我参加'世界华人联合会',说是能安排正式的工作,有工资有福利,介绍别人当会员,还有奖金提成……你参加吗?"

听了这个消息,王小丽的第一个反应就是:骗子,又在忽悠人。

"这可能是骗子,你不要上当。"她好心提醒顾芹。

"不会的,我了解过了,'世界华人联合会'是个民间组织,专门负责精准扶贫,像我们这些农村打工人员,只要参加了,都是帮扶对象。"

"我现在忙呢,没空理你。"堂口催菜了,王小丽匆匆把手机塞进衣兜。

深夜回到家中,王小丽看到顾芹发来的一张图片,上面一行印着"世界华人联合会"几个字,下面的小字看不清楚。

王小丽问:"这是什么?"

"'世界华人联合会'的会员登记表。"

随后,老姐妹又发来一张照片,是一位戴着金框眼镜的贵夫人,皮肤细嫩白皙,慈眉善目,华丽的外套,项间挂着一串深色佛珠。

"她是谁?"

"说出来吓你一跳!她是'世界华人联合会'的主席,姓倪,来头大着呢。"

"哪里有这种好事?国家为什么不直接发放扶贫的钱,非要通过这个什么会?"王小丽仍然不相信。虽说是农村人,但她做过几年村里的计生工作,了解一些国家的政策。

那头,老姐妹又说话了:"你在城里打工不知道,现在国家非常重视农村扶贫,'精准扶贫'是中央提出来的,哪个敢用这事骗人?要坐牢的!"

王小丽有点心动了:"你是听谁说的?"

"姓许的,这个人我也不认识,听说是'世界华人联合会'盐城办事处的主任。这样吧,我把你拉进群,你自己看看,想参加就参加,不想参加也没有关系,退出来就是了。"

随后,王小丽被拉进了一个微信群。这个群的名号够响的:"303世界华人联合会扶贫群。"

本来持怀疑态度的她,进群没多久,就被群里的"气场"镇住了。这个主席,那个总会长的,还有各部的部长、各省的分会长。一个个讲着国家精准扶贫战略,传达"国家最新政策精神",还学习《弟子规》《道德经》什么的,满满的"正能量",一盆盆"心灵鸡汤"……

没见过大世面的王小丽热血沸腾,毫不犹豫地交了303元报名费。

不就是303块钱嘛,就当交养老保险了。

王小丽坐等天上掉馅饼……

这几天,杨秀花很兴奋,整天哼着小曲儿在手机上发微信,就连吃饭都瞄着手机屏。

"好好的班不上,一天到晚捧个手机,神经兮兮的,做什么呢?"丈夫问。

"你懂什么？我在忙扶贫的事哩。过几天还要去一趟乡下，把需要扶贫的人统计出来，报到省里，上面审核后要精准扶贫，下拨扶贫款，还要开发扶贫项目呢！"妻子头也不抬，不停地点着手机屏，"上面要求大家每天在群里报到，有人点名考勤哩。"

"政府不是有专门的扶贫部门吗，你光发发微信就能扶贫了？"丈夫不解。

"我们是'世界华人联合会'搞的民间扶贫项目，不是一回事。"

"什么'世界华人联合会'，我怎么没有听说过？"

"你不晓得，这个联合会是一个代号叫'303'的首长办的，她的身份保密呢。我原来在'民族资产精准扶贫全国总会'的群里，现在上面把我们全部转到'世界华人联合会群'。听上面说'世界华人联合会'有许多著名人物的遗产，专门用于扶贫。"

"这么大的联合会，怎么会叫你这个大字不识几个的妇女参加？"

"是一起打工的老黄介绍的，后来又认识了盐城办事处的许主任。"杨秀花放下手机，拿出一个黄皮小本子得意地晃了晃，"这是会员证，我们是干大事的！还要发工资哩，哪像你，就晓得喝酒掼蛋。"

丈夫接过烫银的会员证，打开一看，在妻子穿着西装、扎着鲜红领带的照片旁，是中英文对照的文字，姓名、性别、出生日期、证件号码等一应俱全，繁体"世界华人联合会"几个字非常醒目。右页是会员守则，下面是四句话："上善若水，厚德载物，天下为公，世界大同。"落款签名更是了不得，"世界华人联合会"主席"倪星"，还盖了钢印和中英文对照的椭圆形印戳。

丈夫不由得对妻子刮目相看，掂了掂手中的会员证："乖乖！你一个月能拿到多少钱？"

"现在刚开始起步，还没拿到钱。不过，群里有通知，等正式挂牌了就会发工资，而且还有分红、福利等好处，全家三代人享受中产阶级的待遇呢。"

丈夫将信将疑，天下居然有这等好事？

杨秀花坚信不疑。

几天前，她接到"世界华人联合会盐城工作群"转发的通知，国家有一笔巨额民族资产要解冻，这笔钱将用于精准扶贫、发放会员的工资和福利，但是需要一笔解冻的税费。本着取之于会员，用之于会员的原则，"上级"决定向会员每人暂借500元，到时联合会总部连本带息，每人还款1000元，而且优先享受扶贫款，要求各县（市、区）工作组向会员们收取这笔借款，筹款多与少将纳入各地领导骨干的业绩考核范围。

杨秀花想都没想，立即在亭湖工作群里作了传达，要求各位骨干带头。

随即，杨秀花将她发展的亭湖籍骨干会员交来的2500元，加上自己交的500元，通过微信转账的方式打给了盐城办事处统计支部长刘招娣。

几个月里，杨秀花像着了魔似的，按照"上级"指示，先后5次交了资料审查费、大数据费、项目费、解冻费、入会费等近千元。为了按时完成业绩，争取一个好表现，她还慷慨解囊，替没有交款的会员垫付了一些钱。

比起王小丽和杨秀花，阜宁县农村的张兰秀加入"世界华人联合会"则有点滑稽。

张兰秀在家带孙子和孙女，除了上集市买菜，平时足不出户。在外打工的儿子、儿媳妇想孩子，就给她买了部智能手机，教会她玩微信，晚上没事了，一家人视频聊聊天，也是种慰藉。

这微信真好，天南海北的，一点就能见上面，还不要电话费。

听说微信朋友圈里什么稀奇古怪的事都有，加的微信朋友越多，朋友圈就越大，看到的东西就越多。读过中学的张兰秀越玩越入迷，只要有人请求加好友，也不问是谁，点指即加。

一天，一个叫"美美"的人要求加好友。她一点手指确认了。

"你好！我是淮安的美美。"

"你好！我是阜宁张兰秀。"

……

几句问候的话过后，"美美"就把她拉进了"303世界华人联合会扶贫群"。

乖乖！这是个全世界华人的群啊，"美美"真有本事。张兰秀对从来没有见过面的"美美"佩服得五体投地。

"美美"在群里喊话："欢迎江苏阜宁的张兰秀入群！"

群里立刻燃起了一挂鞭炮，随后又有人接连发了一串"欢迎新朋友入群"的图标。

张兰秀感到有一股暖流窜游全身，像是进入了一个温馨的大家庭。

不一会儿，有人对她发话了："阜宁是苏北革命老区，是我们世界华人联合会重点关注的地区。国家没有忘记你们，全世界华人没有忘记你们！请你排摸一下当地的贫困对象，然后把他们都拉进群。我们有奖励政策，发展一个会员，发50元钱，以后还会发工资和福利。"

一个自称是"世界华人联合会"江苏分会长的人说："当然，我们发展会员是有条件的，19~69岁，公务员和犯罪人员不要……"

分会长就是江苏最大的"官"，能亲自对她这个带小孩的村妪说话，张兰秀感到非常荣幸。

还没有等她回过神来，又有人在群里发了一连串的红头文件，大致是国家的扶贫政策、中华传统文化和两岸和平统一之类的内容，把她看得云里雾里的。

她连忙表示要加入这个联合会，又说了一大堆大年初一的吉祥话，感谢"世界华人联合会"的"领导"。

其实，张兰秀根本不关心这些国家大事，她关心的是拉一个人进来，会得 50 块钱，每天拉一个，一天的吃喝全有了。

这时，又有人请求加她好友。

她一阵激动，想什么就来什么，难怪这两天喜鹊在门前叫。一点手指后，就动员这个人进群。

那个人连忙说："我就在群里，是盐城办事处的许主任。"

这位"主任"告诉她，过几天，她将和盐城的几个"领导"到阜宁实地考察，确定一下阜宁的"领导班子"成员。

几天后，来了一男一女，都是 50 多岁的盐城大丰区人，自称是"世界华人联合会盐城办事处"的正、副主任。

他们召集了几个网上认识的阜宁骨干，"巡视"一番后，有模有样地宣布了阜宁工作组的"干部任命"：孙长江任组长，汤慧玲任副组长，张小霞当统计组长，张小芳是人事组长，蒋琴和孙家俊分别担任巡查组长、督察组长。

这些被委以重任的"领导干部"，有搞装潢的油漆匠，有种田的农民，有开电瓶三轮车送货的，还有无业人员……五花八门。

村姑张兰秀万万没有想到，她居然也当了个兵头将尾的"官"，被封为"世界华人联合会"江苏分会阜宁机构下面的"宣传组长"。

随后，许主任传达了省分会领导的工作要求：上面说了，阜宁是贫困地区，没有指标限制。你们要大力发展会员，只要每个人交303 元，就可以成为"世界华人联合会"会员，享受股权分红、安排工作等待遇，福利可以传三代……

这两位盐城的"大干部"，女的是许丽红，男的叫张华。

三个月前，在南京带小孩的许丽红，被一个姓吴的"微友"拉进了"民族资产精准扶贫管理委员会群"，她又把熟人张华拉进了群。

群里的江苏分支机构负责人黄留香见他俩是盐城人，就讲，你们建一个盐城工作群，我委任你们当盐城办事处的正、副主任，授权你们组织盐城骨干架构，大力发展盐城的会员云云。

就这样，许丽红和张华飘飘然当上了盐城的"大领导"。

而那位任命他们的江苏更大的"领导"黄留香，半年前还是盱眙县一个赋闲在家的退休教师。

自然，他也是被上面更大的"领导"任命的。

这场近乎荒唐的诈骗闹剧，在一只无形的魔手操纵下，利用微信群、朋友圈蔓延并发酵，在全国范围内陆续上演着……

如果说抢劫一点"技术"含量没有的话，那么骗子应该算是有一定的"技术"含量了，接触式、非接触式花样百出。他们在电话中假冒各种身份，诱骗被害人转账汇款；以网上"消费刷单"的伎俩暗做手脚，套走事主的钱财；以"作法消灾"的手法调包诈骗……由于公安机关不断打击，及时向群众发出预警信息，揭露这些诈骗手段，人们加强了戒备。

但是，骗子们也在不断研究新"战术"，变换新手法，特别是打着各种响亮名号实施的诈骗，更具欺骗性和隐蔽性，一些受骗者接连上当仍不觉醒。

"神骗局"潜伏在江湖。

正当"世界华人联合会"这个诈骗恶魔喧嚣正欢之时，紧盯着它的是盐城警方一双警惕的眼睛。

对话引警觉

施志凯，盐城市盐都区公安局刑警大队大队长，四方大脸，跨步生风，浑身洋溢着刑警的豪气。多年的警察生涯，练就了他严谨求实的工作作风，善于从生活细节中捕捉那些涉案信息。

2017年岁末的一天晚上，外出办案刚回来的施志凯在小区浴室里美美地泡了一会儿。祛除一身寒气后，他躺在堂厅的通铺上小憩。

这时，修脚师傅和浴客的对话，引起了他的警觉。

"现在修个脚，只挣个十块八块的，还不如交三百来块钱在家拿工资呢。"

"是养老保险金吧？那要到龄才能拿到。"

"不是养老保险。听说网上有个'世界华人联合会扶贫安置委员会'，正在召集扶贫对象，只要交 303 块钱，就取得'世界华人联合会'的会员资格，然后月月开工资，还有福利。"

"你做大头梦呢，肯定是骗子！"

……

言者无心，听者有意。施志凯拿出手机上网搜索了一下，跳出了"世界华人联合会"一连串的信息，什么"召开世界华人大会""组织精准扶贫活动""解冻民族资产""两岸统一文化交流"，等等。

职业的敏感告诉他，这可能是一个诈骗组织。

他躺不住了，立即穿上衣服，接着一个电话通知副大队长张辉、徐兆祥等人赶到局里……

岁末寒夜，朔风阵阵。

位于盐城市平安路 9 号的公安大厦，在灯光照耀下，像一柄利剑，刺破夜幕，直插苍穹。网络安全保卫支队办公室，灯火通明。

几天前，二大队大队长许辉在网上例行巡查时，发现一个叫"世界华人联合会"的神秘机构，正在广泛招募会员，宣称只要交 303 元报名费，就可以入会，之后可以享受股权分红、安排工作等福利。

"这里面有猫儿腻！"支队长金余立即组织沈海、许辉、陆海琪、贾娜、唐洋等人，循着这条线索，进行初步排摸。

他们通宵达旦，从茫茫网海中捞出一条条信息，再进行碰撞对比、分析研判……随着新年钟声敲响，一个披着华丽外衣的诈骗团伙轮廓渐渐显现出来。

这个诈骗团伙，以所谓"精准扶贫"为诱饵，利用微信平台先后建立了"民族资产精准扶贫管理委员会群""303 世界华人联合会扶贫群""世界华人联合会扶贫安置委员会群"等，大肆向不明真相的群众招摇撞骗。

虽然每个群众被骗的金额不大，但涉案地域广、被害人数多，而且发展迅速。短短数月，这个所谓的"世界华人联合会"就发展会员 15000 多人，涉及全国 30 个省、直辖市和自治区。

2018 年春节期间，这个重要情况，被报给了盐城市公安局领导。

这种打着"精准扶贫"等旗号实施的诈骗犯罪活动，严重扰乱发展环境，破坏社会经济秩序，影响国家重大战略的顺利实施，损害党和政府的形象。盐城市公安局随即召开了各相关警种负责人参加的专题汇报会。

"这是一个有着严密组织架构的诈骗团伙。"金余汇报了初步排摸的情况，"以我市为例，市一级的负责人叫许丽红，另外 6 名架构人员的职务，分别为副主任、人事支部长、宣传支部长、督察支部长、巡察支部长、统计支部长。而且各县（市、区）都建立了所谓的'工作组'架构，对应上一级组织。这些基层架构人员面对面接触被害人，登记收集相关信息，组织被害人交钱参加相关诈骗项目。上当受骗的人，多的交了上千元，少的交了 303 元入会费。"

刑警支队支队长熊新民接话道："这个诈骗团伙的作案手段，不同于其他诈骗形式，采取'温水煮青蛙'的方式，以各种名目小额多次诈骗敛财，聚沙成塔，具有很强的欺骗性。而且诈骗的对象，大部分是低收入人群，社会危害大。"

他拿出一份材料："盐都区公安局在工作中，也发现了这个神秘的'世界华人联合会'踪影。这是刚刚报来的情况。"

大家相继传阅了材料，敏锐地意识到，这个波及全国的诈骗活动虽然在盐城刚刚露头，但是已经构建了较为完整的诈骗组织体系，具有很强的迷惑性，影响恶劣。如不及时打掉，受害的群众有可能呈几何级增长，必须采取霹雳手段，及时予以迎头痛击。

警惕骗术新变种，严厉打击诈骗犯罪活动，保护好人民群众的钱袋子，是盐城警方义不容辞的责任。

随后，市局下达了侦破指令：由盐都区公安局主侦，市公安局网安、刑侦派出精干力量全力协同，迅速拿下此案。

山城重庆，张灯结彩，狮舞龙腾，好不热闹。人们互祝新年，沉浸在 2018 年春节的欢乐气氛中。

盐都区公安局刑侦大队主侦民警冉修平，正带着妻子和 7 岁的女儿走亲访友。他是重庆人，2007 年从南京森林公安高等专科学校毕业，分配到盐都区公安局工作后，一直没有带妻子女儿回过老家。这次他举家回来探亲，亲朋好友相邀，日程自然排得满满的。

手机响了。

冉修平一看，是大队长施志凯的号码。

"春节好！小冉，请向你父母转达我的新春祝福！"

"谢谢大队长。"冉修平道谢后，习惯地问道，"什么任务？"

"本来想让你在家多住几日，多陪陪父母，可现在有个诈骗案需要你参与侦破，走得开吗？"

"没事，父母已经见了，走得开！"一听说要上案子，冉修平立刻来了精神。

挂了电话，冉修平向父母说明情况，又用电话分别向亲友们告别，随后便带着妻女驾车返回 2000 公里外的盐城。

与此同时，孙耀东、郑田祥、张辉、徐兆祥、戴剑、李军等市、区两级公安机关的一批干探精英都已到达盐都区公安局集结。

8 楼会议室，窗明几净。灿烂的冬阳，透过玻璃窗洒了进来，满满新春的气息。

"303"专案首次协调会在年味中召开。

熊新民、金余先后通报前期排摸的案情，传达了市局领导对破案的要求。

浓眉大眼的逄大猛，先后担任过派出所长、刑侦大队长、市公安局经侦支队副支队长，多岗位历练，积累了丰富的公安实战经验，磨炼出攻坚克难的魄力和锐气。在他担任盐都区副区长、区公安局局长后，盐都公安连续打了好几场漂亮仗。这次，面对一个组织严密、人员众多、波及全国、涉案资金巨大、诈骗手段恶劣的犯罪团伙，他这员威猛骁将和盐都区公安局无疑迎来一场严峻的挑战。

但是他坚信，盐都公安完全有能力啃下这块硬骨头。

他首先表明态度："新年伊始，市局就将这个案件交给我们盐都区局侦办，这是上级对我们的信任，我们要举全局之力，坚决打胜。"

盐都区公安局政委宗友林接话道："盐城土话中有个'名堂山'。听了市局两位支队长的介绍，我感觉这个案子的'名堂山'还真不少哩，要好好梳理一下，要打，就打准打稳打彻底。"

大家群情激奋。

"从我们初步侦查的情况看，这个诈骗团伙的骨干人员分散在全国各地，大多是网上联系，作案手法有点类似网上传销拉人头的方式，也有面对面接触被害人，诱骗被害人交钱加入'世界华人联合会'。"市局网络安全保卫支队副支队长沈海介绍说。

"江苏这条线的情况已经基本摸清。"施志凯汇报了前期摸查的情况，"在这个组织架构中，江苏有573人。短短两个月的时间，盐城各县（市、区）总计有十多万元的会员费流向市区的刘招娣。这笔资金一路流动，先流到淮安的岳小兵账户上，再汇集到深圳一个叫李小秋的账户上。"

他看了下连大猛，接着道："这个案件的规模比较大，涉案人数多，目前队里有好几起案件在侦查，人手还是比较紧张的。"

分管刑侦工作的区局党委副书记张明立刻接话："办，必须办！这个诈骗团伙打着'精准扶贫'的旗号，利用国家的政策骗取老百姓的血汗钱，影响和手段极其恶劣。刚才连副区长不是说了，要举全局之力侦办。"

熊新民向连大猛会意地点了一下头，说道："此案单就盐城讲，目前上当受骗的人数还不是很多，但从全国范围来看，被害人数众多，造成的社会危害和影响可想而知。"他看了大家一下，面色严峻，"这种犯罪活动多存在一天，就会多一些人上当受骗，多一天社会危害，必须立即打掉。"

连大猛神情专注地用手敲了敲会议桌面，强调道："我还要提醒一句，如不及时抓获诈骗嫌疑人，大量赃款很有可能被挥霍一空。到时即使破了案，老百姓的损失也无法挽回。对老百姓来讲，破案的价值也就不大了。我们常说公安工作要以人民为中心，我看，攻克此案就是具体的体现。"接着，他异常坚决地下达指令，"时不我待，此案必须依法从速查处。"

随即，由市、区公安局精干民警组成，代号"303"的诈骗专案侦破组正式成立。

专案组组长张明，是从刑侦一线一步步走出来的盐都区公安局党委副书记。他沉稳、干练，面容清癯，不苟言笑，曾经牵头侦破过一系列大要案件。上了这个专案后，他感到了肩头担子的分量。

全国公安机关正围绕公安部专项打击"盗抢骗"违法犯罪活动开展侦破攻势，这起案件是盐都公安要打响的第一枪，他想，务必把这个案件办成功，不辜负人民群众的厚望。

接手案件后，一个个问号始终在他的脑海里碰撞着、交织着。

从目前已经掌握的情况分析，从江苏这条线诈骗的资金流指向了深圳的李小秋。那个所谓的"世界华人联合会"的会员证，也是从深圳寄出的，这个诈骗团伙的巢穴，貌似在深圳。

但是"世界华人联合会"的主席倪星又在西安，深圳的李小秋何许人也？西安的倪星又是哪方神仙？他们之间究竟存在怎样的关系？

门开了，专案组副组长施志凯大步跨入。

"研判小组排出了这个诈骗团伙的组织架构。"

施志凯将一份材料向张明递了过来。

"这个诈骗团伙的胆子真够大的，能想到的名号都用上了。我们基本掌握了这个犯罪团伙的组织构架，共分为五级，分别为联合国组织、国家总会、省级分会、地市级办事处以及县区级工作组。"

施志凯落座。

他接过张明递过来的茶杯，喝了一口水，继续说："目前，所有的线索都指向深圳的李小秋。在这个所谓'世界华人联合会'的15000多名会员中，约有12000人是原来一个叫'民族资产精准扶贫全国总会'的成员，都是通过李小秋转入'世界华人联合会'的，而且诈骗的钱都流向了李小秋。"他目光闪亮，指着架构图，"李小秋应该是这个诈骗团伙的主要犯罪嫌疑人。"

又冒出个"民族资产精准扶贫全国总会"！

这个"全国总会"和"世界华人联合会"是一个诈骗团伙打的两个旗号，还是两个不同的诈骗团伙？二者之间又是什么关系？"世界华人联合会"的总部设在陕西的西安，这个所谓的总部和深圳一定有着某种关联……

张明看着架构图，陷入了沉思。

西安的那个"世界华人联合会"主席倪星，难道是个空挂的"招牌"？

作为专案组长，张明有一种预感，这个案子目前看似脉络清楚，但是由于犯罪嫌疑人诈骗的每笔金额较小，一些受骗者即使明知被骗了，也不会报案，而且诈骗团伙打出的幌子名目繁多，有"民族资产""精准扶贫""两岸统一"等，收集固定犯罪证据有一定难度，弄不好会煮成"夹生饭"。

打蛇打七寸。要想彻底打掉这个诈骗团伙，必须先要弄清楚这个诈骗团伙的顶层结构，锁定主要犯罪嫌疑人，一招制敌。

抓浮在上面的鱼很容易，可要抓到沉在下面的大鱼还是有一定的难度，绝不能打草惊蛇。

他问施志凯有什么想法。

"像这种涉案范围广、组织架构比较清晰的诈骗案件，传统打法是先突破中层一级，摸清账目，然后再两头清。"施志凯道。

"目前收网的时机还不成熟啊。"张明自言自语。

但是施志凯的话提醒了他。

摸清账目？对！不管这个诈骗团伙打着什么幌子，诈骗钱财才是他们的唯一目的。

张明眼前一亮，资金流是侦破此案的关键。

"通过这几天的深度研判，大致有了方向。从目前掌握的涉案资金流向看，都汇聚到了深圳的李小秋那里，我们不妨以资金流为导向，暂时先把李小秋定为1号，西安的倪星定为2号。"

张明一边说着，一边下定了决心："立即派出工作组，分赴深圳和西安进一步开展工作，彻底摸清他们实施诈骗犯罪的脉络，从顶层往下打。"

随后，两个工作组连夜出发。

三天后，深圳工作组发回新情况。调查发现，李小秋的账户经常有大笔资金进出，大部分诈骗钱款流向了一个西安的账号。

神秘的"303"首长

"冲天香阵透长安，满城尽带黄金甲。"世界名城西安，璀璨荣耀，历史和未来在这座古老的都城碰撞。

雁塔区含光南路一座高大气派的写字楼内，一位衣着华丽，脖子上挂着串佛珠的女人正坐在皮转椅上，欣赏着屋里炫目的陈设，一种成功后的获得感油然而生。精致的妆容看不出她的年龄。

宽大的老板桌上放着精致的茶台、茶具，旁边是一圈座椅。会客间有一套布艺沙发和一张小会议桌，桌上陈列着她和一些"名人"的合影、"名人"签名的高档酒盒，几本关于著名革命家的书籍、画传、影集等。迎门插着三面旗帜，分别是国旗、联合国旗和

"世界华人联合会"的会旗，下面一字排列着三只鎏金和平鸽。墙壁上是一块蓝地儿白字牌子，中英文对照的"世界华人联合会"会徽十分醒目。

不大的房子，被这些琳琅满目的东西充塞着，令人目不暇接。

她一想到自封的"世界华人联合会"主席这个头衔，就像打了鸡血一样兴奋。

这个女人的确不简单。

她叫倪星，对外宣称是联合国的"303"首长，"两岸和平统一"的特使，今年57岁，祖籍河北邢台。其父生前在西安一个运输社当过会计，其母陕西蒲城人，生前是西安电线厂的退休职工。

倪星从小跟着外公外婆一起生活，9岁时随外公外婆到蒲城农村，中学二年级回到西安。她先是在一家旅游纪念品开发公司工作，后来又到一个只有内部刊号的旅游小报拉拉广告。一番历练后，她看中了古都西安厚重的旅游文化资源，扯起"陕西省旅游文化促进会"的名号。正当她羽翼渐丰，准备"大干"一场时，不料摔了一跤，致使腰部受伤。

这个被罪恶浸透肌理的女人，在养病期间潜心研究江湖骗术，悟出了"真经"。

"骗"亦有道。骗子也分"三六九等"。低级小骗子，街头行骗，利用道具耍些江湖小骗术骗人。对这类街头小骗虫，她嗤之以鼻。中级骗子，几个人合伙做个局，对你有逗有捧，云来雾去地把你迷惑。这类骗术也属小打小闹，她才看不上眼呢。

要做，就做时尚的高级骗子。"紧跟"国家发展的大形势，披着华丽的外衣，打着诱人的旗号，口吐莲花，让被骗了钱财的人还能帮着她数钱，还对她顶礼膜拜，感恩戴德。当然，诈骗的手法也要"与时俱进"，需要不断"创新"、变换"马甲"……

只读过中学，一直寄居在姐姐家生活的独身女人倪星，不愧是个江湖诈骗界妖魔级高手。当初成功"收编"王学东的"民族资产精准扶贫全国总会"团队，就是她的得意之作。

2016年9月，不甘寂寞的倪星突发奇想，声称自己是个"肩负两岸和平统一重任，执行特殊使命"的人。于是，她逢人便讲自己是革命元勋的孙女，她的爷爷当年有三十多个名字。她是"两岸和平的联合国领袖人物"，代号"303"……

她处心积虑，迈出了实施诈骗的第一步——引人关注。

一个月后，她又拿出一张印着繁体字的纸，"这是'世界华人联合会'的登记证明，我受命担任联合会的主席，是两岸和平统一的指挥者。现在有许多和平使者向我靠拢，成为我们'世界华人联合会'的会员……"还做了一块"中华倪氏宗亲总会名誉理事长"的牌子。

随后，她凭着三寸不烂之舌到处忽悠，并拉拢了辽宁的付丽莎等几个"志同道合"的人"组阁"，在写字楼租了间房装扮门面。

为了掩人耳目，她还像模像样地建立了网站，供会员交流学习。

网站分为"简介"和"学习"两大板块。"简介"板块，主要公布组织章程："世界华人联合会是一个旨在追求全世界华人、华侨、华商、华裔大联合、大团结的国际性社团组织。""世界华人联合会会员中，凡给社会或华人事业做出贡献的团体和个人，本会将予以树碑立传，以启后者；凡属道、志、才优者，本会予以创作、参观、考察、学习、深造的机会；凡偶遇不幸自拔艰难者，本会将予以法律、道义及经济上的支持；凡欲为事业发挥最大能力及其合法要求者，本会将予以鼎力相助……"

"学习"板块，则是满满的"正能量"。什么《世界在偷偷奖励善良的人》《人品好的人自带光芒》《人心是换的，尊严是赚的》等"洗脑"的文章，披着伪善的外衣，向"会员"们传授做人做事的"道理"。

从此，她稳稳地走出了实施诈骗的第二步——布置迷局。

可是，鱼饵下去了，上钩的鱼儿并没有预想的那么多，折腾了好长时间，才发展会员2000多人。

眼见得每日的进项渐渐在减少，她决定再加把火，再造势一番。

2017年10月下旬，她在西安策划了"世界华人联合会两岸和平与传统文化联谊会"，哄骗全国各地200多人参会，还组织与会人员共同祭奠祖先。参加会议的人，有不明真相被忽悠来的，有受骗上当的所谓会员，也有来蹭吃蹭玩的。

当然，这其中不乏如蝇逐臭的"同道之人"。李小秋就是其中之一。

55岁的李小秋，是深圳福田人。当兵回家后，不安分的他先在深圳某机关工作，后来到外地学了一段时间的传销，一直混迹于江湖，结识了一些三教九流人物。整天晃荡、不务正业的李小秋，结果一事无成，于是婚离了，家散了，就连自己20多岁的女儿如今做什么也不知道。

他一直想翻身，想做出点名堂让前妻和女儿看看。

机会终于来了。

2017年5月，他在互联网上认识了一个叫肖花花的女子。她自称是"民族资产精准扶贫全国总会"广东省分会的会长，随后他就被委以"深圳办事处主任"之职，继而又结识了"全国总会长"天津人王学东，从此涉足网络诈骗黑道。

一日，他在网上寻找猎物时，无意中联系上了付丽莎。

付丽莎向他介绍了"世界华人联合会"，并邀请他参加"世界华人联合会"西安联谊会。于是他就脚踏两条船，交了303元，成为参会代表。

到了西安后，深谙诡诈之术的李小秋，一眼就看穿了老女人倪星的伎俩。但是他觉得这个"世界级"的华人联合会更具有迷惑性。看着高朋满座、佳丽如云的会场，他感叹此行"高人"多，而自己参加的这个所谓"民族资产精准扶贫全国总会"就相形见绌，差得远了。

于是，他跟肖花花、王学东说了西安的所见所闻。

而此时，狡猾的王学东已经嗅出了一点危险的味道，公安机关有可能瞄上了他这个"民族资产精准扶贫全国总会"。他想，不能再这样骗下去了，得赶紧换个"马甲"。听说西安有个"世界华人联合会"正在招兵买马，他就想攀附上倪星，借壳再谋"发展大业"。这样，即使将来被公安机关查到了，他也找了个顶包的"替罪羊"。

于是，心怀鬼胎的王学东就联系上了倪星。

老奸巨猾的倪星早就知道，这个以所谓"民族资产解冻"为幌子的骗术，起源于20世纪七八十年代，一些"业内前辈"用高额回报诱惑不明真相的人们参与，煞有介事地宣称交完手续费，持续参与项目就可以拿到100万元、500万元，甚至1000万元的巨额回报……这一骗术早被公安机关识破，当初的那些"业内前辈"们正坐在大牢里，数着天数苦挨时光。现在还玩这个30多年前的旧把戏，也太笨拙了。

看透不说透，才是真功夫。倪星自然看出了王学东的心机，但是没有戳破。

倪星有她的"算盘"。

她看中的不是王学东这个人，而是他那个"民族资产精准扶贫全国总会"的庞大团队。自己弄的"世界华人联合会"也是个"泡泡"，迟早会被警方识破，所以她早就留了一手，骗来的那些钱，不买房不买车，就连租用写字楼装点"联合会总部"门面的那套公寓房，也只订了一年，还是半年交一下房租，准备随时开溜。现在"世界华人联合会"的场子已经热了，必须趁势多发展一些会员，抓紧多捞些钱。王学东的团队有一大批上当受骗的"会员"，不妨就势让王学东率团投到她的门下，再让她刮上一遍，先弄个盆满钵满的，然后玩个人间蒸发，过自己快活的日子。

这块送到嘴边的肥肉不吃，没有道理。

于是，倪星开始实施诈骗活动的第三步——巧设局中局。

2017年年底，王学东拜倒在老女人倪星的血色罗裙下，"世界华人联合会"和"民族资产精准扶贫全国总会"这两个诈骗团伙，心照不宣地同流合污。

奸猾的倪星特意将惹眼的"民族资产"几个字去掉了，把王学东团队命名为"世界华人联合会扶贫安置委员会"，"任命"王学东为常务副主任，肖花花为副主任。封李小秋为"世界华人联合会组织管理委员会"委员兼任"深圳分部"部长。

自此，这两个诈骗团伙联手打着"303世界华人联合会扶贫""世界华人联合会扶贫安置委员会"等旗号，依托原"民族资产精准扶贫全国总会"的班底，重新包装，在全国范围内密织诈骗网络，发出一封封撒旦的"请柬"，继续干着罪恶的勾当。

当然，满肚子加减乘除的倪星心里有数，特意防了一手。

关于王学东负责的"世界华人联合会扶贫安置委员会"事务，不直接找王学东，而是通过李小秋联系，诈骗来的资金也通过李小秋转接，和王学东这颗"定时炸弹"撇开一段"安全距离"。

而王学东也是一只"老狐狸"，悄悄为自己留了一条后路。他把李小秋"提拔"进他那个团队各省分会会长的微信群，宣布以后就由李小秋和肖花花负责日常事务，自己躲到了后台，坐收渔利。

诈骗妖魔倪星，自称是手眼通天的"两岸和平统一特使"，苦心编造出"世界华人联合会"这只虚假光环，迷惑了好多人。她又和王学东的"民族资产精准扶贫全国总会"团队"强强联合"后，呼风唤雨，兴妖作怪，每天从全国各地涌来大把大把的票子。

自此，她"时来运转"，穿名牌，做美容，出入高档交际场所，参加各种集会。

烛台、花茶、高脚杯……原本是西安城里名不见经传的半老徐娘，竟然华丽转身，过上了贵族般奢华的生活，成了一位"赫赫有名"的人物。

可是好日子没过多久，倪星就忧心忡忡。

2018年2月，她得知"盟友"王学东东窗事发，被四川广元警方抓了。

没几天，李小秋和肖花花等人来到西安找她，心神不定地说王学东被抓后，下面人心惶惶，很乱，问她怎么办？

倪星用如簧之舌，故作镇静地把他们打发走后，感到惶惶不可终日，就请了一位高僧算命。这位高僧微闭双目告诉她，这段时日不要待在西安，否则有牢狱之灾。

难道我的事情也被警方察觉了？做贼心虚的倪星忐忑不安，数了一夜的羊，还是没睡着。

走，赶紧走。可是躲到哪里去呢？

她想到辽宁的付丽莎那里暂避一下。可是付丽莎因为"贪污"她的钱款，已经被她"开除"了。这个歹毒的女人是肯定不会收留她的，弄不好还会向警方告发她，这不是自投罗网吗？

她又想到了深圳的李小秋，转念一想也不能。李小秋原本是王学东"民族资产精准扶贫全国总会"那条线上的骨干，说不定警方已经盯上他了，绝不能再和他扯上瓜葛……

她不禁流下了伤心的泪，仰天长叹：老天爷啊，想不到我这个曾经风光无限的"世界华人联合会"主席，居然落魄到连个藏身之地都没有。

此刻的她真不敢想象，一旦失去这奢靡的日子，自己还怎么活下去？

定了定神，她决定到外地一个无人知晓的地方，躲上一段时日。

她怕联合会"班子"成员联系不上她，自乱了阵脚，就谎称自己要和几个大人物见面，"商谈两岸统一的大事"。

收拾细软后，倪星就离开西安，暂避风头去了。

殊不知，江苏盐城警方已经撒开了一张巨大的法网。

除魔的法网

专案组副组长沈海带领的 5 人工作组，已经在深圳紧张工作 4 天了。他们在对李小秋的银行资金流向进行详细调查时发现，李小秋先后向西安的倪星转了 180 余万元的资金。

沈海意识到，原定此案的 2 号人物倪星，极有可能是深圳李小秋的"上级"。

他随即将这一重要情况向指挥部报告，并通报给西安工作组。

指挥部立即对这个新发现进行分析。

心思缜密的施志凯有一个疑问：王学东被四川警方抓获后，为什么李小秋一直还在活动？这里面有名堂。现在深圳发来的消息，印证了他的判断：此案 1 号人物应该是西安的倪星——那个神秘的"303"首长。

他和张明的判断一致，真正的"大鱼"终于浮出了水面。

既然倪星是李小秋的上线，如果先抓了李小秋，就有可能打草惊蛇，影响对倪星的抓捕，给后期的取证以及挽回群众的损失造成困难。

张明立即调整工作思路：实施"斩首行动"。

他指令深圳工作组继续跟踪研判李小秋的行动轨迹，尽快锁定李小秋，但暂不抓捕，待西安工作组成功抓捕倪星后再行动。

接着，他指令西安工作组立即对 1 号人物倪星实施抓捕行动。

倪星能否到案，是这起诈骗案成功侦破的关键。

施志凯坐不住了，立即飞往西安，亲自组织抓捕行动。

四月的西安，嫩枝吐芽，清风徐徐，生机勃发。古城已经从沉睡中醒来。

含光南路上，一对小夫妻拎着一袋水果相拥而行。他们一路说笑着走进一座写字楼，乘电梯来到 23 层。

男的敲了 2306 室的门，没有动静；又敲几下，房内仍然没有反应。

女的随便走了几步，用眼睛的余光观察了一下过道设施和楼层安全通道。

男的说："老师出去了。"

"那我们先回吧，晚上再来看望老师。"女的回道。

小夫妻拎着水果下了楼。

晚上，这对拎着水果的小夫妻又出现在 2306 室门前。敲门，还是没有人开门，又到过道侧面的窗户看了看，2306 室内没有一丝光亮。

在不远处另一座公寓楼的五楼，这对小夫妻敲了其中一户的门。

不一会儿，门开了。一位 40 来岁的中年妇女看见门外是陌生人，警觉地问道："你们找谁？"

"我们是李老师的学生，来看望她的。"门外，女的示意了一下拎着的水果。

"哪个李老师？"

"就是李江红老师啊。"男的接过了话，顺势朝房里瞟了一眼，客厅和卧室都是居家的陈设。

这时，房间里又走出一位 30 多岁的妇女。她打量一下小夫妻说："你们肯定是走错了。"

短短几秒钟的时间里，这对小夫妻迅速把两位妇女扫描了一遍，确定不是他们要找的人。

"打扰了，不好意思。"小两口转身离开。

他们是盐城警方的侦查员，女的是盐城市公安局网安支队二大队副大队长陆海琪，男的是盐都区公安局主侦民警冉修平。两个人正按刑警大队副大队长张辉的建议，假扮成一对小夫妻，寻找"303"专案 1 号人物倪星的踪迹。

连续工作几天了，这个狡猾的妖魔踪影全无，好像消失了一样。

正当西安工作组陷入僵局之时，专案组副组长施志凯飞抵了西安。

听了工作组前期的情况汇报后，担任了七年刑警大队大队长的施志凯，综合研判各方面的信息，分析倪星有可能因为王学东被抓受惊，离开了西安。

再对倪星的银行账户对比分析，发现这几天没有大额的资金流出，反而又有十几万元的资金流入。她用诈骗来的钱购买的三笔总计188万元的理财产品，一直没有动过。

种种迹象表明，倪星是暂时离开西安，而且可以基本判定，那座写字楼的2306室，就是"世界华人联合会"的老巢。

施志凯遂组织力量继续对西安三处倪星可能生活、工作的地点暗中排摸。

与此同时，盐城的专案指挥部通过信息研判，指出倪星有可能藏匿在北京。

张明决定制造出"太平无事"的假象，悄悄在北京、西安等地架好网，静等那个妖魔出现。

话分两头。

繁华的深圳，树木葱郁，车水马龙。春天的故事，给这片改革开放的前沿注满了活力。

沈海、许辉、戴剑、袁春和李华几个人，无暇欣赏这座现代化城市的魅力，个个一身疲倦。几天来，他们连轴转，一直在寻找2号人物李小秋的踪迹。

李小秋的户籍地址在深圳福田区的某街道，但是实地走访时发现，他并不住在这里。

"那他会在哪里呢？"沈海冷静地思索着。

他突然想到李小秋曾经通过快递，向全国各地发放所谓"世界华人联合会"会员证，留的地址是深圳龙岗区布吉街道的李屋村30 号 206 室。他能在那里寄出，说明他的活动与李屋村有关联。

第二天一早，沈海带领 3 名侦查员来到龙岗区布吉街道百花一街李屋村附近。

本以为有个明确的地址，会很容易找到 30 号 206 室，可是到了现场大大出乎意料。好大一片城中村，一幢幢高低不一的老旧楼房紧挨着，门牌号更是杂乱无章，有的楼有，有的楼没有，楼宇间是弯弯曲曲的小巷，车辆不通。

沈海把大家分成三个方向，暗中排摸。

9 时许，许辉找到了 30 号楼，而且一楼就有一个快递收发点，与掌握的情况吻合。

他立即通知其他人员过来。展现在大家眼前的是一幢破旧的三层鼎式小楼，每层 100 平方米左右。

沈海从楼道悄悄摸上去，察看楼层内部的结构。每层被隔成 6间鸽子笼似的小屋，都是出租房。206 室在二楼临街的位置。从206 室防盗门的缝隙观察，这间房不足 15 平方米，室内陈设十分简陋，一个小房间和一个卫生间。卫生间对着防盗门，右手是房间，房内的情况无法直接观察到。

沈海在门口仔细听了一会儿，房间内没有任何动静，应该没人。

回到楼下，他发现 206 室的窗棂上挂着衣服，应该有人在此处居住。但是这里究竟是李小秋的落脚点，还是他安排邮递的人的住所还不能确定。

这时，附近来往的人渐渐多了起来，楼道里不时有人上下。

沈海决定留人暗中蹲守，他到当地派出所了解一下这个 30 号楼租客的信息。

在布吉派出所，沈海了解到，这个所辖区有 60 余万人口，以外来人口为主，而且人口流动非常频繁。经过查询，得到两个信息：一是租30号楼206室的正是李小秋；二是李小秋在深圳其他地方也有租房信息。还查询到李小秋有多次坐地铁来往于福田和布吉的记录，时间不固定，没有明显的规律，行为轨迹比较混乱。

居无定所、无正当职业的李小秋，行踪诡异，就像一只飘忽不定的幽灵晃荡着。

这时，深圳市公安局传来一个消息，李小秋两天前曾经在布吉一个叫德兴花园的小区出现过，时间都是深夜。这个点离李屋村大约不到2公里的路程。

中午，工作组在宾馆碰头。沈海将获取的信息与大家进行碰撞，请大家谈谈想法。

戴剑提出一个疑点：李小秋应该不住在30号楼的206室。以他银行有这么大的资金流水来看，经济条件应该不错；居住在城中村这个简陋的出租屋，与其"身份"和经济状况不符。

戴剑的分析有一定的道理。

李华也说了自己的看法：李小秋对外宣称是"世界华人联合会组织管理委员会委员兼深圳分部部长"，属于诈骗团伙的高层，对外应该有一处讲究一点的"工作"门面吧？德兴花园附近相对繁华些，有可能是他的一个点。

李华的想法也有一定的说服力。

狡兔三窟。直觉告诉沈海，李屋村应该是李小秋一个落脚点，因为那些会员证就是从楼下的快递点寄出的。

随后，他决定把人员分成三个小组。两个组同时对德兴花园和李屋村进行蹲守，另外一个组继续在外围排查，但是重点放在李屋村。他要求大家在不惊动李小秋的前提下，尽快锁定这个飘荡的幽灵，一旦接到抓捕指令就立即行动。

外出躲避风头的倪星，一开始成天提心吊胆，寝食难安。

过了几天后，她发现"世界华人联合会"微信群里热闹依然，每天报到的问安的一片，而自己的银行卡"涛声依旧"，在北京这

二十多天里，又有近三十万元的进项。这说明最近又增加近 1000
名的新会员了，"队伍"壮大的速度连她自己也感到惊讶。

她稍稍放宽了心，就偶尔在群里发发话，作作最新指示。各省
的反应都很积极，特别是那个和王学东走得很近的李小秋，天天在
群里出现。

她彻底放宽心了。

都什么时候了，那个笨蛋王学东还扛着"民族资产"出来忽
悠，不出事才怪呢，幸亏老娘当初和他撇得远远的，要不然肯定也
蹲大狱了。

总算逃过了这一劫。回去吧，我这个"世界华人联合会"主席
不能长期在外不露面。另外，原定开个各省架构骨干会的事也要落
实一下，商量再换个什么"马甲"。

魔鬼是不舍得丢下猎物的。"失踪"二十多天后，老妖魔又悄
然潜回西安。

当天下午 5 点半左右，正在那座写字楼旁蹲守的冉修平，发现
一个在脑海中闪过了千百遍的身影进入了他的视线。

一个穿着深色外套、扎着丝巾的贵妇，体形较胖，个子不太
高，一边走，一边环顾着四周。

冉修平立刻意识到这个人应该是倪星，随即把这个情况传递给
前方蹲守的张辉。

过了几分钟，张辉再次确认那个"贵妇"就是倪星，已经进入
了写字楼附近的公寓楼五楼。

至此，工作组确定，公寓楼是倪星的居住场所，写字楼就是她
"办公"的地方。

为了尽可能全面收集到犯罪证据，施志凯决定暂不动手，严密
监视倪星，等她到了写字楼的老巢时，再人赃俱获。

工作组全体成员轮流值守，又度过了一个不眠之夜。

4 月 17 日上午 10 点，冉修平从望远镜里看到那个熟悉的身影

从公寓楼出来了。

倪星穿着红色的外套，左手提着一只精致的皮包，右手握着茶杯，一步步往那座写字楼走去。

他立即通知前方蹲守人员。

张辉和陆海琪锁定目标后，在后面不远处悄悄跟进。

倪星穿过含光南路，刚走到写字楼的大门时突然止步，似乎又想起了什么，转身朝附近的一家宾馆走去。

这家宾馆正好是工作组入住的地方。各个点蹲守的民警，悄无声息地往宾馆汇聚。

倪星走到宾馆的前台，跟服务员说了几句话，然后就在大堂内来回走动，好像在等着什么。

时间一秒一秒过去了，抓还是不抓？

冉修平他们在等待施志凯的行动暗示。

坐在大堂内佯装看报的施志凯，大脑正飞快地盘算运转着，倪星是不是在等什么人？如果有同伙干脆一网收了。

看到前台服务员在拿什么东西给倪星，他确认倪星不是在等人。

施志凯果断发出了抓捕暗号。

随即，张辉、冉修平、陆海琪等人分别从不同方向围了过去。

张辉问倪星："我们是公安机关的，请问你叫什么名字？"

倪星先是一愣，随即表现出镇定的神情，冷冷地抛出一句："哪里的公安机关？"

"江苏盐城。"张辉出示了警察证，再问，"我们正在办案，请说出你的名字！"

"你们无权知道！"见势不妙的倪星，用眼角瞟了下张辉，拔腿要走。

张辉手臂一挡："公安机关正在依法查验你的身份，请你配合一下。"

"查验我的身份，知道我是谁吗？你们还不够资格！"倪星故作轻蔑地说。

这时，站在倪星身后的施志凯突然厉声道："倪星！"

"是。"惊慌失措的倪星脱口而出。

"请你出示身份证！"

倪星扶着要跌落的眼镜，看了看施志凯那张冷峻威严的四方大脸，又环顾了一下围在四周的民警，那种高贵矜持的神色已荡然无存。

她知道这次骗不过去，真的完了。她低下头，乖乖地从包里拿出了身份证。

张辉接过一看，正是那个所谓"世界华人联合会"主席倪星。

随后，施志凯带领工作组依法对倪星的"世界华人联合会"老巢进行搜查，起获了编造的文件、钢印、公章、空白会员证、银行票据等大量犯罪证据。

倪星这个诈骗妖魔，终于落入了法网。

得到西安的消息后，张明立即通知深圳工作组，对2号人物李小秋实施抓捕。

在深圳警方的大力配合下，"幽灵"李小秋也被收入网中。

至此，"斩首行动"完美收官。

盐都警方按照公安部打击"盗抢骗"犯罪总体部署，在盐城市公安局的指挥下，充分运用"三合一"作战平台资源和手段，研判犯罪线索，经过3个多月侦查经营，成功摧毁了这个打着"世界华人联合会"旗号，大肆实施诈骗，涉案总值达450余万元的犯罪团伙。

利剑出鞘，盐都警方显声威。但是，盐城警方的打击行动并没有结束。

此案告破之日，正是盐城新一轮严打整治行动开篇之时。他们将通过持续发力，表明盐城警方的态度：对任何违法犯罪活动——"零容忍"。

围剿"幽灵船"

夜幕低垂。盐城北部,"丁字港"水域,薄雾氤氲。

在一阵沉闷的发动机声响中,一艘大驳船从"丁字港"大桥下缓缓驶出。

这艘船有点诡异。全船没有透出一点光亮,船尾驾驶篷两侧用帆布遮掩着,货舱部位也被罩棚盖得严严实实,像是装满了货物。

可是从干舷高度看,似乎又没有多少载重,而且它并没有远行,只是在"丁字港"大桥和"丁字港"闸桥之间约5公里的水域,如幽灵般来回游荡。

间或有艘小船靠帮,几个鬼鬼祟祟的人影上去,随后就消失了。

静静的"丁字港"舟楫稀少,两岸行人谁也没有留意这艘看似普通的"幽灵船"。

一封举报信

春天的盐阜大地柳绿花艳，生机勃勃。

2018 年 4 月 19 日上午，葛富春一离开盐城市公安局办公大楼，脑瓜子就高速运转起来。

刚才，市局领导交给他一封举报信，盐城北部的"丁字港"水域有一个移动赌场，十分嚣张。

"这个案子，是你们水警支队组建后打的第一仗，要好好地亮下相，要高举拳头砸出水花，砸出水警的气势。"领导的话掷地有声。

葛富春顿时热血沸腾："好哩，我早就手痒痒了。"

可是水警支队刚刚挂牌，他这个支队长到任也没几天，全支队就他和政委许兆玮两个人唱二人转，接了"4·19"专案，怎么才能按照领导的要求砸出水花，砸出水警的气势？

举报的内容比较模糊，但是他对水上的治安现状了然于胸，确信这个水上赌场是存在的。

盐城地处黄海冲积平原，大自然赐予这片土地丰沛的水上资源，被誉为"百河之城"。全市境内河道纵横，水网密布，仅在册的大、小沟河就有 2.8 万余条，河流、湖泊占全市总面积的 12%。其中，航道 287 条，通航总里程 4491 公里，形成"一纵十横"通江达海的航道网，是江苏省内河航道里程最长、船舶最多的市。

随着警方打击赌博犯罪的力度不断增强，一些犯罪团伙为了逃避打击，把赌场转移至抓捕难度较大的僻静水域。特别是这个游荡在两县相邻的复杂水网中的移动赌场，人员高度戒备，行踪诡异，一有风声，就利用密如蛛网的河汊躲藏，风头过后，又幽灵般复出。

由于县级公安机关受装备、警力、风险等因素的限制，这类水上移动赌场存在"易驱散、难打击"的现状。

葛富春不信这个邪。他干过刑警，当过派出所所长，担任过经济案件侦查大队大队长，在亭湖分局做了几年分管刑侦的副局长后，刚刚履新。他是一员从案件堆中摸爬滚打出来的虎将。

水上绝不是赌博犯罪的"天堂"。

平安盐城，不仅仅体现在城市、乡村，更要守卫好总面积1300平方公里的水上家园。再难，水警支队也要切除这个水上毒瘤。

支队政委许兆玮先后在交警、治安两个支队担任过综合科长，虽然是从搞材料的文字匠出道，但是思维敏捷，作风干练，心中充满着疾恶如仇、敢于担当的情怀。

回到支队位于城东的临时办公室，葛富春开始和许兆玮商量起来。

"我已经立过军令状了，务必剿灭这个水上赌场。"葛富春道。

许兆玮略微思忖了一下，说："水警刚组建，局里给我们的目标是半年立声威、两年争省先、三年打造盐城特色水警工作品牌。看来，这次的确是我们水警立声威的好时机，应该坚决打好！只是……"他点燃一支烟，"警力还没有到位，得赶紧抽调几个人，把专案组搭起来。"

"局里同意先给我们几个人，开展前期侦查，可在市局办案部门里面挑。"

"抽调的人最好选准了，干得好就'劫'下来。"许兆玮的心里打着"小九九"。

葛富春朝搭档会心地一笑。

其实，他早就有合适的人选了，都是他在警官学院的学弟，刑侦业务骨干。

4月30日下午，"五一"假期前夕。亭湖区公安分局刑警大队主侦民警金东，正在突审一名犯罪嫌疑人。

经过两个月连续作战，由他主侦的这宗涉黑案件已经取得突破性进展。此刻，他正沉浸在收网前的兴奋中。

手机铃响了。金东一看，是大队长的电话。

"明天上午9点，找水警支队支队长葛富春报到，执行重要任务。今晚就把手头活儿全部移交。"

"找葛支队长报到？可是我手里这宗案子就等收网抓人了。"金东心有不甘。

"案子到了这当口儿，我也不想把你撤下来。但这是市局的命令，具体什么任务我也不清楚。我估计，这回的仗，够你打的！"大队长在那头语气十分严肃。

金东刚想再问几句，电话挂断了。

多年刑侦工作经验告诉金东，他将要上的这个案子，肯定也是块难啃的硬骨头。可越难啃，越有嚼头。

盐城市区东郊新洋港畔，有一座河泵站，几幢不显眼的房舍掩映在绿荫下。这里远离闹市区，偏僻幽静。"4·19"专案的秘密办案点就设在几间房舍里。

5月1日上午，金东驾车穿过洋溢着节日气氛的市区，来到秘密办案点。

刚进门，一个稍胖的身影十分眼熟。大步上前一瞧，嘿！是同队的战友王磊。

两个人异口同声："你也来了？"互相擂了一拳，彼此心照不宣。

这时，"4·19"专案组组长葛富春夹着一个案卷袋，和许兆玮一前一后走了进来。

因金东、王磊都是葛富春的刑侦老部属，没有寒暄。

葛富春介绍了政委许兆玮后，拿出了一个信封："只看不记录，也不许对别人说！"他一脸的严肃。

金东和王磊轮流看了一下，是一封举报信，上面有市局领导的亲笔批示："请葛富春同志牵头组织查处。"短短的一行字，沉甸甸的。

许兆玮说："这是一项必须完成的任务，你们能跨入专案组的门，充分说明市局党委的信任。虽然以前参加过很多案件的侦查，但是这起案件的侦办，对你们是个考验，不仅仅是业务能力的考验，同时也是你们执行纪律的考核。"

"目前，这个专案组只有我们四个人，办案点又选在这个偏僻的地方，你们应该已经明白这个案件的特殊性。"葛富春宣布了工作纪律，"进了专案组后，必须保持高度的保密意识，不得向任何人透露案件情况。另外，我们将在不熟悉的地区、不熟悉的水域暗中侦查，任何事情都不得擅自做主，必须报告。这既是为案件能够顺利侦破着想，也是为你们的安全考虑。"

打击开设赌场、抽头聚赌、保棚护棚和讨要赌债的黑恶势力，盐城警方在行动。

可是，金东和王磊离开治安岗位已有六七年了，赌博案件也很久没有侦办过了，对水上赌场更是一头雾水，而且案发地是在一个完全陌生的地区，从何下手？

葛富春指了一个思路："我们都干过刑侦，就用刑侦的思维来破这起案子。我想，先从举报的信息入手，综合研判，然后根据研判掌握的线索，抽丝剥茧，一步步推进。"

葛富春的话有道理，心急吃不了热豆腐，是得好好梳理一下举报线索。

金东和王磊仔细研读了举报信息好多遍。因举报信息上的内容非常简单，未提及具体的人和地点，只有绰号以及一些当地人才知道的偏僻地点。两个人将一些有价值的点全都默记在脑子里。

经过几天大数据碰撞，一个叫"王建中"的人进入了视线。

王建中，绰号"三爷"，此人劣迹斑斑，有过多次赌博、聚众斗殴的前科。分析其生活规律，白天基本上没有活动轨迹信息，但是一到了晚上，就变得十分活跃，电话特别多。而且晚上活动的轨迹，几乎都在某一固定的区域，完全符合在夜间水上开设赌场的特征。再进一步关联发现，和王建中联系较多的人，均系有赌博、斗殴、滋事前科的劣迹人员，这些人的活动轨迹，很多与王建中交叉重叠，有可能就是赌船上的团伙成员或参赌人员。

但是，这些仅仅只是专案组的初步推断。要想干净彻底捣毁这个水上赌场，必须到实地进一步侦查。

巧设迷魂计

通榆河是一条贯通盐城富饶土地的大动脉。沿着通榆河两岸，有几百条支流河道。"丁字港"，就是其中的一支。

这条支河，位于苏北灌溉总渠的北侧，不远处就是水陆相连的阜宁县境。

"丁字港"，顾名思义，西水口与通榆河相通，河道呈"丁"字形向东偏南延伸。这条自然形成的河汊，原来长约5公里，深浅不一，宽窄不齐。1998年年底，当地政府为了提升水上运输等级，同时加强防旱排涝能力，对河道进行了拓宽清淤，建造了一座船闸，西接通榆河，东连张家河、中山河、北八滩渠等水域。这条鱼钩形的死水汊，变成了当地的水上南大门。

几天后，葛富春带领专案组成员暗中排摸"丁字港"及周边的情况。

由西向东，有三座大桥接通"丁字港"的南北岸，沿着两岸是十几座沙石小码头，间或散落着几块零星的蔬菜地，一簇簇杂乱的芦苇丛边，积聚着一些丢弃的漂浮物。

走访当地航道管理部门得知，这条河宽约110米，水深4~7米，近期因连续下雨，水位又上涨了一些。

由于地处两个县域之间，白天除了在码头上作业的人员，河边几乎看不到人。夜间，两岸的小码头都歇工了，东边的船闸也已关闭，没有大型船舶过往，河道上一片寂静。

晚上10点左右，在芦苇丛中蹲守的葛富春发现先后有几辆小汽车驶来，下来几个人后，灯光一闪，又匆忙驶离。

不一会儿，河边响起了轻微的马达声，一只小船载上那几个鬼鬼祟祟的人，趁着夜幕驶向河中。

在夜光望远镜中，小船靠上了河道中间一艘带有动力设备的大驳船。人员上去后，驳船就挂着小船慢慢移动。船上没有透出一丝光亮，没有传出一点声响。

一连几个晚上，这艘神秘的驳船天天如此。只不过每次小船靠岸的地点不同，不断有可疑的人员上下……时间节点、地域、水域，与研判出的"三爷"王建中活动的轨迹高度吻合。

葛富春意识到，这个疑似赌场隐匿于水上，不同于以前陆上的捣毁行动，风险高，难度大，困难多。

他想，要精准利索剿灭这个水上"幽灵船"，有必要先"经营"一番，彻底摸清这个水上赌场的组织架构、活动规律，再量身定制剿赌行动方案。

他有了一个设想：派出侦查民警乔装打扮，设法混入赌场，亲自会一会"三爷"这个"1号"人物，实地感受一下这个水上赌场的"气场"，先期固定相关证据。

可是，这艘见不得光的"幽灵船"，船上的人员高度戒备，警惕性很高，一有风吹草动，就会立刻销声匿迹。

如果陌生人贸然上船，必定会打草惊蛇，影响剿赌计划实施。

必须要找一个熟悉当地赌情的"赌场大佬"，疏通关节，带着"小弟"敲开这个赌场的"大门"。

这个"大佬"除了要忠实、可靠，还须具备随机应变的能力，而且不能是当地人，对案发地区还要有一定的了解，认识一些当地的赌徒。

葛富春的脑海里放电影般过了一遍，最后定格了一个人——做建材生意的老张。

老张以前是个"老江湖"，曾经混迹于各地的秘密赌场，赌界的"辈分"高，又十分"圆滑"，见人说人话，见鬼说鬼话，不容易被犯罪分子察觉，容易混入其内部。而且他多年前曾经在案发地做过一段时间的沙石生意，多少有些当地的人脉底子，认识一些老"赌友"。

老张，应该是个不二人选。

老张叫张鹏，今年58岁，为人"仗义"，赌场上出手也阔绰，江湖上人称"鹏哥"。他以前好赌，做生意赚的那些钱全被他折腾光了，连结婚的戒指也输掉了。老婆气得回了老家，幸亏他被葛富春捉住。

葛富春对老张苦口婆心地训诫教育，还亲自到外地，劝回老张的老婆支撑建材门店。

蹲了一年大牢后，老张从此浪子回头金不换，彻底戒掉了赌瘾，一门心思做生意。

这几年城市建设节奏加快，善于经营的老张很快就翻了身，赚了个盆满钵满的，从一间小门面渐渐变成了一家建材公司。

老张一直对葛富春心存感激：要不是葛所长当年的教育和帮助，我能有今天滋润、安逸的日子？一直想请葛所长到他的公司坐坐，喝杯小酒。但是每次都被葛富春笑拒了："免了，你只要不再赌，我比喝什么都开心！"

老张的手机铃响了。

"老朋友，在哪里呢？"

老张一听，是葛所长略带沙哑的声音："哎哟喂，葛局长，不，葛支队长啊！正想着您哩。听说您调任水警支队长喽，忙了这么多年，也该歇一歇了。"

"是该歇一歇了。我在满堂香茶社，环境不错，想你啦，过来喝喝茶，叙叙旧。"

"我也想您呢，快把位置发给我，现在就过去。"

老张匆忙赶到满堂香茶社。

葛富春把他带进最里边的一个小包间。里面坐着一位目光犀利、英气逼人的年轻人。葛富春告诉他，这是单位的同事金东。

点上烟，泡好茶，葛富春就天南地北地扯起了"山海经"。

老张不知道葛富春的葫芦里卖的什么药，喝了几小杯茶，终于忍不住了："支队长啊，您是个大忙人，不可能腾出半天的时间请我喝茶聊天吧？有什么事，您就直说。"

葛富春不慌不忙地替老张续上茶水，指了一下身边的金东，这才说："我想请你帮个忙，带这位小兄弟到一个赌场转转，长长眼。"

"哎哟喂，您这是对我不放心啊！"老张急得满脸通红，"我敢对天发誓，自从我出来后，就一直没有上过场子，我哪能再跳进那个火坑呢。"

看着老张急眼的样子，葛富春稍稍有了底。

"你误会了，我是干什么的？怎么能让你再去赌哩。"他端起茶杯，递给老张，"是一个案子，想拜托你这位'鹏哥'重新出趟'山'，带个人进去。"

老张一听葛富春说出了"拜托"二字，连忙表态："我老张和您认识这么多年了，您一直不把我当外人，待我不薄，您信任我，叫我闯下场子，也是为民除害，我当然义不容辞！"

自此，他们从休闲模式，切换到了工作模式；谈话的场景，也切换到一个更隐秘的地点。此时，王磊也加入其中。

金东有选择性地把一些情况和老张做了沟通。

老张不认识这个绰号叫"三爷"的王建中，有点为难地说："我离开那里十几年了，当年跟我赌的那些人，坐牢的坐牢，洗手的洗手，我戒赌后就再也不和他们联系了。现在那片的混混儿，也不知道换了多少代了，我过去也不知道联系谁……"

"这就是我看中你的原因。"葛富春说,"目前,那些赌场新生代不认识你,更不清楚你现在的背景,凭你这位赌界'大哥'的名号,方便接近他们。我想,你以前认识的人中,肯定还有在赌场上混的。"他让金东把经常跟王建中联系的人照片给老张看看。

金东打开电脑,一张张照片翻给老张看。

翻了二十多张,老张都是摇头,咕哝着:"这些都是小年轻,我们在赌场玩的时候,他们还都是小把戏呢。"

金东继续往下翻,老张突然喊了几声:"哎,哎,哎,返回上一张!"

沉闷的气氛终于被打破了。

老张两眼发亮:"这个胖子我认识,真名不晓得,绰号叫'二杆子',以前是放高利贷的,有时也玩两把。当年和我称兄道弟的,后来他讨债打伤人,坐牢了,我们就没再联系过。不过我可以向老熟人问他的手机号码,跟他扯一扯,看能不能套出些你们想要的东西。"

葛富春若有所思:"据我了解,这个人还在赌场活动。你们这么多年没有联系,如果突然再联系,会引起对方的怀疑。"

"没事,这个人我知道,是一根筋,大家都喊他'二杆子'。"老张满不在乎地说。

葛富春沉默不语。他在反复权衡即将走出的这步棋。

经过当地公安机关的不断打击,这些赌徒也越发狡猾,开赌棚的人更是生性多疑,一个外地陌生人混入赌场不会那么容易,关关卡卡的"考验"必然很多。如果稍有疏忽,或者走漏风声,就会前功尽弃。

他略微思考了一会儿,对老张说:"这样吧,你把二杆子的情况,能想到的全告诉我。"

转过身子,他又交代金东和王磊:"你们今晚再辛苦一下,连夜将二杆子的所有信息汇总给我。"

苏北某县城，一个杂乱的老小区。

下午5点多，窝在床上打了一天呼噜的"二杆子"按时醒来了。

自打从大牢里出来后，他就跟石头缝里蹦出来似的，天不收地不养的，一个人浑浑噩噩混日子。

他的生物钟和正常人相反，白天睡大觉，太阳落山时，身上的每只细胞都开始兴奋，喝酒、泡澡、上场子，一玩一个通宵。

这几天，他的手气有点背，经常点炮，一连输了好几场，搭进去20多万元现钞。

爱拼才会赢，哪家小孩天天哭，哪个赌徒天天输？他寻思着今晚再到船上赌个通宵，兴许能扳些回来。

想到这儿，他腾挪着肥膶膶的身子爬起来，洗净手，在佛龛前敬上香，求佛保佑他今晚扳回本。

一套仪式做完后，二杆子抓起车钥匙，出了门。

就像只肥硕的企鹅，他一摇一摆地晃到一辆白色宝马车旁，打开车门，又吃力地把身体塞进驾驶座。一踩油门，宝马车轻快地来到小区的门口。

突然，迎面疾驰过来一辆黑色的奔驰商务车，二杆子急忙踩住刹车，肉团般的脑袋磕在挡风玻璃上，立刻鼓起一个包。还好，亏得脑门上肉多，挡风玻璃没被撞坏。

"奶奶的！瞎眼了，怎么开车的？"二杆子捂着脑门，打开车窗怒吼道。

"你眼才瞎呢，没看到我们过来了，会不会开车啊？"奔驰车上跳下一个人，也是骂骂咧咧的。

二杆子上钩

"谁这么大胆，竟敢在我面前撒野！"二杆子推开车门正要发飙，一看愣住了——这不是张老板吗？

约莫两秒钟，怒气冲冲的张老板似乎也认出了他。

"你是……二杆子？"

二杆子也立马道："你是鹏哥？"

张老板一拍大腿："哎哟喂，大水冲了龙王庙，一家人不认得一家人啦，还真的是二杆子兄弟呢。"

"是啊！鹏哥啊，十多年没见，哥哥还是老样子！"二杆子捂着脑门，高兴得一跺脚，浑身的肥膘晃动着，像块随时会裂开的嫩豆腐。

二杆子看了看自己的宝马车，又望了望奔驰车。看得出来，他对刚才的"惊险一幕"仍然心有余悸。

奔驰车驾驶座上下来一个小伙子。

张老板忙介绍说："小丁，是朋友介绍给我开车的。"转过脸，他便对小丁训斥道，"你说你开个大奔就抖起来了，有什么可显摆的？"

"对不起，张总，我刚才没在意，幸亏……"小丁忙收住口，觉得叫人家"二杆子老总"有点不雅，但是不知道人家姓甚名谁，只好改口，"幸亏这位老总刹得快，想想真有点后怕哩！"说完，连忙朝二杆子弓下身子。

看到小丁十分谦恭的样子，二杆子倒也爽快，放下那只捂着脑门的手："没事，都是自家兄弟。"

接着，他大度地拍了拍小丁的肩："我也姓丁，丁大刚，缘分！"

张老板立刻一击掌："哎哟喂，真是太有缘了。这样吧，也到饭点了，二杆子兄弟，劳你找一家饭店，我车上有酒，兄弟俩好好喝一杯，也算哥哥给你压压惊，赔个不是。"

二杆子这才回过神来，看着衣着光鲜的张老板："哥哥，什么风把您吹到我们这个小地方来啦？哎呀，看您现在发大财啦，这个大奔比我的小宝马气派多了！来来来，今晚我做东，就到我家门口的土菜馆，都是野味。"

他嘴上客气，其实正想着晚饭在哪里混一顿呢。真是刚要打瞌睡就有人送枕头，真顺，今晚赌钱的手气肯定好。

张老板就势道："好，好，就听大兄弟的，但是单子还是我埋，要不然就是看不起我这个哥哥。"回头朝小丁道，"快把车子停好，再拎两瓶鹿血酒下来，喝个痛快！"

小丁立刻点头哈腰给二杆子点了支烟，说："本家老板，实在不好意思！"

二杆子不由得又捂了下脑门上的包，随即摆了副架子："小兄弟，你那两把方向还要多练练呢。"

"是的，是的。"小丁又是一阵点头哈腰。

随后，老张和二杆子走进了不远处的兴建土菜馆。

其实这是葛富春精心安排的一次"巧遇"，好让老张和金东很自然地与赌场接上线。

进入土菜馆的小包间，张老板摆出一副"阔佬"的派头，拿出一条高档香烟，先拆了一包，余下的就随意丢在了二杆子手边。

他早就打听过了，这个二杆子还真是个名副其实的"二杆子"。在江湖上闯荡这么多年，其实混得并不好。本来他靠十几张信用卡转圈套现，放放"头子"，连哄带吓也诓了不少钱；后来染上赌瘾，赚钱几乎全赔进去了，房子已经被抵押掉，开的也是二手的小宝马，碍于面子一直没有卖。别看他刺着文身，挂着小指粗的金链子，开辆宝马车，谱子摆得很大，其实也就是癞蛤蟆垫床脚——硬撑。

曾经在赌场失过足的老张，深知落魄赌徒的心理。这些人酱缸虽然破了，但是酱架子绝不能倒，架子一倒，必然债主盈门。天天到赌场露个脸，有时跟个风，飞飞"苍蝇"，保不准还能赚上十张八张的红票子，最起码也可以混点棚主或赢家的红利，即使手气背，又输了，反正债多不愁。再说了，风水轮流转，明天就可能到我家，找个机会再扳回来。时运来了，接个棚，喊上一帮子赌友玩玩，一夜的庄风就能拿上干货几万块。

俗话说，人生在世，玩的就是心跳，当的就是老爷。在赌场，就能找到这种感觉。

这就是赌场吃人的原因之一。毫无逻辑、自欺欺人的麻木心态，让多少人在寻求心理刺激的同时，深陷赌博的泥潭而不能自拔，就是家有金山银山，也会被赌场这个无底的魔洞吞掉。

场上赌徒个个输，倾家荡产不如猪。对一个赌徒而言，不赌你就赢了；要想不输，就远离赌桌。

想到这里，老张的心里不由得又泛起一股感激之情，感谢葛富春当年及时相救，让他摆脱了赌窟。他一心想做好葛所长交代他的事，好好报答他。

而整天过着有一顿没一顿日子的二杆子，则对眼前这个出手阔绰的张老板十分羡慕。十几年不见，现在变成了一个大阔佬。他思量着怎么才能让张老板带着他一起发财。

金东拎着两瓶鹿血酒进来了。

头杯酒下肚，二杆子就急不可耐地开腔了："哥哥啊，这些年您大发了！"他开始套老张的底。

听到二杆子一口一个"哥哥"的，老张心知肚明，故意引而不发，再激激这个"一根筋"："哎哟喂，大兄弟你不知道嘛，你我都是吃过官司的人，以前过的那叫个苦啊。出来后，我一直在做建材生意，这些年房地产景气，建材要得多，赚了一点小钱，小混混、小混混。"抽出一支香烟，凑到鼻子下闻了闻。

金东立刻站起来，又俯下身，"啪"，给老张点上烟。

看到这阵势，二杆子更按捺不住了："还小混混呢，哥哥您现在可是大老板啊！怎么样？带着兄弟一起发发财，我保证鞍前马后为哥哥效力。"

就等这句话呢，二杆子开始咬钩了。

老张吸了口烟，拉了把椅子，靠近二杆子，低声说："不瞒你兄弟，除了弄建材生意，你还不知道哥哥我嘛，就喜欢摸几张牌，去年一直在盐城开场子，每一场庄风都能抽个十万八万的。最近盐城查得紧，避一避风头。听说这边的赌船生意火呢，我也想弄一条自己开个场子。"

二杆子打了一个激灵，扭头朝周边看了看，小声说："找我就对了！前几年，河里的赌船有好几条哩，后来被公安拖得差不多了。现在能开的，也就一个人。"

听到这话，金东和老张的心几乎快提到了嗓子眼。

老张夹了块鸡腿给二杆子："是不是叫什么小三子的？"

二杆子道："哥哥消息蛮灵通的，就是王建中王小三。"

老张捻了捻手指："都是好这口的，谁还不晓得谁。"

临行前，葛富春叮嘱过他们，和赌场的人接触不能太性急，交谈也不要太主动，言多必失，要慢慢套。

老张收住了话头。

金东端着茶杯起身："丁总，我开车不能喝酒，就以茶代酒，再次敬您一杯。对不起，让您受惊了，头上还撞了个包。"说着，他喝了一大口茶。

"哎哟，本家小兄弟，不打不相识嘛，这一页早就翻过去了。"二杆子也端起酒杯干了。

金东又给二杆子点了支烟："您看，我们真有缘，一个姓，您若不嫌弃我，我就叫您一声叔。"他又喝了一大口茶。

"有缘，有缘，你这大侄子我认了！"二杆子立马给自己倒上一杯酒，又一口干了。

放下酒杯，二杆子抹了下油花花的嘴："跟着狼吃肉，跟着狗吃屎。大侄子跟着张老板肯定错不了。"

"还请叔日后多照顾哩。"

二杆子一拍胸脯："必须的！"

金东借着倒酒，悄悄朝老张使了个眼色。

老张端起酒杯："鹿血酒壮阳，好东西。来，兄弟俩再碰一杯。"一仰脖子，一杯酒就下去了。

此时，已经连续干了好几杯的二杆子，面如猪肝，见老张又不谈开赌场的事了，就有些急了，自己拾起话头："想当初，我出来混的时候，这个王小三还是个小屁孩呢。他也喜欢赌钱，前几年在陆上开场子，老有公安抓，他就把场子弄到水上。这些年弄了不少钱，手底下还有几个贴心的小兄弟。这个人狂呢，最忌讳别人喊他'小三子'，上次有个人喊他'小三子'，他就叫手下小兄弟找人家的麻烦。"

金东和老张佯装一副漫不经心的样子，耳朵却竖得老高。

二杆子接着道："他的赌船，每天有上百号人进出，越到夜里生意越好。不光我们这里的，连周边几个县的人都过来赌。王小三说过，我的赌场在水上，公安不敢抓。如果有人跳河淹死了，我叫人弄上网，公安的麻烦就大了。"

吃了块猪头肉，二杆子又滔滔不绝："王小三鬼精鬼精的，到他的船上赌钱，都是他熟悉的人，或者要熟人事先介绍，一般人上不了他的船。有的老板接待客户，要千方百计四处打听，想尽办法才能到船上玩两把。另外，他还有一批'苍蝇'头子，手底下都有一帮'粉丝'，王小三只要打电话给这些'苍蝇'头子，这些人就会带那些'粉丝'来赌。他出手也大方，每次收棚都会给'苍蝇'头子五百元、八百元的车马费。场子越开越大，抽庄风的钱，每场少的几万，多的有十几万元。"

金东一旁假言老张："张总，人家生意这么好，公安又不敢抓，那我们也赶紧弄条船？"

没等老张说话，二杆子就直舞筷子："你们肯定开不成！强龙拗不过地头蛇，你开的话，王小三肯定会砸你场子，别人也不敢来你的场子玩。"

老张问："为什么就他能在水上开场子？"

二杆子的胃口惊人，开席后手里的筷子就没停过，大快朵颐，吃得满脸冒油，就连脑门上那个包也油光发亮的。

看着他那副滑稽相，金东差点要笑出来。

又往嘴里塞了块猪头肉后，二杆子才接过老张的话："这里有个大姐大，我们都喊她'玉姐'。别看是个女流之辈，场子上都给她面子。大家都知道开场子弄钱快，以前有很多人开，结果互相砸场子。王小三能开得起来，当初也是玉姐出的面。"

"这位玉姐是干什么的？"老张问。

"这个玉姐，她从不赌钱，就在赌船上卖香烟。场子的烟都是200块钱一包，她光是卖烟，每场就可以挣几千块。她还在场子上放高利贷，一万块利息就是 200 块，没有人敢不还她的钱。"说到这儿，二杆子又拍了下肉嘟嘟的胸脯，"这个玉姐跟我是老交情了，回头我想办法把你们介绍给她。"

老张听出二杆子是故意卖关子，想要点介绍费，就爽快地说："二杆子兄弟，我们结交多少年了，车马费少不了你的。如果开成了，分你一成。"

二杆子说："鹏哥啊，您这个就见外了，我刚才说了，弄场子，找我就对了。今天我撞到了财神爷，还指望您带着我发财呢。"

二杆子放下筷子，打着饱嗝。

金东立马又递上一支烟。

吸了口烟，二杆子顺手拿起桌上剩下的大半条烟："今晚我去场子上玩呢，要不我跟玉姐说一声，把你们也带上船玩两把？"

老张看了一下金东的眼神，回道："不急不急，我还约了个朋友，今晚要谈个生意，明天再联系。"

他和二杆子互换了手机号码。

这时，金东的手机响了。

"大姐大"出场

派出刺探小组后，葛富春的压力越来越大。

虽然他以前在基层一线实战部门磨砺了多年，也经历过刀光剑影，成功侦办过许多疑难案件，但是这次不同。这毕竟是水警支队组建后即将打响的第一枪。市局党委寄予厚望，人民群众也期待着这个水上赌场早日被歼灭。而一支忠诚可靠、能征善战的水上公安劲旅，更需要通过这场实战，积累经验，磨炼成长。

通过前期排摸，葛富春他们初步掌握了这个赌博团伙的活动规律、主要犯罪嫌疑人的一些信息，也获取了这片水域的大致情况。但是这个盘踞在"丁字港"水域的水上赌场，其核心组织体系、赌场的内部结构、陆上接送的地点、交通工具以及负责召集赌徒、接送的人员等情况还不够明朗。贸然采取行动，稍有疏漏，就会打草惊蛇。如果出现赌徒逃跑，而导致溺水身亡等意外情况，就会造成严重的被动局面。

侦查推进的每一步，都必须细之又细，慎之又慎，得把功课做扎实了。

知己知彼，方能百战百胜。刺探小组有什么新的工作进展？又掌握了哪些涉案情报？想到这儿，葛富春拨通了金东的手机。

金东当即汇报了工作情况。

葛富春肯定了金东今晚不上船、引而不发的做法。

看来，一切都在他预先设定的计划轨迹上推进。他稍稍放下心来。但是下一步，金东他们打入赌场内部，将面临许多不确定因素。

首先是他们的人身安全。

金东和老张将要面对的是嗜赌成性的主儿，断其"财"路如同断其命门。一旦他们卧底的身份暴露了，案件办砸了不说，很有可能对他们造成伤害。再则，老张已经戒赌多年，葛富春虽然再三叮嘱他不能摸牌，如果他身临其境，那种久违了的"刺激"再唤醒他大脑深处的赌瘾，不是害了老张吗？如果那些赌徒硬逼着他参赌，他能应付得了吗？另外，金东这几年在侵财、重案、打黑等岗位上工作过，处理过很多当地的犯罪嫌疑人。赌船上的这些人，大多被公安机关处理过，如果有人认出他，怎么办……

一个个"如果"在他的脑海里盘旋，一个个应对的方案在他的心中渐渐成熟。

他向金东逐条授计。

随后，他又给予金东"不暴露、确保安全"的临机处置权，实在不行，就立即中止行动，先撤出来，再寻他策。

回到酒店，金东、老张和王磊会合，根据葛富春的要求，具体研究下一步行动安排。

金东虽然很想当晚就到赌场上去，但是他知道不能急于求成。明天要会的这个"玉姐"，到底是个什么货色？

玉姐？负责信息研判的王磊对这个名字比较敏感，似乎在哪里听到过。

他忽然眼前一亮，在数据碰撞中有个叫"戴玉"的人，跟王小三联系比较频繁。

戴玉，很有可能就是这个大姐大"玉姐"。

他立刻打开电脑，对戴玉进行深度研判后认定，戴玉就是"玉姐"。

随后，王磊就把这个人的资料整理了出来。

金东看了，竖起大拇指："可以啊，大磊，果真是研判专家！"

仔细辨认了戴玉的照片，金东确认这个"玉姐"以前没有接触过，不会影响下一步卧底行动。

大家心中的石头终于落了地。

第二天下午3点，老张的手机响了，是二杆子打来的。

老张定了定神，触摸了下手机屏。

"二杆子兄弟，昨晚的手气怎样啊?"按金东事先设定好的方案，老张不急于问上船的事。

"托哥哥的福，鹿血酒这玩意儿真好，提神!一直赌到天亮，扳回十多万元。"

"好，好，你赢钱，哥哥替你高兴。喜欢鹿血酒，回头让小丁送几箱过去。"

"昨晚跟玉姐说过了，盐城的侄子陪他老板过来了，想找人合开场子，盐城查得紧，可以带人过来玩，全是大老板。"

"那玉姐怎么说?"

"你知道吗?我跟玉姐一说起你的大名，她说认识你呢!今晚就请你到船上坐坐。"

听到这句话，老张心中一惊。

他担心玉姐知道他一些近况，坏了葛支队长的事。

电话挂完，金东看出了老张的心思，轻松地说："你不要担心，这个玉姐肯定还是以前认识你的，要是她知道你现在的底细，躲都来不及呢，还可能叫我们到赌船上坐坐吗?"

老张再次看了看这个"玉姐"的照片，觉得有点眼熟，但是确认近几年没有见到过。

他心定了。

金东说："不过，我们也不能大意，今晚一定要做好充分的准备。我的身份是二杆子的侄子，角色还是你的驾驶员和跟班。王磊在外围做好策应，给予后台支持，有什么情况立刻向葛支队汇报。"

王磊推了推鼻梁上的黑框眼镜，分析说："虽然有二杆子介绍，这个玉姐也说认识老张，但是我总觉得太顺了。玉姐表面上是请你们去坐一坐，有可能对你们再考验一下。"

他突然站起来。

"我们再推演一次。假设若干种可能发生的情况，做到随机应变。"随后，王磊捣了一下金东，"大侄子，过了我这一关，肯定能过得了玉姐这一关。开始吧。"

金东笑着回了王磊一拳："好啊，过了这一关，就又进了一大步。"

……

金东将晚上跟玉姐碰头的计划，跟葛富春作了汇报。

葛富春表示同意，同时要求这次刺探行动，要在确保安全的情况下，做到"浅深、宽面、速战速退"。

所谓"浅深"，就是老张绝不能参赌。不要过多深入赌博具体行为的侦查，以免引起对方怀疑。"宽面"，就是对接客点、上船点、望风哨、船上动力设施、船舶大小、赌博工具、保棚凶器以及相关人员、分工等信息尽量搜集，以便有针对性地制定剿赌方案。"速战速退"，赌船上人员复杂，有许多未知的可能，尽量不要在船上多逗留，以免出现意外情况。

晚上8点半，老张接到二杆子的电话："鹏哥，您住哪家酒店啊？"

老张："金碧辉煌大酒店。晚上怎么说的？"

"是这样的。"二杆子稍微迟疑了一下说，"今晚我要找一个人催下账。不过没关系，我已经跟玉姐说好了，你的号码也给她了，一会儿玉姐亲自去接你。"

老张刚想再说一句，二杆子就把电话挂了。

原来的计划是由二杆子带上赌船，这个一心想跟着张老板发财的一根筋，到时还能帮着说说话，打个岔，圆下场。现在他突然说不去了，气得老张骂了声："这个二杆子，这么多年还是这个德行！"嘴里直嘀咕，"二杆子又不去了，怎么办？"

金东看到老张有点慌乱。

他心想，如果这样跟戴玉碰头，肯定出纰漏，就安慰说："没事，不是有我在嘛，沉住气，船到桥头自然直。"

话刚说完，老张的电话又响了。

传来一个中年妇女的声音："喂，是张老板吗？我是戴玉，二杆子跟我联系过了，你在哪里？我现在就过来接你！"

老张道："金碧辉煌。"

"好的，我十分钟后到！白色的凯迪拉克越野车。"

下了楼，一辆没有车牌的白色凯迪拉克停在大堂门口，车旁站着一个 50 岁左右的女子，一身黑色休闲服，旁边还站着一个身高一米八几的彪形大汉，脖子上戴着大金链子，手臂上、脖子上露着文身。

老张大步走过去："是玉姐啊，你好！"

戴玉打量了一下老张和金东："你们好，是的。"

见到戴玉疑惑的神情，老张心里有点发怵，忙往前推了把金东，"小丁，我的司机，二杆子侄儿。"

"您好！"金东闻到一股刺鼻的香水味。他弯下腰，恭恭敬敬地向这个女人鞠了个躬。

"细皮嫩肉的大侄子。"戴玉笑容满面，轻轻拍了下金东的肩膀，扭过身，指了下那个文身大汉，"这是我小兄弟，大刚子。"

金东悄悄朝老张使了个眼色。

老张恭维戴玉道："这么多年了，玉姐你还是那么漂亮啊！"

戴玉假装不认识老张，矜持地说："张老板，我们以前见过吗？"

老张有点尴尬："哎哟喂，玉姐真是贵人多忘事。十几年前我就在这里做生意，常跟二杆子一起上场子，目睹过你的芳容。不记得了？后来我和二杆子都出了点事……"

戴玉一拍粉白的脑门："我想起来了，原来是沙石场的大老板鹏哥呀，得罪，得罪！怎么想起到我们这个小地方来玩的？"两只杏眼紧盯着老张的脸。

在江湖上闯荡过的老张十分镇定，凑近戴玉："二杆子没跟你说啊？最近盐城查得紧，场子开不起来，听说这边比较安全，想到这里找个人合伙，到时候我把盐城的人带过来，反正车子开过来也就个把小时，我那帮朋友玩得大呢。"

戴玉掩住嘴笑道："我们这个浅池子可浮不起你这条大金鱼哟！"随后又柔柔地推了一把老张，"鹏哥，都是自己人，你就放心吧，我们这边在船上，安全哩！"

看到"小丁"已经把车子停在了凯迪拉克车后面，戴玉就说："你们跟着我走吧。"

随后，两辆车就在夜幕中往城郊方向开去。

当地赌场新生代王小三，是个"几进宫"的角色，黑道名号"三爷"。原来他是街头的一个小混混儿，靠打打杀杀起家。他结了婚，有了娃后，觉得不能再这样打闹下去了，得找一个稳当一点的事做做。

做什么呢？

俗话说，七十二行，赌为王。他认为这句话有一定的道理，开赌棚这个行当能做，赌场上来的都是寻求刺激的玩家，我不伸手偷你，不拿刀抢你，输赢由天，赢了拿上钱走人，输了你得心甘情愿地往外掏钱，就是有人输得倾家荡产，家破人亡，又与我何干？开赌场挣钱，自古以来就是王道。自己会赌，也结交了一些赌友，何不弄个棚开开？这玩意儿来钱快，又不要提着脑袋拼杀，一帮小兄弟也会撑撑场子。

没多久，王小三的赌场就开张了。

狡猾的王小三租了一条大驳船，几番改装后把赌场开在远离闹市区的"丁字港"水域。这里位于僻静的两县交汇处，岸边没有人家，而且水陆交通便捷，利于赌客来往。即使被公安发现了，也不敢贸然行动，船在大河中央，河宽水深，淹死个把人，公安就吃不了兜着走。

一个人拜把兄弟，你算老几？当地一些棚主自然不把这个街头小混混儿放在眼里，想抢我的食儿，没门。于是他们就明里暗里使绊子，不让赌客到王小三的棚上玩。

王小三也不是吃素的，手底下一帮子小兄弟全是愣头青，就打上门去。接下来，就出现了相互砸场子的局面，赌客不敢来了。

不能这么弄，送钱的赌客全被捣棚的吓走了，就玩不转了。再说，惊动了公安，大家都倒霉。

王小三就请玉姐出面斡旋。

半老徐娘戴玉，一直混迹于大小赌场，但是她深知赌博的害处，从不赌钱，只在场子上卖卖高价香烟，放放"头子"钱，再拿点棚主的"红利"，赚了大把的"稳当钱"。虽说书读得不多，但她生就一双毒眼，善于察言观色，又工于心计，凭着几分姿色和能说会道的巧嘴，在男人堆里左右逢源。

由于公安机关不断打击赌博活动，赌场上的老江湖们相继被抓坐牢。不料，王小三这样的新生棚主和赌徒又冒了出来。因她赌场资历深，又善于协调赌徒之间的矛盾纷争，慢慢地在这些新赌徒中间有了威望，成了当地赌场的"大姐大"。

王小三搬这位"阿庆嫂"式的人物出场，大家想到玉姐经常带赌客来场子玩，还前后照应着，都买她的面子。

戴玉的调停也很"公道"，协调各位棚主和王小三轮着开，有钱大家赚，赌客比较集中，赌场的人气也旺，生意自然就好了。

其实，她是在替自己着想。每天奔波在几个场子之间，自己的生意照应不过来，经常有人趁她不在卖烟、"放水"，抢了她的生意。既然大家都尊她"大姐大"，她也得有大姐的风范，不好多说什么。现在大家轮着开场子，她守住一个场子，肥水就不外流了。

王小三让玉姐在水上赌场维持"秩序"，同时请她对要上船的新赌客掌个眼，把把"关"。

今年年初，当地警方相继捣毁了几个陆上的赌窝，又接连拖走几只停在河边等客的小棚船，割了棚顶，这里的赌场也着实消停了一阵子。

出城后，金东发现凯迪拉克车并没有向预想的"丁字港"边开，而是开到了一条偏僻的小路边停了。路边停着一辆破旧的面包车。

下车后，戴玉说："我们上这个车。"

随后老张和金东跟着戴玉一起又上了面包车。

继续在乡间小路上颠簸了十几分钟后，老张已经被颠得晕头转向。车子在一间废弃的小学校门口停了下来。

门口一个站小岗的人立刻迎上来："玉姐好！"

戴玉没有搭理这个人，转身对老张说："鹏哥，现在船上还没有开始，我们先到小场子上玩两把，等到 12 点后再到船上玩。"

金东知道，这是戴玉在考验他们。

怎么办，赌还是不赌？赌，就触碰了卧底的底线；不赌，他们的身份就有可能暴露。

再三考虑后，金东决定"赌"上一把。

他给老张使了个眼色。

两个人跟着戴玉，大步跨进了一间破旧的教室。

"鬼船"玄机

昏暗的教室里只摆着一张桌子，几个混子模样的人正在玩牌。看到戴玉，大家立刻都站了起来。

"玉姐，您来了。"其中一个人说道，又瞄了金东和老张一眼。

金东估计此人是个小头目。

戴玉朝那个人稍稍点了下头："我盐城的朋友过来玩玩，你们好好陪陪他。"

有两个人应声让开座。

戴玉站在一旁，两只狡黠的眼睛不停地转着，悄悄观察着老张和金东。

老张双手插在裤兜里，看了看桌面上的牌，问了声："不知道这边的打法，跟我们那边有什么不同？"

那个小头目回答："我们这边是用麻将斗牛，庄家赢钱了就抽。"

"盐城每一把都抽的。"老张不动声色地回了句。

老张朝戴玉看了看："是要先玩几把？"随后又说了句，"不过，小来来也没有多大的意思。"

戴玉连忙说："鹏哥，先玩几把，暖暖手。"

老张露出了一丝不悦的神情，用脚踢了下椅子腿，一屁股坐下。

金东连忙掏出软盒大重九烟，抽出一支给老张点上。

老张抬头望了一眼金东，眉头皱了皱："小丁，不要得罪人。"其实，他这句话是说给戴玉听的，"你要懂点规矩，上了牌桌就是朋友。来，给几位各发一包'大九'。"这是做给几个小混混儿看的。

金东站着没动。

老张转过身，瞪了金东一眼："别拉着个脸，像是谁欠了你多少赌债似的。"

金东嘟哝着："张总，不要怪我多嘴，您这么有诚意，人家又不相信我们，把我们带到这个小地方。您在盐城也是有头有脸的老板，什么时候受过这种待遇？"

"又耍小孩子脾气了，难道我真的看不出来？你叔叔二杆子明明说好了，带我到船上谈生意的，晚上又耍我，不来了，我心里不清楚？"他越说越来气，扔掉手中的香烟，站起来，就像跟那半截烟蒂有仇似的，用脚尖碾得没影了。

他继而朝戴玉道："既然小丁把窗户纸挑破了，那我就说几句。这次我是真心实意过来的，大家都是相识了十多年的老朋友，你们不相信我鹏哥就直说，犯不着把我东拐西拐地拉到这个小场子来，连个茶都没得一杯。我当年在这里也混了几年，谁不知道我鹏哥的为人？说出去了，我还有脸在道上走？"

戴玉没有料到这个老江湖会来这么一手，弄得她一时进退两难。

下午二杆子拍着胸脯打包票，说这两个人，一个是亲戚，另一个是坐过牢的老赌友，知根知底的，肯定没问题。可戴玉还是坚持要再考验一下，二杆子觉得没面子，气得不肯来了。

现在望着鹏哥怒气冲冲的样子，她觉得自己做得是有点过了。

她也怕失去这位财神爷，还指望他日后多带些盐城的大佬来哩，就立刻堆着笑容："鹏哥先不要生气嘛，误会了。船上的棚，还没有开呢，先让你在这边的小场子扯扯时间的。"说着，又软软地推了老张一把。

老张还是一脸愠色："道上哪个不晓得鹏哥我也是开场子的？不是盐城风声紧，我会过来？这行的规矩我比你懂，跟我唱这出戏，有点多余。"

看到戴玉一副尴尬的样子，金东晓得这个转守为攻的策略奏效了，就再添把火："既然他们坍了您张总的面子，那我们就走吧。"

老张朝几个混子说："几位小兄弟，得罪了！今晚就不陪你们玩了，有机会你们到盐城，哥哥我陪你们好好玩几把。"说着，拿过金东手上的包，拉开拉链，掏出一沓票子，"几个小钱，就当请你们吃宵夜的。"

扔下钱，老张和金东转身就要走。

戴玉和那几个小混混儿立刻被老张的"气场"镇住了。

戴玉想，这鹏哥到底是走南闯北的，出手阔绰，是个送钱的主儿，绝不能让他走。

她连忙拽住老张的手："哎哟，鹏哥啊，你当真生气啦？都是在道上讨营生的，日后还望鹏哥有个照应呢！估计船上现在开始了，走，我这就带你们去见三爷。"

老张收住步。

金东趁势劝戴玉："见到三爷，就直接谈生意，张总是个爽快人，不要再拐弯抹角的了。"

"不会的，不会的，三爷也是个爽快人哩。"戴玉说着就站到一边，跟王小三通电话。

破面包车又把他们拉回停车的位置。

金东开着大奔，跟着戴玉的凯迪拉克回到市区，开进了大转盘旁边的一个停车场。出口的地方，停着许多辆没有车牌的车子，像是等客的黑出租。

金东问老张："门口是什么车？"

"你眼力不行了吧？这些是棚车，跟刚刚接我们进学校的车子是一样的。这个地方，应该就是一个接车点。乖乖，有这么多棚车。"

这个停车场很大，处于酒店和洗浴中心中间，车辆进进出出，赌客混在人群中上车，不容易被发觉。

金东停车的时候，刚好有几男几女从一辆的士下车后，又神秘兮兮地上了一辆黑色的棚车。棚车立刻发动，开出了停车场。

随后，戴玉就招呼金东和老张上了一辆绿色马自达轿车。司机是一个四十多岁瘦猴般的男子，听戴玉叫他"二拐"。

发动车子后，瘦猴拿起对讲机就喊："玉姐带两个人上来，几号位上船？"

那头回复："二拐，3号位、3号位。"

车子沿着门前的大路往南疾驰，到四岔口遇到红灯，直接闯了过去。快开到"丁字港"大桥时，又拐进了一条沙石小路，路口跳出一个人，朝车子挥了下手。这是个望风哨。

周边没有路灯，夜幕中隐约可见路边有几座高高的混凝土罐。

此时的金东，心里既紧张又激动。他知道，很快就能见到这艘幽灵一般的赌船了。

棚车开到一条烂泥路尽头，下车点距离河边不到10米。

岸旁停了一艘已经发动的小船，船里已坐着几个先来的赌客。

金东悄悄发了个定位给王磊，就和老张高一脚低一脚地上了小船。

开船的是一个五十多岁的男人，看到戴玉上来后，问了声："玉姐，这两位是你朋友啊？"

戴玉说："五爹，是盐城来的老板。三爷有点事，一会儿就到。"

听说王小三还没上船，老张犹豫了，金东立即伸手拉老张上船。随后他凑过去给这位五爹发了支烟，点烟的工夫，悄悄记下那张胡子拉碴的老脸。

河两岸几乎没有灯光，伸手不见五指。

河道中央有道微弱的手电筒光划了一下。

随着小船慢慢靠近，一艘装有封闭顶棚的大船轮廓进入金东的眼帘。船头上晃动着两个身影。

小船靠上大船。

大船上那两个人娴熟地用缆绳将小船拴靠在大船边。

小船上的人，一个个被上边的人拉上大船，又立刻被带进船舱。

昏暗的灯光下，金东注意到刚才拉他的那两个人，胳膊上都刺着文身，五大三粗，凶神恶煞的。

应该是保棚的，金东在脑海里又记下这两个人的特征。

随后，金东迅速观察船舱内的情况。

赌场在船中央不到30平方米的货舱内，棚顶用活动板材搭建。两扇小窗户被黑色的不干胶纸密封，透不出一丝光亮。船舱左边有一台立柜空调，中间放了一张铺着红毯子的长方形赌桌，里三层外三层挤满了人，有的大喊狂叫，有的默不作声，有的满脸欣喜，有的骂爹骂娘。一个个两眼充血。

金东冷眼扫视着船舱里的众生相。

赌桌一边的正中位置，端坐着庄主"老爷"，又叫"推庄的"；另外三面为"三门"。庄主对面叫"天门"，左面叫"上门"，右面叫"下门"。这三个人又叫"柱子"，庄主的赌家。

"三门"的后面围了几圈飞"苍蝇"的人,手里捏着一把钱,看中哪个门子兴,就跟风押注。每一把牌开始前,一沓沓钱被扔到了赌桌中央,顷刻就堆成了小山。两个专司"出角"和抽"庄风"的人,站在坐庄"老爷"的左右,一把牌结束后,很快就算出输赢。之后以堪比点钞机的速度清点、收发赌资,手法老练,经验丰富。庄家赢钱后,会按 10% 抽取"庄风",塞进一只铁皮盒子,这些钱归"棚主"。

疯狂的"斗牛",一把牌,分分钟,有人欣喜若狂,有人倾家荡产。这个神情恍惚刚刚离开赌桌,那个就立刻冲上来"潇洒走一回"。这些歇斯底里的人,若痴若狂,每个细胞都充盈着滚烫的血,在输赢的博弈中享受着强刺激带来的快感。

这里的中心就是赌桌。

钱,对于这些癫狂的赌徒来说,只是个数字。

其实,在这艘"鬼船"上,根本没有真正意义上的赢家,因为这群赌徒都是在不停地博弈,今天你赢了,不要高兴得太早,只要你身陷赌场,终有一天你也会家徒四壁。

赌乃万恶之源。赌博不但污染社会风气,损害身心健康,而且破坏家庭和睦,影响社会安定。这种劣习和祸根,历来为劳动人民所深恶痛绝。

"赌"网恢恢,"输"而不漏。一个小小的"赌"字,写尽了人间的酸辣苦悲,爱恨情仇。

舱门紧闭着,铁梯口下面是一张长沙发,右边还有一个大床垫,几个人横七竖八地躺着。铁梯上坐着一个手拿对讲机,头上有道刀疤的光头男子。

空调开了不顶用,船舱内空气污浊,汗腥味、烟味、尿臊味和泡面的味道混杂,乌烟瘴气,令人作呕。

船身轻微地震动着,金东知道赌船在移动。

船上有不少照片上的熟面孔,也有一些生面孔,他一一记在心里。

"请老板把钱夹好,方便算账。"一个操着淮安口音的小青年,挨个给刚上船的人发了只铁夹子。

金东接过一看,上面有编号。

"因为赌钱的人多,怕混淆或是赖账,每个赌客都会发只夹子。"老张说。

他左顾右盼,问戴玉:"王老板什么时候到?"

"我刚才打过电话了,三爷一会儿就到。闲着也是闲着,鹏哥就先玩两把。"戴玉转身喊,"前面的让一让,让盐城的大老板坐一坐。"站在外层飞"苍蝇"跟风的人立刻让出了一条缝隙。

戴玉拿过一张方凳让老张坐下。

道都让开了,不进去不行了。老张随口应了声:"那就先看看这里的玩法。"

戴玉也坐到了对面桌子角,扔了一包高档烟给老张。

二杆子说过,在赌船上玉姐能主动发香烟给你,是一种特殊的礼遇,说明你是今晚尊贵的客人。

金东站在老张的身后,心一直悬着。

看这阵势,老张非得要玩两把才行。他怕老张忍不住伸手摸牌,就装着很感兴趣的样子,按照预先推演的方案打岔。

"张总,什么叫斗牛啊?"金东一边问,一边从包里拿出一只不锈钢保温杯,拧开盖子。

"你二杆子叔叔没跟你说过?"老张老到地说,"这斗牛啊,就是每人五张牌,比点数。三门与庄主玩。有点三人斗一头牛的味道。慢慢看就会了,好学。"说着一举手,似乎要摸牌,正好碰洒了金东递过来的保温杯,冒着热气的茶水浇了老张一手。

"哎哟喂……"老张触电般跳了起来,痛苦地直咧嘴,"你怎么老毛手毛脚的!"他的五官全凑到了一起。

"我,我刚要把老参汤递给您,您手一伸……""小丁"吓得手足无措。

"还傻站着干啥，快去找点碱水来！"老张咆哮着。

这一幕来得很突然，可来得又是那么自然。

戴玉急忙站起来："快点，到后面去，五爹那有桶，赶快吊桶水过一过。"

这一路下来，鹏哥的"威风"也耍了不少，一副江湖老大的派头。戴玉已经对鹏哥和"小丁"深信不疑，就怕鹏哥继续发威，扫了大家的兴致，忙扶着鹏哥上铁梯。

舱门开了，迎面下来一个满脸横肉的人。

此人身高一米八左右，体形粗壮，上身穿了一件蓝色的 T 恤，一双三角眼透着凶光，脸上斜拉着一道疤痕，左臂刺着一条青龙，脖子上套着一条金灿灿的大链子。

王小三！金东一眼就认出这个刻在脑海里的面孔。

"三爷来啦！"戴玉道。

"这位老板是……"王小三问。

"他就是盐城的张老板。"

"是鹏哥啊，小弟刚才有事，来迟了。失敬！失敬！"王小三连忙拱着手下了梯子。

老张朝王小三摇了摇被烫的手，算是打个招呼。

"鹏哥的手刚才被开水烫了，到后面去用冷水过一下。"戴玉说着，就扶着老张上了梯子。

王小三转身跟了上来，金东紧跟着王小三。

沿着船舷，几个人就到了一股柴油味的船尾。

五爹从河里吊了一桶水，老张龇牙咧嘴地把手伸进了桶里。

"明天你就滚回二杆子那边去！"老张对"小丁"怒气未消。

"小丁"哭丧着脸，求援似的看着戴玉，一副可怜巴巴的样子。

"鹏哥，小丁也是不小心嘛，就看在二杆子的面子上，不生气了。"戴玉替"小丁"求情。

王小三也劝老张："鹏哥消消火，都是自家兄弟，我看也没什么大碍，就算了吧。"

老张还能说什么呢？这条苦肉计也是他自己想出来的。当初赌瘾上来的时候，他几次想把自己的手剁掉。

傍晚出门时，金东还犹豫不决呢，他坚定地说，这九十九拜都拜了，还怕这一哆嗦？好在有准备，茶水也不太烫。

"就给王老板和玉姐个面子，滚一边去！"老张借坡下驴。

金东顺势走了出来，观察着船甲板上的情况。

后甲板上安装了三台柴油机，一台发电，两台动力，最后面竖着一个小铁棚，有两块蹲脚的板，应该是方便的地方。方向舵轮后面还有一个木板隔成的小舱室，堆着几床棉被。驾驶舱和货舱之间有一个方孔，货舱里的人可以钻出。从船头到船尾约有 20 米长，宽约 4 米，两侧船舷都安装了护栏……

金东听到老张和王小三在谈着"生意"。

"我听二杆子和玉姐说了，鹏哥是前辈，盐城的大老板。哥哥想和我一起开棚，没有问题，都是道上的朋友。我们这边的规矩是平分，但是哥哥你难得来，第一场你带人来，我拿个三成就行了。"

"这个不可能。鹏哥我绝不能占兄弟的便宜，有财大家发，五五分。"

见鹏哥的口气很坚决，王小三就说："那弟弟我就不客气了，鹏哥什么时候带人来？"

"我这边还有点生意上的事情，过几天回盐城一趟，专门请几个大老板来暖个场子，都是有头有脸的人物，玩得大呢。但是你这里一定要保证绝对安全。"

"鹏哥，这个你放心。我有好几个接客和上船的点，每天都变化，沿途和岸边都埋伏了眼线，用的弟兄也可靠。今天你也看到了，船上有上百号人，如果不安全，他们也不敢来啊。以前在岸上开场子，三天两头就被公安抓，现在在河中央的船上赌，公安不敢来抓。就是船有些破，环境不是很好。"

"破些无所谓，玩得踏实就好。"

赌船上不宜久待，待的时间越长，暴露的可能就越大。半小时后，金东朝老张咬了咬手指甲，下达了撤退的暗号。

老张跟王小三打了个招呼："兄弟，本来想玩两把的，可是今天这手晦气，玩了也不顺，算了!"

"没关系，来日方长，以后我陪鹏哥尽兴玩几把，散散财。"王小三也十分爽快，互留了手机号后，他请戴玉送张老板到岸上。

临上棚车前，老张让金东递了500块钱给"玉姐"。

戴玉满心欢喜，加上之前在小场子上发的500块钱，一晚上，盐城这位"阔佬"已经给了她1000块的好处费。

金东看着有些心疼，这可是他5天的工资啊。但是舍不得孩子套不住狼，能顺利上了赌船，并取得了他们的信任，事情就已经成功了一半。

上了车，金东就默默复记着沿途各点及"鬼船"的情况。

回到酒店后，他连夜和王磊成功识别出水上赌场的十多名骨干成员及一批赌徒。

守舱门的两个人，一个叫"榔头"，另一个叫"豹子"。折角的是"锤子"，抽庄风的叫"西门"，发夹子的外地人是"钉子"。当天坐庄的也是当地的一个棚主，叫"九公"；开接送小船和赌船的是一个人，叫"五爹"。另外还有"大虎""二杠"等当地的小混混儿。棚车、岸上望风哨、小船和大船上都配了对讲机。

王小三赌博犯罪团伙的作息规律、成员分工、赌船结构、接车点位置等已经逐渐清晰。

第二天一早，刺探小组悄悄返回盐城。

水上铁桶阵

5月6日，一个风和日丽的下午。

葛富春将初步侦查的情况和下一步工作打算，向盐城市公安局党委副书记、副局长吴柏林作了专报。

吴柏林沉思了片刻后说："这个犯罪团伙非常嚣张，自恃在水上公安机关不敢贸然行动。这倒也提醒了我们，抓捕行动既不能有一个漏网，又要确保绝对安全。这条经过伪装的驳船上，每次都有百余人参赌，如果有一个人发生安全问题，行动就是不成功的。"

他要求针对这个水上赌场的特点，制定一个周密的行动方案，确保安全，出奇制胜，一举剿灭这个赌博犯罪团伙。

葛富春汇报了想法："我们计划带两名潜水员参与行动，到时候提前下水，以防有人跳船。"

"嗯，是得考虑好现场应急的准备。两名潜水员不够，我再协调8名专业的水上救援队员和一名医生配合行动。还有什么困难？"

"目前专案组就这么几个人，我还想跟您要几个人。"

"要谁？"

"亭湖分局的徐旭鸣和陆祥。"

吴柏林笑了笑："哦，这两个人可都是你原来的老部下啊。"

"这是两块硬料，抓捕经验足，脑子灵，以前一起共过事，工作意图领会得也快。"

"同意。还有什么？干脆一起倒出来。"

"到集中抓捕时，至少还需要100名警力。您看，我们水警支队目前就这么几个人，值班备勤都转不过来……"

"警力和装备的问题，局里已有考虑，准备让巡特警支队和亭湖分局配合一下。记住，一定要周密部署、精准抓捕、确保安全。"

当天晚上，吴柏林召集巡特警支队支队长朱一州，亭湖区副区长、亭湖分局局长王健等人具体研究联合行动方案。

吴柏林看着"丁字港"的水域图，若有所思。

要在短时间内，神不知鬼不觉地将100多名警力，从盐城市区拉到60公里外的"丁字港"附近潜伏，战线长，人数多，隐蔽难度大，组织难度大，抓捕时各梯队之间的衔接环节多，某一个环节失误，就极有可能造成行动失败。

他抬头望着大家说："这场水上剿赌战，有别于其他行动，牵一发而动全局。要获得全胜，必须做出细密安排。我看整个行动从武器装备、警力运送，水上和陆上的潜伏点、机动屯兵点、策应点等，都要过细考虑。"

王健补充道："还有前期化装登船的假赌客要精挑细选，确保万无一失。"

葛富春讲了自己的初步想法："前期登船的人不能多，计划分两批，每批不超过5人，我已经有了带队人选，金东和陆祥分别带一批，再配几位水性好的生面孔。另外，徐旭鸣负责带冲锋艇。怎么样？"

吴柏林说："同意。另外，请巡特警支队从海狼突击队挑几个骨干参与行动。"

"已经有了安排，都是抓捕快手。"朱一州回答。

吴柏林拿起两脚规，量了量"丁字港"区域，说道："行动区域水深、流速和河宽的数据都有了，下一步就是找个相似的水域合成演练，每个环节都要精确到分秒，做到无缝衔接。"

他随后宣布，"4·19"专案的联合行动指挥部，由水警支队支队长葛富春、巡特警支队副支队长李培根、亭湖分局治安大队副大队长鲍文龙等同志组成，统一指挥"丁字港"水上剿赌行动。

接下来的几天里，盐城东郊的新洋港水域，几艘警用冲锋艇、巡逻艇来回疾驰，卷起一阵阵浪花。河中央的大驳船、快艇上闪跃着矫健的身影，几名身穿潜水服的水上救援队员在水中出没……

经过白天和夜间的反复演练，仔细研究，指挥部最终形成了一套水陆一体的行动方案。

行动时间定在 5 月 11 日晚。

5 月 11 日中午，天上下起了小雨。

金东朝着天空闭眼祈祷。

葛富春看到了，问："你这是干什么？"

金东说："我在求老天爷，天气快快转晴！"

葛富春两眼一瞪："瞎胡闹，今天的雨可是我求来的，但愿晚上下得越大越好！"

金东不解："为什么？"

葛富春拍了下金东的脑袋："你想想，雨越大，望风的人就会躲雨，这样我们不就越容易靠近？摸上船，只要守住舱口给他来个'一锅烩'，省大事了。"

12 点 30 分，第一登船组金东、张彦、刘明涛、孙益明化装成赌客出发；

12 点 50 分，第二登船组陆祥带领 4 名持枪特警，身着便衣出发；

13 点 10 分，4 艘经过伪装的警用艇，从水警支队码头悄然开出；

18 点 30 分，110 名警力分乘民用大巴车，分别赶赴秘密潜伏点……

"报告，第一登船组已入住金碧辉煌大酒店。"

"报告，第二登船组已到达指定位置。"

20 点 30 分，徐旭鸣报告："两艘冲锋艇已在'丁字港'预定的支汊隐蔽待命。"

20 点 40 分，许兆玮带领的 30 名民警，分乘两艘巡逻大艇在通榆河与"丁字港"入口的外侧隐蔽。

21 点，李培根、鲍文龙率领的南北两岸组，悄悄向各目标点运动。

各组按照预定方案分陆路、水上，有条不紊地向中心现场秘密推进……

金碧辉煌大酒店客房里，金东、张彦、刘明涛、孙益明既紧张又兴奋。他们一遍遍推演、预判进赌船可能突发的情况，仔细研究应对的措施。

金东感到肩头很沉。

考虑到老张的安全，指挥部决定不让他登船。于是，带盐城"大佬"上船的任务就落在了他的肩上。第一登船组能否顺利登船，是整个剿赌行动的关键，一定要考虑周严，沉着应对。

17点，他与戴玉通了个电话，说晚上他和张老板带两批人过来。从戴玉的回复分析，她对此深信不疑。

22点，金东接到了戴玉的电话："大侄子，盐城的人什么时候到？三爷说了，今晚的庄风各一半，结束了请盐城的老板们喝酒，交个朋友哩！"

金东说："我带的3位老板一辆车刚到，张总带的人还在路上。这样吧，我先送他们上去玩，在哪里接车？"

"还在老地方，一刻钟后见。"戴玉说。

接完电话后，金东的心放下许多。

随后，他向葛富春报告："第一登船组按既定方案，一刻钟后上棚车。"

这一刻等了太久！

22点05分，第一登船组4人前往登车点。如葛富春所愿，外面的雨越下越大。

接车点上，几辆棚车依次停靠在停车场的外侧。

在等戴玉的时候，金东默默观察着来回穿梭的棚车。这些棚车有个相同的特征，没有安装后牌照，驾驶员可谓疯狂，上客后就立刻消失在雨幕中，不到10分钟，送完客的棚车就会停在另一辆棚车后面依次等客，很默契。

金东向指挥部发出棚车点位置信息。

不一会儿，戴玉到了。

她朝金东点了下头，就带着他们上了一辆银灰色的面包车。开面包车的是一个胖胖的青年人，戴玉叫他"大华子"。

对讲机里传来"在1号位上船"的声音，金东默默记在了心里。

面包车开到"丁字港"大桥的南头停下，戴玉带着他们沿着东侧的台阶下到河边，接送船已经停在了岸边，赌船就停在"丁字港"桥下。

金东发出登船点位置信息。

第一组人员顺利登上了赌船。金东确认主犯王小三就在船上，随即发出了第一登船组已经登船的信号。

葛富春下达指令："第二登船组按原计划登船！"

船上的金东接到了"盐城大老板"陆祥的电话："小兄弟，我们到了。"

金东故意扯大了嗓门："哦哦哦，到停车场啦？好的，马上有车子接你们上船。"

听到金东的喊声，王小三问："是不是鹏哥带的第二批客人到了？"

"三爷，他们已经到停车场了，黑色的大奔。"

"好啊，这财来了，挡都挡不住。"王小三立刻朝对讲机喊，"二拐，盐城的老板到了，黑色的大奔，快接过来。玉姐，你出去接一下。"

戴玉应声上了甲板。

王小三一伸刺着青龙的手臂："几位老板先请。"

张彦一身江湖气，回了句："还是等一下鹏哥吧，他这个主人不来，我们先开摸，没规矩。"

张彦这句话拿捏得很准，告诉王小三：我们是"鹏哥"的客人，买的是他的面子。其实他是在故意拖延时间。

王小三给他们散了圈烟，指着沙发说："几位老板抽支烟，先坐坐，我过去招呼一下。"接着就挤过人群，回到了赌桌边。

趁着赌场上的人都围着赌桌，张彦、刘明涛叼着烟，慢慢移到舱门口，金东和孙益明挪到两个窗户边。几个人的手伸进裤兜，悄悄地握着左轮手枪或电警棍，静静听着船外的声音。

与此同时，葛富春下令4艘伪装后的警用艇趁着雨幕悄悄向赌船贴近，8名潜水员下水，两岸人员做好抓捕棚车人员和望风哨的准备。

金东听到了外面接送船的发动机声，心中默默倒数着数字。

时间，一秒一秒过去……

22点42分，第二登船组顺利登船。

陆祥和4名海狼突击队特警，按照事先分工，悄无声息地控制住开船的"五爹"和甲板上的"榔头""豹子"，随后发出了成功登船的信号。

"行动！"随着行动总指挥葛富春的一声令下，各组迅速出击。

刹那间，赌船的前后左右，4艘警用艇上的探照灯同时打亮。

警笛鸣响，警灯闪烁，河上如同白昼。

河两岸和桥上的警车也打开了警灯、警笛，打破了"丁字港"的宁静。

"不许动，我们是盐城公安！"一阵阵响亮的喝令声此起彼伏。

赌船内顿时炸开了锅。

赌徒们惊慌失措，四处乱窜。有的跑向舱门口、船窗，看到铁梯上、窗户边威风凛凛的持枪特警，立刻吓瘫了。

狡猾的王小三一把推开身边的"锤子"，转身想从通往驾驶舱的方孔逃跑。

说时迟，那时快。曾是警官学院散打冠军的张彦，一步跨上赌桌，飞身扑了过去，一个侧身背摔，王小三被重重摔倒。一双铁钳似的手迅速反剪了王小三双臂，麻利地上了手铐。

金东跳上赌桌，大声喝令："一个都不要动！全部抱头蹲下！"

看着从天而降的警察，赌徒们只好乖乖地抱头蹲下。

不到1分钟，赌船现场被成功控制。

这时，葛富春带领的增援队员相继登船，金东暗暗地松了一口气。

与此同时，李培根、鲍文龙等人率领的外围抓捕组，开始对望风及棚车人员进行集中收网。

尖嘴猴腮的二拐跳下车，拔腿就跑。

李培根眼疾腿快，二拐摔了个嘴啃泥，束手就擒……

5月11日晚，一场漂亮的水上剿赌战大获全胜。

这艘幽灵般的水上移动赌场，终于被盐城警方成功摧毁，涉案人员悉数落网。

在祝贺水警首战大捷后，吴柏林随后指示：继续细查深挖，扩大战果，追缴一切非法所得，摧毁其继续作恶能量……追踪，一路打下去，打彻底！

"丁字港"，恢复了往日的宁静。

猎"狐"24 小时

上海浦东国际机场。一排排指示灯，照亮了宽敞的跑道。国际进港通道口聚集着一批媒体记者。

时钟指向 2018 年 5 月 26 日凌晨 5 点 45 分。清风阵阵，万籁俱寂，新的一天即将从沉睡中醒来。

一架东方航空公司的客机，在一缕缕朝霞的辉映下徐徐降落。随着舱口打开，高尚和沈为志、陈星星押解着潜逃东南亚的犯罪嫌疑人张小天走下飞机。又一个藏匿境外的"狐狸"被盐城警方抓了回来。

"猎狐行动"，是中国警方打击在逃境外经济犯罪嫌疑人的一个行动代号。这次江苏盐城警方"猎狐"行动小组的"三剑客"，不辱使命，在紧张的 24 小时内，来回飞越 6000 余公里，转战泰国和柬埔寨两国，争分夺秒地与在逃境外的犯罪嫌疑人张小天展开较量，攻心劝返，最终尘埃落定。

此案侦破一波三折，那一个个精彩的桥段，无不尽显中国警察特有的忠诚、胆识和智慧。

凌晨接公安部急电

一天前的凌晨 5 点，盐城市公安局经侦支队支队长孙志平，突然接到公安部"猎狐行动"办公室的紧急电话：负案潜逃的犯罪嫌疑人张小天现身于泰国素万那普机场。

电话指令盐城警方，立即派出工作组出境劝返。

张小天，男，汉族，1986 年出生，黑龙江省齐齐哈尔市人，深圳云天未来科技有限公司总经理，盐城警方正在侦办的一起特大网络传销案件的涉案重要嫌疑人。

网络给人类文明插上了腾飞的翅膀，同样也潜藏着魑魅魍魉。那是 2018 年 4 月，盐城警方在网络巡查中发现一个网络传销线索。

经过两个多月的紧张侦查，一个特大网络传销犯罪团伙的轮廓渐渐浮出了水面。

青岛长兴高科技公司董事长万长兴伙同他人，于 2017 年 12 月，谋划成立了一个叫"亚泰坊"的传销组织，在互联网设立"亚泰坊平台"，借助网络的神力，在全国范围内大肆开展传销活动。

为建立、扩大"亚泰坊"传销组织，万长兴进行了组织架构的搭建，先后任命了"亚泰坊"传销组织的行政、财务、技术等管理人员，并通过开会培训、境外路演、建立微信群、组织护盘、操控外盘等方式进行虚假宣传。在宣传过程中，该传销组织歪曲国家的"一带一路"倡议，虚构"亚洲国际金融自由贸易特区"和柬埔寨"西港特区"投资项目，哄骗人们"投资"，以达到非法敛财的目的。

经过前期侦查，盐城警方掌握了这个网络传销团伙的运作模式。

"亚泰坊平台"规定：凡参加者必须通过上线会员的推荐，缴纳200元人民币以上的费用，才可以注册成为"亚泰坊平台"的会员，并且取得一定数量的"亚泰坊币"。在会员之间，按照推荐发展的顺序，形成上下线层级关系。每一个会员的直推会员数量没有限制，下线会员可以继续向下直推，发展无限层级并组成团队，以直接或者间接发展会员的数量，作为所谓"返利"的依据，其实并无任何实际的经营活动。

盐城警方发现，张小天在"亚泰坊"传销组织的建立、扩大等方面起了关键作用。他和万长兴合作，建设了"亚泰坊平台"系统，还具体负责平台的风险控制和外盘护盘，并且根据万长兴的指令，操纵"亚泰坊币"在外盘的价格，以稳定"亚泰坊币"的虚假价值，确保"亚泰坊"在外盘不崩盘。

作为"亚泰坊平台"的护盘手，张小天是这个特大网络传销团伙犯罪链条上的重要一环。

更为重要的是，张小天曾经接触过神秘的"亚泰坊账本"，他到案，就能彻底查清这个犯罪团伙的全部犯罪事实。

然而，正当盐城警方准备抓捕张小天时，他突然人间蒸发了。

经过紧张侦查，警方获悉，张小天已经潜逃至境外。

由于此案涉案金额巨大，盐城警方请求省厅、公安部予以支持。公安部"猎狐行动"办公室立即组织协调境外布控。

现在，狐狸的尾巴终于露出来了！

孙志平随即向盐城市公安局领导报告。

局领导指令：事不宜迟，"猎狐"行动小组立即飞赴泰国，尽最大的可能，将其规劝、押解回国。

近年来，盐城市公安局在公安部、省公安厅的大力指导、支持下，秉持"天涯海角、有逃必追"的执法理念，跨出国门，重拳出击，密切国际警务合作，创新执法工作方式，先后抓获躲藏在菲律宾、韩国、越南、泰国、柬埔寨、老挝等国的境外逃犯22人，涉案总金额达 20 亿元，取得了前所未有的骄人战绩，实现了境外追逃工作的新突破，为打击经济犯罪、捍卫法律尊严、维护人民利益做出了积极贡献。

鲜为人知的是，盐城市公安局有一个神秘的战斗小组——境外"猎狐"行动小组。

这支肩负着特殊使命的行动小组，也是一支"闪电部队"。成员能文能武。文能数据研判、情报导侦，武能擒魔除恶、攻心突审。

他们坚持 24 小时境外作战原则，雷霆出击、剑啸海外，常以闪电之速、掏心之术，精确打击境外经济逃犯。在复杂的境外条件下，他们用智慧和胆识，沉着应对境外追逃的突发情况，拳无虚出，剑无虚指，精彩演绎着盐阜公安的忠诚与担当。

这支能征善战的"闪电部队"，平均年龄三十岁多一点。其中的高尚、沈为志和陈星星，被同事们誉为海外追逃"三剑客"。

28 岁的高尚，看上去虽然像个稚气未脱的大孩子，但是一上了案子，却像猎人见到猎物一般机敏。他那白净的皮肤，两道浓眉微微上翘，都透出秀外慧中的灵气。他心细如发，善于从一团乱麻中理出头绪，排列出其中的逻辑关系，是个研判高手。他还有一个令人羡慕的家庭，妻子是警察，父母是警察，外公也是位老警察。自幼就受到警营氛围熏陶的他，在经济犯罪侦查中积累了难得的实战经验。作为业务骨干，他被选拔参加了公安部组织的出国办案专家培训，先后两次立功、4 次受到嘉奖。他的座右铭是，当父亲那样的好警察。

身高 1.87 米的沈为志，是篮球场上的健将。别看他人高马大的，说起话来却慢条斯理，文绉绉的，眉宇间透着一股睿智。他敏而好学，博闻强记，特别是在计算机运用上"有两把刷子"，人称"网络圣手"。他和高尚很有缘分，两个人不但同龄，还是警官学院的同班同学、篮球场上的球友，毕业后又一起被分配到盐城市公安局经济案件侦查支队，一起抽调到"猎狐"行动小分队，一起在境外并肩作战。侦查破案经常没日没夜，作息没规律，但是沈为志只要有空，总会坚持游泳或者打球，实在不行也会来一阵原地跑，不出点汗不罢休。他有句话常挂在嘴边："警察抓坏蛋，跑不过坏蛋是扯蛋。"

陈星星在行动小组算是大哥哥了，年龄大高尚和沈为志整 10 岁。他一直在打击破案的第一线，是支队元老级的侦查员。他沉稳干练，疾恶如仇，是一个做事严谨、经验丰富的老干探，支队的抓捕快手。都说干警察的经常顾不了家，而他每次出差办案回来，总会到菜市场转一圈，给爱人和孩子做上一桌丰盛的饭菜，开一瓶红酒，一家人其乐融融。他有一句"至理名言"：人生没有单行道，不顾家的警察不是个称职的警察。

"三剑客"都是在与经济犯罪斗争中历练成长的骨干和精英，气质相融，志趣相投，优势互补。在没有硝烟的海外"战场"上，他们与形形色色的对手较量，斗智斗谋。

境外追逃，各国的法律不同，中国警方没有执法权，而且境外风云变幻，有许多不可预估的突发情况。因此，"猎狐"的战术没有规律可言。

每一次境外追逃，对他们来说都是新课题，必须破疑解惑，速战速决。面对高智商、有一定经济基础的犯罪嫌疑人，他们善于因势利导规劝迷途羔羊，见缝插针寻求有利战机，随时调整工作思路，在最短的时间内，用最有效的手段解决最复杂的问题。

飞赴素万那普

汽车在高速公路上疾驰，一块块宽大的指路牌瞬间掠过。

一小时不到，"猎狐"行动小组成员在晨曦的慵懒中被激活，迅速完成了集结、调度车辆、办理出国手续等一系列准备工作。

早上6点，他们准时出发。

他们要在12小时内，长途奔袭泰国首都曼谷的素万那普国际机场，规劝在逃经济犯罪嫌疑人张小天，并将他押解回国。

因此，他们必须准时赶到浦东国际机场，搭乘当日最早一班的客机飞往泰国。

坐在前座的高尚，两眼紧盯着前方，眉头微锁。

作为这次境外行动的负责人，高尚深感责任重大。"猎狐"行动小组的工作目标很明确，就是捕猎那些逃匿海外自认为可以逍遥法外的"狐"、那些狡诈多变自以为高智商的"狐"。

在这些外逃的"狐狸"中，有打着各种旗号疯狂敛财的"能人"，有精于算计巧取豪夺的"老板"，还有巧舌如簧大肆诈骗的"高手"，等等。这些人经常在国外活动，海外关系复杂，而且知晓相关国家的法律，捕猎的难度可想而知。

在这起特大网络传销案的前期研判中，张小天一开始并没有被纳入专案组的视线。

因为在"亚泰坊"前台的具体操作人，是深圳云天未来科技有限公司的法人代表、张小天的表弟郑新民。抓捕到郑新民以后，经过突审，才发现幕后的真正老板是张小天。

专案组立即对张小天实施抓捕，发现如惊弓之鸟的张小天已经从深圳的蛇口港经香港、澳门，出逃到东南亚。

随后，专案组对张小天上网追逃和边控。

经过调查，专案组掌握了张小天老婆的联系方式。

高尚想通过她做规劝工作。但是每次联系，张小天的老婆都推说自己联系不上丈夫。而专案组发现，张小天的老婆几乎每天都要和丈夫联系，还让他暂时在国外避避风头。郑新民被取保后，张小天更是摆出一副"我就是不回来，警方能奈我何"的架势。

张小天和他老婆的态度，更加坚定了专案组要把张小天缉拿归案的决心。

他们不等不靠，以我为主，通过仅有的线索加大研判力度。张小天出逃半个多月后，专案组捕捉到了他在泰国的踪迹。

根据以往的"猎狐"经验，中泰两国警方警务合作度较高。于是，高尚立即向领导建议，上报公安部"猎狐"行动办公室，向泰国警方发出查缉电报，请求核查张小天的出入境记录和藏匿地址，一旦发现其轨迹立即实施缉捕。

不巧，由于泰国当时发生游船倾覆事故，上百名中国游客遇难，泰国有关方面一直忙于善后，无暇顾及。

几天后，张小天再次消失。

"高大组长，我从睡梦中被你喊起来，早饭没来得及吃一口，肚子闹意见了。"后面刷着手机屏幕的沈为志冒了一句。

"早就准备好了。"高尚递过一个大塑料袋，"牛奶、鸡蛋，还有鲜肉大包。放开肚皮吃，管够！"

"谢谢老弟带我到泰国度周末。"正在眯眼小憩的陈星星，欠了下身子，伸手拿了个包子咬上一口。

"老哥先别急着抒情，这次的任务有点特殊，不同于前几次境外抓捕行动。"高尚若有所思。

"这次走得太急，对方长什么样？哪里人？有什么特征……"

"老哥抓捕经验丰富，请你出山，是帮助我们把把关，关键的时候镇下场子。"高尚递给他一个材料袋，"这是简要案情，还有张小天的相关资料。"

陈星星接过材料袋，一边翻看，一边说："我可比不得你们，你们年轻，脑子好使，一个是研判高手，另一个是电脑专家。"

高尚介绍："根据相关信息，犯罪嫌疑人张小天是从柬埔寨入境泰国时被发现的。由于已经对他采取了边控，按照常规做法，泰国方面是不会放他入境的。"

"如此说来，张小天很有可能在 24 小时内被泰方原机遣返回柬埔寨？"沈为志问道。

"这种可能性很大。我们的任务就是迅速赶到泰国的素万那普机场，趁张小天在机场滞留期间，规劝他回国到案。"高尚说。

沈为志在手机上查了一下航班资料："如果张小天要被原机遣返，那我们必须赶在今天下午 5 点前到达素万那普机场。否则，他将会在傍晚 6 点 45 分离开泰国飞往柬埔寨。那样的话，我们工作的难度就会加大。"

陈星星手指点了一下材料："张小天持的是中国护照，专案组已经以涉嫌传销犯罪，把他的护照办理了注销申请。如果能及时办下来，泰国有关方面就有权力继续控制张小天的行程。这就为我们实施规劝争取了时间。"

高尚转过头："张小天的户籍地在黑龙江省齐齐哈尔市，注销手续流转需要一定的时间。我出发前查了一下，他的护照目前还没有被注销，支队已经请求部里紧急协调黑龙江警方加快办理。"

"今天已经是周五了，但愿在我们落地前能办好。现在要紧的是，如果情况真的像我们预料的那样，我们能否搭上第一趟班机？"陈星星挪了挪身子，又眯起眼睛。

车过苏通大桥，直驰上海浦东国际机场。

客机渐渐降低高度。

舷窗下，繁华的街道，蜿蜒流淌的湄南河，以及一排排椰子树，无不展现出这个东南亚国度温暖、湿润的气息。

高尚做了几个深呼吸，提了提精神，默默注视着机翼下陌生而美丽的曼谷城。

曼谷位于中南半岛的中部，属于典型的热带丛林气候，是一个充满佛教文化的都城。这里风光旖旎、四季如春，是世界著名的旅游城市，常年吸引各国大批的观光客。

可他们这次来，却没有时间旅游观光。

飞机停稳后，高尚抬腕看了一下表，中国时间下午 5 点。

如果张小天要搭乘原航班客机返回柬埔寨，离起飞的时间还有一个多小时，张小天应该还在素万那普机场滞留。

高尚稍稍松了口气。

"猎狐"行动小组一行三人刚刚走出机舱，一位皮肤黝黑、身穿藏青色短袖制服的泰国警察，举着"接中国警察"的牌子站在廊桥等候。

迎接他们的是泰国移民局的4位官员，为首的王警官是一位40多岁的华人。

王警官告诉他们，张小天因短期内有频繁出入泰国的记录，被禁止入境，正滞留在候机大厅里。但是，在没有得到泰国移民局局长签发的拘捕令之前，中国警察不能与他见面，让他们耐心等待。

这一点，有过多次境外猎狐经历的高尚早就预料到了。

为了节约时间，他向王警官提出：能不能到候机大厅张小天的滞留点附近等待？

王警官迟疑了片刻，同意了。

此时，犯罪嫌疑人张小天正被泰国警方控制在候机大厅一间封闭的小房子里。

虽然近在咫尺，但是由于各国的司法制度不同，"猎狐"行动小组的人员就是不能和张小天见面，更谈不上开展规劝工作。

高尚他们只能干着急，不停地协调泰方。

过了大约半小时，王警官接了个电话，随后有点歉意地说："张小天本人表示不愿意回中国投案自首。由于泰国目前的特殊体制，机场候机室内的实际控制权不属于泰国移民局，而是属于泰国军方，他们也协调不下来，只能原机遣返张小天回到柬埔寨。"

傍晚6点45分，高尚他们眼看着张小天搭乘的客机滑行、升空，离开了泰国。

第一套行动方案落空。

高尚立即将这一突发情况报告给支队长孙志平，请求启动第二套方案，行动小组飞往柬埔寨进行规劝。

孙志平随即向省厅汇报。根据省厅指示，孙志平命令："猎狐"行动小组立刻转战柬埔寨，力争在金边波成东国际机场将张小天规劝成功。

持中国护照到泰国，只需要落地签证。但是，如果从泰国前往柬埔寨，就需有一个过关的过程，这样又要办一个落地签。

由于时间紧，"猎狐"行动小组紧急沟通泰国移民局官员，泰方提供了绿色通道，免去再办理落地签这一烦琐的过程。

他们从一楼大厅，直接来到二楼的购票点，顺利购买了当晚8点飞往柬埔寨金边波成东国际机场的机票。

在等候飞机的间隙，"猎狐"行动小组三人到机场一家快餐店买了汉堡包以解决晚餐。

风尘仆仆赶到泰国，犯罪嫌疑人张小天就在眼前消失了，下一步规劝任务的预期也不明朗，一个个未知数在等待着他们，谁也没有什么胃口，更没有心思多看一眼窗外的异域风光。

"我就不明白了，张小天为什么不愿意投案自首呢？"沈为志一直在琢磨着张小天的心理。

"这有什么不明白的？平时觉得你脑子够聪明的，怎么这会儿你就转不过弯来了？"陈星星拍了一下他的肩头。

"我被你弄得五迷三道的，快说说你的高见，我们好对症下药啊。"

"他心里藏着事呗。"

"主犯万长兴都到案了，张小天那些事不是明摆着嘛。"

一直沉默不语的高尚接过话头："姜还是老的辣，陈老哥说得有道理。我们现在就根据已经掌握的信息，分析分析张小天心里藏了哪些事。"

……

一小时后，"猎狐"行动小组搭乘的客机发出巨大的轰鸣声，冲上夜空。

疯狂的"亚泰坊币"

当今世界有一种东西，似乎和空气、阳光、水一样，伴随着人的一生。它不分国度、种族、信仰，无时无刻不在显现着它的存在。它就是人们既熟悉而又陌生、似乎不可或缺的——货币。

货币是商品交换的媒介，是商品生产发展的必然产物。马克思说，货币具有五种主要职能，即价值尺度、流通手段、贮藏手段、支付手段、世界货币。其中，前两种职能是货币最基本的职能，后三种职能是随着商品经济的发展，从基本职能中派生出来的。

随着社会经济发展和经济全球化的到来，金融浪潮汹涌澎湃。世界货币市场借助于互联网的崛起，发生着深刻变化，数字货币应运而生。

数字货币，英文简称为"DIGICCY"，是电子货币形式的替代货币。它不同于虚拟世界中的虚拟货币，因为它不局限在网络游戏中，而能被用于真实的商品和服务交易。

2008年11月1日，一个自称"中本聪"的人，在一个隐秘的密码学评论组上贴出了一篇文章，陈述了他对电子货币的新设想——数字货币"比特币"就此面世。

比特币用揭露散布总账的方式，摆脱了第三方机构的制约。中本聪称之为"区块链"。

和法定货币相比，比特币没有一个集中的发行方，而由网络节点的计算生成，谁都有可能参与制造比特币，且可以全世界流通，可以在任意一台接入互联网的电脑上买卖。不管身处何方，任何人都可以挖掘、购买、出售或收取比特币，并且在交易过程中，外人无法辨认用户的身份信息。

2017年1月24日中午12点，中国三大比特币平台正式开始收取交易费。

光怪陆离、令人眩目的数字货币市场，让山东青岛一个名不见经传的人一时间兴奋不已。他那颗肥硕的脑袋开始迅速转动起来……

当年12月28日上午，青岛。冬阳下的胶州湾，白帆点点，海鸥翩舞。胶州西路的阳光大酒店宴会厅里，座无虚席。

座位上的人们，一个个心潮澎湃，聚精会神地聆听着台上一个男子的激情演讲。他的身后码放着一大排礼品。

"女士们、先生们：当今时代，谁不想拥有财富？谁不想拥有更多的财富？拥有财富最根本的标志是什么？是钱！就是钞票，金融专业术语叫货币。"

他的手臂突然指向大厅中央耀眼的水晶灯，两眼闪闪发光，像尊塑像。

定格了几秒钟后，他迅速收回手臂，口若悬河，抑扬顿挫，大讲起货币知识："我国是世界上最早使用货币的国家之一。从使用贝至今，已有四五千年的货币文明史。我国货币的起源，有据可查的是，商汤时期的铜贝，而在此之前的夏商，骨贝、石贝、陶贝已经开始流通。我国古代货币在形成和发展的过程中，先后经历了由自然货币向人工货币、杂乱形状向规范形状、地方铸币向中央铸币、文书重量向通宝元宝、金属货币向纸币交子、手工铸币向机制纸币六次重大的演变……目前世界共有两百多种货币。可以说，我们生活着的这个地球，是被各种颜色的钞票包裹起来的。"

他喝了一口茶，接着道："而今天，数字货币的到来，让大家都有机会成为富豪！只是你们想不想当，敢不敢做！"

说到这里，他身子一转，拿出一块银圆大小、金灿灿的东西闪了闪："其实，要想拥有财富很容易！今天，我就向各位推荐一种新的数字货币'亚泰坊币'，它和比特币、以太坊币一样，都是正规的数字货币，而且入门的门槛很低，坐在家里点点鼠标就可以轻松发财，起步资金只需要……"他伸出了两根粗短的手指，问大家，"这是多少？"

静场几秒钟后，有人说："两千元？"

"错！"

"两万元？"

"错！"

"二十万元？"

"错！"

男子巡视了一下会场，一字一句吐出三个字："两百元！"

会场顿时像炸开了锅。

"骗人的吧，两百块钱就能当富翁？"

"我们走吧，别在这里做春梦了！"

"先不忙，礼品还没发哩。"

……

"安静……安静……请大家少安毋躁！先请各位看一看我手中这块亚泰坊纪念金币，然后再听我讲一下亚泰坊币的运作模式就清楚了。"

骚动的会场又渐渐安静下来。

这名男子走下讲台，一边向大家展示那块金光闪闪的亚泰坊纪念币，一边说：

"我们发行亚泰坊币，是专门用来投资亚洲国际金融自由贸易特区和柬埔寨西港特区建设的。只需区区两百元，你就可以注册入会，继续投资，就会拥有这块亚泰坊纪念币。当然，你投资的格局有多大，你的财富数量级就有多高。我非常相信各位的眼力，这块沉甸甸的金币，其本身的价值就非常昂贵。"

这块纪念币，正面是天安门和长城的图案，上面有一行字：亚洲国际金融自由贸易特区。背面雕刻着巨龙的图案和英文。

紧接着，这个男子又滔滔不绝地讲解这种"发财"方式：

"会员的收益，主要分为静态收益和动态收益两种方式，收益均为亚泰坊币。

"静态收益,是指亚泰坊币自身的增值,就是会员将购买的亚泰坊币进行锁仓,根据锁仓时间的不同,获得不同比例的锁仓收益。

"锁仓具体收益有几种模式:新手套餐,会员只可购买一次,锁仓时间是 1 天,每天获利 1%亚泰坊币。A 套餐,锁仓时间是 5 天,每天获利 5%亚泰坊币。B 套餐,锁仓时间是 15 天,每天获利 6%亚泰坊币。C 套餐,锁仓时间是 30 天,每天获利 7%亚泰坊币。D 套餐,锁仓时间是 60 天,每天获利 8%亚泰坊币。"

他穿梭于一张张桌子旁,扳着手指激情飞扬地继续演讲:

"动态收益,包括上线会员每天获得下线会员锁仓收益不同比例的奖金收益。奖金比例,根据下线会员的层级而定,动态奖金往下拿 10 层。具体为直推奖励 25%,就是直推发展的下线,这个会员可获得下线购买套餐收益的 25%作为自身收益。二代奖励 15%,就是直推发展的下线的直推下线,该会员可获得所购买套餐收益的 15%作为自身收益。还有三代奖励 15%,四代奖励 5%,五代到十代奖励 0.5%……"

他把这个不可触摸的"空气货币",说得天花乱坠,很像那么回事,满场的人听得云山雾罩的。

他张开双臂,大声疾呼:"我们推出亚泰坊币,目的只有一个,那就是回馈社会,回馈在座的各位。当你拥有财富的时候,当你拥有很多很多财富的时候,那么金钱对你而言,也就是个数字。信息化时代,我们将用数字货币的魔力,把大家牢牢连接在一起!女士们、先生们,我们有着一样的天分和坚韧,有着一样的发财梦想,让我们携起手来,共同走向成功和辉煌!"

最后,他郑重宣布:"亚泰坊平台将于 2018 年 2 月正式上线。目前提现的方式,主要是对冲提现。将来,还要进入国际数字货币交易大盘环太网进行交易。大家如果现在报名加入,将是第一批受益者！"

诱人的发财梦，让那些不明真相的人欣喜若狂，趋之若鹜。他们哪里知道，那枚所谓的亚泰坊纪念金币，其实是他以每枚几元钱的价格，从淘宝网上订制的塑料材质的玩意儿。

大千世界，无奇不有。金融浊流，狡狐兴浪……

一颗疯狂的脑袋创造了一个疯狂的神话——没有任何货币价值的"亚泰坊币"。

这个人叫万长兴，青岛长兴高科技公司的老总。应当说，此人的确有不同于常人的智慧，运作"亚泰坊"就是一例。

只不过，他把脑筋动歪了。

万长兴炮制的所谓数字货币"亚泰坊币"，实际上是撒了一个弥天大谎。这种"空气币"表面上和其他数字货币有相似之处，其实有着本质上的区别。

比特币是一种 P2P 形式的数字货币，点对点传输，意味着一个去中心化的支付系统。与大多数货币不同，比特币不依靠特定货币机构发行，它依据特定的算法，通过大量的计算产生新币。

比特币经济，通过网络中众多节点构成的分布式数据库，来确认并记录所有的交易行为，并使用密码学的设计，来确保货币流通各个环节的安全性，确保了货币所有权与流通交易的匿名性。比特币不可以在后台输入数字直接修改，也就是说，它不会被人为操控。它的显著特征，就是通过"挖矿"的形式生成新的比特币，而且谁都能"挖矿"、购买、出售或收取比特币。

可是，"亚泰坊币"必须通过上线会员的推荐，形成上下线关系，下线会员可以继续向下直推，会员的数量没有限制。它这种运作模式，是典型的传销形式，是我国法律所不允许的。

而且，"亚泰坊"平台带着很强的欺骗性。从表面上看，它似乎也有去中心化的支付系统，其实，这个中心一直存在，隐藏得很深，就是万长兴本人。

他就像一个玩偶人,通过虚构"亚泰坊币"的投资前景,吸引人们的眼球,并通过控制环太网的账号,在后台输入数字随意修改,人为操控"亚泰坊币"在外盘的交易价格,制造"亚泰坊币"在环太网的交易量,营造"亚泰坊币"在外盘只涨不跌,交易量庞大的行情,吸引会员继续报单购买"亚泰坊币"。

被蒙在鼓里的那些会员哪里知道,"亚泰坊币"在环太网上一片红火,是万长兴花了不到 500 万元在后台制造的假象。

而会员们投入数以亿计的金钱,则将全部流入万长兴传销团伙那个无底的黑洞。

万长兴创造的这个疯狂"数字货币帝国",说白了,就是一套瞒天过海的吸金腾挪术,但必须要有一个平台来支撑。

他不是全才,需要一个人为他包装和维护这个平台。

那么,这个神秘的搭台人和护盘手又是谁呢?

茶桌上的阴谋

山水之间一杯茶。古人喜欢寄情于山水,煮上一壶放着几片神奇树叶的溪水,湖光山色就尽显于青瓷茶碗中。动中有静,静中有动,这天人合一、禅茶一味的感觉,真是妙不可言,余味无穷。中国的茶文化博大精深,神奇的东方树叶,让世界为之倾倒。

但是,这茶中既有山水,也有玄机。近几年,随着茶文化的进一步繁荣,类似写字台式的高档茶桌渐渐多了起来,喝茶聊天也奢华了许多。高级写字楼里,那些豪华茶桌已成了老总办公室的标配,一些阳光生意和龌龊交易,就在这些卷曲的树叶慢慢舒展之间达成了。

2018 年 1 月初的一天,刚刚下过一场小雨,街头微凉。深圳宝安区西乡梧桐岛一幢写字楼的 6 楼,张小天独自坐在茶桌旁发呆。

他正为"跨境电商"项目的资金发愁。

张小天刚过 30 岁。人说男子三十而立，可是他觉得自己还没有真正立起来。他出生于东北，20 岁出头就出来闯荡，先后在北京当保安，在天津当网管，又到浙江打工两年。25 岁时孤身南下深圳，推销信用卡，做微贷中间人赚赚差价。经过一番打拼，他凭着自身能力挣了一些钱，但都是小打小闹的，替别人打工。

不得不说，张小天这个人天资聪慧，也很勤奋。在中国改革开放的最前沿深圳，他在商海里历练，经风雨见世面，看准了网络世界的商机。于是，他自学了计算机课程，有意结识了一些网络精英。他梦想着有一天，自己也能开一家网络技术开发公司，赚大把的钱，当个开豪车、穿金戴银的老板。

想拼就会赢。张小天真正意义上掘的第一桶金，源自一家"文交所"网络平台。

一天，他在替一个客户办理一笔小额贷款业务时，随口问了一下贷款的用途。

这位客户神秘兮兮地说："炒文啦！"

"什么叫炒文？"张小天一头雾水。

"就是上文交所平台炒啦！"客户使劲挥了挥手臂，"赚钱旺哩！"

客户哼着粤曲走了。

张小天随即上网搜索了一下，发现了金矿。

这种赚钱的方式，有点像炒股票。其手法就是在文交所平台上，看中什么有增值空间的文化商品，买下这种商品的权益，然后仍然挂在平台上待价而沽，伺机抛出。

由于刚刚兴起，有关部门还没有来得及规范其运作，炒作的利润空间很高，而且风险小。只要不看走眼，一般包赚不赔。

他把挣的十几万元钱全部投了进去，炒邮票、古钱币等。一年下来，净赚了两三百万元。

后来，国家有关部门开始规范这类文交所平台的运作，投机的空间几乎没有了。他就用这笔钱开了一家投资公司，招募了几个人，自己当起老板。说是投资公司，其实主要是做做网络开发之类的技术服务。这一行，他门儿清。

由此开始，他业务做得顺风顺水。他结了婚，有了孩子，还花130 万元买了辆7 系的宝马车，出门衣着光鲜，一副成功人士的范儿。他回到东北老家时，亲戚朋友都觉得脸上有光。

他想把自己的事业进一步做大做强。2017 年，他又联合5 个股东，成立了深圳云天未来科技有限公司，自己当总经理，租下宝安区一幢写字楼的两层，招收员工40 多人，热热闹闹地开张了。

可是这次他做得并不那么顺当，还呛了几口水。

一开始，他的公司主要是经营电商，兼做一些网络开发业务。先在网上建了个"海象商城"，效果不理想，又转型"筋斗云"，可以用数字货币来支付，生意仍然没有达到预期。一个月也就赚个十万八万元的，还不够开销呢。公司不停地进行股权变更，又陆续走了一些人。

起起伏伏，他在寻找新的商机。

这时，国内开始流行境外代购，头脑灵活的他瞄上了这个有着广阔前景的市场，开始考察论证"跨境电商"这个项目。随后，他即着手设计网络平台、组织人员培训、购置相关设备……可是投入太大，资金成了问题。

他咬咬牙，把一层办公房转租给一个姓黄的广东商人，压缩公司运转成本。但是算算，要正式运行"跨境电商"项目，至少还差1000 万元左右。

他为这件事犯愁了，到哪儿去找这1000 万元呢？

张小天需要有个合伙人。

"张总，在想什么啊？"楼下的广东商人黄玉发操着一口广东话进来了。

张小天站起身："黄总，朋友刚送的福鼎点头镇年份白茶，正宗有机茶，口感绝对 OK，尝一下。"

黄玉发捋了捋油光发亮的鬓发，落座。

张小天点了下茶炉开关："黄总交易所的生意很旺啊，发财了。"

洗杯、泡茶。

"才开张，鸡碎啦（一点点）。"黄玉发弯曲着右手食指和中指，点了两下台面，然后端起汝瓷杯，抿了一小口，"好茶！好茶！"

"再好也没有黄总那儿的茶好，小弟我可不敢和您这位茶叶大王斗茶哟。"

"兄弟你一向很低调啊，你那个跨境电商的平台做起来，要赚大把大把的钱喽。"

张小天苦笑了一下，心想：说我低调，其实你才低调呢。除了那油光发亮的大背头，平时就是白色 T 恤、黑色休闲裤，有时脚下还踩着一双拖鞋，走在大街上和倒腾服装的小贩没什么两样。

他知道，眼前的这个黄玉发，十年前还是一个小店铺的老板，靠做茶叶贸易起家，后来买了福建一家茶场，注册了一个茶叶品牌。神奇的东方树叶让他财源滚滚。他又在香港办了一家茶叶交易所，正在操作上市。

这几年，国际数字货币市场十分红火，精明的黄玉发不久前又在美国的加利福尼亚州注册，建了个环太平洋数字货币交易平台，交易比特币、以太坊币等主流数字货币。他从中赚了不少交易费。

这个简称"环太网"的数字货币交易所，就在张小天公司的楼下。

而黄玉发这次上来串门，也是有目的的。

当初他在茶桌上通过朋友介绍，请张小天的公司为他做一个茶叶系统，就是买茶叶可以兑换积分，积分可以在"中进平台"兑换茶票。如果 A 推荐 B，B 买茶叶，A 可以获得一定比例的积分。系统上线后效果不错，他觉得张小天的团队有一定的技术实力，而且心不黑，收费不高，一来二去，彼此就熟悉起来。

他租用张小天公司场地开交易所，一是看到张小天公司的资金有些紧张，想还他个人情；二是也想请张小天日后在技术上予以支持，楼上楼下的，说来就来，方便。

但是这次，他要介绍一笔生意给张小天。

当然，从根本上说，他也是为了自己。

这事还得从三个多月前说起。

2017 年 10 月的一天，福建省安溪县黄玉发的茶庄。

黄玉发在茶桌上碰到一男一女。男的年龄 60 多岁，个头不高，胖乎乎的。女的 30 岁左右，颇有几分姿色。男的十分健谈，天文地理无所不及，说得眉飞色舞，很有气场。

此人品了一下茶，当即就叫身边的靓女转了 200 万元，让黄玉发把茶叶发到山东青岛长兴高科技公司。

交换名片时，他才知道这个人就是这家公司的董事长，叫万长兴。

十几天后，万长兴又派来一个女的，买了大约 800 万元的茶叶。

这是个有钱的主儿，得拢紧了。黄玉发想。

11 月，黄玉发正式上线环太平洋数字货币交易所。

半个月后，青岛那位有钱的主儿又找来了。

几口茶下来，万长兴从包里拿出一沓材料，说他正在联合柬埔寨自贸区发行数字货币，收到的钱用于投资自贸区的"西港特区"工程项目。

黄玉发翻了翻，是柬埔寨那个项目的一些证明，涉及农业、楼盘、酒店以及配套建设什么的，五花八门。

看到黄玉发有点怀疑的神情，万长兴挥了下手臂："放心，我有这个实力做！"喝了一口茶，说，"西港特区工程，是柬埔寨自贸区最大的项目，需要资金 5 亿到 10 亿元人民币。"

"万董事长是要我投资吗？"黄玉发问。

万长兴摆了摆手:"我是这个项目的执行总裁,已经和柬埔寨自贸区方面谈好,通过联合发行数字货币的形式投资,然后引导中国的消费者去消费。"他一副踌躇满志的样子,"我看你那个茶叶积分系统做得不错,又是做数字货币交易的,就有劳黄总帮帮忙,设计一下这个数字货币系统,相关的费用嘛,好说。"

"这个数字货币叫什么?"

"有个叫以太坊的币,我这个就叫亚泰坊。"

"亚泰坊后面要不要加个币字,这样更明了些?"

"不要,不要,还是低调些。如果加个币字,会树大招风,引起别人的误解,就叫亚泰坊。这个系统建成后,就在黄总的交易所上线,有财大家一起发嘛。"

万长兴让黄玉发设计一个"亚泰坊"的LOGO,并根据他提供的资料写一个文案,用技术手段生成一个币,另外再做一个会员系统。

黄玉发不懂平台设计,就想起了张小天。

茶过三道,黄玉发切入了正题。

"张总啊,有个财想不想发?"

"黄总说笑话呢,开公司哪个不想发财?"

黄玉发往前凑了一下身子:"我有个朋友想做一个会员之间有推荐关系的系统,叫亚泰坊平台。"

"不就是和你那个茶叶系统差不多嘛。"张小天漫不经心地说了句。

"不一样。这个系统可以注册会员,会员之间有推荐关系,注册会员花钱买币,通过推荐会员可以获得收益。同时,这个币本身的升值也可以获得收益。怎么样,接单吗?"

这个小单子赚不了几个钱,张小天满脑子是跨境电商的事。

黄玉发知道张小天的心思:"我这个朋友可是个大老板,生意做得很大。在我这里,两笔就买了1000万元的茶叶。你和他接上了，让他给你的跨境电商项目投资啊，这点钱对他来说毛毛雨啦。"

听黄玉发这么一点拨，张小天似乎看到了一线曙光。

他问这个平台的初步框架。

黄玉发说："这个平台共有两种注册模式。一种是会员A将一个链接发给会员B，会员B就可以用他的手机号码来注册账号；另一种是会员也可以直接在平台上自由注册、购买亚泰坊币，系统会按照一定的比例来释放亚泰坊币，释放出的亚泰坊币可以拿到外盘的环太网出售。"

张小天想了一下，说："这个平台可以做。"

"报价是多少?"

张小天考虑到要让这位财神爷投资他的跨境电商项目，不想多赚，就随口说了句："20万元吧。"

这个黄玉发在生意场上闯荡了多少年，见惯了风风雨雨。他隐隐约约感觉到万长兴建立这个"亚泰坊"有圈钱的企图，但是不能点破了，这是生意场上的规矩。对他来说，管它东南西北风，只要刮来钞票就行。

出来后，黄玉发拨通万长兴的手机，报价40万元。

喝口茶，他就净赚20万元。

几天后，万长兴派了一个人过来，具体洽谈"亚泰坊"平台项目的功能设计。

黄玉发介绍给张小天后，就借故溜走了。他狡猾得很，不想介入太深，怕日后说不清楚。

这个平台，就相当于建一个网站，可以给会员管理币，有注册功能，币可以冻结、解冻。A分享给B，A可以获得一定比例的奖励，以此类推，层层级级不封底。

张小天是做平台系统的，听了来人对"亚泰坊"平台的设计要求，他一眼就看出其中的猫儿腻。

万长兴要求这个系统可以在不同会员账号后面输入数字，但是必须由"亚泰坊"的管理员来输入。也就是说，万长兴想输入多少就是多少。

虽然亚泰坊币的冻结、解冻都可以用这个平台来操作，如果要卖出的话，只能在外盘，也就是由环太平洋数字货币交易平台卖出，但是账号却由万长兴控制着。外盘上每天亚泰坊币"行情"的变动，其实都是万长兴在后台玩的数字游戏。

换句话说，若痴若狂的投资者，层层级级拉人头，其实就是花钱买了"亚泰坊"平台上根本不能实际落地的数字，所谓的"亚泰坊币"就是看不见摸不着的"空气币"，投资人买币的钱，全部进了万长兴的腰包。

张小天一开始并不想接这笔烫手的生意。但是，他又惦记着万长兴能来投资，就让公司的股东高润生以 10 万元的价格，转包给河南的一家科技公司。他也不想介入太深。

但是接下来，他终究抵挡不住万长兴的诱惑，逐渐陷了进去。

成都的闹市区一家豪华茶楼包间。窗外，霓虹闪烁，车水马龙。

"放心！1000 万元的款项过几天就到账了。"万长兴肥腯腯的手指点了下感应开关，亮闪闪的茶炉立马轻快地哼唱起来。

"谢谢万董事长！"张小天连忙拱了拱双手。

万长兴拍了一下张小天的肩头："你老弟年轻，有闯劲，更有眼力。我看好你这个跨境电商项目，有市场前景，要好好运作。上线后我会组织一些亚泰坊的会员过来消费，怎么样？"

"那就太好了！有万董事长出面撑台子，跨境电商的台面一定很旺啊。"

水开了，万长兴熟练地温壶洗杯，抒了一小块古树普洱，泡上。

"我希望亚泰坊平台今后在数字货币市场上有较大的影响力，能够出更多的钱，大家共赢嘛！"斟上茶，万长兴又说，"到时候，你的事业会比现在精彩很多。"

"我张小天是个懂规矩的人。以后，亚泰坊就是我的码头，云天未来公司就是您的港湾，我一定会向您提供最好的技术支撑。"

万长兴一竖大拇指："谢老弟了！那笔钱到账后，你查一下，我会多打 10 万元，是给你的辛苦费。"喝了一口茶，他那双狡黠的眼睛看着张小天，"那么亚泰坊平台内盘的风险控制和外盘护盘的事，就请老弟日后多费心了。"

张小天赶忙表态："请万董事长放心，我张小天乱江湖不乱码头，跟您合作是真心诚意的。盘面上的事儿，需要我怎么做，您吱一声，我立马给您办得妥妥的。"

"过几天，我会给你一个亚泰坊账本，你按照账本上的要求做就是了。"

两个人心照不宣，以茶代酒，干了。

其实，老谋深算的万长兴对谁都不信任。他精心缔造的这个"亚泰坊"帝国，必须牢牢地抓在自己的手上。他也知道，这个帝国大厦迟早会坍塌，而导火索就是"亚泰坊"平台崩盘。因此，一定要把盘面做好看了，稳住那些会员。

他自己手下的那些人做做宣传推广、组织境外路演还可以，对建平台、做维护那些技术层面的事可不在行。况且，他也不想让他们过多知道"亚泰坊"系统后台上的那些秘密。

他通过给跨境电商平台投资拴牢张小天，就是想让张小天这个行内精英，死心塌地地替他控制平台的风险和外盘护盘，按照他的意思操纵"亚泰坊币"在外盘上的所谓价格，稳定"亚泰坊币"的虚假价值。

另外，老奸巨猾的万长兴还留了个心眼，就是日后万一东窗事发，他也多了个垫背的。

几天后，万长兴连合同都没有签，就打给张小天 1010 万元。

精明的万长兴知道，抛出眼前的 1000 万元，日后能给他换来几个亿的身价。值！

万长兴这个老江湖就是一个布局人，而张小天则昏昏然成了万长兴下的这盘棋中的一枚棋子。

平台建成后，短短的三个月，"亚泰坊"的会员账号就急剧飙升到40余万个，共计108个层级。

万长兴犯罪团伙疯狂吸金6.3亿元。

深圳云天未来科技有限公司原来有5个股东，后来走了一个，还有一个正在办理股权变更手续，基本上不参与公司的事务。剩下的3个股东，分别是张小天、郑新民和高润生。张小天占股最多，是公司的法人代表、总经理。张小天的表弟郑新民占股第二，自然就是副总经理了。

郑新民有操作股票的经验，张小天就把"亚泰坊"日常的护盘工作交给他具体负责。

2018年2月，亚泰坊平台注册出现问题，有时候登录不上。

万长兴立即派了手下的人来到深圳。

而此时，张小天从电视上看到某地公安机关办了"善心汇"的案子，抓了上百人。

"善心汇"和"亚泰坊"的性质差不多，张小天有点担心，就提醒来人不要注册这么多，这样会出事的。

公司股东高润生也说，他有个做"善心汇"的朋友，坐飞机查验身份证时，被公安机关带走了。

而万长兴的那个手下却满不在乎，说这事万董事长知道，那个"善心汇"太高调了，出事了还组织人去政府闹，不被抓才怪呢。

张小天预感情况不妙，得赶紧抽身躲到后台。

之后的一天，张小天跟郑新民和高润生讲，他自己名下，有好几个公司在税务上出了点状况，为了不影响"云天未来"正常运转，需要变更一下公司手续，让郑新民做法人代表，公司的股份比例不变，他还是实际上的负责人。

　　就这样，郑新民稀里糊涂地当上了公司的法人代表，名义上的总经理。

　　到了5月中旬，郑新民突然登不上"亚泰坊"的账号，而且有公告说禁止"亚泰坊币"交易了，就打电话给万长兴手下那个联系人。对方说不用操作了。

　　张小天分析万长兴那边出事了，整天提心吊胆，惶恐不安。

　　6月12日上午，正在外面谈生意的张小天，接到郑新民的电话，告诉他，公司来了几位湖南省桃江县公安局的民警，说高润生涉嫌一宗案子，把人带走了。

　　张小天问是什么案子，郑新民说还不太清楚，可能是他自己犯的事儿。

　　张小天稍微放下了心。

　　可是到了晚上11点左右，郑新民在自己的住处，也被江苏省盐城市公安局的警察带走了。

　　公司的两个股东分别被两个地方的公安机关带走，张小天知道大事不好，如坐针毡，寝食难安。

　　他连夜和老婆商量，决定到对面的香港暂避几日，躲过风头。

　　第二天一早，张小天和公司的人通了个电话，说要去北京联系跨境电商的事，就从蛇口港坐摆渡船来到香港，开始了境外的逃亡生活。

流浪东南亚

　　香港的九龙半岛尖沙咀。夕阳下的港湾，波光粼粼。远处，一艘艘海轮拉响汽笛，沿着狭长的水道进进出出。港湾中央，系着浮筒的散货船正在往驳船上卸货，起货机发出一阵阵声响。几只往大船上卖食品的小舢板在浪中颠簸着。

　　金域假日酒店里，张小天站在客房的落地窗前，看着繁忙的维多利亚港，长长地松了一口气。

想想被公安机关带走的高润生和郑民新，他暗自庆幸，如果当初不及时变更公司的法人，这时自己应该蹲在牢房里。

这时，他才真切感受到自由的珍贵。

但是没过多久，他的心里又像海湾里泛着浪花的海水，起伏不定了。

自己匆忙逃出来了，公司和家里的情况怎样？高润生和郑新民向公安机关说了什么没有……张小天想到了当初的牵线人黄玉发，他有没有受到牵连？

他刷了下微信朋友圈，看到黄玉发还在悠闲地晒着照片。

张小天随即发了一条微信："亚泰坊"出事了，公安机关正在抓人。

"嘀"，手机响了一下。

一看，黄玉发油光发亮的脑袋旁跳出一行字：张总，你没事吧？

张小天回复：我已经躲到香港了。他发了一个郁闷的表情包。

油光发亮的脑袋旁又跳出一行字：我也在香港，一会儿过来碰头。

张小天又发了一条：走得匆忙，请带点现金过来。

黄玉发回了一个"OK"的图标。

半小时后，一身休闲装的黄玉发过来了，手里拎了一个黑色塑料袋。

"有没有搞错，万长兴搞的那个'亚泰坊'真的出事了？"

"他那个平台究竟是怎么回事，你黄总应该比我还清楚啊。"张小天没好气地回了声。

"不急，不急嘛！走，先找个地方坐下来，我们边吃边聊。"黄玉发拉着张小天出了酒店，左转就来到弥敦道上的一家西餐馆。

两个人找了一个临街的位置坐下。

黄玉发点了几道菜，开了一瓶白兰地。

张小天满肚子心事，侧身看着窗外熙熙攘攘的人流。

弥敦道连接着旺角与尖沙咀两个主要商业区，是香港最著名的街道之一，南至梳士巴利道，北接长沙湾道，经过佐敦及油麻地一带。高高的棕榈树下，有许多扛着大包小包的内地游客。

黄玉发往张小天的方杯里倒上浅浅的酒，自己也倒了一点："为张总压惊，干了！"

张小天没有吱声，端起杯子意思了一下，又放下。

"唉！饭总归要吃的嘛。"黄玉发往嘴里塞了块熏鱼，放下叉子，"我有个朋友路子很广，官场上的熟人多，回头请他一下，看看能不能搞定这件事。"

张小天问："你这位朋友是干什么的？"

黄玉发用餐巾擦了下嘴，神神秘秘地说："这个人姓朱，是我生意上的朋友，有大背景呢。"

"他能摆平这事？"

"没问题呀！"黄玉发捻了捻手指，"就是要花点钱啦。"

"需要多少？"

黄玉发凑了下身子："这事不小，几个地方的公安都抓，怎么说也要有个一两百万吧。"

"这……让我想想。"

"还想什么想喔，公安很快就会抓你的，你就是跑到国外都没用的，要抓紧啊！"

"我走得急，身上只有几张信用卡。"

"那就问你老婆要啦！"说着，黄玉发把身边的黑塑料袋扔给他，"我给你准备了 3 万港币，先拿着用。"

都到这个份儿上了，张小天也没有别的办法。这事总得解决，他不能一直就躲在外面不回去。他看看黄玉发的做派，也不像是骗他，就答应了。但是他一下子也拿不出这么多钱，提出分期打款。

黄玉发究竟有没有骗张小天，只有黄玉发自己知道。他为什么这么轻松悠然，因为他自己心里有底。他和万长兴只是茶叶上的合法生意，"环太网"交易平台也只是收交易费，"亚泰坊"系统又不是他建的。出租房子的只管收房租，房客出了事与房主何干？至多被公安叫去问个话而已。

第二天，张小天让老婆来了趟香港，具体商议了一下，就让老婆回去先凑了 40 万元打到姓朱的账号上，他在香港等消息。

待了 7 天，他的港澳通行证在港期限到了，又不敢回去，只好乘气垫船来到澳门。

他深信，这事，黄玉发一定会帮他。

澳门北与广东的珠海市隔海相望，东邻香港，是个弹丸小岛，塞满了高低不齐、新旧不一的建筑物，非常拥挤，让人喘不过气来。

张小天在大三巴附近的老街区找了家酒店住下。

由于走得匆忙，他连换洗的衣服都没有带。出来买了几件内衣裤，顺路在一家日本料理店吃了几块寿司，他又回到房间。

忐忑不安的张小天开始联系黄玉发，问那个姓朱的朋友的情况。

黄玉发让他等等，那边正在托关系找人，应该会有回话的。黄玉发还告诉他，姓朱的朋友托关系查到，张小天已经被警方上网追逃了。

被警方追逃，意味着警方已经掌握了他犯罪的证据，这使他更加沮丧，便把希望全部寄托到那个神通广大的姓朱的身上。

咬咬牙，他又托人打了 60 万元给姓朱的。

张小天躺在床上辗转反侧。

窗外，霓虹闪烁的夜景亦真亦幻。密集的楼宇间，矗立着一座鸟笼似的建筑物，顶尖上的霓虹灯像一只眨巴着眼睛的怪物。他知道那个怪物就是澳门的标志性建筑物之一，著名的葡京娱乐场。

　　虽然已经是深夜，但这座小岛仍然沸腾着。

　　澳门人把赌博称为"幸运博彩"。他突然有了一个很荒诞的念头，到赌场去碰碰运气。

　　起身下楼，张小天逛到苏亚利斯博士大马路一座圆柱形建筑前。

　　驻足片刻后，他刻意绕过张着血盆大口的老虎嘴正门，从左侧的边门进入了赌场。

　　葡京赌场，被称为"东方的蒙爱卡罗"，和"大三巴牌坊""官也街"一样，是这座小岛上不收门票的旅游观光点。不过，游客到这里来，大多不是为了观光，而是来寻求刺激的。

　　张小天进了金碧辉煌的大厅，立即被服务生引到了散客区。

　　俄罗斯轮盘、二十四点赌台、角子机，处处围聚着人。

　　他往角子机里投了几枚硬币。

　　"丁零零……"随着一阵悦耳的响声，角子机"哗啦啦"吐出了一串亮闪闪的钱币。

　　手气不错，好运来了。他满心欢喜地从服务生的托盘上取了杯咖啡，又逛进贵宾区看了看，随后到筹码处兑换了一些筹码，开始下注。

　　一开始他赢了一些，可赌到最后，却把黄玉发留给他的 3 万港币输了个精光。

　　人背时，放屁都打脚后跟。好运气没撞到，百般无聊的张小天又回到了酒店。

　　潮涨潮落。张小天在澳门的 7 天期限又到了。

　　香港的消费高，酒店房费一天要 1000 元左右，不能去香港了。他在百度上查了一下，泰国的房费要比澳门稍低一些，一天 400 元左右，而且去泰国不需要回到国内签证，飞到泰国落地签。

　　就这样，张小天像个无家可归的浪子，又漂流到了泰国的素万那普机场。

落地后，张小天打了台车来到曼谷市区。

曼谷是泰国最大的城市，也是世界上拥有佛寺最多的城市。看到路边披着紫红色衣袍的和尚，他陡生出家的念头，渴望在寺庙中禅修拜佛，寻求心灵的净化。

但是他知道，这座具有巨大包容性的城市，这座永远不会让人觉得无趣的城市，是不会收留他的。这里的古老与繁华、神秘和刺激、美味与夜生活，统统不属于他。他就是一个被中国警方上网通缉的逃犯，15天的签证期一到，不得不像一叶浮萍，离开泰国继续流浪。

在这个纸醉金迷的国度里，张小天没有熟人和朋友，语言不通，满目生疏，有的只是孤独和无奈。

他整天窝在酒店里，除了和黄玉发、自己的老婆联系，就是看电视上的中文频道，或者在手机上看看电影。

那个姓朱的收了钱之后，一直没有确切的消息，总是让他再等等，再等等。

日起日落。张小天15天的签证期到了。

他只好拎着空空的行囊，又漂回澳门。

一下飞机，张小天就联系黄玉发。

第二天，黄玉发来到澳门。

张小天问："那个姓朱的到底靠不靠谱？"

黄玉发轻轻松松地回答道："没事的啦，人家已经找到一个关系很硬的人，估计很快就能搞定！"他让张小天再打些钱过去。

吃了一顿饭后，黄玉发就匆匆离岛。

张小天将信将疑，只好继续等待。

这次，张小天在澳门只逗留了两三天。因为此时的他，已经嫌澳门的消费水平高了，就再次飞到泰国。

身上的钱花得差不多了，张小天又临时申请了信用卡的额度。他跑到寺庙里烧香，幻想着会有贵人搭救他。

昼夜更替。一晃，15 天的期限又到了。

去哪儿呢？

澳门酒店的房价贵，就餐消费也高，不能再去了。

他在手机上查了一下，柬埔寨也是落地签证，而且当地的酒店价格不高，两三百元一天。

他于是流浪到柬埔寨。

一出金边波成东国际机场，张小天就有点失望。

他感觉这个机场太小。低矮狭小的候机大厅内部结构很简单，出港一个口，进港一个口，不像万长兴吹嘘的那样繁华。大厅里仅有的几家快餐店食品的价格都很贵，居然连免费饮用水都找不到。

他囊中羞涩，舍不得花钱买瓶矿泉水喝，就走进一家餐饮店，讨了一杯水。

打听了一下，机场离市区大约有 8 公里的距离，出租车的价格是 15 美元，突突车（机动三轮车）是 10 美元，他不想多花那 5 美元，就爬上一辆铁皮突突车。

一路上不时堵车，突突车在车辆的夹缝中穿行。

消声器轰鸣，污浊的尾气把他呛得几乎要窒息。

好不容易到了金边的南郊。饥肠辘辘，张小天付了车费，就在路边的小吃摊点了一份炒饭。太咸，而且有种怪怪的味道。

没办法，他只好就着凉茶填饱了肚子。

柬埔寨位于中南半岛的山岳丛林地带，是块碟状的盆地，首都金边，坐落在湄公河与洞里萨湖之间的三角洲地带。受暹罗湾与印度洋高气压的影响，柬埔寨的气候十分湿热。

热带丛林的雨季快要到了。这里太阳高照，非常闷热。

张小天浑身上下黏糊糊的，发出一阵阵酸臭味。

望着树荫下悠闲自得的小贩，他心中一股失落感油然而生。

一个月前，他还是一位开宝马、穿名牌，出入豪华酒店的老总。那时候的他，喝的是红酒、咖啡，吃的是山珍海味，可不是这难以下咽的糙饭，想不到自己现在被警方通缉，流浪于东南亚，落魄到连个街头小贩都不如的境地。

回去吧，等待他的是铁窗大狱。不回去吧，这颠沛流离的日子何时是个头？

张小天在金边郊区找了家便宜的小旅馆住下。

他又与黄玉发联系。黄玉发让他耐心一点，说姓朱的朋友已经找到一个人，答应先把高润生捞出来，江苏这边的事正在联系。

他稍稍放宽心了些，坐等着那个姓朱的好消息。

经营这家小旅馆的，是一对缠着头巾的高棉族老龄夫妇，眼眶黑黑的，面无表情。旅馆一共就十来间客房，也没有什么生意。而且蚊虫多，卫生条件差。楼板像被烟火熏过似的，黑魆魆的，还时不时爬出一两只说不出名字的毛毛虫，看着瘆得慌。窄小的房间里，连个电视机都没有，无线网更不用谈了，要吃饭还得跑到外面的小吃摊去。

张小天站在窗口，数着雨点打到芭蕉叶上的声音，百无聊赖，那种莫名的惆怅和沮丧又涌上了心头……总不能就这么孤零零地困在这个破旧不堪的小旅馆里，得想想办法，哪怕是找个中国人说说话也好。

记得万长兴说过，柬埔寨那里的自贸区很红火，有很多中国人在那里做事，还带过人去柬埔寨考察旅游，说旅游团当时住的自贸区的五星级大酒店都是他的。不如到那里躲上一阵子。

怀揣着新的希望，他开始四处打听。

据说金边波成东国际机场旁边有个大的经济贸易区，他坐着突突车来到那里。

一打听，那里根本没有什么豪华酒店，也不知道有个叫万长兴的大佬。他估计是万长兴为了圈钱而忽悠人的。

在柬埔寨的 15 天签证期很快就到了，百般无奈的张小天只能又飞回泰国。

日子就这么在提心吊胆中一天天过去。

张小天仍然满怀期望，就在泰国和柬埔寨两国之间飞来飞去，在哪个国家签证期满了，就去另外一个国家。他成了两国机场的常客，身上带的四张信用卡，透支了20多万元。

他仍心存幻想，等待着佳音……

5月23日，张小天又流浪到柬埔寨。金边的郊外雾气笼罩，车少人稀。

他发微信给黄玉发：那事咋样了？

黄玉发回复：朱先生已经托关系找了当地的一位大官，正在协调。

张小天：那个大官叫什么名字？

黄玉发回复了一个名字，随后还发来他和姓朱的微信聊天截屏。

张小天立即上网百度了一下，当地根本没有这么一个大官。

再联系黄玉发，没有回音了。

他这才意识到自己受骗了。

既然没指望了，张小天反而平静了下来。

他辛辛苦苦地帮着万长兴维护那个"亚泰坊"平台，整了一溜十三遭的（东北话），不能什么都没捞着。他横下一条心，与其回国蹲大狱，还得把钱全部吐出来，不如就这么在境外耗着，找找关系办个假护照，就在东南亚找个事做做，先稳住了。中国警方在国外没有执法权，就是撞上了，也拿他没办法。泰国那边的华人多，想办法滞留下来。

第二天，他便买了张飞往泰国的机票。

可是他一到曼谷的素万那普国际机场，就出状况了！

在入境口岸通道口，一位大腹便便的泰国移民局警察看了张小天的护照后，又在电脑上捣鼓了几下，傲慢地告诉他：你近期有频繁出入泰国的记录，不是正常游客，不能入境。

随后他就被暂扣了护照，带到机场过境等候区一间小房间里。

狭小的房子里，张小天和七八个不同肤色的外国人关押在一起，只供应简单的盒饭，也没有人找他问话。

一直到第二天傍晚，进来两位挂着胸牌的泰国官员，问他是想回中国，还是被遣返回柬埔寨。

他想了一下，说回柬埔寨。

泰国官员耸了耸肩头，摇摇头，走了。

就像一个国际乞丐，张小天在那里熬了一天一夜后，一位移民局的警察让他掏钱，买了一张原航班的机票，把他打发回柬埔寨。他的护照也由航班机组人员带给柬方移民局。

到达金边波成东国际机场后，张小天随即被柬埔寨移民局的警察关进一间小屋子里。

不到十平方米的小屋弥漫着一股臊味，没有窗户，墙壁上涂鸦着几行豆芽似的文字，就几张破旧的塑料椅和一张脏兮兮的桌子，灯光暗暗的。

张小天的手机和随身物品都被没收了，一个人孤零零地坐在破椅子上……

金边，紧张的一小时劝返

飞机在云海中穿行，强大的气流让庞大的机身有些颠簸。

高尚推开舷窗，外面一片漆黑。他的心在跌宕起伏着，从峰谷到峰底。

由于司法制度上的差异，跨国合作办案，向来就是国际上的一大难题。境外追逃工作情况多变，需要随时调整工作方案，应对突发的情况。

原计划是在曼谷规劝张小天的，可风云突变，"猎狐"行动小组没能与张小天碰上面，规劝也就无从谈起。而且，他们从泰国警方那里得到一个信息，张小天不愿意回国投案自首。

出发前，支队领导交代：境外作战，安全第一，团队协作，一定要以我为主，沉着应对。

高尚理解，所谓以我为主，就是要密切与外国警方的沟通和交流，以我方的思想来引导外国警务人员，力求在较短的时间内形成共识，积极配合我方顺利完成境外追逃工作。同时，要善于摸准不同在逃犯罪嫌疑人的心理，通过耐心细致的规劝，让犯罪嫌疑人彻底丢掉幻想，认识到回国归案才是唯一出路。

干了几十年警察的父亲也叮嘱过他：国际警务合作无小事，在国外期间，所有警务活动都要细而又细，不能有半点马虎。既要确保犯罪嫌疑人的押解安全，更要注意展现中国警务人员的过硬素质和良好形象。全家期盼你凯旋。

可是，即将抵达的柬埔寨，等待自己的又将是什么呢？

北京时间 5 月 25 日晚上 10 点 50 分，客机稳稳地降落在柬埔寨金边波成东国际机场跑道。

一出通道口，高尚他们就见到一位身材精干的柬埔寨官员。他是中国公安部"猎狐"办公室协调的柬方联络官员。

"欢迎来到柬埔寨，你们辛苦了！"这位官员操着一口流利的中国话，微笑着和高尚他们握手。

"谢谢！"高尚的心里顿时踏实了许多。

没有省厅和公安部的大力协助，张小天这只行踪不定的"狐狸"真是很难捕捉到踪影。

随后，这位官员告诉他们："你们要找的人，目前已被我们控制在机场。中国方面已经紧急协调了东方航空公司的班机在等候，你们要在一小时内做通他的工作，搭乘这架班机回国。否则的话，会很麻烦的。"

他还特别叮嘱了一句：柬埔寨零点实行宵禁，到时候所有飞机将被禁止起飞。

一个小时！

落地需要办理签证等一系列手续，还要对犯罪嫌疑人进行耐心规劝、购买回国机票，等等。时间异常紧迫。

高尚率"猎狐"行动小组进关后，立即与犯罪嫌疑人张小天见面，进行规劝。

机场移民局办公室，头发蓬乱、一脸倦容的张小天被柬移民局警察带了过来，颓然坐下，肩膀耷拉着，双臂垂在叉开的两腿之间。

高尚、沈为志和陈星星坐在他的对面，目光对峙着。

僵持了片刻，张小天明知故问："你们是……"

"我们是中国江苏盐城警察。"高尚不慌不忙地出示了证件。

"想拘捕我？对不起，这里不是中国，是柬埔寨，你们没有这个权力。"

"我们不是抓你，是来给你指一条正确的路走，劝你的。"沈为志语气轻缓地说道。

"劝我？告诉你们，没有什么好劝的，我在泰国就说过了，不回国。"张小天的口气十分坚决。

顿时，办公室里的空气仿佛被冻结了，一阵寂静。

张小天这种态度，他们早就预料到了。

不急，按照事先设计的劝说策略，一点一点攻心，逐步化解他的心结。

高尚站起身，朝陈星星使了个眼色，然后转身走出办公室。

陈星星走到张小天跟前，递了一支烟，点上，随后说了句："我不知道你是真的很有底气呢，还是很有城府？"

张小天抬眼看了他一下，想说什么，但是立刻又低下了脑袋。

陈星星继续说道："你涉嫌一起网络传销案件。我们也知道你并不是这个传销团伙的主要骨干，仅仅是负责技术的，另外那些人都已经到案了，你就这么躲着，值得吗？"

张小天吸了一口烟，仰面吐出一个烟圈，随后又挥手把烟圈搅散，歪着脑袋说了句："一个人只要明白为什么而活，就可以忍受任何一种生活。"

"这句话是尼采说的吧？"一直坐着的沈为志冷笑了一下，"但是你用错地方了！你靠透支信用卡，这个国家待几日，签证到期了，又要到另一个国家躲上几天，颠沛流离，像个国际盲流，究竟能躲到哪一天？难道真的想逃亡一辈子？你的家庭和妻儿怎么办？"

这句话戳到了张小天的痛处。

但是他依然嘴硬："谢谢你们的好意，几位就别再费口舌了，就是说破了天也没有用，反正我是不会跟你们回去的。"

外面大厅里的旅客渐渐稀少，电子钟显示屏上的数字跳动着。

转眼间，十几分钟又过去了……

高尚泡了一碗方便面，又加了卤蛋火腿肠，端了进来。

"你先别急于拒绝我们的好意。在小屋子里待了那么长时间了，肚子也饿了。来，先吃了这碗泡面再说。我们有的是时间，慢慢聊。"

高尚和张小天打起了心理战。

你张小天以为我们要赶在宵禁前离开，那我就摆出一副打持久战的阵势，看谁耗得过谁？

其实，他的心里非常着急。刚才机场那边通知他，为了等他们，航班已经推迟起飞了。

他一方面感受到国家的强大，他们不是孤军作战；另一方面他也怀着深深的歉意，那一百多位乘客都在出港通道候着呢。如果到了宵禁的时间，那麻烦就大了。

他暗暗下定决心，就是困难再大，也要规劝张小天回国。

看着张小天狼吞虎咽地吃完了泡面，高尚不紧不慢地说："我和你的年龄差不多大，都是上有老下有小的，家庭的担子很重啊。都说钱是男人的脊梁骨，没有钱，什么也不是。但是要取之有道，通过自己合法经营来体现那份担当和责任。你还年轻，还会有创业的机会。"

张小天抹了下嘴，低下头，沉默不语。

高尚知道他的思想已经开始动摇，随后就再给他升升温："你总不能长期在境外漂泊，四处流浪吧？想想那些被传销团伙伤害的人，有的倾家荡产，有的妻离子散。你也是有家室的人，你就忍心这样？你早一天跟我们回去，把事说清楚了，承担应有的法律责任，才能早一天开始新的生活。同时也能帮助我们尽量挽回受害者的损失，拯救那些破散的家庭。"

张小天嘀咕了一句："那些人傻，发疯似的拉人买币，拦都拦不住。要怪就怪那个万长兴。"说到这里，他抬起了头，"我还被骗了呢，其实我也是受害者。"

他接着说了那个姓朱的事情。

陈星星厉声告诉他："中国是个法治国家，公安机关依法办案，想花钱找人帮你逃避罪责，简直是痴人说梦。你如果还不清醒，继续在外流浪，怎能得到法律的保护？"

高尚接着道："你就别执迷不悟了。告诉你，你的护照即将被注销。如果继续留在柬埔寨，那就是非法居留，最终还是要被遣返的，到时候你就是想后悔都没机会了。现在就跟我们回去，如实交代你的罪行，才是你唯一的选择！"

听到这里，张小天恍然大悟：国外并不是逃避法律惩处的天堂。

人生如茶，甘苦自知。张小天满肚子苦水，这将近两个月的逃亡生活，人不人鬼不鬼的，没有睡过一次安稳觉，还被驱来赶去，就像一棵无根的草，飘来荡去，凄凉度日。本想托朋友找关系帮自己一把，结果被骗了100多万元。自己的老婆和一岁的孩子还在深圳，就这么跑路了，他们怎么办？苦心经营的公司怎么办？那个即将上线运行的跨境电商项目怎么办……

唉！脚上的泡是自己走出来的，能怪谁呢？还真是应了那句老话：早知今日，何必当初。

经过激烈的思想斗争，张小天最终同意跟他们回国投案。

离宵禁的时间不到半小时了。

"猎狐"行动小组与柬埔寨移民局官员紧急办理了交接手续。

中国警察的专业素养，让柬埔寨方面特别钦佩。他们积极配合，几位机场工作人员一路小跑，帮助办理购票、登机手续……

那架东方航空公司飞往中国上海的飞机，静静地停靠在停机坪上。机上大部分旅客是国内旅行团的游客。

有几位旅客询问飞机什么时候才能起飞。

空中小姐面带微笑地回答："因为天气原因，飞机稍后起飞。"

最后一排座位依偎着一对新婚夫妇，头靠着头，正在翻看手机上的照片。

空中小姐款款走过来，笑容可掬地对他们说："恭喜你们，二位被升到头等舱了！"

"什么，我们被升舱了？"

"没错，就是你们二位，请过去享受美好的空中之旅吧！"空中小姐彬彬有礼地伸了下手臂。

这对新婚夫妇拎着随身行李，在众人羡慕的目光中，美滋滋地来到宽敞的头等舱。

几分钟后，4位男性旅客依次进了机舱，中间一位双手搭着一件外套。他们走过狭长的通道，坐到那对新婚夫妇原来的最后一排座椅上。

满舱的乘客当然不知道，他们是盐城警方的"猎狐"行动小组成员和被押解的犯罪嫌疑人张小天。

晚11点50分，飞机腾空而起，直飞中国上海的浦东国际机场。

"猎狐"行动小组"三剑客"的三颗悬着的心终于放了下来。

飞机开始滑行，高尚给支队长孙志平发了条短信："胜利返回!"随后关闭了手机。

坐在中间的张小天，耷拉着脑袋，早已呼呼大睡了。

回国到案，对他来说是最好的归宿。惊魂流浪东南亚，他的心灵深处在懊悔。

张小天的人生有过成功，但是这种成功是基于他当初的守法经营，凭借自己的智慧和辛勤付出打拼来的。自从搭上了"亚泰坊"这只罪恶之船，他还没有来得及看清沿途的美丽风景便已错过，还没有好好珍惜就已经远去。这一切都源于他心底的贪婪和无视法律的威严，使他从一个原本受法律保护的自由人，最终触犯了法律，变成一个犯罪嫌疑人……

沈为志看了看张小天，脱下外套，轻轻盖在张小天的身上。

飞机在夜幕中飞行，发动机发出微微声响。

4个多小时后，高尚推上舷窗遮光板，天边出现一轮红日。

凯旋在黎明。5月26日凌晨5点45分，飞机平稳降落在上海浦东国际机场。

随后，"三剑客"押解着犯罪嫌疑人张小天登上警车，直驰盐城。

紧张的24小时，盐城警方"猎狐"行动小组的"三剑客"，以昂扬的斗志，饱满的激情，转战泰国、柬埔寨，凭着敢闯敢拼的精神和气概，以及坚持到底的恒心和决心，最终实现了峰回路转，成功地将张小天规劝，并安全押解至盐城，再次出色完成了境外追捕任务。他们用智慧和勇气，践行了"人民公安为人民"的庄严承诺，彰显了新时代的公安精神。

这次"猎狐"东南亚，无疑为壮丽绚烂的境外追逃画卷，又增添了精彩的一笔。

盐城警方表示：只要还有一个经济犯罪嫌疑人外逃，境外"猎狐行动"就不会停止，警方"猎狐"的精彩故事就一定会继续上演。

数据工匠夏琳

　　宁波，位于我国长三角经济区南翼。"海定则波宁"，这座魅力四射的港城，至今仍流传着一则"甬江斩妖"的故事：

　　很久以前，甬江中有一条蛟龙经常兴风作浪，淹没宁波城。一个叫黄晟的刺史，看到甬江泛滥，百姓流离失所，便跳入甬江与蛟龙搏杀了三天三夜，一直追到甬西的桃花渡，最后斩杀蛟龙，而黄晟也因此力竭而死。从此这里的百姓安享太平。

　　历史上确有黄晟（859—909）其人。他不仅修建了子城外周长达 18 里的罗城，还治理了甬江泛滥。当地老百姓便把他治理甬江的功德，用神话的形式口口相传。

　　在当下，则有一个现代版"网海擒魔"的故事广为传颂。

　　故事的主人公叫夏琳，一位貌不惊人的刑警。

"娃娃警"

平顶头，中等个头儿，体态略胖，皮肤稍黑，国字脸上笑呵呵的，给人一种敦实、谦逊的感觉；戴着一副眼镜，又平添了几分书卷气；高兴起来，还会哼上几句跑调的小曲儿。若不是那身警服，估计你都想不到他是个警察，还是一个屡建奇功的公安部特聘刑侦专家。

夏琳，浙江省宁波市公安局刑侦支队侵财性案件侦查大队副大队长、市反虚假信息欺诈中心负责人。弟兄们先后给他起过几个外号：导演、数据大神、空中飞人。

关于他的传奇，还得从他刚入警时说起。

2002 年 8 月的一天，浙江省宁波市公安局江东区分局刑警大队大队长许国平正在犯愁，队里几个刑侦骨干陆续被调走，人手紧张，快转不起来了。

他只好跑到政治处要人。

"家家人手紧张，都跟我要人，我也没有孙悟空那本事变几个给你啊。"政治处主任张光萍两手一摊，一脸的无奈。

"我的好大姐呀，都说刑侦是公安的尖刀，案子是靠人破的，没人拿不下案子，破不了案，我可担负不起！"许国平一屁股坐在沙发上，叼上烟，"今天说什么也要变几个人给我，要不然我就在'沙家浜'长期扎下去了！"

老大姐笑了："我也不是阿庆嫂，你乐意坐就坐着呗。"说完泡了一杯茶，递给这位全国优秀刑警，任凭他继续"诉苦"……

"报告！"

门口站着一位"两道拐"。

"进来。"张光萍戴上花镜，拿起桌上的新警报到花名册，"叫什么名？"

"夏琳。"

"夏琳?"许国平抬眼打量了一下"两道拐",嘀咕了句:"一个大男人,怎么起个女生的名字?"

"女生名怎么啦?"夏琳不服气地瞟了许国平一眼,嘟哝着,"名字是父母起的,父亲姓夏,奶奶姓林。我的'琳'字有个王旁。"

还真有点儿林中小老虎的霸气。

许国平问:"学的什么专业?"

"当然是刑侦了,我就是瞅着破案才报考警院的。"

口气够大的!好像他只要想当刑警就可以当了似的。

"侦探小说看多了吧?"

"不多。家里有一箱子。"

"那玩意儿看了上瘾,破案可不顶用。"

"我不那么认为。书是人写的,案子是人作的,最终也是人破的,我觉得这些书里面有思想、有智慧,可以帮助我们触发联想,拓展思维的空间。"

一套一套的。看来这小子不但嘴硬,想法也不一般,有点儿意思。

许国平来精神了。他又和夏琳聊了几句,问了一些刑侦方面的专业知识,发现他虽然长着一副娃娃脸,但是眉宇间透着一股子灵气,两只眼睛炯炯有神,回答问题思维敏捷,逻辑性很强,是块当刑警的料。

他扭头朝老大姐道:"这个'两道拐'对我的脾气,就是他了!"

"那可不行!你又不是不知道,局里规定新警都要下派出所的。"老大姐挺为难,东柳派出所所长早就打过招呼了:夏琳是在我们所实习的,是棵好苗子,毕业分配一定要回东柳所。

可夏琳早不来晚不来,偏偏在这个难缠的许国平要人的当口儿撞上了。怎么办?

"要不你去找局长说说，请他破个例？"老大姐妥协了。

"找就找，他还能把我吃了？"许国平一迈腿，闯进了局长办公室……

结果，夏琳被拦路"劫"了下来，成了刑侦老干探许国平的徒弟。

跟着师父参与侦办了几起案件，夏琳除了学习侦破的方式方法外，还感受到师父胸中那股打击邪恶的凛然正气，见识了师父匡扶正义、勇于担当的炽热胸怀。

他有了自己追赶的目标：要当就当师父这样的刑警！

名师出高徒。在老干探许国平的精心调教下，夏琳在案件侦查的锤炼中脱颖而出。

悟性，是开启刑警智慧的钥匙。分析案件通常是图表式的，各种线索逐一列表，大家凑到一起，分析其中的逻辑关系，简捷、直观。但是夏琳特别有悟性，对图表的理解不循规蹈矩，有时思维是开放式、跳跃式的，往往会针对某个不起眼的细节，静下心来慢慢琢磨，提出自己独到的想法。

辖区内发生了一起恶性绑架人质案。一个外地人因为债务纠纷，把一位宁波老板绑了，劫持到外地藏匿起来。被绑架者因为经营不善，欠了很多人的钱，一开始大家还以为他躲债玩"失踪"了。一个月后，犯罪嫌疑人切了这个老板一截手指寄给他的亲属，索要 600 万元。

心急如焚的家属这才报案了。

许国平怒不可遏，带着高徒夏琳等人，辗转上海、江苏、山东等地，一路排查到河南某地。当地警方看见一脸稚气的夏琳，有点儿信不过：也太嫩了点儿吧！

不料，这个"娃娃警"竟让外地同行刮目相看。

"那个犯罪嫌疑人应该不和人质在一起！"夏琳语出惊人。

"什么？不在一起，那他怎么可能挟持人质到处跑？"到底还是个嘴上没毛的嫩娃子，当地同行明显对他持怀疑态度。

"犯罪嫌疑人原本是个生意人，患有肝脏疾病，身体瘦弱；而被绑架者腰圆体阔，光靠一两个人很难控制。"夏琳根据这两个人的个体特点，做出了自己的判断，"犯罪嫌疑人应该是雇用了有黑社会性质的绑架团伙参与，而且极有可能人质被控制在另外一个地方。"

"依据你的判断是雇凶绑架，而且现在雇主已经失控了？"

"有这种可能。"

"那寄来的手指，你怎么解释？"

"这伙人手段残忍，行踪诡秘。从已经掌握的线索看，那截手指是犯罪嫌疑人从南京快递出来的，随后犯罪嫌疑人立即离开了南京。被切下的手指已经干枯，说明已有一段时间了。"

"这么长时间了，人质会不会已经被撕票？"

"从目前的情况看，人质应该是安全的。"夏琳不慌不忙，一一讲出他的分析，"经法医鉴定，手指是从活体上切下的，说明人质当时还活着。另外，从犯罪动机来分析，雇主和人质因高额债务纠纷交恶，而被雇者与人质之间并没有根本的矛盾，但是这些犯罪嫌疑人有一个共同目的，都是为了钱。因此，他们之间存在某种契约关系，雇主还没拿到钱，就不可能支付高额的'劳务费'，而被雇的那些人除因特殊情况，一般也不会撕票，反而会把人质藏匿起来，胁迫雇主拿钱。"

他心思缜密，从涉案人员之间的不同关系和已有的信息中，分析出这起当初的绑架案，已经演变成环环相扣的绑架案中的绑架案。

这个推断有点儿悬。当地同行依旧持怀疑态度。

可师父许国平却十分赞赏夏琳的分析。

根据这个思路，专案组仔细排摸，使这个犯罪团伙的人员结构渐渐浮出了水面，最终锁定人质被一群在嵩山少林寺练过拳脚的人挟持在许昌，当初组织绑架的雇主在郑州。与夏琳的判断一致。

在当地公安和武警的大力配合下，两地同时行动，成功解救出人质，那伙穷凶极恶的歹徒也悉数被送入了大牢。

夏琳因在这起案件侦破中发挥了重要作用，被授予个人三等功一次。参加工作才五个月就立功，全局第一例。

师父许国平开心了：这小子脑瓜子灵，给我长脸了，是块硬料。

血性，是刑警的本色。每次接到案子，夏琳就把全身每个毛孔都调动起来，仿佛猎人见到猎物一般的兴奋，死死盯着，不破不休。这种血性，既彰显着一名优秀刑警忠于职守的赤诚，更展现出一个热血男儿除恶斗邪的担当。

一年后，夏琳担任了大队的主侦民警。

搭档叫陈悦，是个辣妹子，两个人以"兄弟"相称。

那一年的岁末，华祥宾馆发生一起抢劫、强奸案，两名犯罪嫌疑人用捆绑、殴打的方式，胁迫一个女孩往一个卡上打入 800 元，然后又实施了强奸。

夏琳立即带着辣妹子展开侦查，发现两名犯罪嫌疑人都是使用假身份证入住宾馆，打入款的卡主是湖北的一名女性。通过取款监控，获取了其中一名嫌疑人的头像，经被害人确认，依据女性卡主的信息，关联出犯罪嫌疑人的真实身份。继续排查，得知两名嫌疑人当夜就乘火车离开了宁波。

"追！"夏琳和搭档立即上了火车，饥一顿饱一顿一路风尘来到武汉。

虽然掌握了嫌疑人的真实身份，但是嫌疑人到了武汉后，就像在人间蒸发了。挂网追逃是个无奈的办法。问题的严重性在于，这两个嫌疑人既然开了"戒"，极有可能继续作恶，必须尽快将其绳之以法。

刑事案件的侦破，要有一个合理的想象空间。如果单凭以往的经验来分析，有可能会走弯路。

夏琳开启了大脑联想，从这两个人复杂的社会关系网中，理出一条与本案看似并不关联的信息：一位同村人在孝感市的杨店乡承包了一个养鱼场，半年前曾找过人打工。

"会不会躲到养鱼场了？"夏琳试探着问。

"不可能。发案才三天，而且这两个人一直在外游荡，和那个村民并没有什么交往。"当地派出所民警认为夏琳的方向跑偏了。

可夏琳不那么认为。案子没有见底之前，一切皆有可能。据此，他排摸出犯罪嫌疑人就躲藏在这个养鱼场。

"不能让他们再跑了，今晚就抓捕！"夏琳请求当地警方支援。

时值隆冬，天寒地冻，天空飘起了雪花，朔风肆无忌惮地吹着。由于走得急，衣着单薄的夏琳和陈悦被冻得有些发抖。在当地警方配合下，他们深夜 1 点摸到一个偏僻的农舍。

"咣！"夏琳一脚踹开房门。

"不许动，警察！"夏琳和辣妹子一人扑住一个，两名犯罪嫌疑人从热被窝里被拎了出来。

连夜突审，夏琳从犯罪嫌疑人躲闪的目光中，捕捉到一丝恐慌。

再审，又挖出了另一起隐案。

四天五夜，行程 1800 多公里，这起抢劫、强奸案成功告破。

韧性，是破解刑案迷局的利刃。案件侦查走入死胡同是常有的事。面对每一次侦查困境，夏琳从不退却。在别人眼里看似办不下去的案件，到了他手中，往往又"起死回生"。他有两句自励的话：想别人想不到的办法，啃别人啃不动的悬案。

"重要警情通报：某酒吧门前发生聚众械斗案件，一死两重伤，请刑侦大队全体同志马上归队，立即赶赴现场开展侦查！"

各项工作有条不紊地进行。随着侦查工作快速推进，大部分涉案人员陆续被抓捕归案。

正当大家等着嫌疑人全部交代清楚，尽早收工时，审讯室里却传出了不乐观的消息。

几名犯罪嫌疑人虽然承认参加了械斗，但都不承认也不指认谁是主犯。一群街头混混儿，还挺讲"义气"的。

查不出主要犯罪嫌疑人怎么行？要知道，公安机关办案讲的是证据，一定要还原出案件的真相，而且每个细节都要明确到人。

调集最好的审讯高手，一天下来，案件仍无进展。这招不行，再从外围侦查突破。由于事发突然，场面混乱，现场虽然有目击者，但不清楚具体情况，案发时又正值深夜，调取的视频资料无法提供清晰画面。

破案陷入了僵局。

案发于繁华的闹市区，社会舆论关注，市政府、市局主要领导亲自过问，下令一定要迅速查清案情。

江东分局的领导想起了夏琳。他头脑灵活，分析案情经常出奇招，看来这块硬骨头又得交给他来啃了。

出差刚回来的夏琳接手了一锅"夹生饭"。虽然他喜欢啃骨头，但面对这么棘手的案件，他一时也想不出什么好办法。

不急，慢慢悟，总能找到办法。

理了发，洗完澡，夏琳回到办公室，把那锅"夹生饭"全部倒出来，重新淘洗，一粒粒过筛，用绣花的功夫，反复查看那几段模糊不清的视频，从一帧帧满是雪花的图像中辨别每一个细节，给每个人编号，画了一本连环画……

两天后的案情分析会上，夏琳给专案组的头头脑脑们排了一场"戏"。

"这是一张现场原始站位图，请大家按编号站好。"夏琳给每人发了一个号，指着投影屏幕开始"导演"。

又玩什么花样？大家一头雾水，但还是一个个按位站好。

"你们现在都是参与械斗的嫌疑人，这里是酒吧大门，这是人行道，这是路肩……"

这小子，办案怎么能像小孩过家家？大家还是满脸疑惑。

随后，夏琳按照投影屏幕上的示意图切换，直观、形象地进行了一场模拟推演对现场复原，成功推导出主要犯罪嫌疑人，又通过审讯等其他证据查清了案件事实，顺利完成了对嫌疑人的定责。

"定位排除法"，让夏琳在宁波刑侦圈内名声大振。他从此有了个外号"夏导"。

寒来暑往，燕去燕归。一晃，夏琳已经从警好几个年头了。他从刑事案件的现场一路走来，当初的青涩学警已成长为一名重案中队长、全国优秀人民警察，办公室的抽屉里塞了一摞奖章和获奖证书。

似箭的光阴，在他的娃娃脸上留下了一丝沧桑。

数据大神

纯粹是因为一次"偶然"，夏琳才闯入了电信网络的迷宫。

2009 年 8 月，是我国东部沿海的台风季，也是一年中最炎热的时候。一天午后，闷热的气团像只火盆笼罩着浙东大地，气温已经飙升到 38 摄氏度。宁波一条商业街上行人稀少，人们在躲着炙人的日头，只有树上的知了在一个劲儿地鸣叫。

经营洗衣店的安徽人刘根发，摇着一把芭蕉扇，无精打采地躺在店堂的竹躺椅上。盛夏时节，洗衣店生意不好，一天也就收几件衣服，但又不能把店门关了。他是个诚实人，若是有老主顾过来，得照应着，图个日后旺季哩。

手机响了。刘根发拿起手机眯眼一瞧，是个陌生座机号码，开头的区号显示为上海，估摸是上海生意上的朋友。

"哪一位？"

"是刘根发吗？"手机里传来一个男人的声音。

"是。你是哪位?"

"我是上海市公安局'803'。"

"什么'803'?"刘根发莫名其妙,就要挂掉电话。

那头发出了一个威严的声音:"'803'是上海市公安局刑侦总队的代号,这都不知道!我是吴警官。"

刘根发一听,蒙了。警察找我有什么事?

"我们正在侦办一起经济犯罪案件,发现你的银行账户涉案,你必须配合公安机关调查,否则就将你的账户资金作为涉案资金罚没!"这个"吴警官"的口气很强硬,容不得刘根发多想一下。

他吓得一骨碌爬起来。这个电话对他来说无疑是晴天霹雳。卡里那九万块可是自己劳作了两年才积攒的血汗钱,还打算挣到十万元就还给帮助他买房付款的亲戚,千万不能被罚没了。

在"吴警官"严厉的"审讯"下,老实巴交的刘根发就像得了魔怔似的,战战兢兢一一回答了"吴警官"的问话,如实倒出了账户内资金数量、账户名称、密码等信息,并配合"吴警官"乖乖地将账户内资金全部转移到他指定的一个"安全账户"。

一切办妥后,刘根发松了一口气:多亏了这位"吴警官",否则这辛辛苦苦挣的九万块钱就"充公"了,真得好好感谢人家。

入夏以来,辖区内治安状况有了季节性波动,街头寻衅滋事等一些夏季多发性案件有所抬头。

这天下午,夏琳拎着工作包,带着重案队的弟兄们正要外出摸排一起案件的嫌疑人。

驾车刚到大门口,一位汗流浃背的中年男子冲了进来。

夏琳立即刹住车:"找谁?"

"我……想……打听点儿事……"男子吞吞吐吐。

看他慌不择路的样子,夏琳知道:这个人有事!就把他请到办公室。

什么事?说吧。夏琳给这位男子倒了杯水。

"请问你们公安机关扣了钱，是不是该给我个收据啊？"

扣钱？收据？这都是哪儿跟哪儿啊！别着急，慢慢讲，到底怎么回事？

忐忑不安的男子于是讲了起来……

不料这一讲，竟讲出了一个惊天大案！

这个男子就是十几天前接到"上海803吴警官"电话的洗衣店小老板刘根发。他在转出银行账户的九万元后，就一直等"吴警官"的消息。可是一连几天音讯全无。他心事重重，整天愁眉苦脸。在老婆的一再逼问下，他才说出了事情的原委。

老婆急了，你这个猪脑子！公安局扣你的钱，没有条子吗？

他这才还过魂来，立即跑到江东公安分局打听。

听完当事人的陈述，夏琳第一反应就是完了，估计被骗了！他在网上、内部有关会议上看到、听说过此类新型骗局。

为了慎重起见，夏琳还是调取了当时的通话记录，并试图联系所谓的"上海警方"，结果当然是子虚乌有。

在今天看来，虽然这只是一起比较典型的电信网络诈骗犯罪案件，所用诈骗形式和方法也极其老套，但在当时还是一种刚出现的新型违法犯罪类型，别说很多受害群众，就连民警也未必都能准确分辨。

确定是诈骗案件后，立即立案。

"查！"已是副局长的许国平把报警材料扔回给夏琳。好钢还得多淬火。

夏琳从来没有接手过此类案件，一时还真找不到北。明知道犯罪嫌疑人正藏匿于网络背后数着大把的钱偷着乐呢，自己就是感到有劲儿使不上。

他满脸都是一个大写的问号。

带着这个问号，不服输的夏琳闯入了电信网络的迷宫。

谁也没想到，这一闯，竟让普通刑警夏琳得以华丽转身，成为全国打击电信网络诈骗犯罪的专家——数据大神。

说起来容易，侦破过程却十分艰辛。古往今来，很多先进技术都是"双刃剑"。电信网络也不例外，一方面可以造福社会，造福人类；另一方面也被犯罪人员用来祸害社会，祸害人类。面对高科技手段实施的犯罪，若以刑侦惯性思维办案，撞南墙的概率往往会很高。

一开始，夏琳带领弟兄们按照传统的办案思路进行调查，每天对着电脑、吃着泡面分析案情，梳理线索。一个星期下来，大家都熬成了熊猫眼，浑身泡面味，身体也瘦了一圈，案件排查却处处碰壁，没有一点儿进展。

眼前是一大堆通信网络专业术语，大家一筹莫展，满脸沮丧。

排查工作又走入了死胡同。

门开了，许国平和大队长薛伟走了进来。

"这几天怎么没听到你哼小曲儿了？"

"没心情！"夏琳觑了师父一眼，起身，给两位领导泡茶。

待夏琳汇报完案件进展情况后，许国平十分理解："我们干刑警的，往往习惯于按刑侦传统思维定式分析案子，针对这种非接触式电信网络诈骗犯罪，有它的局限性。"

"这类案件，通常的查案做法，就是按照资金的流向循线排查，最多也只能抓到几个在取款机上取钱的小喽啰，很难查个透，打干净。"薛伟双手插在裤兜里，边踱步边说。

"犯罪嫌疑人之间是通过网络单线联系的，互相并不知道对方真实身份，神秘莫测，真正的幕后主犯很难落网，更谈不上追款挽损了，必须要有一个反制措施，打全链条！"许国平沉思了片刻，"我们不妨换个思路。"

听到这儿，一直不言语的夏琳开腔了："我正在尝试换一种打法，从数据信息入手，也许能一查到底，端掉这个老巢。"

顿了顿，他接着道："但是，我还没有找到感觉。这种利用现代通信手段实施的新型高科技犯罪，现有的线索和疑点看似孤立，其实相互交织，纷繁复杂。目前的难点是如何抽丝剥茧，找到它们之间的'链接点'，才能逐步理顺其中的微妙关系，确定下一步的走向。"

"由案到人，这之间有一条从案子到人的路径，找到这条路径，就可以循线排摸下去，最后落地查人。"许国平进一步启发夏琳。

"路径倒是有一条的，就是信息流。但是它设有层层壁垒，就像河网中的座座船闸，怎样打开信息流中的这些'船闸'，是目前的关键。"

"是啊！"许国平深知攻坚的难度，"你这种全新的打法，在理论上是成立的，而且是突破性的，但是我们刑警毕竟不是电信网络方面的专家，这需要厚实的专业知识来支撑。"

夏琳又沉默不语了，若有所思地咬着手指甲。

许国平知道，自己的这位爱徒有个习惯，只要"入定"，就会不由自主地像个孩子似的咬手指甲，而大脑里正在翻江倒海。

看着两眼布满血丝的爱徒，他心疼了，强令夏琳回家休息。

回到家里，夏琳无心陪伴多日未见的儿子，他把自己关在书房里继续冥思苦想。他的脑海里全是变幻的数字在晃动。

电信网络诈骗犯罪日益猖獗，夏琳深深感到作为刑警有一种不可推卸的责任。如何才能拨开重重迷雾，揪出藏匿在数字迷局背后的犯罪嫌疑人？

夏琳思来想去，最后得出结论，只有一个字：学！

至此，夏琳开启了高考之后的人生第二次苦学之旅。

他一头扎进相关专业书本、网络，啃大部头，看短讯息，上网查阅各类文献资料，到专业论坛请教专家，带着弟兄们与通信公司工程师、网络公司技术员深入沟通，甚至"蹲进"看守所，和已经被抓获归案的诈骗嫌疑人"聊天"。用他自己的话说，各行各业的人都是他的老师。

他贪婪地恶补着电信网络专业知识，不停地给自己打"补丁"。

经过一段时间的"闭关"和"悟道"，他运用自己所学的知识，带领他的团队终于成功打开了第一道"船闸"，共截获170余万条涉案电话信息和1000多个涉案银行账户，另外还有10万余条交易数据等海量基础信息。

可是，这些都是由数字代码组成的最底层信息线索，就像一团乱麻，梳理时不是断线就是死结。怎么才能抽出最关键的那一根线呢？

又一只"拦路虎"挡在夏琳的面前。

破解那些数字密码的密钥在哪里？没有人能够告诉他。

夏琳于是和那些枯燥的数字代码较上了劲。

用信息流的方法查到服务器时就卡住了。这个黑乎乎的铁匣子里究竟有什么神器？那些数据信号钻进去后，又是换了什么"马甲"流出来的？流向了哪里？

他的脑海里一组组数据快速流过，刚想伸手抓，那些数据瞬间又消失在深不见底的暗处，无影无踪。

手指有点儿灼痛，一看，指甲处渗出了血，又被咬破了。用创可贴包上，他踱到窗口。

一阵清风吹来，他做了几个深呼吸，头脑顿觉清醒了许多。

窗外，夜幕下的道路上汽车川流不息，形成两种颜色的长长灯龙，白色的是过来的车流，红色的是远去的车流。这些疾驰而过的汽车都有各自的轨迹，各自的终点，就像他脑海里一组组数据汇成的信息流。

车流中的一座座红绿灯眨巴着眼睛。

他忽然脑洞大开。

"有一个美丽的传说，精美的石头会唱歌……"夏琳哼着小曲儿迈进了办公室。

"夏队这是怎么啦，这么高兴？"弟兄们窃窃私语。

扔下包，点上烟，夏琳打开折叠小方桌："大家都过来！"

大家知道，夏队只要打开小方桌，就说明他有想法了。一个个把脑袋凑了过来。

夏琳在一张纸上画了几个方格，然后用线条一一连上一个个方格。

大家豁然开朗，夏队终于找到了破解数字迷宫的钥匙。

"还愣着干什么？开工吧！"夏琳吆喝道。

于是，一场与看不见的对手在浩瀚网海里的较量开始了。夏琳带领他的团队，在电脑前一坐就是十多天，一层层剥去数据的迷障，成功捕捉到一个个深藏的"魔影"，获取到海量的数据信息。

又是三个多月的夜以继日，夏琳和弟兄们完成了对所有信息的梳理、分析、归纳。这其中，光是他写下的笔记就有满满三大本，最终整理出有效信息 25 万条，具化为三百多起案件。

随即，他们一一向被害人核实。

从抽象数字到具体案件，从受害个体到整体"产业"链，一个个疑点逐渐被排列出来，随着案件疑点被一一串联，整个犯罪链条被一节节剥开，案件的轮廓渐渐清晰。

这是一个特大跨境、跨国电信诈骗犯罪团伙，已向全国 28 个省市疯狂作案数百起，涉案金额超过 1 亿元。

案情重大！许国平带着夏琳来到公安部汇报，引起了部刑侦局领导的高度重视。

"空中飞人"

转眼到了 2016 年的 3 月。已是江东分局刑警大队副大队长的夏琳，作为全国打击电信诈骗犯罪专家组教员，辗转于吉林、山东等六省 12 地的公安机关授业解惑刚回来，就被宁波市公安局刑侦支队支队长叶元杰召到办公室。

寒暄了几句后，叶元杰递给他一个文件夹。

"今年以来陆续接到报案，有人利用各种名义，大肆实施电信网络诈骗犯罪活动，气焰嚣张，被害人数众多，必须组织专班，狠狠打击。"

夏琳迅速浏览完报案材料，皱了下眉头："这个犯罪团伙在诈骗目标的选择上，不同于以前的案子。以往都是通过网络电话随机拨号，像撞大运。可从这些报案的情况看，犯罪嫌疑人针对不同的对象，量身定制了诈骗方案，以各种谎言实施诈骗。看来，被害人的身份信息应该事先已被犯罪团伙窃取。"

"互联网运用越普及，网络犯罪的可乘之机就越多，这种用事先编好的脚本实施的精确诈骗，更具欺骗性，危害性也更大。"叶元杰问夏琳有什么想法。

夏琳略微思忖了一下，说："我觉得应该从两个方面同时开展工作。一是综合梳理报案线索，循线打掉这个诈骗团伙。二是要堵住源头，有必要开展一次针对窃取公民身份信息违法犯罪的专项打击行动。"

叶元杰赞许地点了下头："堵源头的事，支队已有考虑。你的任务就是立即研判、串并这一系列诈骗案，摸清组织架构、作案手段，打深！打透！"

自从成功侦破了"10·11"大案，夏琳已声名远扬。但他越发低调，并始终有一种"饥饿感"。已有的经验往往是"负资产"，因为犯罪团伙的手法在不断利用高科技推陈出新。

夏琳潜心于电信网络的数字迷宫，努力摸索着电信网络诈骗犯罪活动的特点和规律，战中学，学中战，认真研究各类技战法，先后开发出多种作战系统。

与单纯的电信网络专家不同的是，夏琳要将信息数据应用于破案。他必须把网络虚拟世界中的微小发现，置于现实社会的大背景下，放在人性的坐标中去考量，进行数据整合、全要素碰撞，捕捉每一个细节，梳理出一条条线索，交叉成点，以点成线，排摸其中的逻辑关系，将网络世界中一个个模糊而又虚拟的人物具象化。

此时的夏琳，虽然是警察，但手中的武器已经不是一般意义上的警械，而是各种代码、机器算法、海量数据和作战平台。在互联网犯罪日益多发的当下，他必须通过破解数字谜团去缉拿藏匿在网络背后的罪犯。

刚刚接手的这起案件，又等待着他运用大脑的智慧去破解。

局里抽调精干力量成立专案组。作为专案组负责人，夏琳感到了来自各方的压力。

根据报案人陈述，夏琳很快排摸出这个诈骗团伙的作案规律：犯罪嫌疑人通过非法渠道获取公民身份信息，事先编排好诈骗脚本，通过网络拨打电话给诈骗对象，谎称是公检法机关，要求被害人加 QQ，出示一些假冒法律文书，再让被害人登录虚假的"公检法"机关网站，查看所谓通告，一步步恫吓、诱骗被害人向指定账号转款，少则几万元，多则几百万元、上千万元。

一番深思熟虑之后，夏琳开出了侦查"药方"。

排摸资金流向。专案组的弟兄们分三条路径展开侦查，排摸出几十个账户，这些被诈骗的资金汇聚后，又立即分散到若干个新账户，继而又时聚时分，直至被洗白，资金流动轨迹相互交织，密如蛛网。

普通诈骗案一般都是点对点实施，而非接触的电信网络诈骗案是一对多点，信息流层层节节，错综复杂。只有厘清数据的环节，才能明确案件的指向，查清诈骗团伙的作案起数和诈骗金额。

夏琳在电信网络迷宫里久经闯荡历练，积累了丰富的经验，练就了一双火眼金睛，特别善于从一团乱麻中抽出关键的一根，理顺逻辑关系，再一步步拓展。他就像一位不知疲倦的数据工匠，精细地分析着、研判着。

经过一段时间的艰苦攻关，夏琳终于成功攻破了这道技术关隘。原来，这些诈骗信息是通过第三方服务器转接，所租用的服务器全部在境外，犯罪嫌疑人在国外用改号的网络电话，通过国际关口局打到国内，再通过省、市基础运营商的网络打给被害人。

狐狸再狡猾，也斗不过好猎手。一套组合拳打下来，峰回路转，案件初露端倪。

所有的线索，均指向万里之遥的欧洲西班牙。西班牙全国总面积达 50.6 万平方公里，居欧洲第五位，这个诈骗团伙的窝点会藏匿于何处呢？

1876 年，美国发明家亚历山大·格拉汉姆·贝尔获得了世界上第一台电话机的专利权，创建了贝尔电话公司。这是人类的一次通信革命。电话这种通信手段，让世界不再遥远。1987 年 9 月 14 日 21 点 07 分，德国卡尔斯鲁厄大学收到了一封从北京计算机研究所发出的电子邮件，标志着中国从那一刻起正式"触网"。互联网的出现，重新定义了现代信息通信概念。电信网络，这个由数字编码组成的海洋，彻底改变了世界，极大地拓展了人类活动的空间，展现出无穷的魅力。

但是，电信网络诈骗犯罪的出现，严重危害着人们的工作和生活。一时间，互联网仿佛成了电信网络诈骗犯罪的天堂。对此，中国警方怎么可能视而不见？怎么可能允许这些网络妖魔逍遥法外呢？

根据宁波市公安局专报，2016 年 7 月，在外交部协调下，公安部决定派出中国警方工作组远赴西班牙，与西班牙警方开展联合侦查。

夏琳，以中国公安部刑侦专家的身份参与行动。

经过几年的锤炼，夏琳已经淬火成金。他被公安部选派为全国专家组教员，对来自北京、天津等 28 个省市区的 620 名侦查员进行全程授课。每年有半年的时间飞来飞去，参与部督大案的侦破，弟兄们都叫他"空中飞人"。

　　舷窗下,灯火阑珊。随着飞机高度渐渐降低,夜幕下的西班牙首都马德里越来越清晰。蛛网状的马路、尖顶的哥特式建筑、穿城而过的曼萨纳雷斯河,无不闪烁着文艺复兴时期的文明与繁荣。这片红土高原上,流淌着绚烂的欧洲文化。

　　2016年7月3日凌晨,身负重任的夏琳随工作组踏上了欧洲伊比利亚半岛。

　　这起跨国大案有它的特殊性。虽然已有证据证明犯罪窝点在西班牙,但是犯罪嫌疑人大多来自中国台湾地区、中国大陆,以及东南亚一些国家,而且诈骗对象又是中国大陆公民,西班牙警方的态度不会那么积极;加上司法制度上的差异,工作组将面临诸多困难和未知的可能。

　　只有加强沟通交流,充分揭露这些犯罪伎俩以及对现实社会和公民造成的严重危害,才能让西班牙警方与中国警方达成共识。

　　西班牙国家警察总局一楼会议大厅。经中国驻西班牙大使馆协调,中西两国警方联合召开马德里、巴塞罗那、阿利坎特三地专案侦查首次协调会。

　　中国公安部刑侦局副局长陈小坤说:"随着大数据时代的来临,个人信息作为重要的数据资源,其价值得到不断挖掘和释放,但是也往往被犯罪分子非法获取,实施电信网络诈骗犯罪,严重危害着现实社会和网络安全。打击和预防电信网络诈骗犯罪,是各国警方的共同责任,我真诚希望中西两国警方开启大数据时代的'对话窗',共同推动形成全球打击和预防各类跨国刑事犯罪的'朋友圈'。"

　　马德里警察局一位官员问:"我们还没有听说过这种电信网络诈骗犯罪,能否给我们介绍一下你们认为的这种犯罪?"

　　"请专家夏琳先生具体说明一下。"陈小坤伸了下手臂。

　　夏琳朝在座的人员微微点了下头,用一口流利的英语说道:"电信网络诈骗犯罪,是一种利用现代通信手段编造虚假信息,设置骗局,对被害人实施远程、非接触式诈骗,诱使被害人给犯罪分子打款或转账的犯罪行为。"

他打开笔记本电脑继续说:"由于这种犯罪活动依托互联网实施,不受疆域限制,呈现出犯罪主体虚拟化、犯罪客体数字化、犯罪手段隐匿化、影响全球化的特点。根据我国警方前期侦查,发现在贵国境内有大批电信网络诈骗犯罪窝点。"

夏琳出示了涉及马德里、巴塞罗那、阿利坎特等地的窝点数据资料。

这份翔实的资料,是夏琳和专家组同志花了两个多月的时间,夜以继日,从海量网络数据中一点点捞出来的,被诈骗范围涉及我国上海、深圳、江苏、浙江、广东等地,涉案金额累计高达 1.17 亿元人民币。

随后,夏琳又从技术层面介绍了这个跨国电信诈骗团伙的组织架构、活动规律、犯罪手段以及所造成的危害。他的介绍既专业又通俗易懂,充分展现了中国专家型刑警的风采,赢得了西班牙同行的高度认同。

"犯罪嫌疑人哪怕是藏匿在天涯海角,中国警方也要坚决将他们绳之以法!我们需要贵国警方的大力支持,以便精确收网。"陈小坤表明了中国警方的合作需求。

通过进一步沟通,双方意见趋于一致。

夏琳乘坐 AVE 高速列车,穿行于马德里、巴塞罗那和阿利坎特等地,无暇多看一眼地中海的旖旎风光,他完全专注于和西班牙警方人员一起排摸各种线索,分析数据,精确研判窝点位置。他发现,诈骗团伙都是租用城郊的高档独立别墅,周围行人稀少,附近的垃圾桶里有中餐残羹剩饭、华人报纸等丢弃物。白天除了个别买菜的人员,不见有人出来;而到了下半夜,便可看到百叶窗里透出的光亮。

中国和西班牙的时差是七个小时,这说明别墅里的人开始"上班"了,正在疯狂地往国内拨打诈骗电话。

　　夏琳的心里有底了，对这些已查实的犯罪窝点一一标注。他表现出的高度专业水平，令西班牙警方人员十分敬佩。

　　在我驻西班牙大使馆的大力推动下，联合专案组经过艰苦细致的努力，专案侦办工作取得重大进展，已经具备了统一收网的条件。公安部决定，抽调国内涉案地一百余名侦查员飞抵西班牙，中西警方联手实施收网行动。

　　马德里市区玛凯尔公寓。王胜甬副支队长率领的浙江省境外抓捕小组刚刚抵达，正在倒时差。

　　夏琳站在506室的雕花阳台上，遥望着熙熙攘攘的太阳门广场，心潮跌宕起伏。

　　跨国办案，向来是国际警务合作中的一大难题，执法面临许多困难。他虽然已经多次参与公安部组织的境外抓捕行动，积累了一定工作经验，但是在异国查案，中国警方没有执法权，在抓捕过程中，如何固定相关电子证据？按照西班牙法律，没有当地大法官签发搜查令，警方不得擅入民宅搜查，犯罪嫌疑人如果听到风声逃逸或者销毁证据怎么办？

　　此时的他，既是境外抓捕这盘棋上的棋手，又有工作组电信专家身份，是电信网络技术这一块的棋手，走出的每一步棋，都需要深思熟虑。

　　机会稍纵即逝。他要为下一步收网取证找到最恰当的工作方法。

　　一个个假设的情况，在他的脑海里盘旋；一个个应对的措施，在他的心中成熟。他向陈小坤副局长汇报了自己的想法……

　　白云从睡梦中醒来了，在舒坦地伸了个懒腰后，一骨碌爬了起来，撩开窗帘，看着窗外一座座欧式古老建筑，满眼新奇；转身又把同室的任岳磊拉起，欣赏着欧洲古城马德里的景色。

　　"时差倒过了，也到了午饭的饭点了。"一身大厨打扮的夏琳推门进来。

"我没看错吧,我们的数据大神怎么像个家庭主妇?"白云张大着嘴。

王胜甬探进头来:"你们两个小子呼呼大睡,人家大神一早就跑到华人超市买菜做饭,还带了瓶西班牙干红,给大家接风哩。"

"这里的西餐吃一两顿还可以,大家坐了一夜飞机,还要倒时差,胃口不太好,就烧几道家乡菜,适口。"夏琳笑了笑,"等成功收网了,我请各位吃西班牙大餐。"

细心的夏琳早就想到了,弟兄们来西班牙查案估计要十多天,住酒店吃西餐,一是消费高,二是大家吃不惯,大量艰苦细致的工作需要大家去做,必须保持旺盛的精力。于是他特意安排了有厨房设备的公寓楼。

一条清蒸海鱼,一盘烧牛排,两盘炒素菜,还有水饺、面条。虽然身在遥远的欧洲,王胜甬、任岳磊、沈愉皓、白云四位还是找到了"家"的感觉。

午饭后,夏琳向大家详细介绍了西班牙的法律、前期工作情况和面临的执法困难,辅导大家怎么收集、固定证据,怎么上传数据。大家分组熟悉情况,按照夏琳提供的资料反复推演……

北京时间 2016 年 12 月 11 日凌晨,一架飞自中国首都机场的客机,在西班牙巴拉哈斯国际机场徐徐降落。时任公安部刑侦局局长的杨东亲赴西班牙,组织这次代号"长城行动"的境外收网行动。

一下飞机,杨东顾不上倒时差,立即旋风式开展工作,听取我方专家组夏琳等人的情况汇报,会见我驻西大使吕凡,会晤西班牙国家警察总局局长佩洛兹。经中西双方进一步磋商,决定成立联合行动指挥部,确定行动时间为 13 日凌晨。随后,杨东率中方工作组和西班牙警察总局司法警察局局长艾洛伊等人进行会谈,就行动流程、细节和人员处理等关键问题进行磋商,最终确定具体行动方案。

万事俱备，各联合抓捕组根据夏琳提供的标有各窝点序号的资料，分赴各地。

一切，都在悄然中进行。

西班牙时间 12 月 13 日凌晨，依据西班牙国家法院一号法庭法官圣地亚哥·佩德拉斯签发的逮捕令，中西两国警方联合抓捕行动同时在马德里、巴塞罗那和阿利坎特三地展开。

夏琳率领一个小组，身着西班牙警方提供的反光标志，配合马德里警察搜捕 1 号窝点。

夜幕低垂，寒风凛冽，马德里郊外一片静谧。一座米黄色的三层别墅，镂空铁艺院门紧闭，几个房间里透出丝丝光亮，隐约能听到里面有人用中国话通话的声音。

"可以行动！"当地法官向联合抓捕组挥了下手臂，马德里警察立即用破门器撞开大门。夏琳和两名中方警察随着马德里警察迅速冲进别墅。

一阵语言控制后，别墅内约 40 余名正在往中国境内拨打诈骗电话的犯罪嫌疑人纷纷抱头伏地……

夏琳看到墙上的留言板上，写着某月某日至某日，"武汉市公安局"。还有一个诈骗"脚本"：

"你好，我这里是中国移动，发现你的信息已经被盗取，以你的名字办理的这个××××号的手机号正在做违法使用，涉嫌犯罪，请立即报警……

"请你电话不要挂机，搁在耳边，由我们总机直接帮你通报到武汉江岸区公安局……

"电话联系中，请稍后……"

下面是一步步诱骗的方法。

房间里摆着一台台电脑等电信诈骗设备和一沓沓通信录。

勘查、取证……各项工作有条不紊地进行。

中方代号"长城行动"，西班牙方称"WALL（墙）行动"，西班牙警方共出动 600 余名警力，在中国警方 100 余名警力的协同配合下，一举捣毁三地十多个窝点，抓捕 238 名电信网络诈骗犯罪嫌疑人。

这是一起中国警方成功开展国际执法合作的典型案例。夏琳，这位年轻的刑侦专家，功不可没。

大数据时代，世界变成了"地球村"，中国作为具有全球影响力的大国，打击电信网络诈骗犯罪没有边界。这是中国警方的神圣责任，分解到公安部特聘刑侦专家夏琳的肩上，具体而又沉重。

深秋的上海，落叶金黄。浦东国际机场，夏琳拎着拉杆箱下了一辆出租车。

通过出境边检通道后，他掏出手机，给家里打了一个电话。

"是琳儿吗？"那头，传来了父亲的声音。

"是，我又要出趟远门，可能要有一段时间。天气降温了，您和妈妈要注意保暖，多穿点儿。药我搁在床头柜里，别忘了吃。"

"家里你就放心吧，照顾好自己，不要太累了。另外，少抽点儿烟！"老父亲已习惯了夏琳出差。他知道警察的纪律，从不问儿子去哪儿，但是每次，总会叮嘱几句。

"爸爸同志，我在你的 T 恤上画了一幅画，写了你的名字，还画了大轮船、飞机。你多久回来呀？我等你一起把大吊车拼起来呢……"

听到父亲苍老的声音和 8 岁儿子稚嫩的童音，夏琳觉得面颊上有热热的东西在滚动。

2018 年 11 月 4 日，夏琳又奉公安部之令，带着对家人的愧疚，远涉重洋，到南美洲参与侦办另一起跨国电信网络诈骗大案。

等待着这位数据工匠的，又将是一个个极具挑战性的数字迷局，需要他运用超凡的智慧和毅力，不断书写新时代中国刑警的传奇。

沂蒙汉子潘云峰

人人那个都说哎，
沂蒙山好。
沂蒙那个山上哎，
好风光。

青山那个绿水哎，
多好看。
风吹那个草低哎，
见牛羊。
……

走进沂蒙山区，这首婉转悠扬的《沂蒙山小调》飘响在田间，回荡在山野。脍炙人口的《沂蒙山小调》蜚声海内外，被联合国教科文组织评定为中国优秀民歌，"沂蒙好风光"也逐步渗入人们的心灵中，成为沂蒙大地的代名词。

在八百里沂蒙腹地，有一个被誉为"山东第一县"的中国古代名邑——兰陵县。兰陵，相传因附近土陵兰草繁茂、兰花芳香而得名。一条源自鲁南旗山的大河，弯弯曲曲，流经这座县城，滋润着这块古老的土地。这条兰陵的母亲河，有一个和这片土地同样古老的名字——东泇河。

碧波荡漾的东泇河水，随着新时代一起脉动，见证了一位叫潘云峰的沂蒙汉子吟唱的铁肩担道义、忠诚保平安的新沂蒙山小调。

抓捕·玩命·反诈

刚要下班的时候，潘云峰得到情报：一个机动车盗窃团伙的主要犯罪嫌疑人王某，驾驶一辆盗窃的黑色新桑塔纳轿车，驶入县城商业集团的家属院。

机不可失！他和正在外地办案的大队长赵光通了电话，随后立即带领民警抓捕。

这个家属院位于县城老城区的新华路路西，院内南面有几排家属楼，北边是一片杂乱的棚户区，巷道弯弯曲曲，出租房屋多，人口密集，治安情况复杂。

作为一名刑警，潘云峰对这片区域的情况了然于胸。

犯罪嫌疑人王某当过武警，退伍后曾经在一个乡镇派出所干过临时工，对刑侦大队的民警非常熟悉，而且反侦查意识特别强，如果太多警力进入家属院，必然会惊动王某。

潘云峰对身边的弟兄们说："你们堵住大门待命，张云跟我先进去看看。"随后他驾驶一辆民用号牌车辆驶入家属院，沿着一条南北向的小路，一路观察，寻找王某和那辆黑色的新桑塔纳轿车。

先左后右拐了两个弯，一直开到小区北侧的棚户区。潘云峰发现30米外小路的尽头，停着一辆黑色新桑塔纳轿车，东边是一幢临时搭建的低矮平房。

他分析王某就在附近的某处，密集的出租屋内人员鱼龙混杂，结构复杂，如果贸然搜捕，王某很容易利用四通八达的小巷逃窜。这个区域人多眼杂，不适合蹲守。

潘云峰把车子悄悄退回到南面两幢宿舍楼的中间。这里是驾车出入家属区的必经通道，宽约两辆车的距离，是个理想的蹲守卡口，便于实施抓捕。

刚把汽车在通道中间停好，就见那辆黑色桑塔纳轿车从北边开了过来。

潘云峰闪了下车大灯："是他！"

两个人立即下车，一左一右堵住通道。

这时，犯罪嫌疑人王某也认出了他俩，知道是抓他的，停下车。

双方对峙了片刻后，王某突然一脚油门儿，桑塔纳轿车疾速朝张云冲了过来。

"小心！"潘云峰一把推开张云，纵身跳上桑塔纳轿车的引擎盖，避开了疯狂的车头，随后重重地摔了下来。

桑塔纳轿车撞上了潘云峰的汽车，卡在通道里。王某打开车门试图逃跑。

"想跑？"潘云峰一条腿弹簧似的跳了起来，飞身将王某扑倒，麻利地上了手铐。

张云扶潘云峰起来，见他的左腿使不上劲儿，伸手一摸，黏糊糊的全是血："教导员！"

"别管我，快叫弟兄们过来。"

犯罪嫌疑人被擒获了，潘云峰也被弟兄们送进了医院的抢救室……

在向城派出所的院子里，我见到了传说中的"铁打的刑警"、山东省兰陵县公安局副局长潘云峰。他正带领弟兄们侦办一起涉黑案子。

"哎哟，俺真没啥好写的。"他朝我憨厚地笑了笑，匆匆握了下手后，就把我晾在一边，不停地打电话。

他的语速很快，边打边在院子里转悠。我大约听出来了，他在做一个犯罪嫌疑人父亲的思想工作，想让这个人的儿子投案自首。

中等个儿，单眼皮，卧蚕眉，小眼睛，鼻子挺立，下巴笔直，厚实的身板，就是走路左腿有点儿跛。脸上挂着的，是邻家大叔的笑容；身上透出的，是沂蒙汉子的质朴。

"工作做通了，我得去见面谈话。"潘云峰眯着小眼睛，和我歉意地打了个招呼。

一阵车门响后，他和一帮弟兄们没影了。

怎么说潘云峰也是县局的副局长了，这些谈话的小事让弟兄们去一下就行了，还用得着他亲自出马？我有点儿纳闷。

"潘局他干了二十多年的刑警，习惯了，要不弟兄们都叫他兰陵捕头呢。"陪同的刑侦大队教导员李冰看出了我的疑问，"这是一个长期盘踞在矿区的涉黑犯罪团伙，私藏炸药，还非法持有枪支，时聚时散。以前虽然打击过几次，但都因为证据问题，没有做干净。这次潘局要见的这个人，是这个犯罪团伙的核心成员，想让他做污点证人。"

李冰把我引进派出所小会议室里，递上一杯茶："给你剧透一点儿，咱们这位潘捕头啊，当年可是全省 65 公斤级的散打亚军。每次有危险的活儿，他总是冲在最前面。"

接着，他给我讲了潘云峰的两个"玩命"的故事……

2016 年 3 月 20 日凌晨，夜幕笼罩着兰陵县芦柞镇大古庄，除了远处偶尔传来一两声犬吠，乡野里一片寂静。

潘云峰带领身穿防弹衣、手握微冲的弟兄们，悄悄逼近一处平顶农舍。

他们要抓捕的犯罪嫌疑人叫海子。海子 26 岁，兰陵县磨山镇人。2015 年以来，他涉嫌多起寻衅滋事、绑架、敲诈勒索和故意伤害案件，平时携带一支"五连发"猎枪，居无定所，行踪诡秘；曾经两次开枪拒捕，成功逃脱。

一次在兰陵的层山，刑警队两位弟兄与他狭路相逢，海子朝他们连开两枪，然后利用地形从容逃脱。一天后，抓捕人员用警车把海子连人带车堵在磨山的一座桥头，穷凶极恶的海子从轿车内举枪对着警车就是一枪，然后迅速倒车逃窜。民警驱车追赶，狡猾的海子一边驾车疯狂逃窜，一边撒下一路铁蒺藜，警车的轮胎被扎爆，弟兄们只能眼睁睁地看着海子再次逃脱。

犯罪嫌疑人海子凶悍暴戾，极度疯狂，迟一天抓获，社会和百姓就多一天危险，潘云峰决定亲自带队抓捕。

经过紧张摸排，潘云峰终于嗅出了海子的气息，很快就锁定了他藏匿的地点。

事不过三，这次说什么也不能让他再逃脱了！一切都在悄然中进行。狙击组占领了制高点，外围组各就各位……

潘云峰朝突击组的弟兄们挥了挥手，一脚踹开大门，率先冲入房内。

"不许动！警察！"可房子里空无一人，床下、橱柜、梁头都找了一个遍，没有海子的影踪。

潘云峰把手伸进被窝里，暖暖的。

墙角的杂物堆引起了潘云峰的注意，他朝副大队长赵凯使了个眼色：人还在屋内！

"又让他跑了。"潘云峰说了声，两人佯装要离开屋子。

突然，潘云峰一把推开赵凯，闪身扑向墙角，一只手迅速从杂物堆中托举起一支冰冷的枪管，另一只手中的 77 式手枪同时抵住了海子的脑袋。

海子落网了。赵凯检查他的那支"五连发"，冒出一身冷汗：枪的保险已经打开，子弹早已躺在枪膛里。

"都快 50 岁的人了，这抓捕的粗活儿你坐镇指挥一下就行了，还往前冲，你看，这多危险啊！"赵凯摆了摆手中的"五连发"。

潘云峰收起 77 式，拍了下赵凯的肩头："兄弟，这事你就别和我争了。记住，只要我在场，有危险的活儿，还是我打头阵！"

2017 年 3 月 25 日下午，兰陵县长城镇大马庄的赵大爷，乐呵呵地上了一辆开往枣庄的大客车。在济宁工作的儿子前一天打电话来，媳妇生下个大胖小子。他用红布包上积攒的一万元钱去看望孙子，准备从枣庄再转车前往济宁。

上车后不久，赵大爷就昏昏沉沉地打起了盹儿，迷糊中感觉有人碰了一下他的胸口。赵大爷睁开眼，一个男子正弯腰站在他的面前，一看上衣兜已经被割破了。

"你偷了俺的钱！"赵大爷立马喊了一声，希望引起其他乘客的注意，抓住窃贼。可是一车的乘客不是装睡，就似耳背。他看着窃贼手中闪着寒光的刀子，不敢动弹了。

窃贼一边退，一边把窃来的一万元现金快速传给前面一个背包的同伙。二人向车门方向走去。

"别停车！有人偷了我的钱。"无助的赵大爷只好向司机求援。

司机的耳朵也背了，减速，停车。

"不能开门！"赵大爷在后面继续高喊着。

车门打开了，两个窃贼打着哨儿跳下车，转眼间没影了。

摸着被割破的口袋，赵大爷不敢下车追赶，只好报警……

"他们竟然敢在警方的春季攻势期间顶风作案，太嚣张了！"潘云峰立即带领便衣队的弟兄们展开侦查。

这辆客车上没有监控，据被害人和乘客的描述，两个嫌疑人均为长发、瘦高个儿。

潘云峰在客车停车位置的附近，找到了一个单位门前的监控探头，发现两个嫌疑人从客车上下来后，其中一个人用衣服蒙住头，快速跑过监控。再顺线追踪调查，发现二人窜过几个路口后，上了一辆白色的现代牌轿车。

调阅车辆信息，这辆现代轿车登记的车主是王某廷。

根据这辆轿车的轨迹，潘云峰发现这辆车经常从兰陵县的尚岩镇驶出，上午跟踪发往临沂的客车，下午尾随发往枣庄的客车。

"这应该是一个扒窃客车的专业团伙，成员至少3人以上，而且均为兰陵本地人。"潘云峰给这个犯罪团伙画出了大致轮廓。

经过进一步摸排，与王某廷关系密切的高某、王某利、王某明和张某4人进入了警方的视线。

30日上午11点，潘云峰带领的抓捕组咬上了那辆白色的现代牌轿车，由临沂市的罗庄区一路跟踪至兰陵县东二环与北外环的交会处，正好前方遇红灯。

"抓！"见时机成熟，潘云峰命令行动。

几辆抓捕车迅速包抄上去。驾车的犯罪嫌疑人发现情况不妙，猛然倒车企图逃跑，撞伤了下车准备抓捕的杨斌。

潘云峰的血，一下子又热了！他大吼一声，飞步冲上去，一只手抓着车门，另一只手抢夺方向盘，想逼停车子。车上的嫌疑人又咬又掰，潘云峰的两只手鲜血淋漓，身体也被嫌疑车辆拖着甩来甩去。

见甩不掉潘云峰，嫌疑人大喊："都一大把年纪了，你就不怕死啊！"

潘云峰回答："只要俺死不了，你就跑不了！"

车子终于被逼停了，5名嫌疑人悉数被擒。

东迦河悠然流淌，清波碧浪，宛转萦回，在早春灿烂的阳光下熠熠生辉。

潘云峰瘸着腿，一步步来到河边，用清澈冰凉的河水，一点点洗去手和膝盖上的血迹，也让刚才生死对决时"咚咚"的心跳，慢慢平复下来。

"俺没事，不要告诉其他人，更不要告诉俺家里人。"回到车上，潘云峰叮嘱弟兄们。

"听说过当年那起假军人诈骗案吗？"刑侦大队办公室主任梁辉问我。

"中央电视台《焦点访谈》报道过的那个案子？"

"正是，就发生在咱们局的大院里哩！"梁辉流露出几分自豪的神情。接着，梁主任给我讲了当年侦破"11·5"案许多鲜为人知的细节。

2013 年 11 月 5 日 10 时许，兰陵县公安局院子里突然驶入两辆没有号牌的小车，一辆是奥迪 Q7 越野车，另一辆是别克轿车。

几位身着军服的人下了车，为首的肩上扛着两杠四星的大校军衔。

门卫急忙跑过来问："请问你们找谁？"

"找你们局长！"一位挂着上校军衔的人面色威严地说了声。

"局长不在，到县里开会去了。"

"不在？"大校收住步，盯了门卫一眼，"有哪位局领导在？"

"政委在哩，请你们先登记一下！"

"什么，我们部队首长来你们公安局还要登记？"一个中尉一把推开门卫，几个人大步跨进了办公大楼……

这一幕，被东面二楼的刑侦大队的弟兄们看到了，议论纷纷。

"潘大，来了一伙军人，又是大校又是上校的，咋回事？"梁辉问潘云峰。

"咋回事？有事呗！"一直瞄着窗外的潘云峰把目光收回，"你见过胸前没戴资历章和姓名牌的军人？"

说罢，他拿起电话，通知门卫把大门关了，随后说了声："把弟兄们集中一下，做好准备！"

潘云峰叫上张云下楼了。

什么做好准备？梁辉一头雾水。

主楼二楼的接待室门口站立着一个上尉、一个中尉，阻止其他人员进入。

潘云峰见状，拎了只茶瓶一瘸一拐地走到门口，示意了下茶瓶。

中尉看了一眼这个送茶水的跛脚小老头儿，迟疑了一下，推开门。

室内，那几个身穿军装的人颐指气使，向县局政委周振和副局长左月太，亮出"中华人民共和国特殊监督机制"证件，声称是来自中央的军事机构，传达中央一号首长的密令，要带走在押的诈骗犯罪嫌疑人徐永启。

佯装倒茶的潘云峰，看得清楚，听得明白。

徐永启正是他抓的，到案后供述了其伙同张咸军等人冒充军人，以办理采砂证为名，诈骗庄坞镇居民马某200万元现金的犯罪事实。铁证在他手里捏着呢。

什么"特殊监督机制"，什么"一号首长密令"，玩这些卑劣的把戏想捞人？也太小瞧咱们兰陵的警察了！

张咸军等人负案在逃，他正要组织追逃。既然送上门来了，那好，照单全收！

室内3个，门口2个，车上应该还有。楼上的人好说，得先把下面的人、车控制住。潘云峰和正在与他们周旋的周振、左月太会意地点了下头，又一瘸一拐地出来，悄悄招呼刑警大队的弟兄们，守候在接待室门外的走廊里。

院子里那辆别克车没有熄火，驾驶员位置上坐着一个挂着中校牌牌的男子。潘云峰先让张云开辆大面包车，堵在大门的内侧，随后两个人走到别克车前。

潘云峰拉了下车门把手，车门锁上了，又敲了敲车窗。

车上的男子扭头看了一下，没有理睬。

潘云峰挥了下手，让开身。张云拎着伸缩警棍，一下砸碎了车窗玻璃，潘云峰迅速打开车门，伸手把那个家伙拖下车，交给张云后，转身就上了二楼，带领弟兄们又收拾了另一帮人。

经突击审查，这6个犯罪嫌疑人供述受这个诈骗团伙主犯周长胜的指使，冒充军人携带伪造的文件窜至兰陵县，企图通过所谓的"一号首长密令"，威逼公安局交出在押的犯罪嫌疑人徐永启；并供述出周长胜、张咸军等人藏身于广西梧州的重要信息。

当晚9点，潘云峰带领抓捕组前往梧州市。

6日17时许，抓捕组抵达梧州后，立即与梧州市公安局取得联系，直奔这个犯罪团伙窝点——梧州市中山公园内的一幢两层小楼，发现已经人去楼空。

原来，周长胜和张咸军等人迟迟得不到去兰陵那伙人的消息，知道这次玩砸了，立即通知同伙撤离窝点，分散躲藏。

望着窝点里一沓沓军装、军用标识和伪造的各种假证件，潘云峰火了，保家卫国的钢铁长城岂容你们玷污！逃？就是逃到天边，也要缉拿归案！

潘云峰连夜调取视频监控录像，发现当日上午9点，一辆挂着湖北号牌的黑色途观越野车，另一辆挂着广西号牌的红色马自达轿车，先后驶离中山公园。

经过仔细辨认，确认犯罪嫌疑人周长胜和张咸军就在那辆越野车上。

循踪排查视频监控，越野车已经离开梧州，马自达轿车最终消失在梧州市长洲区华府小区附近。

潘云峰有主意了。

他推开门，不料抓捕组的顾正龙正站在门口。

"我说你这大半夜的不睡觉，在这儿扮门神哪？"

"大队长，俺有个想法，马自达轿车车主的信息已经获取，车上的人肯定就藏匿在小区内，不如今晚就先抓了。"顾正龙说。

"怎么，手痒痒了？平时觉得你够聪明的，怎么这会儿脑瓜子就转不过弯来了？"潘云峰抬手敲了一下顾正龙的脑袋，"从目前的情况分析，这伙人已经惊了，而且周长胜等人的去向也不明朗，但是他们之间必然会有联系，如果我们先抓了梧州的几个喽啰，势必会增加对主犯周长胜和张咸军的抓捕难度。"

顾正龙明白了，"大队长的意思，我们先按兵不动，麻痹他们一下，等周长胜那头安顿下来，摸准他们的地点，然后两头同时收网！"

"不错，一点就通，像我带的兵。你现在的任务就是睡觉，赶紧的。"

越野车挂的是湖北号牌，逃窜的方向也是湖北，潘云峰有一个预感，周长胜和张咸军等人应该与湖北某地有关联。他打电话给刑侦大队教导员赵凯，让他带另一组民警立即赶往武汉。

第二天上午9点，正在华府小区附近蹲守的王文峰发现，那辆红色马自达轿车出现了，随即向潘云峰报告。

几分钟前，潘云峰得到准确信息，周长胜等人已经在武汉市区住下，分析留在梧州的那几个人可能要碰头，立即指示："跟上去，千万别跟醒了。"

王文峰打了一辆摩的，跟踪马自达轿车来到桂江岸边一个农家园饭店。

潘云峰带领顾正龙、张云等人随后赶到。

江边有个停车场，马自达轿车停在里侧，车上没人。

"都在大厅里呢，三男一女。"王文峰报告。

"走，会会他们。"潘云峰带着弟兄们进了大厅。

大厅里有二十多张桌子，要抓捕的目标坐在东南角的一张桌子旁。一个穿着深色西装、白衬衣的50多岁男子，正在兴奋地说着什么。

潘云峰走过去，拍了拍这个男子的肩膀："李柱宁！"

男子歪过头，晒睨一下："我的名字也是你叫的？"

王文峰亮出证件，"我们是山东警察，你们涉嫌诈骗犯罪，请配合我们调查！"

"什么？我是现役少将，中国世界和平公益事业慈善联合总会第一副主席，你们也敢抓？"说着，李柱宁就站起来，想强行离开。

潘云峰压了一下他的肩膀："别再忽悠了，要抓的就是你这个'第一副主席'。全部带走！"

控制了这几个犯罪嫌疑人没多久，潘云峰得到武汉方面的消息：赵凯率领民警在武汉普罗旺斯花园酒店，成功抓获了该犯罪团伙首犯周长胜及骨干成员张咸军等人。

根据李柱宁等人的交代，潘云峰又带领民警转战北京、上海、天津等多地，行程十万余公里，总计抓获38名涉案诈骗犯罪嫌疑人，缴获作案车辆7台，追缴赃款1000多万元。

经过严密审讯，查明了这个诈骗团伙的犯罪事实：周长胜、刘典爱、李柱宁等人在广西梧州市非法成立"中国世界和平公益事业慈善联合总会"，周长胜自任主席，刘典爱任常务副主席，李柱宁任第一副主席，非法刻制"中共中央办公厅"假印章、"中华人民共和国特殊监督机制"钢质假印章等。周长胜还自任所谓"中华人民共和国特勤特种部队总司令"，持伪造公文购买了军装和军衔标志，给自己和刘典爱、李柱宁封了个"少将"，又分别给其他骨干成员授以"大校""上校""中校"等军衔，以"特种兵""军事监督员"等名义流窜于全国各地，大肆诈骗作案50余起，涉案价值两亿多元。

这起当年轰动全国的假军人诈骗案全案全结，完美收官。潘云峰功不可没。

智慧追踪疑难案

刑警办案就像医生给病人看病，临床经验的积累很重要。

潘云峰自担任刑警大队大队长的当日，就做了一件别人不理解的事情，把自己以前的办案笔记本全部烧掉。他认为，刑警这个职业不是用来维持生计的，而是需要有信仰、有担当，还得有智慧。信息化时代，犯罪手段越来越智能化、隐蔽化、复杂化，作为一个刑警大队大队长，不能光靠以往的经验办案，必须一切归零，从头再来。

他与时俱进，紧紧围绕实战，不断探索大数据时代"互联网+侦查""人力+科技""传统+现代"的战法，全力打造兰陵"智慧刑警"升级版，让信息化手段成为侦查破案的利器。

2015年1月10日晚，兰陵县庄坞镇层山村发生一起命案。

接到报案后，潘云峰率队勘查，很快就锁定了犯罪嫌疑人蒋某。调取视频监控发现，蒋某杀人后穿着黄大衣，骑一辆汽油三轮车趁着夜色，沿苍邳路向南逃窜。

潘云峰立即带领两名民警，沿着蒋某逃跑的路线追捕。

犯罪嫌疑人拼命逃窜，潘云峰一路研判追踪。

当追到江苏省泗洪县境内的时候，监控失去了嫌疑人的画面。

潘云峰就地开展走访调查。

三十多分钟后，他在路边一个废品收购点发现了那辆汽油三轮车。

他询问收废品的人，这汽油三轮车哪儿来的？

那个人回答，晌午的时候，一个穿着黄大衣的外地人卖给他的。还咕哝了句："这个人怪怪的，卖了三轮车后，又花三十元钱买了一辆旧自行车往西走了。"

潘云峰检查了一下三轮车的油箱，空的。应该是嫌疑人蒋某跑没油后卖的。

而那辆旧自行车便成了潘云峰继续追踪的重点。

他向收废品的人详细询问了自行车的特征后，沿着嫌疑人逃跑的方向继续追击。

一路上，潘云峰分析嫌疑人的逃跑轨迹：蒋某放弃更隐蔽的小道不走，却一直沿着国道和省道逃窜，到了江苏泗洪境内后又折向西边的安徽，说明他对这一带的县乡公路并不熟悉，而西边是安徽和河南方向。

潘云峰在现场走访时了解到，蒋某曾经在郑州打过工，据此推断，蒋某想逃到郑州躲藏。

朝郑州方向追！

在河南省永城收费站的监控画面中，潘云峰再次找到了穿着黄大衣、骑自行车缓缓经过收费站的蒋某。

根据每个监控点画面上的时间，潘云峰计算出蒋某骑自行车以每小时五公里的速度前进，再按照蒋某通过永城收费站的时间，推断出其现在大体所处的位置。

就这样，潘云峰他们一路寻迹，追踪到河南省的兰考县。

16日下午1点左右，坐在副驾驶座上的潘云峰发现，前面一百米处有个穿着黄大衣的骑车人。经辨认，正是犯罪嫌疑人蒋某。驾驶员踩了下油门儿追了过去。

潘云峰下车，一脚将蒋某踹下自行车，随后将其控制。

"一名优秀的刑警要勇于打破传统的思维模式，在迷茫中坚定，在取舍中证明，从看似没有头绪的案件中梳理出线索，找出正确的侦查方向，作为破案的突破口。"这是潘云峰对新入队刑警说的一句话。

面对错综复杂的疑难案件，潘云峰从不言弃，总能独辟蹊径，使侦查工作柳暗花明。

2016年4月13日深夜，兰陵北部偏僻的北坞丘村发生一起入室强奸案，犯罪嫌疑人还抢走被害人一条价值4000余元的金项链。被害人经过激烈的思想斗争后，毅然选择了报案。

潘云峰迅速带领弟兄们赶往案发现场。

根据被害人反映，犯罪嫌疑人系蒙面光身入室，身高1.7米以上，身材偏瘦。整个作案过程，犯罪嫌疑人没讲过一句话，被害人无法提供口音、衣着等更多的信息。

案发乡野孤舍，又是在深夜时分，调查走访没有获取有价值的线索。

田埂小道四通八达，主要路口的监控录像中没有发现嫌疑人的踪影。

现场提取了犯罪嫌疑人的生物检材，但是在数据库中没有比对出相关信息。

根据排查，虽然列出了一些重点人头，但都先后被排除。

几天下来，案件侦查毫无进展，陷入了僵局。

潘云峰坚信，世上没有无懈可击的案件，只有没有被发现的线索，只要犯罪分子作案，就一定会留下蛛丝马迹。

一夜无眠……

第二天一早，他把弟兄们召集过来："大家收拾一下，今天我们就撤离北坞丘村。"

"潘大的葫芦里到底卖的什么药，案子一点儿头绪都没有，就撤了？"

"辛辛苦苦白忙活了几天，就这样败走麦城，空手而归啊？"

弟兄们自然心有不甘。

潘云峰摆了摆手，"大家不要泄气嘛，谁说我们白忙活了？我看我们已经大有收获。"他翻开笔记本，"犯罪嫌疑人作案时的行为举止，虽然不同于以往侦破的同类案件，但是他作案时反侦查的表现，恰恰暴露出他的蛛丝马迹。"

他在纸上写了几个关键词：蒙面、赤身、不讲话，继续启发大家，"我们现在就分析一下犯罪嫌疑人的心理。蒙面是害怕被害人记住他的面容；光着身子入室，一是不留下衣着特征，二是方便作案；作案时不讲话，并不是哑巴，而是怕暴露出他的口音特征。"

大家茅塞顿开：大队长的分析表明，犯罪嫌疑人绝不是初次作案，是个作案经验老到的家伙，而且不是外地人流窜作案，应当就是兰陵当地人。

潘云峰推断，当地应该有类似的隐案，由于被害人顾及家庭和脸面等因素，不想报案。他指出了侦查的方向：以发案地为中心，辐射周边乡镇，摸排类似隐案，关联串并破案。

"俺不是让你们回去，是到附近的乡镇转转，找找亲戚熟人叙旧聊天。都明白了吧？"接下来，他如此这般说了一下工作方法……

几天下来，弟兄们走村串户，通过暗中摸排，获取了近十年来发生的几起隐案信息。

根据这些隐案线索，潘云峰关联其他几起发生在乡村的入室盗窃、抢劫报案，梳理出其中的共同特点：受侵害的对象多为独自在家的妇女，遇有反抗，犯罪嫌疑人或立即逃跑，或对被害人采取暴力手段进行强奸；犯罪嫌疑人多采取蒙面、避开监控探头、脱光衣服进入被害人家中，具有较强的反侦查意识；作案的时间大都在深夜，趁被害人熟睡之机入室，得手后迅速逃离现场；进入室内的方式多样，或利用梯子翻墙入室，或采取徒手攀爬入室，或尾随被害人，趁开门之机溜入院内；盗窃、抢劫的目标选择，多以较富裕村户为对象。

这些案件集中发生在兰陵北部的大仲村、矿坑、金岭镇一带村落。他分析，应该是同一人所为的系列入室抢劫、强奸、盗窃案。

案情分析会上，潘云峰指着兰陵地图上金岭镇的位置说："我们侦查的重点应该在这一带！"

面对许多民警不解的眼神，潘云峰画了一个扇形图，"你们注意到没有？这些案件虽然发案的地点不同，但是把各个点连起来，就像一把扇子。从犯罪嫌疑人作案的路径分析，扇把的位置很大，可能就是他藏身之处，而金岭镇正好处于这把扇子的扇把位置。"

行啊，行家一出手，就知有没有。专案组弟兄们服了，立即赶赴金岭镇开展工作。

经过艰苦细致的侦查摸排，综合研判，金岭镇东大桥村的夏某，逐渐进入了侦查视野。

潘云峰指令围绕夏某进一步秘密侦查。民警悄悄获取了夏某的DNA，经鉴定与作案现场留下的 DNA 样本分型完全一致，确定夏某就是该系列案件的犯罪嫌疑人。

4月19日上午，潘云峰带领民警布下口袋阵，将正要回家的夏某抓获。

一个星期，一举破获了大仲村等兰陵北部乡镇入室抢劫、强奸案 20 余起。

"不动脑子的冲锋不是勇敢，而是鲁莽，狭路相逢勇者胜，正邪较量智者赢。"这是潘云峰就任刑侦大队大队长后常说的一句话。

他要带出一支敢打能拼、能征善战的钢铁刑警队伍，更要打造出一支运筹帷幄、决胜千里的智慧刑侦劲旅。

在他的带领下，兰陵刑警利用信息化手段破案占到破案总数的60%，成功实现了连续七年命案全破，绑架案、涉枪涉爆案件全破的战绩。

慑于兰陵刑警的凌厉攻势，全县刑事发案数下降了 30%。2018年年底，群众安全感和满意度大幅提升，创兰陵县公安局历史最高。

山羊、过年与洗冤

潘云峰很忙，分管刑侦、禁毒和扫黑除恶一摊子事，没有时间和我交流。我只好像块膏药似的黏着他，当了几天"小跟班"。

越野车在公路上疾驰，一棵棵吐着嫩芽的柳树匆匆掠过。远处一望无际的大蒜田，在清明暖阳的照耀下，发出油油的绿光。真想扑到这片绿地毯上打个滚儿。

"再过一个月，蒜农们就要采收蒜薹了，我们又得忙上一阵子了。"书卷气十足的刑警蔡胜辉望着窗外广袤的大蒜田，自言自语。他曾经在一个乡镇工作过。

"蒜农收蒜薹，你们凑什么热闹？"我有点儿不明白。

"我们兰陵有近四十万亩的大蒜田，是全国闻名的'蒜薹之乡'，每年集中上市的季节，我们都要组织大批的警力，维持购销秩序，打击哄抢、敲诈勒索等不法行为，切实保护蒜农的利益。"潘云峰接着给我讲了兰陵塔山公园里那座"大蒜塔"的来历。

1987年5月，兰陵县蒜薹滞销，蒜农强烈不满，拉着蒜薹到县政府反映问题，极少数不法分子煽动蒜农冲进办公楼，到处抛撒蒜薹，引起数千群众围观。事件平息后，当地政府建了这座大蒜塔，塔顶倒立蒜头，恰似警钟，警示后人记取"蒜薹事件"的教训，告诫各级为政之要在于循规律择善而后，泽加于民，和济百姓。

潘云峰不无感慨地说："'蒜薹事件'的教训深刻啊，群众利益无小事不是挂在嘴上的。作为一名刑警，发生伤害百姓的再小的案子，也是天大的事！"

说话间，车子开到了尚岩镇马家后院村，慢慢在路边停下。

潘云峰下车，从车后备厢拿出一包东西，说是看望一个熟人，让我们稍等一下。

春暖大地，惠风徐来。潘云峰提着东西，微跛着左腿走上了田间小道。

蔡胜辉指了指田野里的一间农舍说："潘局又去看李老汉了！"

趁这个空当儿，他给我讲了潘云峰和李老汉的故事。

2014年1月的一天，李老汉喂养的16只山羊被盗了，损失两万余元。看着空空的羊圈，李老汉老泪纵横："那些羊是我的全部家底呀，我可怎么活啊！"

潘云峰勘查完现场，了解到单身的李老汉已经年近八旬，家中除了一床露絮的棉被，几乎没有什么其他物件了。他掏出身上仅有的1300元钱，连同零钱一起递给李老汉，眼含热泪说："老人家，请您放心，这个案子俺一定给您破了。"

"这可使不得，俺咋能拿你的钱哩？"李老汉不肯收。

潘云峰把钱硬塞到老人的手中，"俺是刑警队长，您的羊被盗了，是我没有当好这个队长，欠您的，您老必须收下！"

上车后，潘云峰对蔡胜辉说："老人家一个人过日子，他丢的不是羊，是个伴儿啊！"

星期天，潘云峰带着爱人和儿子，买了米、面、油、菜和一些生活必需品，专程又来到李老汉的家里，给老人打扫房屋，洗洗缝缝。

村里人看见蹲着修补羊圈的潘云峰，问李老汉是谁。

"俺在外地的侄儿一家过来了。"吸着旱烟袋的李老汉，乐滋滋地回道。

老人美丽的谎言留在了潘云峰的心里。他估摸这位长期独居的老人一是爱面子，二是也想这个侄儿了。他打听到李老汉的侄儿远在云南昆明工作，就想方设法联系上他，让老人感受到亲情的温暖。

十天里，潘云峰带领弟兄们日夜连轴转，摸排线索，蹲坑守候，案子破获了，但是李老汉那16只山羊已经被窃贼卖了。潘云峰又全力为老人追回了经济损失。

征求李老汉的意见后，潘云峰替老人捉回十几只小羊羔。

伴儿回来了，李老汉的心里舒坦了许多。

因为一起山羊被盗案，潘云峰和李老汉结下了浓浓的情谊。

潘云峰出身于一个特殊的家庭，父母很早就离异了。母亲是沂蒙农村人，这片土地赋予了她宽容坚韧的胸怀和勤劳善良的性格，生活中遇上什么坎儿了，母亲就会哼唱起沂蒙小调，一抬腿，也就迈过去了。是母亲含辛茹苦地把他们兄妹几个拉扯大，本想儿女结婚成家了，把老人家接进县城享享清福的，可是当刑警的儿子老让她担惊受怕。

自古忠孝难两全。潘云峰是个沂蒙汉子，更是位铁血刑警。

时任刑侦大队副大队长的杜星，给我讲了当年潘云峰侦破1岁幼童被抢案的经过。

回家陪娘一起过除夕，是潘云峰对母亲的承诺。然而2016年这个除夕，他再次食言了。

这年的腊月二十八下午，县城某小区一个躺在家中摇篮里的1岁幼童不见了。

"就出门一会儿，娃就没了，找不回来，俺也不活了！"

在案发现场，潘云峰听到幼童奶奶绝望地哭喊，心里不是个滋味儿。孩子不见了，这一大家子的年，咋过？

潘云峰随即展开走访调查。

在询问孩子的爷爷时，他回忆说，几年前因为生意上的事，曾经和一个外地人结过怨，前几天还在小区里碰到过此人的老婆。他当时还犯嘀咕呢，没听说过这对夫妇在小区里有亲戚朋友啊，担心这个冤家是不是又过来纠缠他了。

一个外地女人出现在小区，而且她的丈夫和被抢幼童的爷爷结怨很深，这是条重要线索！

根据描述的特征，潘云峰在离小区不远的监控探头录像中，发现了一个抱着孩子的妇女上了一辆出租车。

潘云峰获取了嫌疑人的相关信息，立即带领杜星等人循线追踪。连续两个昼夜，他们根据嫌疑人的社会关系信息，研判分析出几个可能的藏匿地，转战山东、江苏三地市五县区，奔波近千公里。

除夕夜，他们在江苏境内的邳州某地，成功解救出被抢的幼童，涉案犯罪嫌疑人无一漏网。

抱着哇哇大哭的幼童，潘云峰这才打电话给等他吃年夜饭的老母亲，说明缘由。

母亲回话："峰儿，你是公家的人，救人是天大的事，就别惦念着娘，娃找回来了，娘比你回家过年还高兴哩！"

在县局餐厅就餐的当口儿，刑警大队大队长赵凯也给我讲了两件潘云峰破案的事。

2015年年初，作为全县民生重大建设项目的燃气管道输送工程，从兰陵县的庄坞镇、芦柞镇、兰陵镇全面开工。然而开工不久，就遭遇不法分子的干扰，多辆施工车被砸坏，施工工人被打伤，管道工程一时处于停工状态。这可是惠及百姓的民心工程，一刻也不能耽误。

接到燃气公司报案后，潘云峰立即带队赶赴现场。

经过缜密侦查，确定了那伙犯罪嫌疑人的身份，并掌握了相关证据。

抓捕！潘云峰组织精干力量，雷霆出击，先后在临沂市的兰山区、兰陵县等地，将涉案的9名寻衅滋事犯罪嫌疑人全部抓获，得到了当地党委政府领导和群众的高度评价。

2016年年底，刑侦大队受理一起伤害案件，芦柞镇西哨村的杜某与戚某因为一起纠纷发生了肢体冲突，后杜某经法医鉴定构成轻伤，要求严惩戚某。而另一方戚某则大喊冤枉。

这起普通的伤害案引起了潘云峰的关注。直觉告诉他，这起案件虽小，但疑云重重，处理不好，极易引起上访。

潘云峰详细审查了现场调查情况、视频资料和法医鉴定，这位老刑侦很快就发现了问题。

戚某一直不承认自己持刀伤人，只承认双方发生过肢体冲突。但是杜某一口咬定自己当时被戚某用棍子打伤。如果用棍子，应该是钝器伤，而法医的鉴定在那儿，是锐器伤。

这里面定有蹊跷。

他以此为突破口，经过深入调查，发现更多的证据也证明杜某的"伤"存在问题。

潘云峰亲自找杜某谈话，几句问话下来，杜某的回答就漏洞百出，不能自圆其说，最终不得不供述为了陷害对方，在纠纷发生后让家人用刀片划伤自己，以达到诬告陷害对方的目的。

公安机关以涉嫌诬告陷害罪依法将杜某刑事拘留。

真相大白后，被洗清冤屈的戚某做了一面"为民的好警察、公正的保护神"的锦旗，送到刑侦大队。

……

一个个精彩的桥段，从潘云峰的战友口中讲出。也许，对于有着近三十年刑警生涯的潘云峰来说，他所做的这些事很普通。但是我从这些普通的故事中，听到了一位沂蒙赤子一心为民的心跳，感受到了一位铁血刑警浓情似海的胸怀。

滚烫的老母鸡汤

兰陵县人民医院的就诊大厅里熙熙攘攘，人头攒动。

"他啊，每次住院治疗都不好好待着。你说这伤口稍微好点儿了吧，他就又不安生了，不是把人叫过来谈事情，就是闹着要出院。有时还把我们医生的小会议室给占了，关起门开什么分析会，这儿快成了他的办公室了。"骨外科主任吕冠男一提起潘云峰，就有点儿哭笑不得。

吕主任告诉我，他和潘云峰是中学同学，彼此非常了解。

"云峰这个人吧，天生是块当警察的料，在学校里就喜欢看《福尔摩斯探案集》什么的，后来考上了警校，穿着那身警服在我们同学面前显摆，皮鞋蹭得'咔咔'响。他抓坏人几次受伤，都是我给看的。唉，他这个神探之名啊，是拿命换来的。"吕主任还有个手术要做，就把护士长叫了过来。

于是，我和这位漂亮的护士长有了一次交流。

护士长说，潘局长住院期间，来看他的人特别多，除了县里的领导、局里的同事外，还有一些连他自己都不认识的群众，病房里放满了鸡蛋、营养品和鲜花什么的，拦都拦不住。

那次，潘云峰在抓捕的过程中又受伤了。

住院治疗期间，病房里来了一位提着一只老母鸡的大娘。

"好人哪，你咋又伤了呢？"大娘对病床上的潘云峰说。

"您是……"潘云峰打量着大娘。

"哎，你忙人事多，忘了！年前你们抓了一伙偷家畜的坏人，你亲自到俺家，送给俺两千元钱，说是追回的损失款。"

潘云峰笑了："想起来了，您是神山镇小屯村的刘大娘呀，我记得您家当时丢了两只羊、十只鸡。"

"是的，是的。这只老母鸡给你补补身子。"大娘说着，就要寻地方搁下老母鸡。

"谢谢刘大娘！一点儿小伤没事的，俺身子硬朗哩，不需要。"潘云峰想起身拦住，可是大娘不依。

还是护士长有办法，她劝大娘："活着的家禽可能带病菌，不能带入病房。"

大娘只好提着老母鸡走了，这事似乎也就过去了。

可是第二天，大娘又来了，是煲了鸡汤专门送过来的。

这下潘云峰没辙了。

他捧着滚烫的不锈钢餐盒，听着大娘对他不爱护身体的埋怨和唠叨，就连受伤、手术都不曾皱过眉头的汉子流泪了。

他顿时觉得，为了这方可亲可敬的百姓，自己付出得再多，都值得。

第二天，他又一次悄悄从医院"逃走"了。

他拄着拐杖来到大队，局领导和同事都劝他到医院养伤。潘云峰笑着说："俺这点儿伤是小伤，案子的事是大事，躺在医院我心里不踏实。"

拖着六级伤残的"小伤"，潘云峰又奔波在了打击犯罪的主战场上……

尾声

"鲁南古城秀，琅琊名士多。"沂蒙是一片神奇的沃土，曾经诞生了"书圣"王羲之、王献之、颜真卿，"算圣"刘洪，"孝圣"王祥，"宗圣"曾子，东晋名相王导，儒家重要代表人物荀子，一代名将蒙恬等历史上的著名人物。一位位圣贤奇才灿若星辰，流芳千古，折射着沂蒙大地人杰地灵、钟灵毓秀的光辉。

"两战圣地，红色沂蒙。"这里又是一片血染的土地，在抗日战争和解放战争中，不屈的沂蒙人民，为中华民族的独立和人民解放做出了巨大的牺牲。有与日本侵略者血战到底的"中国抗日第一村"渊子崖村，有用乳汁救活伤员的"沂蒙红嫂"明德英，有拥军支前模范"沂蒙六姐妹"，有英勇就义的赵镈烈士，有反抗压迫的苍山暴动……一个个动人的革命故事壮怀激烈，光照千秋，传颂着沂蒙儿女气壮山河、撼天动地的不朽功勋。

新时代的沂蒙儿女传承着先辈先烈的精神，续写着华彩新章。

潘云峰 1990 年参加公安工作，从一名侦查员到分管刑侦的副局长，一直奋战在打击犯罪的最前沿，行走在刀光剑影之中。他先后参与侦破刑事案件 8000 余起，亲自侦破的大要案件 2100 余起，为群众追回经济损失 2.5 亿元，共抓获违法犯罪嫌疑人 6000 余人，追回逃犯 1000 余人。这位被百姓推选的"兰陵好人"，先后荣立个人一等功、二等功各 1 次，三等功 6 次，还被授予"临沂市优秀共产党员""临沂市劳动模范"等荣誉称号。2012 年 5 月，他被公安部评为全国优秀人民警察；2017 年 10 月，被公安部评为全国公安"百佳刑警"。

面对这些荣誉，潘云峰告诉我："其实，破案、抓获犯罪嫌疑人并不是我们警察唯一的荣耀，作为一名刑警，我追求的终极目标是天下平安。"

　　高粱那个红来哎，
　　豆花香。
　　万担那个谷子哎，
　　堆满场。
　　咱们的共产党哎，
　　领导好。
　　沂蒙山的人民哎，
　　喜洋洋……

　　悦耳的《沂蒙山小调》在大地上荡漾，九曲十八弯的山路，连着田野，连着山尖尖儿。那一步一个脚印走来的，是一个叫潘云峰的沂蒙汉子，一位公正为民的铁血刑警……

G 弦上的青春咏叹调

——乡警戴鹏的故事

这是一位乡村片儿警用年轻生命吟唱的一首 G 弦上的歌，人民警察的忠诚律动，源源而出。深沉、舒缓，扣人心弦……

——题记

每当我听到巴赫的《G 弦上的咏叹调》，就会释放掉一些疲惫和焦躁，心境顿时舒缓了许多。低沉、悠扬的旋律如诗如画、如歌如梦，拨动着我思绪和情感的心弦，感叹生命中的每一秒绚烂，咏怀从警岁月里的每一次波澜。

这首乐曲在小提琴 G 弦上演奏，尤为悠长而庄重。

G 弦，是小提琴四根琴弦中最粗的那根弦，我时常拿这根弦来比喻警察这个职业。因为它最低调，不张扬；最坚韧，不懦弱；最质朴，不奢华。而从这根琴弦上流淌出的旋律最为雄浑激越、波澜壮阔。

一位普通乡村片儿警的故事，他短暂的生命，就像静静流淌的东台河水，尽管没有惊涛拍岸，涌浪滚滚，但也波光粼粼，霞影处处。他用热血和生命吟唱的平安曲，荡人肺腑，平凡而不失超卓，让我再次感受到 G 弦上的最强音。

2018 年 5 月 25 日 11 点 50 分，镇泰高速公路泰州东路段。

雨，越下越大；风，越刮越猛。天空乌云翻滚。

"嘭!"一声闷响，轮胎突然爆裂。

瞬间，汽车像脱缰的野马，在雨幕中发疯似的旋转，撞上了路右侧匝道口三角区的一根护桩……

一次突发的意外事故，让一位乡村警察停止了心脏跳动，青春的年华定格在 29 岁。

他倒下了，倒在了他办案的途中，倒在了他钟爱的岗位上。

可他的甜蜜幸福的生活才刚刚开始，片区里还有许多的事儿需要他去做。他留下了一串值得人们永远记忆的闪光足迹，他的音容笑貌固化在父老乡亲的心里。

大雨滂沱，狂风怒号。

乡村的片儿警

清澈的东台河，像一条绿色的丝带，从市区飘出，一路向东伸展，汇入大海。其间流经一个不显眼的乡间小镇——头灶。

头灶镇，位于台城以东 20 公里处的古海滩上，这片朝着大海生长的陆地，是我国海盐文化的发祥地。

头灶，素有"天下第一灶"之美誉。生活在这方水土的人，祖祖辈辈口耳相传着"洪武赶散"的故事。随便问几个当地人，他们几乎都会告诉你，祖籍是"苏州阊门"的。

"洪武赶散"，是一桩众说纷纭的历史公案。故事说的是朱元璋登基后不久，为了报复苏州、松江、嘉兴、湖州、杭州一带王府绅民对张士诚的拥戴，遂以移民垦荒为由，将王府40万人丁从江南驱赶到苏北一带。

据东台县志记载，明洪武以前，头灶这一片还是一望无际的大海。明万历年间，因国家动乱，苏州阊门人迁徙至这片荒芜的海滩，自找营生，利用大海资源搭灶烧盐。因罗、李二人兴灶首张，而得"头灶"之名。

这里的地名，大多与先辈们煮海造盐有关。

头灶的"灶"，指烧盐的灶口；曹丿的"丿"，原字"撇"是制盐的锅；三仓的"仓"，就是存盐的地方……

斗转星移，沧海桑田。如今的头灶早已盐田变热土，发展成为东台市的经济重镇，东蹲线上的中心区域镇。行政区划调整后，头灶镇先后与原六灶乡、原曹丿镇合并，镇域总面积206.82平方公里，耕地面积15.9万亩，辖1个社区管委会，34个行政村（居委会），361个村民小组，2.69万户，总人口近8万人。

担负起这块土地上父老乡亲的平安重任的，是东台市公安局头灶派出所的11名民警。

戴鹏，是这个派出所的一位普普通通的人民警察。

他浓密柔软的头发，高高的鼻梁，紧闭的双唇，流露出警察特有的坚毅，星辰般闪亮的黑眸透着几分睿智，一对月牙眉洋溢着青春的气息。

服务大厅的警风监督牌上，他的笑容依旧灿烂。他的办公室在二楼的最东侧，依旧保持着原样。橱柜里挂着警服和接处警工作包，办公桌上整齐排列着社区工作台账、几本厚厚的业务书籍。

两个笔记本是他生前的警务工作痕迹，记录着他出的每一起警情，详细写着当事人的姓名、住址、身份证号、电话号码和警情简要、处置结果、上门回访等情况。

电脑旁，有三盒胃药和一只还没有喝完水的紫砂杯。

他和妻子季琳的宿舍窗台上，摆放着一盆甜叶菊，嫩绿的叶子，散发出淡淡的清香。写字台上面有一台电脑和一个小书架，椅背上披着执勤服。两张单人床拼在一块，床下有一个篮球、一副哑铃。宿舍里干净、整洁，虽然小些，但是很温馨。

他似乎没有离去，出警了，或是又扎到警务区了。

2011 年 8 月 15 日，一个阳光灿烂的周一。头灶派出所的教导员王增田刚刚开完周前例会，回到办公室。

"报告!"门口站立着一位挂着学警标志的年轻人，身上背着双肩包，左手拎着一个篮球兜。

"进来!"王教导员上周接到局里通知，分配给所里一名新警，说下月初报到。眼前的这位年轻人应该就是。

"新警戴鹏报到!"

"快坐下吧。"教导员回了个礼，热情地握了一下手，取下他的双肩包。沉甸甸的。

"装的什么，这么沉?"

"报告，是书籍和一副哑铃。"

"好啦，别一口一个报告了，从现在开始，我们就是同事。"

教导员沏了一杯茶递给戴鹏，仔细打量着眼前这位风华正茂又略显青涩的青年。高个子，结实的身板，目光炯炯，活力四射。

看来是块当警察的料。教导员心里说。他自己是从部队转业的，刚才戴鹏简洁、规范的语言和一连串标准的动作，勾起了他对军旅生活的回忆。他看到了自己以前的影子，第一眼就喜欢上了这位朝气蓬勃的年轻人。

"局里不是通知你下个月报到的嘛，怎么现在就来了?"教导员问。

"报告教导员，早一天报到，早一天学习，早一天上岗。"

教导员笑了。

所长生病，教导员主持工作。他想了一下，说："也好，所里人手紧张，你先跟班接处警，另外嘛……你就兼职做所里的消防民警。"

教导员有意给这个年轻人多压点担子，摔打摔打这块好坯子。

戴鹏上岗了。

果然第一次处警就显现出他当警察的天赋。

曹丿中学报警，称学校附近一住户嫌学校铃声吵，点燃鞭炮往校园里扔。

这应该是个小警情。教导员想让戴鹏试试手，特意安排干了十几年辅警的金长春跟戴鹏出警。

到了现场，一个光着上身的中年人正脸红脖子粗地和校长争吵。校园里散落着一些鞭炮纸屑，学生们躲在远处惊恐地看着。

戴鹏问中年人："这些鞭炮是你点的吗？"

中年人一看是个挂着"两道拐"的学警，一副满不在乎的样子："是我点的，怎么样？就许学校打铃，不许我点鞭炮？"

戴鹏正了正警帽："为什么要扔到校园里？"

"学校的铃声吵得我睡不着觉。"中年人头一昂，仍然不买账。

"哪所学校不打铃，你就没有上过学？这里住了这么多人家，就你嫌吵？"戴鹏一连串发问。

中年人被问住了。

他想不到这个稚气未脱的学警还蛮厉害的，便知趣地退到一边。

校长悄悄告诉戴鹏，此人在校门口开了个小商店，几天前又放了两台老虎机，哄学生玩。学校不让学生去，他就故意找碴儿。

戴鹏听了，不动声色地走到中年人跟前："走，到你的小店里坐坐，喝口茶。"

中年人心慌了："店里没人，门锁了……"

"看你赤膊露怀的，不像是要出远门吧！"戴鹏不慌不忙地说。

他朝辅警老金使了个眼色，两个人半推半拉，挟着中年人来到小店。两台老虎机摆在后间里。

中年人蔫儿了，耷拉着脑袋。

依法传唤。两台老虎机被查收了，校园也安静了。

新警戴鹏第一次出警，满载而归。

他冷静、果断，处置得法，老辅警金长春对他刮目相看："他气场很强，几下子就把开始很嚣张的男子镇住了。"

王增田教导员心里乐滋滋的："看来这孩子真不错，第一场实战考核——满分！"

戴鹏进所的那一年，头灶派出所陆陆续续有人走，又有人来。

他没有固定的师父带，基本上独当一面工作。

在所里，他谦虚好学，始终一副笑脸，无论是民警还是辅警，他都一口一个"师父"。

一晃，戴鹏也当师父了。

新警黄成到所里报到，时任所长程安平说："戴鹏业务能力强，接处警有经验，你就跟他的班吧。"

他于是跟着师父戴鹏出警。

而他出的第一次警，令他至今仍记忆犹新。

那天晚上 11 点左右，所里接到报警，潘家墩有两个人因为经济纠纷在路上纠缠起来了。

师徒俩驱车赶到现场。

经了解，做生意的老王，两年前通过同村的老张担保，向债主借了 15 万元，因为生意做得不好，贷款一直没还上，跑路了。这下可苦了当初担保的老张，债主盯着他要钱，已经替老王还了好几万元。

昨天，老王的丈人去世，老张想老王肯定要回来，就守在老王丈人家附近的路上。

晚上 10 点，终于守到趁黑夜悄悄赶回来磕个头的老王。老张拦住老王的汽车不让走，双方就纠缠起来。

"小戴，你给评评理，他当初借钱求我担保，现在赖账不还，债主一天到晚跟我要钱，弄得我不得安生！"老张气得手发抖。

"我又没说不还，生意不好，欠了一屁股债，我也没办法。"老王两手一摊，一脸的无奈。

"你们都不要急，既然报了警，这事我就要管。"戴鹏说。

因为老王丈人家正在办丧事，到那里谈不适合，附近也没有别的人家，戴鹏就在现场调处起来。

海边的天气说变就变，刮起了大风，气温陡降。

戴鹏和黄成都穿着短袖执勤服，这荒郊野外的，冻得他们直哆嗦。

半个小时下来了，双方一个催着还钱，一个说没有，相持不下。

戴鹏把老王拉到一边："欠债还钱，天经地义。老张当初好心为你担保，你让人家替你还钱，这道理上说不过去吧！"

老王说："我不是没钱嘛。再说了，我请他担保时，已经给他提成了。"

"你丈人家里正在办丧事，今天不给他个说法，他要是跟到你丈人家里要钱，那么多亲戚朋友的，你怎么交代？"

"他闹就闹，反正我身上没有钱。"老王一副死猪不怕开水烫的架势。

"暂时没钱没关系，你们可以先商议个还款计划，让老张心里有个底。"戴鹏仍然耐心地劝说。

湿冷的海风，一阵紧似一阵。

戴鹏看到黄成直打战，就让他先坐到车上去。

黄成心想，师父哪来这么大的耐性？调解不成就让他们到法院去嘛。

他坐在警车里，看着师父在风中不住地搓着手臂，反复调解着双方当事人……

一个多小时后，双方终于握了手。

戴鹏上了车，嘀咕了句："乖乖，这天真的很冷。"

黄成问师父："为什么不叫他们去法院？"

"他们这种民间借贷弯弯绕太多，一般双方都不肯去，宁愿死磕。我刚才动员老王把车子卖了，先还 8 万元，余款逐步还清。"

黄成暗暗佩服这位比他大不了几岁的师父。

发动了汽车，戴鹏说："我们乡镇派出所和城里的所不同，调处的大多是乡邻之间的琐碎事。事情虽小，但是如果不及时化解，会加深积怨，引起家族之间的矛盾，事就大了！"

2015 年 3 月 12 日上午，乍暖还寒。

"鹏子，赶紧准备一下，一起去蹲守，抓个毒贩。"副所长陈小刚风风火火地闯进戴鹏的办公室。

"好的！"正在准备头灶中学法制课教案的戴鹏应声站起，立即换上便服，带上警械装备就下了楼。

车上，陈小刚拿出一张照片说："所里得到重要线索，邻市的涉毒嫌疑人王某，今天下午 4 点，要在这里的风景区进行毒品交易，上线是谁还不清楚。"

"那只能盯一头了。"戴鹏说。

"是的，我们先咬住一头，等他们交易了就动手。"陈小刚对戴鹏、陈曦和 4 名辅警说，"我刚才在信息平台上查了一下，王某多次被公安机关处理过，大家行动时一定要注意安全。"

戴鹏想了一下，提醒说："风景区人多车多，还要注意保证游客的安全。"

戴鹏参加过多次抓捕行动，和陈小刚配合默契。

"不是我要抢头功，王某几进宫了，是个危险分子。老规矩，刚哥指挥，我打头阵。"戴鹏又补了一句。

多好的兄弟啊！陈小刚感受到了戴鹏身上澎湃的热血。

这几年，陈小刚是看着戴鹏进步成长的，他的工作能力有目共睹，一直是所里综合绩效考核的第一名。他加入党组织，陈小刚就是介绍人。这次组织抓捕力量，陈小刚想到的第一人就是戴鹏。

有这位高徒在，陈小刚的心里有底。他随即明确了分工。

"蹲守"是警察的基本功，不但要眼观六路，耳听八方，及时做出综合分析，相机调整抓捕方案，还要注意隐蔽，不能暴露，是个与犯罪嫌疑人比智慧、比胆识、比体力、比耐心的活儿。

风景区内人来人往，王某一直没有出现。

天渐渐黑了，游人陆续散去，四周空荡荡的，王某还是没有出现。

是行动暴露了，还是犯罪嫌疑人改变了交易地点？

陈小刚把这条线索从头到尾又重新捋了一遍，自言自语道："不应该啊。"

戴鹏分析说："交易地点不应该有变化，他们选择在风景区交易，就是想利用人多障眼，也好逃跑。是不是交易时间上有误，或者他们使用了暗语？"

事后表明，戴鹏的判断是正确的。

交易的双方用下午的 4 点，代表次日上午的 10 点。"4""10"谐音，够狡猾的。

第二天上午 10 点，风景区游人如织。王某终于露头了。

王某在人群里转来转去，还时不时地"验梢"。

逛了一圈后，他放心了，走到停车场，钻进了一辆没有熄火的汽车。

"行动！"陈小刚一声令下，戴鹏一个箭步冲上去，奋力拉开车门，一只手紧紧抓住方向盘，另一只手就要拔车钥匙。

犯罪嫌疑人猛然挂倒挡加油门倒车，撞到了北面的路牙子，然后挂前进挡加油往前冲，企图强行逃跑。

正当陈小刚为戴鹏担心的时候，怪了，汽车晃了下身子，直挺挺地撞到前面的树上。

就在这一瞬间，陈小刚和几个兄弟猛虎般扑了上去，分别控制住两个犯罪嫌疑人，现场查获冰毒 260 余克。

完美收官。

陈小刚心有余悸："鹏子，刚才真悬啊，万一把你撞了怎么办?"

戴鹏淡定地说："风景区里有那么多人，我如果不控制住方向盘逼停车子，就有可能撞到游人。"

这个戴鹏，时刻想着的是百姓的安全。

"戴鹏有血性，上了案子就是个'拼命三郎'!"陈小刚擦了下眼窝对我说。

2017 年 7 月 12 日下午 5 点，戴鹏调休，刚要准备回城。

这时，所里接到一个报警电话:曹丿卫生院发生一起医患纠纷。一位住院的老人去世了，医院里聚集了一批死者亲属和一些不明真相的群众，医疗秩序受到影响。

沈小进所长正要安排当班民警出警。

"我去吧。"戴鹏放下包。

"你已经好些日子没回家了，让他们去吧。"所长说。

"我辖区的事，人头熟，还是我去吧。"

所长只好同意了。

戴鹏带着两位辅警赶到卫生院。

大门被人关了。

一群人堵在门前，情绪激动。

他想，先要控制住事态，然后打开医院通道，恢复就诊秩序。

"我们是派出所的，医院是救死扶伤的地方，请大家不要封堵大门。"戴鹏挥着双臂说。

"还救死扶伤呢，活人都让他们给看死了。"

"不行，今天医院不给我们个说法，就别想开门!"

戴鹏注意到，抓着门栓的汉子嗓门最大，应该是个主攻方向。

"我们说话都要讲证据。你说是被医院看死的，有证据吗?"戴鹏朝那位汉子说。

"人在他们医院死了，就是证据。你们警察不要袒护医院!"那个汉子说。

戴鹏接话道："这位老哥请放心，警察依法执行公务，绝不会袒护任何一方。我们到这里来，就是要协助有关部门了解事情的真相，公正处理好这件事的。请你相信我，我叫戴鹏，管这片的民警。"他巡视了一下人群。

骚动的人群慢慢平静了下来。

他见时机成熟了，便话锋一转："但是，前提是要打开大门，别耽误了乡亲们看病。再说了，封堵大门是违法的，我们警察不能不管!"他的话，柔中带刚。

人群中立即有人回应："戴警官说得对，有事说事，不能耽误别人看病。"

戴鹏就有这个底气。他是这里的社区民警，家家户户姓甚名谁，家里有几口人、什么情况，都装在他的心里呢，而且他平日里热心服务乡亲，相信大家会支持他工作的。

那个汉子面生，应该不是本地的。

几个群众主动上前，配合戴鹏做工作。

那个汉子松开了手。

不到二十分钟，医院恢复了正常秩序。

在随后的调查中，戴鹏得知，死者是韩文村一位 60 多岁的"五保"老人，长期身患重病。这次因患流感住院，当天上午输液，身体并没有出现不良状况，下午在病房休息时，突发心脏病猝死。

医院和村干部都提供了相关证明材料，上级有关部门调查后，认定院方的治疗没有问题。

可是，老人一些平时不怎么联系的亲戚，却一口咬定是被医生看死的，向医院"讨说法"，提出高额赔偿要求。

戴鹏一边和死者的亲属谈话，安抚他们的情绪；一边又和院方沟通，寻求协商解决办法。

经过 18 个小时的耐心细致工作，终于促成双方达成和解协议，医患双方都表示满意。

那个汉子是死者的远房亲戚，看着戴鹏忙碌的身影，十分感动，拉着他的手连连致谢。

戴鹏说："将心比心，你们的亲人去世了，心情我理解。但是要弄清楚情况，行事要守法。"

而他在 18 个小时里，没有吃一口饭，没有休息一分钟，累得疲惫不堪。回所的路上，他倒在车上睡着了，睡得很香，以至于到了所里后，大家都不忍心叫醒他。

"他虽然参加工作不到 7 年，但是工作能力和敬业精神令我敬佩。以后凡是遇到难事，我第一个想到的就是他，交给他去办，我也最放心。"沈所长说道。

……

同事们说，工作中的戴鹏很到位，生活中的戴鹏很归位。

他热爱生活，品味生活中的乐趣，珍惜生命里的每分每秒，和爱人一起享受时尚的生活。但是一旦到了工作岗位，他就像换了个人似的，阳光、干练、执着，工作积极，经验丰富，敢于担当。

照片上的戴鹏，使我仍然能感到这位年轻警察那颗心脏的跃动，就像一团火，燃烧着自己，熠熠生辉，照耀着警营，照亮了这片生养他的土地。

田埂上的故事

鸟语声声，小河弯弯。远处，一座座农舍炊烟袅袅。小路两旁是一望无际的甜叶菊，扬着碧嫩的脸，唱着绿油油的歌。夕阳下的曹丿乡间，一派怡人的田园风光。

这里距离头灶镇区 17 公里，是头灶派出所第 6 警务区。

戴鹏生前带领 4 名辅警，就具体负责所里这片最偏僻的警务区。

这个片区，北接大丰区的潘丿村，东至潘堡河，南与三仓的沙灶村接壤，西通韩文、下舍、姜祝、港东等几个村落。辖区总面积 34 平方公里，有 3 个乡村居委会和 1 个行政村，总人口 12000多人。

几年来，戴鹏的脚步印满了乡间小路，青春的身影留在了田间地头，灿烂的笑容刻在了百姓的心里。在这里，只要一提到民警"小戴"，村干部和乡亲们就会纷纷竖起大拇指。

我听乡亲们讲述戴鹏生前的故事。

南美巴拉圭高山草地上有一种植物，叫甜叶菊。它名谓"菊"，其实经济价值不在花，叶子中含有一种叫"甜菊素"的物质，甜度为蔗糖的 300 倍，而所含热量只有蔗糖的 1/300，是目前已知最甜的天然糖料。提炼加工后，是健康的食品增甜剂，在可乐等世界著名饮品中都有使用。

这种高效经济植物富裕了曹丿一方乡亲。这里种植甜叶菊已有二十多年的历史了，是江苏省规模最大的甜叶菊种植区，有"甜叶菊之乡"的美誉。

种植甜叶菊可是个精细活，尤其是采收季节，5~10 亩的甜叶菊就要手工采收一个月之久。每年的 7 月开始采收，采下的叶子怕雨，一沾上水就发黑变质。因此，要抢天采晒。干叶每吨收购价在5800~6000 元，当地年产纯叶 8000 吨上下。7 月底，外地客商就来此收购，一直到 8 月底结束。

2016 年的 8 月初，村民们趁着晴朗天气，汇聚到收购点，排队出售甜叶。

下舍村村民老陆送的叶子中泥土、枝干等杂质多，收购商要压低收购价，他不同意，就发生了争吵。

气急之下，老陆站在地磅上阻挠收购，坚决要求收购商按原价收购。

收购商也急了，当众表示老陆的叶子就是不要钱也不收。

后面的村民们要赶着天出售叶子，又发生了连环争吵。

现场一片混乱。

严墩甜叶合作社的王世东，立即拨打了警民联系卡上的电话。

不一会儿，戴鹏带着两名辅警赶到了。

戴鹏问了事情的起因，伸手翻了翻老陆送的叶子，又看了看另外几家农户的叶子，心里有数了，就叫老陆和收购商代表到一间屋子里调解。

收购继续进行。

戴鹏拍了拍双方的肩头，让他们先消消气，坐下来慢慢谈。

他没有像往常那样，做谈话笔录，而是给双方各递了一瓶矿泉水。

戴鹏对老陆说："陆大叔，人家外地客商来收购我们的叶子，就是看中曹丿的叶子质量好。他们给的价格也合理吧？"

老陆说："价格是合理，但是他说我的叶子杂质多，要压价。"

"我刚才看了，别人家叶子的杂质为什么比你家的少得多呢？"戴鹏靠近老陆，低声一语道破，"这小泥块和枝干是你有意留了些，压秤的吧？"

"这……"老陆面色微红，直挠头。

"人家收了你家的叶子，回去还得重新分拣，这里头也有个劳力成本，压你一点价也说得过去啊。如果各家都这么做，收购的客商不来了，你就忍心让这些叶子发黑烂掉？这辛苦了一年的收成就不要了？我们曹丿人是讲诚信的，不要让人家看轻了我们。"

戴鹏一席诚恳的话语，就像乡邻唠家常，和风细雨的，听着也舒服。

老陆以为自己阻挠收购，警察来了后，会训诫他一顿，给他上一堂法律课。没有想到小戴对自己是一脸的笑容。

他小声嘀咕了句："他们说，坚决不收我的叶子，我也没办法。"口气变得软多了。

戴鹏说："大叔放心，他们一定会收的。"又把他拉到门口，"你先回去把叶子重拣一下，把杂质去了，明天过来，我就在这里坐等。"

老陆拉着叶子回家了。

说通了这头，戴鹏又转过身来，和那位收购商沟通："您看，他答应回家去杂质了，劳您明天再验一下，收了吧。"

收购商余愠未消，低着头不接话茬儿。

戴鹏继续开导这位收购商："我们曹丿叶子的品质，您是知道的，要不然，您也不会大老远地跑到这里来收购。乡亲们一年辛辛苦苦劳碌下来，就指望从这叶子上挣点钱呢。"

"这一季叶子的生长周期，也就 80 天左右，他还可以做点别的。再说了，我刚才当着大家的面表过态了，这家的叶子坚决不收。"收购商说。

戴鹏知道，他要找个台阶下来。那就搭个台阶让他下来。

"一季的生长期 80 天不假，可是冬天要大棚保苗，开春要种植、上肥，这田间的管理也要跟上。这里的农民我知道，他们也不容易啊。"戴鹏苦口婆心地劝说，"就说这段采收期吧，每天太阳出来前，就要把采下来的叶子撒好，才能保证当天晒干，如果不能当天晒干，叶子就会氧化变黑。我知道，这几天很多乡亲忙得整夜不睡觉……"

收购商睁大了眼睛，看着戴鹏，不相信这些农家话是从这位青年警察口里讲出来的。

戴鹏接着说："只要老陆家的叶子达到收购标准，您就收了吧。回头，我跟乡亲们说清楚。"

收购商伸手握住戴鹏的手："就冲警官刚才的这番话，这家的叶子我收了！"

不出半小时，戴鹏不吵不喊，便和颜悦色地平息了事态，保护了双方的利益。

一旁的王世东，看在眼里，记在了心里。

他认为戴鹏年龄虽然不大，但是办事沉稳、公道，是个好警察。自此，他们成了好朋友。戴鹏发展他为收购点的治安信息员。

没多久，这位收购商被当地的投资环境打动，又拉了几个合伙人，开了家甜叶菊加工厂，就地加工生产，既减少了运输成本，提高了经济效益，又增加了当地的税收，还安排了一些农民就业。

2016 年的冬天，港东村一连好几天有点邪性，不是这家丢了一只鸡，就是那家少了一只鸭，都是在夜里发生的。

村里人家少了几只鸡啊鸭的，也没怎么当回事，权当让黄鼠狼叼了，就没有报警。

但是村民们也在瞎猜疑，是不是村里那个游手好闲的男子所为？却又没有什么证据，弄得邻里关系有点紧张。

还是戴鹏揭开了这个谜底。

其实，戴鹏已经盯上了这件事，正在悄悄地排摸。

他发现有个骑摩托车的外地人，这几天一直在村里转来转去的，也没看见他找谁或者做什么事。

"这偏僻的村子里有什么好转的？"戴鹏思忖着。

这天晚上，戴鹏特意借了辆电瓶自行车，顶着凛冽寒风，又到村口蹲守。

快半夜了，一辆摩托车开了过来。停了片刻，又往村南头去了。

戴鹏关着车灯，趁着夜幕悄悄跟在后面。

摩托车停下了，那个人贼头贼脑地来到一个池塘边，拿出工具准备偷一只水泵。

"干什么的？"戴鹏一声喝道。

那个人转身就跑。

戴鹏紧追几步，一把将他按倒在田埂上。

那个人如实供述了村里的几起偷盗案都是他所为。

原来这毛贼是个船工，这段时间驳船停在川东港等货，就趁着夜黑，上岸到附近的港东村"顺点"鸡鸭下酒。

上次在村子的南边，他又相中了那只小水泵，就想偷回去。不料他正在下手时，被戴鹏抓了个现行，栽了。

案子破了，还了被大家怀疑的那个村民的清白，邻里关系也和好如初了。

村民们要给戴鹏送面锦旗，戴鹏谢绝了。

他说："这是警察该做的事。村子里平安，乡邻们能够和睦相处，我高兴。"

新合村的姚俊南和戴鹏是好朋友。他们的相识，缘于一起路面硬化工程的纠纷。

老姚经过竞标，承接了港东村境内的一段水泥路面硬化工程。

一天下午，他们施工到一户村民家附近时，那家非要把门口的一段也带上。

因为工程量是有关部门事先核定好的，老姚不同意。

那户人家就堵路不让施工。

要趁晴天赶工期，老姚急了，就打电话报警。

一会儿，警察来了，正是戴鹏。

戴鹏了解情况后，便对那户人家进行法治宣传，告诉他阻挠施工是违法行为，又将他叫到屋内。

施工继续进行。

戴鹏对那位村民讲："'村村通'是国家的惠民工程，每公里政府补贴几万元的硬化经费，这些经费都是经过仔细核算的，必须用于已经规划好的施工路段。"

村民说："小戴啊，你讲的这些我都晓得。不就是请他们稍微往我家门口带铺个七八米嘛，又能多花多少钱？"

"你想想，如果家家都跟你学，都要带个几米，耽误了工期不算，这多出的成本，人家老姚也承担不起啊。"

戴鹏说得入情入理，这位村民也实在说不出什么了。

戴鹏想了想，走到门口迈步量了量距离，又回到屋里……

不一会儿，戴鹏出来了，对老姚说："他已经认识到自己的行为不对。不过……"他略微停顿了一下，"我想跟你商量一件事。能不能请你帮个忙，把这门口的一小段带一下，费用由他自己付。"

老姚为难地说："不是我不给你面子，光他家这段好说，我是怕后面的人家也和他一样提要求，就会耽误工期了。"

戴鹏转身，看了看后面一段路，又粗略数了下沿途的房屋，朝老姚说："不如这样，我到后面的几家问一下，需要接上的统计一下，等工程结束后，你就按材料成本价帮着弄一下，省得他们以后还要找人。都是乡里乡亲的，你就顺个手，做件好事，行吗？"

看着戴鹏十分诚恳的脸，老姚不好意思回绝了。

他自己也算了一笔账，后面那几家如果每次为这事拦住不让施工，派出所出警到这边要 10 分钟，然后再现场调解 20 分钟左右，这半个小时就没了。工人停半个小时不要工钱吗？租的机器停半个小时不要成本吗？而且还伤了乡邻的感情。

更让他感动的是，戴鹏在调处这起纠纷时，心里替乡亲们着想，主动揽了不该他管的事。

于是，水泥路面硬化工程顺利结束了，而家家户户也都接通了"最后一小段"。

港东村的赵大妈有个患间歇性精神病的儿子，30多岁了，一直跟着父母过。他不发病时非常孝顺，人也善良，发起病来就六亲不认，乱舞乱砸。

每次发病，老两口就心如刀绞，只好把他锁在屋里，任凭他折腾。乡邻们也害怕，都劝赵大妈把孩子送到医院治疗。

孩子再癫狂，也是父母心头的肉，赵大妈担心哩。她听说精神病人到医院会被五花大绑地固定在床上，不舍得让孩子再遭这份罪，所以一直没有送医院。村民们也不敢到他家串门，久而久之，赵大妈家的屋子就像村里的一座孤岛。

老两口唉声叹气，痛苦不堪。

今年4月初，赵大妈的儿子又犯病了，老两口一下子没看住，发疯的儿子拿着一根棍子窜到村里，见人就打。

村干部报警了，戴鹏立刻带着辅警张锦民赶到村里。

"当时挺危险的，小伙子身体结实，有股蛮力气，手里还拿着根棍子，到处乱砸，弄得鸡飞狗跳的。"张锦民回忆说。

戴鹏立即劝退病人的父母，疏散开人群，瞅准病人转身的当口儿，猛扑上去，死死抱住病人的后腰。

在众人的帮助下，病人被控制住了，但是仍在扭动着身子，咆哮着。

戴鹏要送病人去医院治疗，赵大妈死活不让，抹着泪说："再咬咬牙坚持一会儿，孩子马上就好了。"

"大妈，您儿子患的是脑部疾病，每发作一次，就会加重病情，发病的频率也会越来越高，您这样做是害他啊。"戴鹏刻意回避

"精神病"这个词头，耐心劝说赵大妈。

赵大妈说："小戴啊，不是大妈不给他治病，这孩子从小命苦，落下了这个病根，到医院里还要被绑起来，我心疼啊！"

"那不是绑，是一种安全衣，发病时穿上可以防止病人发生危险，是保护他的。"戴鹏说，"他这病不治疗，还会给村邻乡亲带来威胁，大妈您也不希望发生吧？"

……

经过再三劝说，赵大妈同意了，病人被送到东台市第三人民医院治疗。

两个多月后，赵大妈儿子的病情有了明显好转，戴鹏又赶到医院，把他接了回来。

看到赵大妈儿子能做些家务活了，乡亲们也来走动了。

老两口的心里敞亮了许多。

"当初多亏了那个小戴，不然我儿子还'傻'着呢。"提起戴鹏，赵大妈话里话外都是感激。

"小戴的心里藏着事呢，原来这位阳光小伙子也是个苦孩子！"听到头灶镇司法所所长罗益文讲的故事，我手中的笔，好沉。

刘建华、刘森是一对父子。还是在刘森很小的时候，他的父母离婚了，刘森就一直跟着爷爷奶奶生活，对父亲刘建华的感情很淡漠。随着刘森长大，这对父子间的矛盾也越来越深，发展到了水火不相容的地步。

2017 年下半年，刘氏父子因土地起了纷争，互不相让，甚至大打出手，两个人均不同程度受了伤。

为此，镇里专门成立了由村组、司法以及派出所组成的调解组，虽经多次调解，但收效甚微。

2018 年 2 月 13 日，戴鹏接到了刘氏父子又打架的报警。

戴鹏出警了。

他在与双方接触后发现，土地纠纷只是这对父子矛盾的一个表象，根源是当初父母的离异。这在刘森的心中始终是个迈不过去的坎儿。

刘森认为父亲太自私，没有尽到做父亲的责任，而刘建华却认为刘森不孝顺、忤逆，不配做他的儿子。

看着眼前这对反目成仇的父子，戴鹏的心里一阵阵隐痛。

自己相似的家庭变故告诉他，这对父子是因长期缺乏沟通，刘森缺少父爱造成的心病。心病还得用心药医，他不忍心让这对父子继续相互伤害，更不能让他们就这样度过一生。

戴鹏定了定神，拉着这对父子坐下来，向他们敞开心扉，讲述了埋藏在自己心底那段苦涩的童年记忆。

说着说着，戴鹏的眼睛里盈满了泪水。

听着听着，这对父子也泪流满面。

戴鹏对刘森说："兄弟，天底下最深的情就是亲情。我们做儿女的要理解父母，他们当初的选择，必定有他们的道理。即使父母错了，我们也要懂得原谅他们，毕竟是他们把我们带到了人间。"

他又对刘建华讲："刘叔，不是小侄说您，您既然养了儿，就要对儿子负责。这份当父亲的责任，不仅是物质层面的，更重要的是精神层面的，那就是父爱。都说父爱如山，您要给儿子一座成长的靠山……"

一番滚烫的话语，深深打动了这对父子，也融化了他们心里那块冻结已久的坚冰。

刘森握着戴鹏的手，动情地说："戴警官，你的真情，化解了我们二十多年的心结。"

刘建华说："家和万事兴。请你放心，我们父子从此好好地过日子，再也不会给公家添麻烦，更不会给你添堵了。"

……

乡亲们说，小戴是个心里装着我们的好警察，我们打心眼里喜欢他。他办事公道，说话和气，始终挂着灿烂的笑容，为我们做了许多好事。碰到了，他总会问一句："有什么需要我做的？"他虽然走了，但是我们永远不会忘记他。

这些从田埂上听到的故事，就似乡野里的微风细雨，沁人心脾。

听着乡亲们的讲述，我的心里深深地痛惜。不仅仅是为了一个年轻生命的终结，也为了当地的百姓乡亲，他们从此失去了一位时刻关心着他们的贴心好民警。

爱心大义与血脉亲情

窗外烟雨蒙蒙。夹着寒气的风儿，把一滴滴雨珠吹到窗玻璃上，绽出一朵朵花纹图案。顷刻，又被后面的雨点覆盖……

2018 年 5 月 25 日 5 点刚过，季琳就早早起床了。

今天丈夫戴鹏要外出执行任务，不知多久才能回来。

她是个辅警，知道公安工作的纪律，丈夫每次出差，具体到什么地方，干什么，她从来不打听。

作为警察的妻子，她已经习惯了每次为出征的丈夫收拾行装。她轻手轻脚地往丈夫的双肩包里放了几件换洗的衣衫。想了想，她又往里加了件绒背心，放进两盒胃药。

由于辖区的工作千头万绪，丈夫经常饱一顿饥一顿的，生活没有规律，几年前，就落下了胃病。

收拾停当后，她取了件外套搭在双肩包上，轻轻掩上房门，来到厨房，捞出昨晚就泡上的黄豆，放进豆浆机里，又煮上大米粥，煎了几只土鸡蛋。

她要让丈夫多睡一会儿，哪怕是多睡一分钟也好。

自打结婚以来，她就没见丈夫睡过一个囫囵觉。

昨晚下班前，辖区内张大爷家的门被几个人堵了，说是他在城里打工的儿子借钱不还，要搬东西。

张大爷把电话打给了管这片的丈夫。

他一直调解到大半夜才回来。

小两口非常恩爱，从来没有为什么事情红过脸。私底下，她叫丈夫"小胖猪"，丈夫喊她"呆丫头"。而在她的心里，却把比自己大三岁、1.78米个头的丈夫当作一个大孩子，精心照顾着。丈夫在单位里每一点进步，她都替他高兴，回到家中，她总会给他一个拥抱。而丈夫也把她当个小妹妹般百般呵护，只要有空，就会抢着把家务活全包了。

这不，要出差了，他昨天深夜回家后，还把家里的地板仔仔细细拖了一遍。

城里这套温馨的房子，尽管还欠着40多万元的贷款，但是承载着他们小两口的幸福时光。

炉火旺旺的，映红了季琳的脸。

此刻的她，心里像灌了蜜一样甜，感到自己是天底下最幸福的女人——她又怀孕了，要做妈妈了。

之前她流产过一次。去年的国庆节，她突感不适，被送到医院，而丈夫正在海滩上调处一起纠纷，一时脱不开身，赶到医院时，被告知妻子流产。好不容易怀上的孩子没了，小两口伤心了好一阵儿。

这次又怀孕了，他俩格外地小心，同志们也替他们高兴，所长沈小进特意给了她一个礼拜的假，让她回家保胎。

对于腹中的孩子，小夫妻俩都在热切地期盼着。

一双手臂从后面轻轻拥住季琳，她感到心里暖暖的。

"你怎么又起来了，不是说好了我做早饭的?"戴鹏的面颊贴着妻子的发丝，低声责怪道。

季琳关掉煤气灶，转过身来，手指轻轻点了一下丈夫的鼻梁："小胖猪，外面下雨，又降温了。你的胃不好，多穿点。"

"知道了，呆丫头，你也要注意保暖，别冻着我们的小宝宝。"戴鹏应道。

看着脸上泛着红晕的妻子，他忍不住轻抚她的腹部："我的小宝贝，你快快地长，我等着当爸爸哩。"

妻子娇嗔地拉过丈夫的手，低下头，捏揉着："看你急的，才40多天，宝宝能知道些什么！"

戴鹏笑了笑，那对月牙眉越发可人："等宝宝长大了，也当个警察。"

他憧憬着幸福的未来。

他对妻子一直有愧疚感。虽说小两口在一个所里工作，却是聚少离多。他是个片儿警，有自己的责任田。他的警务区在原曹丿镇一带，离所最远，区域最大，几乎占据了原曹丿派出所的大半个辖区范围。每天他都要走一遍心里才踏实。所里人手少，晚上还要参加值班接处警，就连休息，小两口有时都凑不到一块，上了案件一连好几天碰不到面。

他是这片土地的儿子，汲取了故土淳朴善良的营养，继承了先辈们勤劳坚韧的基因。六年多来，他把自己"种"在了乡村，风吹雨打，日晒夜露，已经从当初的一名青涩学警，淬火成金，成长为一名优秀的社区民警。

因为有一段特殊的成长经历，戴鹏对人生有着特别的感悟。

尽管在同一片蓝天下，自己的家庭和别人的家庭不同，童年的生活有过一些曲折起伏，但是人生中的每一个点，戴鹏都会欣赏到不同的风景。

他十分珍惜自己的工作和家庭，发誓要做一个好警察、好丈夫，将来还要当一个好爸爸。

但是，自从穿上警服那天起，他就把自己交给了百姓。

警察的人生，注定使他有着与常人不一样的人生轨迹。

他感觉自己的时间不够用，还有许多的事情要去做。

港东村王奶奶的腿好利索了没有？前几天王奶奶被车撞了后，就是他把老人家送到了医院，垫付了医药费。

潘港村正在社区矫正的许家大儿子最近思想状况怎么样？该去走访一下了。

曹丿中学门口的探头换了没有？要去再盯一下。

这两天，河道上停了一艘带窝棚的小杂船，也要去探个底⋯⋯

还有，回来后，要抽点时间，和妻子一起陪爷爷奶奶去洗个澡，爷爷也该刮下胡子了。

此时的他，真想再带着妻子到医院检查一下，好好陪伴着她。

但是，他深知一名警察的责任，他没有选择，辖区的百姓更需要他。

他深情地吻别了妻子，背上双肩包，带着对美好未来的向往，离开了爱的小巢。

这次，他要和副所长陈浩驰到外地侦办一起涉毒案。

这起案件，戴鹏已经盯了快半年了。

2017年年底，一个叫李某某的女子进入了他的视线。此人近期频繁入住当地宾馆，而且几次同时入住的人都有吸毒前科。根据李某某的背景资料分析，戴鹏推断这个人应该有"事"。

于是他开始对李某某进行深度研判，掌握了她涉毒的证据。

几天后，经所领导同意，戴鹏带着民警黄成和两名辅警，到李某某经常出入的宾馆附近蹲守。

李某某出现后，戴鹏带人扑了上去。

经过检测、突审，李某某交代了其吸毒的违法事实。

李某某被依法处以行政拘留，执行期完了，又被列为社区戒毒对象。这起普通的吸食毒品案似乎也就结了。

但是在戴鹏的心里，这起案件还没有完。

毒品是从哪里来的？

究竟是谁提供的?

他隐约感觉到有一只黑手正在伸向他的辖区。

他有一种责任,要循线盯上去,一举捣毁这个涉毒窝点,绝不让犯罪团伙染指他的辖区,祸害百姓。

经过一番缜密工作后,戴鹏初步掌握到一条容留他人吸毒、贩毒的犯罪链条。

他知道不能性急,要与犯罪嫌疑人比耐心。要打,就要又准又狠。

又经过一段时间的经营,几条线索相继交叉在一个叫"华子"的人身上。

2018 年 5 月 24 日,他根据情报分析,此案的上线犯罪嫌疑人"华子",有可能藏匿在江南某市的一个居民小区里。

他立即向所领导报告。

所领导经过研究决定,事不宜迟,成立由副所长陈浩驰牵头,戴鹏和辅警张东升组成的行动小组,到江南某市对"华子"进一步展开侦查,以期扩大战果。

随后,陈浩驰和戴鹏又仔细分析研判"华子"的动态轨迹,制定了工作方案。

早上六点多,戴鹏到了所里。

雨渐渐变大了,天气预报说江南的雨更大。

陈浩驰和戴鹏叫上辅警张东升,行动小组冒雨出发了。

临行前,戴鹏给妻子打了个电话:天气凉,要多穿一点,注意保暖。

那一头,季琳叮嘱丈夫,下雨路滑,注意安全。

可谁也没有想到,这竟是他们小两口的最后一次通话。

戴鹏走了,在那个风雨交加的中午。

出师未捷身先死,泪雨滂沱诀英雄……

"鹏鹏又忙什么呢，我打5次电话了，他就是不接。"戴鹏的爷爷戴俊走到门口，望着空寂的小巷口。

"爸，天快黑了，外面还下着雨呢，您快回来。"戴鹏的姑姑把老人搀了回来。

"他说明天调休，要和小琳带我们去洗澡哩。我打电话问他中午想吃点什么。"爷爷咕哝着。

"这不是明天嘛，还早呢。鹏鹏可能开会吧，不好接电话。"姑姑转过身，悄悄抹着泪。

"哼，还开会呢，以前一打他就接的。"86岁的爷爷像个孩子，"下次他打给我，我也不接，急他。"

可是刚坐了一会儿，他又拿起了电话。

"您就别再打了，先回房歇息。"姑姑拦住，把他扶进了内屋。

戴鹏的奶奶因患早期老年性痴呆症，脑子有点糊涂，正躺在床上。

没多久，戴鹏的父亲戴爱国两口子回家了，戴鹏的生母两口子从上海赶来了，戴鹏单位的领导也来了。

他们先后进屋问候了一下两位老人后，就在堂屋里低声说着什么。

"今天是什么日子，怎么大家都来了？"当过多年税务所所长的爷爷，知道单位里的道道，感到有点不对劲。

他走到客堂间，看见戴鹏的生母和姑姑等人都在低声抽泣。

戴爱国赶忙拦住他："没什么事，您回屋陪妈妈聊着。"

爷爷用力甩开儿子的手："是不是鹏鹏出什么事了？"

他眼睛紧盯住东台市公安局副局长、政治处主任徐小进的脸。

瞒不过去了！

徐小进扶老人坐下，目光和其他人交流了一下，慢慢地告诉他："老人家，今天中午，戴鹏同志在执行任务途中，发生了交通事故，不幸牺牲……"

"鹏鹏……牺牲了?"老人家的手在发抖,两眼一动不动地望着门外昏暗的巷口。

客堂间的空气凝固了。

大家都知道,戴鹏不幸遇难,打击最大的就是爷爷和奶奶。

是他们一天天把孙子拉扯大,读了大学,当了警察。戴鹏就是老人心尖儿的肉啊!

大家泪眼汪汪地看着老人。

一会儿,老人颤颤巍巍地站了起来:"我说哩,打电话给他不接……"口中不住地喃喃,慢慢踱回房里,轻轻关上了房门。

夜深了,老人躺在床上,侧着身,一张张翻看着孙子的照片,老泪纵横。

"鹏鹏回来了?"一旁的老伴问。她只要脑子清醒了,就问孙子。

"鹏鹏刚才打电话了,说出差执行任务了,要好长时间哩,睡吧。"老人哆嗦着手,关掉床头灯。

老人捧着戴鹏的照片,一夜无眠。

孙儿的身影,一直在眼前晃悠……

东台市城东通榆河东岸的谢家湾红光居委会八组,有一座普通的两层老宅,是戴鹏爷爷奶奶的住处。

这里有戴鹏成长的故事。

1989 年 11 月 19 日,戴鹏出生了。爷爷戴俊抱着脸蛋红扑扑的小戴鹏,流下了喜悦的泪:"戴陶,我们老戴家又添一代人了,我当爷爷啦!"

戴陶是戴俊的哥哥,戴鹏的大爷爷。他是位英雄,新中国的战地记者,1946 年参加革命,1949 年牺牲在厦门前线,年仅 20 岁。他当年写的一段文字,至今还收藏在新华社的历史档案中:"我们为什么要长年累月千里奋战呢?我们为什么要不计名利、不图享受、不怕杀头、不怕坐牢、不畏艰险、不惜牺牲，把毕生献给共产主义事业呢？……就是为了这一天啊——摧毁旧的统治，建立新中国！"

先辈的英雄故事，在戴鹏幼小的心灵深处扎下了根。

那一年，7岁的戴鹏遇到了人生第一道命题。父母因性格不合，离婚了。

"鹏鹏，你跟谁过?"爸爸问。

"鹏鹏，你跟谁过?"妈妈问。

小戴鹏用惊恐、无助的眼神看着父母。他不懂什么叫离婚，只知道爸爸妈妈要分开了……

"我跟爷爷奶奶。"他一头扎进爷爷的怀里，哭泣着。

奶奶一把拉过孙子，紧紧搂在怀里，流着泪说："你们解脱了，苦了小鹏鹏了！"

父母走了。没多久，他们又各自组建了家庭。

童年的小戴鹏对父母离异非常不理解，心里有了阴影。

他问屋前树上的小鸟："爸爸妈妈为什么不要我了?"

小鸟扑闪着翅膀，欢快地飞去觅食了。

他感到很孤独。

他问家里的大花猫："爸爸妈妈到哪里去了?"

大花猫仰头朝他"喵、喵"地叫了两声，钻进窝里喂小猫咪了。

他感到很失望。

上学了，他看到别的小朋友都是父母接送，便问爷爷："爸爸妈妈为什么不接送我?"

没人能回答他。

他感到很压抑。

他哭着甩开爷爷的手："我要妈妈送！"

姑姑说:"鹏鹏乖,姑姑送。"

……

慢慢长大后,戴鹏也渐渐成熟了。他想要一个完整的家,一个幸福温馨的家。

他分别找到自己的父母,十分坦诚地说:"你们可以放弃这个家庭,放弃我童年的幸福,但是我绝不会放弃你们。因为你们是我的爸、我的妈啊……"

戴鹏心地善良,心胸也宽广。父母虽然各自成立了家庭,但是他一直很孝顺父母。生母住在上海,他只要节假日有空,就会去上海看望生母,陪妈妈聊天、逛街。有时候也会带着爷爷奶奶去那边小住几日。生母的爱人十分喜欢这个懂事的孩子。戴鹏每次去,叔叔都会亲自下厨,烧上几道拿手菜,一家人其乐融融。他家的主卧室里,挂着一张"全家福":叔叔、母亲和戴鹏。因为有个孝顺的戴鹏,他们没再要孩子。

戴鹏对现在的继母也很敬重。他的父亲说:"鹏鹏长大后,很理解父母,非常有孝心。他的小妈在商场工作,离家比较远,下雨了,只要他在城里,总是他去接小妈下班。同事们见了,都夸鹏鹏心眼好,懂事理。"同样因为有个孝顺的戴鹏,他们也没有再要孩子。

是戴鹏的孝心和大义拴住了两头,让这个原本破碎的家庭又紧紧联系在了一起,续上了人间最珍贵的血脉亲情。

邻居王大妈说:"家庭的磨难,使鹏鹏在儿时就有一颗善良的心,他懂得珍惜,懂得感恩。回家了,总会带些吃的、穿的给爷爷奶奶。调休日,总会和妻子一道,带着爷爷奶奶到浴室洗澡。去年,小两口还带着爷爷奶奶去看了灵山大佛呢。"

戴鹏天资聪慧,也很争气。他在东台市第三中学度过少年时光后,考入了省重点中学东台中学。

高一学年班主任崔晓香至今仍念念不忘："他个子高，身体素质非常棒，升旗仪式有他，球场上有他，学习成绩榜上，他的名次总在前列……他是一个综合发展的好学生。"

2008年7月，戴鹏顺利考入江苏警官学院，实现了他当警察的梦想。

在戴鹏的档案材料中，有一段关于他实习情况的记载。

2010年4月13日至7月28日，戴鹏到苏州市公安局沪宁高速交警大队实习，参加上海世博会苏州环沪"护城河"安保。三个半月时间，他是满勤记录。在实习报告中，戴鹏这样写道："看着师父在卡口点上忙碌的身影，白警帽上的警徽熠熠生辉，我突然有一种很神圣的感觉。""我舍不得脱下师父借给我的那顶白警帽，我深深感受到了警帽上那闪闪发亮警徽的责任。"实习结束离开苏州前，他深情地写道："当一只脚踏上回校汽车的时候，我情不自禁地回眸，再看一下这座美丽而古老的城市，这座有了我一段生命历程的城市……"

沪宁高速交警大队对他这样评价：戴鹏能够自觉服从命令、听从指挥，对工作安排没有一丝怨言，认真完成每一项工作任务。尤其在做群众工作过程中，他能够做到文明执法，热情、公正地对待每一名老百姓，口碑相当好。

……

戴鹏，一位普普通通的乡村警察，却留给人们难得的回忆。

甜叶菊吟唱的忠诚歌谣

听到戴鹏牺牲的消息，妻子季琳的心一下子碎了。

"'小胖猪'，再也见不到你穿警服的样子了……"

"你是我最爱的人，老天不公，把我们阴阳两隔！"

"我的世界塌了！"

"我拿你的手机给自己打了个电话,这个专属铃声只有你! 真想再听到你叫我一声'呆丫头'……"

"你是那么优秀,你走得很光荣,我为你骄傲,因为你是我心中的太阳……"

季琳在微信朋友圈里深情地呼唤,令人潸然泪下。

"昨天清早还在一起打篮球的呀!"

"上午刚刚出发,就这么离开了吗?"

……

噩耗传来,戴鹏的家人、同学、同事、好友以及所有认识他的人,都无比震惊和悲痛,谁也不愿相信这是真的。

戴鹏真的走了。没有豪言壮语,没有惊天动地。

头灶派出所门前,警车依旧来来去去。但是同事们的心里,都在深情地怀念着他,微信朋友圈里,是他们一条条流泪的留言。

陈茨:兄弟,你这次做得有点过了,不辞而别,说走就走,这可不是你的个性……

陈小刚:鹏子,听到噩耗,我无法相信,不由自主地拨打你的电话,一阵忙音,却再也听不到你的声音……

黄成:师父,你正值英年,却在 29 岁的年华永远定格,你怎么忍心丢下贤惠的妻子和腹中的孩子,就这样匆匆地离我们而去?

张锦民:昨天我们还一起下社区排查消防安全隐患,今天中午却是阴阳相隔。戴鹏兄弟,天堂的路请你走好,来生我们还是战友!

黄新宇:鹏哥,你走了。你钟爱的事业,兄弟会继续接着干,再苦再累,也会坚持!

……

戴鹏把群众当亲人,他的爱民情怀深沉而质朴,辖区的群众,同样深深地怀念着他。

他因公牺牲的消息传来，头灶的乡亲们流泪了。

5月25日下午4时许，新合村的姚俊南正在盐城市第一人民医院看病，接到一个电话后，哭了。

他的妻子紧张了，以为丈夫的身体查出了什么问题。

老姚说："派出所的小戴出车祸，牺牲了！"

妻子深感意外："唉，多好的孩子啊，怎么就这么走了呢？"

夫妻俩于是病也不看了，立即赶往泰州，接戴鹏回家。

当天深夜，百余名头灶的乡亲自发来到高速公路出口，列队迎接戴鹏魂归故里。

戴鹏的遗体告别仪式那天，300多名乡亲又自发来到东台市殡仪馆，要最后送一送他们心中的好民警。

"感受到人民警察的辛酸苦辣，随时可能遇到的风险。小戴，一路走好！"

"戴鹏，人民的好警察，头灶百姓心中的痛！"

"向戴警官致敬！愿社会平安，愿警察再无牺牲。"

"小戴虽然走了，但是乡亲们不会忘记他，大伙儿眼里的好警察，一路走好！"

"世上从来没什么岁月静好，只不过是有他们为我们负重前行。"

……

悼念大厅里，哀乐低鸣，松柏青青。2000多名社会各界群众，深情送别东台人民的好儿子——戴鹏。

"他沉稳、睿智、勇敢，有知识、有激情、有朝气，更有股认真劲儿！"东台市副市长、公安局局长杨云峰说，"戴鹏是我局青年民警中的杰出代表。这几年，他在全局134名社区民警中，绩效排行榜上连续稳居前10名。这个名次是沉甸甸的。要知道，在一个偏僻的农村社区，取得这样的成绩是很不容易的。"

头灶镇党委书记马安军说："戴鹏是个好警察。他心里装着百姓，热情为大家服务，头灶的百姓很信任他。2016 年，他当选为头灶镇人大代表，当年年底还被表彰为镇综合先进个人，这是头灶人民对他最大的褒奖。"

所长沈小进说："戴鹏是一个优秀的民警。同期分到局里的新警，他是第一个会应用警务专业平台流转警情案件的。刚参加工作，他就协助刑警大队破获了省厅挂牌督办的'易拉罐系列诈骗案件'。他还是全局第一个通过视频监控手段，一次抓获两名逃犯的民警。他参与侦办各类刑事案件 200 余起，为群众挽回经济损失 60 余万元，调处各类矛盾纠纷 1100 余起，为群众提供救助服务 130 余次，没有一起群众投诉。"

……

乡村警察戴鹏的故事，给太多人留下了回忆。

他把群众当作亲人，用心与他们交流，用真情感动着他们，用青春的热血守护着百姓平安幸福的家园。

这是一次艰难沉重的采访，这是一次荡涤心灵的洗礼。

我已是一个即将退休的老警察，经历过许多的事情，也看惯了生死。从警 27 年，陈曙仁、熊士军、任海华、陈锐、卜京、李立佳、刘东旭……先后有 28 位战友在身边倒下。

我以为"感动"一词已经不再属于我，但是这位年轻后生的平凡故事，又让我尝到了一种震撼灵魂的感动滋味。

什么是新一代有情有义的好儿郎？

什么是新时代勇于担当的好警察？

戴鹏的故事告诉了我。

韶华献警营，砥砺显担当。戴鹏从警不到 7 年，他把自己火热的青春年华，反哺给了这片生他养他的土地，就似一块无言的压舱石，镇守着一方百姓的平安。

戴鹏身后留下的一串串滚烫的脚印，如同从一根最低沉的 G 弦上流淌而出的旋律，柔美婉转，感人至深。

滴水见太阳，平凡见伟大。乡警戴鹏短暂的一生，没有波澜壮阔，没有惊天动地，有的只是一位基层人民警察日复一日、年复一年的忠诚坚守。这种凤凰涅槃般的坚守，如同乡野里茂盛的甜叶菊，默默奉献着自己的生命，吟唱着人民警察的忠诚与担当，展现着戴鹏对百姓乡亲的炽热情怀。

清晨，我又来到戴鹏生前的警务区曹丿。

枝头的小鸟，依旧唱着欢乐的歌，绿茵茵的田野一眼望不到头。远处，有几个村民忙碌的身影。

再过一个多月，眼前的这片甜叶菊就要采收了。如果戴鹏还在，他一定会在这片绿色的田野里劳作着，和乡亲们一起分享丰收的喜悦。

收获的季节，属于乡亲们，更属于他。

一片片月牙形的甜叶迎风摇摆，一滴滴晨露泪珠般滚落……

弯下身，我摘了一片甜叶，放进嘴里细细咀嚼，一股带着丝丝清香的甘甜浸润了口腔，沁入了肺腑。

我仿佛又听到 G 弦上那流淌的歌：

> 清莹莹的东台河水哟，
> 映着天堂的星星。
> 弯弯的月亮啊，
> 带走了我的乡愁，
> 我的誓言。
> 来生，我会再度辉煌……

流泪的甜叶轻轻摇，悲婉的歌声缓缓扬。我的心随着袅袅歌声，飞向了浩浩天穹。

　　2019 年 1 月 19 日 23 点 45 分，戴鹏牺牲后不到 8 个月。随着一声啼哭，一个新的生命在东台市人民医院顺利降生了。在产房外守候了一天的东台市公安局民警和乡亲们欣喜若狂，奔走相告。

　　季琳给儿子起名"戴思旭"，小名"礼礼"，意为小宝贝是她亲爱的丈夫戴鹏送给她的最珍贵礼物。

　　小礼礼躺在他父亲生前穿过的警服里，红扑扑的小脸蛋上露出幸福的笑容。警服上的一等功奖章闪闪发亮……

陈勤和他的"脚板警务"

整日迈着一双大脚板，行走在大街小巷、田埂小桥，就像一位乡村大叔。他中等的个头，稍黑的脸膛，憨厚的笑容，略带一点驼背。他就是社区警察陈勤。

张家李家的他家家熟，街坊四邻的他人人清，谁家有留守老人，谁家来了远房亲戚，谁家遇上什么难事了，他都记在心里……

领导说："陈勤面前没困难，困难面前有陈勤。"

同事们说："他就是个铁打的，白天黑夜在片区里转，从来不喊累。"

而警务区里的群众，则把他编进了当地歌谣《赶集歌》：

天上彩云飘，
水里鱼儿跳，
卖鱼的阿公哈哈笑：

陈勤的巡防队呱呱叫，
脚板踏出平安道。

白天有人管，
晚上警灯闪，
买菜的媳妇喷喷夸：
陈勤的警务室顶呱呱，
敞门也能睡着觉。

人在村中走，
事在门前办，
赶集的乡邻齐声道：
我们不打"110"，
有事直接找陈勤。

每当听到这首歌谣，陈勤总是不好意思地挠挠头，"嘿嘿"一笑说："其实，我做的那些都不算个事。只要你把群众举过头顶，他们就会把你留在心中。"

一个普普通通的人民警察，就是靠着一颗忠诚为民的"赤子心"、一张念叨百姓安全的"婆婆嘴"、一副把群众当作亲人的"热心肠"、一双为乡亲们看家护院的"铁脚板"，赢得了片区两万多名群众的交口称赞。

如果所长放心，我去严桥

古淮夷地上的建湖县，地处黄海之滨，背倚苏北平原，位于江苏省苏中里下河腹部，盐城市的中西部。县城略呈头朝西南、尾向东北的鳜鱼形。这片地区由于大地构造单元属扬子淮地台的苏北凹陷带，平原沉陷幅度不等，形成一系列相对的凹陷和凸起，因而河道纵横，水网密布，为里下河地区三大洼之一。既有"水乡明珠"的美称，又有"洪水走廊"之说。这是一片水韵悠悠的土地，九龙口、蔷薇河、黑沙井、铁丝湾、龙开汪、黄沙港……名字中充满着神秘、柔美与灵气。这是一片富有诗意的土地，早春的芦苇、初夏的荷花、"吱呀呀"转的风车、牛背上的牧童……水墨画般的田园景色，盎然着生机与希望。这是一片从远古走来的土地，西汉古墓群、唐代朦胧塔，吴越文明与楚汉雄风交融渗透进这里的每一寸土地，脍炙人口的传说幻化出令人遐思的神奇……厚重、神秘又坚实。这是一片"藏风聚气，人杰地灵"的土地，先后走出了中国古代政治家、民族英雄、南宋左丞相陆秀夫（与文天祥、张世杰并称"宋末三杰"），当代著名外交家、外交部部长乔冠华，世界著名物理学家、首次登上太空的美籍华人王赣骏等一批足以让建湖人引以为豪的人物。

2000年初秋的一天，建湖县北部的钟庄乡，窗外的枣树在月光下晃动着枝叶。

妻子拉上窗帘，继续唠叨："你还是到工商局上班吧，待遇不错，还不经常加班。按照你在部队的职级和积分，听说到工商局还能安排一个什么所长的位置呢。"

"晓得哩。"陈勤应了声，低头抚摸着那套留有他军营气息的校官服。

"晓得还不赶快去把字签了？你想到公安局工作，你没有看到吗，小街对面的派出所个个忙得顾不了家，还经常出差办案子。你如果真的当了警察，跟在部队不回来有什么区别？"

陈勤放下军服，拉着妻子的手，满怀歉意地说："当兵十几年，我习惯了军营生活，离开部队心里有点空落落的。公安机关是半军事化单位，脱下军装穿上警服，我这心里也会踏实些。"

妻子甩脱陈勤的手："那家里家外还是我一个人来操心，有你这样做丈夫的吗?"

她转过身,不搭理他了。她知道,丈夫已经把对军营的那份情愫转移到了警营,是铁了心要当警察的,劝不住。

夜深人静,陈勤心绪如潮。

1982 年 10 月,他怀着"好男儿就是要当兵"的朴素理想,告别亲人,投身军营。火热的军营生活,熔炉炼纯钢,他从一个农村娃转变成共和国的军人,从一名士兵成长为共产党员、营职干部。铁打的营盘流水的兵,现在他脱下了军装,转业回到家乡,面临着他人生第二次"上岗"的选择。

同年转业的军官有 20 多名,他的安置积分排在第三名,可以优先选择新岗位。望着工商、税务、银行、国土、公安和老干局等十几个部门、单位的名字,他出现了"选择性焦虑"。

外出当兵十多年,父母妻儿当然希望他到一个待遇好又不太忙的单位上班,他自己也想好好照顾年迈的父母,陪伴妻儿。

可是,那套藏青蓝警服一直在吸引着他。

他一时拿不定主意……

他想到了自己的初心。

初心,是做某件事的初衷、最初的动因。随着时间的消逝,人们对当时的初心往往会渐渐淡忘。然而,"不忘初心,方得始终"。自己当初当兵,是为了保家卫国;现在穿上警服,是为了保民平安。军营、警营,初心未改。

陈勤想,在共产党员的词典中,初心就是全心全意为人民服务。作为一名受党培养多年的部队转业干部,只要自己不忘初心,无论身处何地,身居何位,就都能有所作为,真正做到为民谋福祉、为民解忧难,履行好一名共产党员的职责与担当。

他翻身下床,写下了一句话,压在玻璃台板下:

一草一木当晓百姓利益,一言一行勿忘党员初心。

第二天一早,陈勤穿着摘去领花、军衔的军装,搭乘一辆机动三轮车来到建湖县城。

县公安局时任政工室主任许士保递了一杯热茶给他，征求他的意见：

"你们这批安置到我局的转业干部中，你是营职，其他几位是连职。局党委商议过了，你可以留在局机关工作，但是不好安排股级实职，只能当科员级民警。怎么样？"

有着 18 年军龄的营职干部，曾经带过几百号人，如今要当一名只管自己的普通民警，要说陈勤心里当时没有那种不可言状的"落差"感，那是假话。

但是来报到之前，他就想通了：自己从农村到部队，十多年的军旅生涯是他成长、奋进、光荣的经历，也是他最宝贵的人生财富。当初如果不当兵，现在还是庄稼汉。军人不怕苦、不怕累，一声令下即刻出发，一声号角随时战斗，这是军人的职责、军人的本色。从军人到警察，变的是身份，不变的是忠诚。既然选择了人民警察这个职业，就要当一名合格的警察、全面过硬的警察、人民满意的警察。

"感谢领导对我的关怀。不过，我有一个请求，希望组织上批准。"

许士保愣了一下，以前有个别同志对岗位安排挑三拣四的，弄得他很头疼。这个陈勤莫不也是……

"你有什么要求？先说来听听。"许士保问他。

"我请求到基层派出所工作。"

许士保心头微微一热，关心地说："你也许不知道，上面千条线，底下一根针。派出所是公安机关的最基层单位，工作千头万绪，忙得团团转，好多人想方设法要调到城里的局机关工作，你却要下去？希望你再慎重考虑一下。"

陈勤憨厚一笑："我来自农村，习惯了稻香鸡鸣，也闲不住。再说，我是一个公安新兵，到基层向同志们学习很有必要。"

许士保想了一下："就到钟庄所怎样？你的家就在那里，也好有个照应。"

陈勤又是憨厚一笑："其实，到哪儿都是为人民服务。但我还是想到治安情况相对复杂些的所锻炼锻炼。"

要说情况最复杂、任务最重，当然是"皇城"脚下的近湖派出所了。

许士保说："那就到近湖所吧。这个所地处城郊，辖区包裹着县城，治安任务很重，卜以权所长天天在喊人手少呢。"

"行！"他还是憨厚一笑。

就这样，在部队摸爬滚打了十几年后，陈勤当了一名普普通通的乡村警察。

为期三个月的军队转业干部培训结束后，陈勤把那套旧军装挂到衣橱里，换上一身崭新的警服，来到离家20多公里的近湖派出所。

近湖是个环城乡镇，县城里当时只有城中和城北两个派出所。近湖派出所位于建湖县城的东侧，所长卜以权也是位军队转业干部，曾经带出了全国闻名的先进集体上岗交巡警中队，是一位屡立警功的"全国优秀人民警察"。

陈勤报到的第一天，卜以权二话不说，开着所里那辆旧两轮摩托车，驮着陈勤绕县城逐村兜了一圈。

回到所里，卜以权丢下一句话："地方也看了，现在放你三天假，该干什么就干什么去。"说完，就拎着手铐，叫上几个人，急匆匆去蹲守了。

三天后，窄小的所长办公室。

卜以权点上一支烟，吸了口，眯缝着眼看了下陈勤，问他："有什么想法？"

陈勤翻开笔记本："我们这个所，地处城乡接合部，在这片环形区域里，家庭作坊式企业多、外来人口多、出租房屋多，加上县城里两个派出所不断打击并挤压犯罪空间，一些违法犯罪人员躲到与县城相邻的城郊乡村，治安情况十分复杂。"

什么？城乡接合部、不断打击、挤压犯罪空间……他不相信这些公安专业术语，是从这个一脸憨相的新警口中说出来的。到底是当过兵的，这三天假下来，陈勤还真掌握了不少"情报"呢，看样子军装没有白穿。

本来想叫陈勤做做驻所交警、管管辖区消防的活儿，跑跑龙套的，看来要刮目相看了。

卜以权不露声色，故意再考考陈勤："我们这个辖区有多少个村、多少人口？"

陈勤嘿嘿一笑："所长你不是带着我看过了？共有 15 个行政村、3 个居委会。人口嘛，有 9 万~11 万人。"

"人口数的依据是什么？"

"这几天，我总共进了 122 户村民家，走访了 86 个房屋出租户，到过 9 家小企业和 23 个旅馆、门店。我据此粗略估算了一下。"

"你认为我们辖区的重点区域在哪里？"

"严桥村。"

"为什么？"

"建湖是花炮之乡，这些花炮厂大部分在严桥村，共有 7 家。除了县花炮一厂、二厂规模较大以外，还有 5 家是个体经营的家庭作坊式小厂。当过兵的都知道，这些花炮在生产以及储存过程中要有严格的安全措施，对黑火药等生产原料的监管也要到位，稍有不慎，会出人命关天的大事。"

"嗯，还有什么？"

"这个村私房出租户多。我留意了一下，三组有个姓朱的人家，就几间小屋子，却住了 30 多个来鞋机厂打工的房客，有隐患。"

"还有什么?"

"相比较而言,严桥村打架斗殴和村民之间的矛盾纠纷也多一些。"

人不可貌相,这个陈勤看得很准。严桥村一直是卜以权的一块"心病"。可是管那片的片儿警老王身体不太好,人也快退休了,他正寻思着找个得力的人去改变一下那里的治安现状。

望着眼前这个转业干部,他试探着说了一句:"严桥片区的工作是得加强。可是所里人手紧,一个萝卜要填几个坑呢……"

"如果所长放心,我去严桥。"

就等这句话哩。卜以权像抱了个宝贝疙瘩似的高兴。他深信,把严桥片区交给陈勤,一定能稳住。

化解群众矛盾,就怕不用心不公平

2000 年的时候,严桥村还是个典型的苏北水乡农村,虽然与近湖派出所隔河相望,可是从所里到严桥村村部,要绕道近 9 公里。这个村有 5000 多人口、19 个村民小组,村域面积约 4 平方公里,河道多,桥梁少,要转上一圈得大半天。

怎么才能当好一名水乡社区民警?

说实话,刚到严桥片区的陈勤虽有一腔热情,心里还没有什么谱。可没有谱,也得往前走,既然向所长立了军令状,就要干好。再说了,片区的群众都在等着他呢,边干边学呗。

不料上班第一天,陈勤就遇到一件棘手的事儿。

村民朱兆华因翻建房屋和弟弟朱小刚发生了争吵,还动了手。朱兆华被打伤。

陈勤接到报警后,又是骑自行车,又是乘渡船的,急匆匆赶到了现场。

原以为亲兄弟之间的矛盾,劝解一下就会没事,不承想大汗淋漓的陈勤被迎头浇了一盆冷水。

一个手持铁锹站在地上，另一个紧握鱼叉立在房顶，兄弟俩怒目相向，针锋相对。周围聚集着一些乡邻。

陈勤抹了一把脑门上的汗珠："都把手里的家伙放下，有什么事好好说，亲兄弟闹成这样，像什么话！"言语中带着一点训斥的意思。

朱兆华抹了下嘴角的血，没好气地朝陈勤嚷嚷："炒咸菜放盐又加酱油，你闲（咸）得难受啊？清官难断家务事，我劝你少管。"

房顶上的朱小刚也扔下硬邦邦一句："又是从哪块田里冒出的葱，你以为你是个包青天？"

怪了！陈勤一开腔，脸红脖子粗的兄弟俩竟然一起向他开了火。

他觉得有点不对劲。但是哪里不对劲，自己又说不上来。

"看着面生，是新来的吧？"一位村民打量下着一身崭新警服的陈勤，悄悄告诉他，"这对活宝虽是兄弟关系，但是矛盾已久，村里、乡里调解了多少次都没有用。"

本来是调解矛盾纠纷的，不料自己却卷入了矛盾的旋涡。这下怎么办？

他冷静下来，瞟了一眼这对兄弟冤家的阵势，评估了他们的态势：朱小刚是阻挠施工才上房顶的，梯子已经被他抽上房顶了，朱兆华一时半会儿也上不了房，矛盾暂时不会进一步激化。

不如暂时晾晾他们，自己先抽出身。

到底是带过兵的，陈勤拿出部队的一套，开始调查研究了。

他掏出一包香烟散了一圈，跟村民们聊了起来。

原来，朱氏兄弟的矛盾是上辈留下来的。朱兆华比朱小刚大8岁，朱小刚年幼时，他们的父母相继染上重病，因舍不得年幼的朱小刚，去世前留下一份遗嘱，多分了一间房给朱小刚。朱兆华的心里一直很不爽。后来朱兆华结婚生子，趁着弟弟年纪尚小，就借口占用了弟弟那间房。时间一长，他似乎把这件事忘了。

第一次翻修房屋时，朱兆华把原本属于弟弟的那间房打通，给自己的两个孩子住。那会儿，朱小刚正端着哥哥家的饭碗，也不好多说什么。

一晃，朱小刚也要结婚了，就跟朱兆华要房子，朱兆华不给。由此产生矛盾，两天一小吵，三天一大吵。都在气头上，兄弟之间什么绝情的话全说出来了。

后来村里给朱小刚分了一块宅基地，但是朱小刚的心里就是解不开这个结，亲兄弟间的矛盾越来越深。

这次朱兆华翻房建楼，朱小刚当然不依，两个人由争吵到动武，闹得惊天动地的。

这边，陈勤和乡邻们聊得正热乎。

那边，朱氏兄弟见陈勤看都不看他们一眼，耐不住了。

朱兆华扭头朝陈勤吼："喂！他打伤我，这事你管不管？"

朱小刚也扯开嗓门喊："喂！他霸占我房子，你到底管不管？"

陈勤转过身子："你们不是不让我管吗？"

兄弟俩互相对望了一下，都不吱声了。

火候到了。

陈勤说："要我管可以，都跟我到村部好好拉呱拉呱。"抬腿先往村部走了。

"这个忘恩负义的东西，是我把他拉扯大的，供他吃，供他穿，还供他上学。现在翅膀硬了，竟敢打我！"

"霸占我的房子，你还是我的亲哥哥吗？我看你就是一块铁匠铺的料，欠打！"

……

到了村部，兄弟俩还是一个不让一个。

陈勤东边劝，西边调，又在村治保主任极力斡旋下，总算暂时平息了事态。但是在医药费的问题上，朱小刚死活不肯出。没办法，陈勤只好自己掏了400元才了结。

400元钱是小事，但这起不成功的矛盾调解，让陈勤吸取了"教训"：做群众工作光有热情还不够，还要有一套方法，更不能高高在上不注意言辞，弄不好会适得其反，甚至"引火烧身"。

陈勤一时找不到工作的着力点，感觉无从下手。

冷静下来，陈勤自我剖析，发现自己刚穿上警服，有那么一股新奇劲儿，不经意间就冒出"警察是管人的"怪念头，说明自己还没有完全摆脱"官"的束缚，没有认识到作为一名公安新兵，缺少的正是实践。社区民警职位虽低，责任却不小，所里把一个几百户、上千人的村社会治安重任交给我，我就要把这副担子稳稳当当地挑起来。

向失败学习。陈勤手拿一个小笔记本，走到田头，拜村治保主任为师；走进村民家中，挨家逐户了解情况；走进企业、作坊，排摸治安隐患……他对片区人口、住户、单位、重点人头等情况逐一熟悉，详细记载。通过不断摸索学习，他逐渐进入了角色。

经过走访调查，他发现，朱氏兄弟十多年矛盾的焦点是房子。村里虽然给朱小刚分了一块宅基地，朱小刚因一时筹不齐建房子的钱，一直没有开工。看到朱兆华又在父母留下的旧屋上翻建新楼，气就不打一处来，又向朱兆华追讨那间房。而朱兆华因为弟弟把话都说绝了，还动手打了他，心里产生怨恨，提出要和弟弟好好算一下这十多年的抚养费。

村治保主任说，这两头犟牛就是拴不到一个桩上，先由着他们吧。

但是陈勤的心里却放不下，这个矛盾必须要彻底化解。

几天后，陈勤拎着水果来到朱兆华搭的临时窝棚里，发现箱子上反扣着一个旧相框，就顺手拿起来看了看。他找到了打开朱兆华心锁的钥匙。

他坐下，点上烟，和朱兆华唠起嗑。

从天气到收成，从收成又到这建得半拉子的房屋，话题慢慢扯到了兄弟俩的纠葛上。

"他一天到晚朝我蹬鼻子上脸，好像我欠他多少债似的，我没有这个弟弟。"一提到朱小刚，朱兆华就上火。

陈勤笑了笑，拍了一下朱兆华的肩头："看你说的，这手足之情怎么能说没有就没有了？你把他从小带到大，就真的舍得？"

"他不念我这个情，我有什么舍不得的？"朱兆华仍然梗着脖子。

先转一下话题。陈勤拿起相框，指着兄弟俩发黄的老照片：

"这张照片是什么时候拍的？"

朱兆华扫了一眼，应了声："他小学毕业时，要拍毕业照，就顺便拍了一张。"

陈勤又递上一支烟："我听说小刚经常带你小儿子到城里玩，还买了双运动鞋给他？"

朱兆华吸了口烟："我家也没有亏待他，上个月我老婆还送个包给他老婆呢。"

"哎！你们兄弟两个呀，都是个犟脾气，争吵起来没轻没重的。其实，我看你们都记着对方，毕竟从小相依为命，这个亲情打断了骨头还连着筋哩！要不然，上次我一开口，你们兄弟两个就一起朝我吼呢？"

"都是一个娘肚子里生的，要说我不惦记他，那是假话。但是我一见到他凶巴巴的样子，就来气。"

朱兆华的口气温和多了。

锁，就这么一点点被撬开。

朱兆华答应拿出 8 万元钱，帮弟弟朱小刚把房子建起来。

陈勤又找朱小刚唠嗑。

情到深处冰自融。通过几番苦口婆心地劝说，陈勤终于唤醒了朱氏兄弟间那份沉睡已久的亲情。这对亲兄弟终于冰释前嫌，和好如初。

2001年，建湖县合乡并村，严桥、唐桥两村合并为新严桥村，村域面积约8平方公里，人口也增加了4000多人。

陈勤肩头的担子随之加重了。

两村合并后，原唐桥村的刘中林，一直与新当选的村干部不和，不服村里管理，经常为一些小事无理纠缠，甚至辱骂村干部。村干部看到刘中林就头痛，说他是个难服侍的"尖子户"。

陈勤知道后，就去找刘中林。

刚开始刘中林对陈勤不理不睬。陈勤毫不灰心，三天两头到他家串门，遇到他在做农活时就帮他干，在干活闲扯时趁机进行规劝引导。

慢慢地，刘中林从心底里接受了陈勤。后来刘中林主动向村干部道了歉，消除了积怨。

一天傍晚，严桥村三组的王某家小两口打架，后来婆婆也参与其中，又引发小两口双方的父母言语失和；婆婆扬言要自杀，导致矛盾升级，两个家族各聚集了几十个人。

眼看就要发生一场家族之间的械斗，邻居打电话向陈勤报警。

陈勤立即赶到现场，冲进人群及时制止，先稳住双方的情绪，然后耐心细致地做双方工作。

直至凌晨4点，他终于将工作做通，对峙双方各自散去，婆媳二人重归于好。

经历了几次群众矛盾的成功调解，陈勤举一反三，不断积累经验，归纳出社区矛盾的几种类型，创新性地提出相应的化解方法。

他自己也有了切身感受：化解群众矛盾，不怕复杂化，就怕简单化；不怕理不清，就怕不用心；不怕摆不平，就怕不公平。

陈勤刚到严桥村时，这里小偷小摸天天有，打架斗殴三六九，平均每年发生刑事案件60多起，社会反响大，群众缺少安全感。

在派出所和村里的支持下，陈勤做了三件事：

一是构筑前沿阵地。在严桥村设立全县第一个农村治安室，制定治安防范目标，就地落实治安防范措施，就地化解群众矛盾，就地办理治安案件，让群众零距离感觉到平安建设的成效。

二是注重调查研究。甩开铁脚板，深入村居调查走访，和群众吃住在一起，建立感情，掌握实情，摸排线索和隐患。

三是严格阵地控制。针对严桥村治安实际，在旅馆业中全部安装信息管理系统，实名登记、及时传输，同时与车辆修理、废旧收购等特种行业门市逐家签订责任状，广建治安信息网。

单就阵地控制这一项，陈勤在几个月内，就先后抓获网上逃犯16名，在建湖县公安局引起了不小的轰动。

半年下来，老百姓发现"陈干事"来到严桥片区后，这里的治安环境、民风民情、百姓生活得到了明显的改观，治安案件发案率几乎是零。

老百姓看在眼里，乐在心里，说陈勤就是流动的警务室，走到哪里，好事做到哪里。当地还流传着这样一段顺口溜："自打来了陈干事，百姓心中去怨气。坏人坏事全根治，群众生活有乐子。"

卜以权更乐了。这个陈勤平时在所里话不多，进了片区却像换个人似的，干起活来接地气、办法多，善于做群众工作，天生就是块当社区民警的料。

没想到，局里也看上了一脸憨厚的陈勤。

2005年年底，一纸调令，把陈勤调到全县最重点的区域——镇南片区。

当严桥村的群众听说此事时，不答应了。自发跑到近湖派出所，强烈要求将陈勤调回严桥片区。

所长卜以权虽然也舍不得陈勤调离，但是心里却暖暖的。他笑着连连向群众解释，这是组织上的调动，任命是不能随意更改的。

事后，陈勤专门来到严桥村，逐户上门，向群众告别。

以打开路，敲山震虎

镇南片区位于建湖县城南郊，范围包括镇南村和城南居委会，是全县经济最发达的地区。

当时闻名全国的制鞋企业森达集团就坐落在这个村，经济总量近50个亿。由于地处城郊接合部，这片半农半工的区域暂住人口多，人员流动量大，盗窃案件频发，是全县治安状况最为复杂的重点区域。

一到镇南片区，陈勤就给自己下了一个任务：必须彻底改变这里的治安混乱状况。

陈勤要迈出的第一步，就是以打开路，先办几个案子，敲山震虎，把这片区域盗窃案件多发的势头打下去。

2006年春节前夕，森达集团对面的路边自行车停车点，一个打扮入时的年轻女子伸手拦了辆出租车，焦急地说："师傅，我自行车钥匙丢了，我给你十块钱，麻烦你帮我把车子运到前面的修车点，配一把钥匙。"

出租车司机摇开车窗问道："哪辆车是你的？"

这个女的嫩手一指："就是那辆半新的捷安特自行车。"

出租车司机探头看了一下，说："好吧，你先上车，我来搬。"

"谢了！"女子迅速上车。

司机下车，手脚麻利地把那辆自行车挂到车后备厢上，一脚油门，出租车快速驶到一个自行车修理点。搬下自行车，接了钱，出租车司机开车继续揽客去了。

女子请修车点师傅配钥匙。

修车师傅停下手里的活，看了看车锁，说了声："这种锁的钥匙不太好配。"

女子一脸愁容，直跺脚："怎么办呢？我在建湖打工，现在要赶回老家过节，真是急死人了！"

"急也没办法，总不能把这好端端的车锁锯了。"

"唉！节后我就在老家上班了，这车子搬来运去地带回家也麻烦，不如就卖给你吧？"

经过一番讨价还价，这辆捷安特自行车以 300 元成交。

最近几天，陈勤陆续接到社区群众报案：上街购物时自行车不翼而飞了。

他分析，盗车人先后偷了好几辆自行车，应该是个惯偷，不可能自己骑。如果这样会被失主认出，风险大。由此他推断盗车人肯定要想法"变现"。

陈勤就到县城各废旧物资收购站和修自行车点暗中排查。

在和一个街头修车师傅闲谈中得知，这个师傅曾经收过旧自行车。他就和这位修车师傅交上了朋友，说自己想买辆旧自行车用用，如果有人来卖车，就告诉他，并且留下了手机号码。

春节过了没几天，一个年轻女子来卖车。修车师傅立即打电话告诉陈勤。

身着便服的陈勤随即赶过来，不露声色地"贴靠"上去。

几句话问下来，这个女子漏洞百出。

陈勤就将该女子连人带车一起带到派出所盘查。

原来，这个打扮入时的女子是个吸毒人员。她因毒资紧缺，就用打出租车的方法，谎骗出租车司机，"帮"她偷窃街头停放的自行车，然后运到修车点或废旧物资收购站"变现"。在不到一年的时间里，这个吸毒女自己"不动手"，先后盗窃自行车 50 余辆。

就在陈勤侦办自行车系列盗窃案的同时，建湖县发生了多起砸车窗玻璃、盗窃汽车内财物的案件。作案手段卑劣，社会影响大，对私家车主们造成了很大的心理压力。

案子破不掉，群众脚直跳。盐城市公安局高度重视，将该系列案件列为挂牌督办案件。建湖县局刑警大队组织力量在重点部位伏击守候。因案发地点均系较为偏僻的黑暗地段，没有灯光，即使有视频覆盖，也难以分辨清楚。

陈勤所在的警务区也发生了一起。

除夕夜，在片区甩着脚板巡逻的陈勤接到报警。被害人是一个建筑包工头，他的轿车停在路边，车窗玻璃被砸，放在车内的部分物品被盗。

按照职责分工，这事儿不归陈勤这个社区民警管，有刑警大队呢，只要把线索报上去就完事。

但是他认为，这起案子发生在他的辖区，他得管。

陈勤拎着照相机到现场察看。汽车后备厢里的一箱酒和两双新买的森达牌皮鞋被盗。

"车内还有什么不见了？"陈勤问车主。

"就这些东西，是我准备送给丈人、丈母娘的。因忙着给工人结工资，一直没有时间送过去。"

陈勤一声不吭，转到驾驶员座椅一侧，仔细察看被砸碎的车窗玻璃和车内的情况，隐约看到棕色座椅上有一只牛皮纸信封。

他问车主："这只信封里有什么？"

车主伸头一看，脸色大变："信封是放在扶手箱里的，怎么出来了？里面有五条软中华香烟的取货卡哩。"

拍过照后，陈勤让车主小心翼翼取出信封，里面空空的。

"这下损失大了，连车玻璃，加起来有上万块呢！"车主直拍脑袋。

"你先别急，这案子能破。"陈勤和车主耳语一番。

大年初四，正如陈勤所言，犯罪嫌疑人真的被抓到了。

侦破的过程，说出来很简单。

当陈勤发现五条软中华香烟取货卡被盗后,他的眼前一亮:这可是一条重要的破案线索。犯罪嫌疑人既然将取货卡盗走,就极有可能到取货卡指定的门店取香烟,即使他本人不去,循线也能查到他。

于是陈勤和车主与该门店的老板进行了沟通,布下了"口袋阵":如果有人来拿这取货卡上的五条软中华香烟,店主就以自己是服务员为由,说老板交代过,超过 1000 元的卡都要老板过来验证真伪才能兑换香烟,让来人稍等片刻。随后老板真的打电话给陈勤,说有人来拿那取货卡上的五条软中华香烟……

犯罪嫌疑人朱某到案了,审讯却一波三折。

朱某只说取货卡是在路上捡的,然后就一直闭口,什么也不交代。

审讯工作陷入困境。

朱某这一手,陈勤早就料到。他胸有成竹:既然朱某不肯交代,那我就帮他"交代"。

陈勤分析,朱某有过多次盗窃前科,被公安机关抓过好几回,先后两次坐牢,反侦查能力较强,是个"滚刀肉",正面突破的可能性不大。

陈勤带着驻所刑警将前期县城内发生的所有砸车窗玻璃盗窃的案件串并,把提取到的痕迹物证送检鉴定。同时,走村串巷访谈,排摸朱某的活动轨迹,终于在朱某的三处落脚点发现了大量盗窃所得的赃物,甚至还有被害人使用过的工作笔记。

可是,在大量证据面前,朱某仍然不肯吐一个字。

"零口供"能逃避惩处?一大摞形成闭合链条的铁证摆在那里,朱某也想得太天真了。

建湖县人民检察院审理后认为,该案事实清楚,证据确实充分,足以认定,遂依法起诉。这个砸车窗玻璃系列盗窃案的犯罪嫌疑人朱某受到了法律的制裁。

到镇南片区不到两个月，陈勤就连破了两起系列盗窃案。他的威名不胫而走，群众都知道家门口来了位会破案的社区民警。

通过这两起系列盗窃案的侦破，陈勤不断总结，积累经验。

一方面，他举轻若重，小案当成大案破，先后破获了城郊溜门撬锁，偷居民家中小电器等财物案；农村顺手牵羊，偷稻摘瓜、盗窃家禽家畜等一些鸡毛蒜皮的小"案"，有的甚至连立治安案件都不够，但是群众利益无小事，他得管。

另一方面，他举重若轻，大案当成'小案'办，经过二十多天的斗智斗勇，"文火慢慢炖"，成功突破犯罪嫌疑人的心理防线，办结"司某俊贩毒案"；从化解矛盾入手，破获"唐某武等人伪造国家机关公文诈骗案"……

小到二斤油、大到要人头的案子，陈勤都办过。

他说："不怕破案难，就怕不访谈；不怕没线索，就怕不排摸；不怕抓不到，就怕不贴靠。"

镇南片区治安混乱、偷盗案件高发的状况有了好转。

照理说，陈勤应该可以"消停"一阵子了。

可是没有。他心里十分清楚，打击和防范，是社会治安的攻防两翼，目前的好转只是打出来的，是暂时的，要实现长治久安，必须筑牢防范的根基，这才是他这个社区民警的"主业"。

他不慌不忙地迈出了第二步——片区治安防范。

"陈勤警务工作室"挂牌的前前后后

对公安工作而言，打击是一柄利剑，防范是一只盾牌。要做好片区的治安防范工作，首先得人头熟、底数清、情况明。

陈勤又迈开了那副铁脚板。一个个坚实的脚印，记录下他从"脚板警务"到"智慧警务"的演变过程，记录下"陈勤警务工作室"从无到有的发展历程，记录下从"治安重点区域"到"零发案"片区的转变奋斗行程。

还是从陈勤的"脚板警务"说起吧。

刚到镇南片区时，陈勤面临一无工作地点、二无协助人员、三无经费的窘境。

但是社区警务工作不能等。他拎着工作包，甩开大脚板，行走在片区的大街小巷、田埂小道，上门入户送警民联系卡，收集相关情况。遇到抽烟的群众就递上一支烟，聊上几句话；见到做农活的，就挽起袖子，帮着拾掇一阵子；到饭点了，就在村民的家里吃一口，碗底压上 10 元钱……

镇南片区常住人口 9226 人，外来人口 13600 余人。他通过勤走、勤听、勤看、勤问，摸底数、查人头、问情况。三个月下来，他对片区里 14 岁至 65 岁的群众熟悉率达 98% 以上，工作对象、暂住人口熟悉率达到 100%。哪里发生过邻里矛盾，哪家有留守老人，哪个小厂又新来了几个外地打工人员，哪些人家有出租房……陈勤的心里记得明明白白。

他根据片区内建筑物、道路的地理特点，手绘了一幅"巡防图"。

这幅"巡防图"就像个作战地图，片区里 283 户私房出租户、5 所中小学、16 家场所行业、2 家金融网点、8 家大型股份制企业、186 家私营企业和个体工商户、8 处建筑工地……"巡防图"上标得清清楚楚。

零距离工作，让他收获很大。不但与社区群众建立了深厚的感情，他还能及时掌握一些可疑情况、可疑人头和治安隐患。一些案件也由被动接警转为主动发现。

"陈干事，大清早的，你又下来啦？"二组村民老李骑着一辆电动自行车，乐呵呵地和陈勤打招呼。

"早啊！"陈勤打过招呼，赶紧让开道，"这条路正在整修，50 多岁的人了，慢点骑。"

"知道哩。"老李骑着电动自行车，从陈勤的身边过去。

陈勤就势瞄了一眼，是辆邦德牌新电动自行车。

他的心里不禁犯了嘀咕：咦！这种牌子的电动车，市面售价在2000元以上，老李家的经济并不宽裕啊，怎么舍得买的？

"老李停一下，前面有个沙石堆，我帮你推推。"陈勤紧跑几步，帮着推车。

"这车是新买的吧？回头把发票给我，我帮你登记一下，上个牌。"

"是新买的，没拿到发票啊。"

"怎么没拿发票呢，在哪里买的？"

"是……是前几天上街时，一个人卖给我的。"

"多少钱？"

"一……千多吧。"刚推过沙石堆，老李就慌忙骑车走了。

老李的话明显有漏洞，陈勤的心里有了数。

他带着疑问来到二组，一番了解后，得知老李这辆电动自行车是从邻居家的王姓房客那里买的，花了800元。

为了彻底揭开隐案背后的面纱，他暂时没有惊动这个安徽籍房客王某，而是到所里带了两个辅警一路跟踪，循线排摸，最终将这个"房客"人赃俱获，成功破获21起盗窃电动自行车案件。

有村民悄悄向陈勤反映，三组一个游手好闲的徐姓小青年，经常晚上出去，半夜才回家；第二天就拿着几张百元的票子炫耀，称又发财了。

听到这条线索，陈勤高度警觉起来，记下了这个小青年徐某某几次"发财"的时间。

随后，他来到田头，向三组的组长徐二宝进一步核实。

徐二宝走上田埂，放下镰刀："他啊，整天窜东窜西的，两只眼睛滴溜溜转，贴身毛接条尾巴就是个猴子。"

"他那些钱是哪来的？"

"谁知道呢？反正这小子一年到头不想长了吃，就想着吃；不想做了吃,光转着吃。"

徐二宝又下田忙农活了。

陈勤的心里直纳闷:什么"长了吃""想着吃""做了吃""转着吃"的?

他理解徐二宝的顾忌,都是徐家一个门头的,不好明说。

回到所里,陈勤又琢磨徐二宝的话,终于听出了弦外之音:这个小青年一不想种田,二不想打工,整天转来晃去想别人家的心事。

应该有问题!他立即查了所里的报警记录,发现几乎每次有入室盗窃警情的第二天,这个小青年就在外显摆,说自己有钱了。

陈勤向新任所长张立志汇报。

张所长想了下说:"在你的管区,还是由你来查吧。"随后,派了几个人手给他。

陈勤带着所里的弟兄,对这个徐姓小青年进行盯控。

三天后的半夜,当场抓获正在作案的徐某某及其同伙赵某。通过审查,一举摧毁了以这两个人为首的 23 人盗窃团伙,带破入室盗窃案件 106 起。

从这两起在片区里"捡"来的案子,陈勤意识到,社区警务任重道远,光靠他一个人的"脚板警务"还不够,必须在片区里安个"窝",再组建一支专业巡防队伍,扎牢治安防范的笼子。

他在严桥片区时,因离派出所远,为了及时化解群众矛盾、处理一些偷鸡摸狗的小案子,在村里搞了一个治安室。而镇南的情况与严桥不同,片区里一半是农村一半是城区,人口多、大型企业多,又是县里城市开发的核心区域。

陈勤心想,现在全国公安机关都在"加强基层、夯实基础",我不如一步到位,成立一个集打击、防范和服务群众为一体的"社区警务室"。

"你在片区设警务室的想法当然很好。可是我们这个新成立的城南所就那么几个人,再抽人组建一支巡防队,难啊。"所长张立志挠着头。

"陈干事，村部就这么几间房，每间门上都挂着好几个牌牌，哪里有空房子给你建警务室，你再到城南居委会看看？"上面条条块块都在村里搞什么"室"的，光挂牌子不见人，镇南村书记以为陈勤也是搞搞"花架子"，一口推掉了。

城南居委会的房子更紧张……

要建"窝"拉队伍，没人、没房，更没钱。

干，还是再等等？

只要思想不滑坡，办法总比困难多。干，而且现在就要干！陈勤下定了决心。

他在镇南村村部的对面，自己掏钱租了间不到 20 平方米的房子，把所里的办公桌椅搬过来，在门檐上装了只警灯，挂上"镇南警务室"的牌子，并贴出自己的大头照和手机号。

2006 年 2 月，小小的警务室开张了。

几天后的一个深夜，陈勤在巡逻时发现镇南村村部里面有人影晃动。黑灯瞎火的，这个人应该没干什么好事。

陈勤立即联系村干部开门，悄悄进去查看，发现有人通过爬窗，偷窃电饭锅、电水壶等物品，遂将其抓获。

又是一个深夜，陈勤巡逻正要过一条小河时，感觉桥下有水声。

他打开强光手电筒一看，发现河边有一双拖鞋，再仔细看，河里有个人。

他立即下河，把这个已经神志不清的落水者救上岸，随后联系"120"急救车送到县医院抢救。

原来落水者是在森达集团打工的一个陕西人，当晚和几个工友喝高了，一个人出来乱转，蹲在河边呕吐时，一头栽进河里，慢慢失去了知觉。医生说，如果不是陈勤及时发现，此人就会溺亡。

……

一个多月下来，警务室对面村部里的人发现，门口附近占道经营的小商小贩都到路边上摆摊了，沿街的小混混儿不见了，打架斗殴、小偷小摸的现象少多了，就是那个小小警务室门前的警灯晚上一直亮着，里面经常坐满了群众。

看来，这个陈干事还真是干事的。

村书记来到警务室，看见瘦了一圈的陈勤，心疼了："你到我们家门口办公，零距离为村里的群众服务，我们也该做点贡献。说吧，有什么需要村里做的？"

陈勤还是那种标志式的憨笑："这些不算个事，都是我应该做的。"他倒了一杯茶递给村书记，"为了做好治安防范工作，我想组建一个片区巡防队，你看村里能不能支持一下？"

村书记很干脆："你这是给村里看家护院哩，好事。取之于民，用之于民，我回头在村委会上提议一下，先帮助解决3万元经费。"

他抬头看了看警务室，又道："另外，我再到这里的森达集团等几个大厂转转，帮警务室筹些钱，添置些装备什么的。你为大家办事，怎能让你自己掏钱交房租呢。"

"这事你咋知道的？"

"我咋知道的？这房东是村部老张的小舅子。"

……

陈勤"先上车，后买票"，以警务室的工作实绩，赢得了镇南村和片区企业的支持，没有向所里要一分钱，就解决了警务室的建设和正常运转经费。

很快，一支由16名队员组成的专业巡防队建成了。队伍有了，但是群众需要的是实实在在的平安，而不是"花架子"，做摆设。

陈勤认真总结自己"脚板警务"的经验，研究专业巡防要点和技巧，摸索出一套"三制、三不准、三到位"的巡防勤务工作法。

"三制"：上班签到制，确保准时到位；联络报告制，队员巡逻中每隔1~2小时报告一次人员在位和面上情况；集中讲评制，每班次巡逻结束后统一到警务室集中讲评，汇总巡防情况，总结经验教训。

"三不准"：巡逻时不准穿皮鞋，防止影响追击；巡逻途中不准抽烟，防止被犯罪分子发觉；在居民区不准大声讲话，防止扰民。

"三到位"：对取得成绩的队员奖励到位；对工作失误或发生可防性案件而又抓不住嫌疑人的队员问责到位；对工作不负责任或违反工作纪律的队员处理到位。

警务室投入正常运转后，原先的一双脚板，变成多人巡防，他的"脚板警务"覆盖面更广了。每日下午和夜间分三班巡逻，随时随地给违法犯罪者以严厉打击。

由于镇南中心区域加强了巡防，挤压了犯罪空间，一些违法犯罪人员把目光瞄向了边缘地带。

镇南村和附近村组的接合部，连续发生盗窃家禽的案件。

陈勤根据平时掌握的发案动态分析，应该是颜单镇一个盗窃团伙所为。他冒着严寒，带领巡防队员连续4天在必经路口设伏，一举摧毁王某华、李某成、黄某军盗窃团伙，带破案件38起。

得把片区的门守好了。陈勤又在总结经验教训。

他在各路口建立了治安信息员，同时进一步完善巡防部署，总结出"控制大路、守住小巷，保住单位、防住小区，点面结合流动防、重点区域重点防，松散居民促自防、特殊情况伏击守候防"的巡防工作法，把巡防范围辐射到片区的边缘地带。

小小警务室成立不到半年，巡防队就现场抓获犯罪嫌疑人52名，破获治安、刑事案件30余起，挽回企业和群众的经济损失80余万元，现场调处群众纠纷120余起，制止打架斗殴行为40多次。

发现早、处置快、震慑大、损失小，巡防中主动出击成效显著，镇南警务室在维护治安中发挥了巨大作用，陈勤的"脚板警务"引起了建湖县公安局主要领导的关注。

2006年7月，建湖县公安局党委决定推广"脚板警务"经验，将镇南村警务室命名为"陈勤警务室",并确定为全县社区民警跟班培训基地。这是当年首个以民警名字命名的警务室。

跟班培训的社区民警问陈勤有什么窍门。

他嘿嘿一笑,照例还是那句口头禅:"这些不算个事。"

其实,他心里有本"经":开展社区警务不怕困难多,就怕往后拖。要种好"责任田",关键是抓防范。防范不到位,群众活受罪;防范搞得好,群众损失少。

"脚板巡防"向"脚板+智能"巡防模式转变

随着县公安局对城南一带治安防范区域的调整,镇南片区不断扩大,巡防工作量也相应增大,队员们逐渐感到有点力不从心,紧张而疲乏。

这样下去,必定会影响巡防的质效。新问题来了,怎么办?

这个问题不时萦绕在陈勤的心头。增加巡防队员,必然要增加运行经费,他不想再给片区单位增加负担。

苦思冥想了几日,他终于想出两个办法:一是在有条件的企业组建内部巡防队,警务室负责督导考核,把腾出来的力量投到新增加的区域;二是借力科技,建立片区治安监控系统,实行智能化巡防。

想法很好,可是要真正落地却很难。

群众认同、建设资金、技防管理等一系列问题要破解,有些还非常棘手。

他没有选择退却。他要用事实来攻破这一道道难关。

一天,陈勤在走街串巷,宣传技防入户工程好处时,老黄废品收购站里几捆闪闪发亮的铜线,引起了他的注意。

这崭新的铜线怎么就卖了?陈勤的心里打了个问号。

他问老黄:"这些铜线是哪里来的?"

"是一个淮安口音的人卖的，说是在西塘河边上捡到的。"

"捡到的，你信吗?"陈勤蹲下来，仔细检查铜线，认定是电缆线的铜芯线。他联想到片区里一家电缆厂，有几个淮安来的打工人员。

他向老黄交代了几句，随后取了一小截铜线，来到那家电缆厂。

厂长吴道华看过那截铜线后，肯定地说:"没错，这铜线是我厂里的。"

"最近厂里有没有丢东西?"

"没有啊。"

"那这东西怎么出去了?"

"喔，这是零头的料子，是我让工人当废品卖了。"

看了一眼大大咧咧的吴道华，陈勤没有立即点破。

他到厂区和车间里转了一圈。临走前，他对吴道华说:"开个厂不容易，既要注意生产安全，也要防止偷盗。我建议你装几个监控探头，也花不了几个钱。"

"我这个厂就没必要了吧? 你看，那些机床设备几个人都抬不起来，电缆线一包有好几百斤重呢，搬不走。再说，厂里有门卫，偷不出去的。"

"不怕我找你，就怕你找我。"陈勤丢下一句话，走了。

当晚，他就带着巡防队队长李宝生来到电缆厂附近蹲守。

夜半时分，寒风凛冽，电缆厂的四周静悄悄的。

"都蹲守一个星期了，这家伙就是憋得住，一点没动静。"李宝生缩着脖颈嘀咕着。

"对付这些个惯偷，就像钓鱼，人和鱼看谁沉得住气。"陈勤的目光扫视着工厂两侧。

西塘河边，隐约有个人影在晃动。

这大半夜的，谁在那里转悠? 陈勤紧盯那个人。

那个人穿过马路,来到电缆厂围墙下。

不一会儿,"嘭!"从院墙内飞出一小捆东西。

那个人迅速取走东西,搬到河边的小船上。

"嘭!"又有一捆东西飞出,那个人又搬到小船上。

随后,围墙里翻出一个人,穿过马路,也上了小船。

这两个盗窃电缆线铜芯的家伙自然跑不了,被陈勤抓了个现行。

带到警务室一审,这两个人都是在厂里打工的。其中一个人下班时躲在厂里,趁晚上没人时,剥掉成品电缆胶皮,把里面的铜芯绕成捆,里应外合偷到厂外,已经作案8次。

第二天一早,陈勤和李宝生带着这两个盗窃者,到这家工厂核实作案经过。

在一处废弃的窨井里,发现了大量电缆胶皮。

厂长吴道华一脸疑惑:"大门口有人值班,这些成捆的铜线是怎么弄出去的?"

陈勤指了指围墙:"上次我劝你安装监控探头,你说没必要,这下,有教训了吧?"

吴道华当天就联系商家,安装监控系统。

陈勤通过废品网点信息员提供的线索,采取定点守候的方式,先后破获了建业鞋材公司鞋模失窃、建筑工地脚手架扣件被盗等一系列针对企业、工地的违法犯罪案件。

案子结了,但是在陈勤这里还没有完。他趁热打铁,把查获的这几起盗窃案的赃物汇总起来,召集片区内的企业老板开了个现场会。

一大排被盗窃的东西放在那儿,比说什么都管用。

没多久,企业内部的巡逻队开始上岗了,视频监控系统也全部到位。

陈勤那双不停顿的大脚板,跨入了专兼结合的巡逻防范阶段。

2009年，在镇南村的大力支持下，陈勤的警务室里，安装了全县首家社区远红外自动报警系统。他把公安、社会探头，小区智慧系统接入警务室，实现技防设施全覆盖。

他不断修订的"巡防图"，变成了"网格图"。片区被分成一块块小格，按顺序编上号，标注上重点区域、重点人员住所以及河道、桥梁、小路、渡口等要素，巡防队员分块包格，做到猫鼠同步，精确巡防；促发联动，逐格过筛子，排查重点人、重点物、重要场所，清除片区里的"污泥杂草"，铲除滋生犯罪的土壤。就像农民的田间管理，他精心耕耘着"责任田"，夯实社区防范根基，筑牢平安屏障。

经过不断地探索实践，他总结出"四勤"（勤跑、勤看、勤问、勤记）摸情况、"三实"（实时、实数、实名）采信息、"三色"（高危人员为红色、易被侵害人员为黄色、一般人员为绿色）抓管控的"四三三"工作法，并且不断完善，充实拓展，逐步形成了社区警务工作的"陈勤模式"。

2018年7月，在县公安局的关心下，陈勤警务室搬到了面积有300多平方米的两层楼中，门口挂上了"陈勤警务工作室"铜牌。上级同时把新设的盂兰居委会社区警务交给了他。

大数据浪潮，给社区警务工作注入了新的活力。为深入推进社区"压舱石"工作，陈勤在坚持"脚板警务"的同时，紧跟时代步伐，通过资源整合、数据融合，将公安自助办证业务、警格网格融合、智慧单元建设融入社区警务工作，以智慧元素不断提升社区警务含金量，不断提升社区群众的安全感和满意度。

自此，陈勤的社区警务，实现了由传统的"脚板巡防"向"脚板+智能"的巡防模式转变。

从传统警务向现代科技警务延伸，从治安防范到警务室"窗口化"服务，陈勤用脚板踏出了"大智慧"。脚板警务与智能警务，不仅仅是巡防手段的变化，而且是他心系百姓利益，不断创新警务的忠诚印记;"治安室""陈勤警务室""陈勤警务工作室",不单单是名称的改变,更标志着陈勤社区警务工作的外延不断拓展,从当初的单一治安防范,向公安业务管理,再向服务百姓延伸。

陈勤,以他不变的初心,扎根社区,默默奉献,既让老百姓看到"110"时时刻刻在身边,又让他们感受到实实在在的便捷服务。

社区百姓的贴心人

陈勤认准了一个道理:"人民警察是公仆,群众工作是根本。"

他始终把"人民满意"作为自己的最高标准和不懈追求。当社区民警20年,他一直在践行"保一方平安,护一方稳定"的诺言。他视人民群众为衣食父母,一切想人民之所想,急人民之所急,20年来,他走遍了片区的每个角落,熟悉每一个家庭。

他为老百姓做的事,老百姓都看在眼里,记在心里。

自从陈勤破获了电缆厂的内盗案后,厂长吴道华就和陈勤成了好朋友,有事没事,总喜欢到陈勤的警务室里坐坐。

这天,吴道华出差回来,又顺道来到警务室,亲眼目睹了温情的一幕。

一位妇女抱着小孩进了警务室:"请问,俺要办一下户口,怎么弄啊?"

陈勤一听是外地口音,就问她:"是迁入吧?"

他递上一杯茶。

"是呀,俺是河南人,嫁到这里来一直没办户口迁移手续,老公一直催俺呢。"

"带结婚证和你老公的户口簿了?"

"都带着哩。"这位妇女从包里拿出了相关证明。

陈勤核对了一下证明,递给她一张表:"这是户口迁移表,请你按照上面的要求填写一下。"

妇女接过表正要填写，怀里孩子不停地闹腾。

陈勤见状就拿回表："这样吧，你说，我帮你填。"

一项项填好后，陈勤又说："你先在这里坐一会儿，我帮你跑一趟。"

陈勤和值班的辅警说了一声，还没来得及和吴道华聊上几句，就匆匆出去了。

一小时后，陈勤满头大汗，拿着户口接收手续回来了。

这位妇女接过手续，抱着孩子开心地走了。

事后，吴道华问："按理说，你签个字，再盖下章，这里的事就办完了。这个人又不是你的亲戚朋友，怎么还劳你亲自跑一趟？"

"你没看到人家是个外地人？人生地不熟的，又抱着小孩，这一路下来也有小20公里了。我替她跑一下，也不算个事。"陈勤还是那副憨厚的样子。

陈勤平时为群众做了多少好事，解决了多少难事，谁也没数过，但是老百姓心中有杆秤——陈勤是他们的贴心人。

那年夏天，连续多日的狂风暴雨，地处"锅底洼"的镇南片区成了水乡泽国。

西塘河边上有一座泵闸涵洞，由于渗水，随时可能发生坍塌，严重威胁广大人民群众的生命财产安全，防洪形势严峻。

时间紧迫，指挥部决定，就地砍伐一批树木打桩加固，护堤保闸。但因涉及群众利益问题，再加上当时情况紧急，有关政策一时又没解释到位，一些当地的老百姓排成一排，不让砍伐。

紧急关头，陈勤赶到了现场。他什么话也没说，立即跳入齐腰深的水中抢修涵闸。

群众看在眼里，疼在心里。

一个刚才还说不让砍伐树木的群众当即喊道："只要陈干事说需要砍树，那砍多少棵都行，我们什么要求都不提。"

陈勤用自己的实际行动，很快平息了一场大的风波。在他的影响下，原来坚决抵制砍伐的群众，也纷纷参与到抗洪抢险的行列中，砍树的砍树，运包的运包，共同出力加固圩堤险段。

"人心聚力，无往不胜。"在陈勤和片区群众的齐心协力下，圩堤被重新加固，危险的涵闸也保住了。

这件事，让在场的领导感慨颇多：陈勤以他平日里真心为民的一件件好事，在关键时刻换来了百姓的理解与支持。由此可见，这位社区民警在群众心目中的地位和影响。

2018 年春节的前几天，陈勤来到了东庄组的朱某家，送了 500 元钱。

"要过年了，你陈干事还想着我们母女俩，我咋能再要你的钱呢？只怪我家的爷儿俩不争气。"朱某的妻子抹着眼泪说。

"他们父子一时糊涂，因盗窃都被判了刑。你们母女俩没有经济来源，生活困难，我不能不管啊。要过年了，过来看看你们。"陈勤从包里拿出一张登记表，"我帮你女儿在超市找了份工作，填一下，年后我就送她去上班。"

朱某的妻子感动得要下跪，陈勤一把拦住。

他说："这是我应该做的，也不算个事。"

临走前，他劝说朱某的妻子："有空到农场看看他们父子俩，叫他们积极改造，争取减刑，早点回来做个好人，好好过日子。"

望着陈勤离去的背影，朱某的妻子倚在门框上喃喃："家里两个人被判刑，连亲戚朋友都不上门，咋还遇到这么个好人呢！"

几天后的除夕夜，万家团圆，电视里春节联欢晚会刚刚开始。

当日 20 点 05 分，刚建成交付的观湖一号小区因用电超负荷，突然停电了，小区一片漆黑。

住户近千人集聚在小区门口，群情激愤。有的吵着要砸物业公司大门，有的吵着要砸保安室，有的吵着要去县政府。

小区负责人来了，解释，不见效。街道干部来了，做工作，不见效。

正在警务室里的陈勤，发现监控大屏幕上观湖一号小区门前的灯突然不亮了。打电话一问，知道断电了。

这大过年的，没电，群众咋办？

他立即赶到该小区。

见到情绪激动的小区群众，他站到门口的保安岗台上，往下按了按双臂，安抚大家："大家听我说，断电是我们谁都想不到的意外，线路正在抢修。请大家放心，这个不愉快的夜晚，我陪你们一起度过！"

陈勤的声音虽然有点嘶哑，却很有力。

认识陈勤的居民，开始纷纷帮忙做起安抚工作，大家的情绪渐渐平静了下来。

提请县公安局指挥中心安排落实应急预案后，陈勤在抢修工地和小区门口来回奔波……

当日临近 24 时，电路终于修好，小区一片欢腾。

天寒地冻，陈勤的内衣已经湿透了。

"给大家拜年啦！"陈勤擦了擦汗，看着眼前五彩缤纷、迎接新年的烟火，脸上露出了如释重负的笑容。

随着城市化发展，镇南村渐渐旧貌换新颜，村民们陆续搬进了新居。

这本是件高兴的事儿，可是两百多位吴氏村民却十分闹心。

原因是他们供奉祖宗牌位的土地庙，被开发商的施工队拆了。

这事说大不大，说小还真不小。你说，供当地一个家族祭祖的地方，一夜之间就没了，吴氏村民感情上肯定一时难以接受。

他们十分气愤，与施工方发生了争执，强烈要求工地停工，非要讨个说法。

陈勤听说了这件事，赶紧做双方的协调工作。

村民们说，土地庙被拆了不吉利，而且自家的牌位都放在里面，说拆就拆了，这以后还怎么祭祖？

施工方说，他们事先也不知道这个小土地庙里有牌位，拆了一半才发现，立即把这些牌位暂时挪到了其他地方，又把剩下的一半继续拆了。

陈勤先让工地停工，然后向周围的村民散了一圈烟，不慌不忙地说："旧城改造是为了过上更好的日子，大家应该支持。"随后切入事情的焦点，"施工单位事先考虑不周全，拆了你们吴氏家族祭祖的地方，伤害了大家的感情。如果大家相信我，就让我来替大家去协商，你们把要求先说给我听听。"

村民们七嘴八舌，陈勤一一记下。

此事涉及 61 户吴氏村民，总计有 200 余人，如果不及时做通双方的工作，会演化成更大的群体性事件。

村民们的情绪慢慢平静下来。

陈勤又去找施工单位的负责人。

这位负责人气呼呼地说："他们说要挖我家的祖坟，我和他们没得谈！"

"这不是在气头上吗？这些村民我了解，不是不讲理的。"

"这块地是开发房地产的规划用地，村民们早就搬迁了，老房子都已拆光，就剩这座小土地庙。为了不影响工期，我们只好先拆除。"

"现在事情已经发生了，总得想办法妥善解决。"

"你陈干事说得倒轻松！怎么解决，他们要是狮子大开口，你给钱啊？"

陈勤冷静地想了一会儿："我看问题的关键不是赔偿的事，而是赶紧给吴氏家族的牌位找个地方。"

"我总不能给他们建个祠堂吧？再说了，也没有地方建哪。"

"我不是这个意思，移风易俗是要大力提倡的，但是要村民们改变多少年的生活习俗，还需要一个过程。"

"陈干事，我可真的没办法。你说该怎么办？"

陈勤指着不远处一座新建的寺庙:"那个是不是你们承建的?"

"是的。"

"你能不能去协商一下,就在那里先找个地方?"

……

一谈就是三四个小时,连喝口水的工夫都没有。

好事多磨,陈勤费尽口舌,终于让双方达成协议,吴氏村民把祖宗的牌位迁到了那座寺庙里,这事儿才和平解决。

每每这时,陈勤才能放下心。他常说:"社区居民把我当亲人,我宁愿自己多吃点苦,也不愿意他们受一时难。"

他与片区里的老百姓建立了深厚的感情,"陈勤警务工作室"成了警民关系的纽带、党群关系的连心桥。

群众都称他是老百姓的"大舅爷",而他的私人电话就是片区"110",随叫随到,从不耽搁拖延。哪里有矛盾纠纷,群众都会打这个"110"。因为,他解决问题的结果总是让当事人满意而归。

陈勤的时刻表上从来没有上下班时间,办公桌上的日历从来没有周末假日。大家都知道,他是个爱管"闲事"的人,只要有人到派出所办理有关合法证件和相关事宜,他都会让大家准备好有关手续,自己一手给包办了。他觉得让群众来回跑,既耽误时间,又花车费。多少年来,他帮助社区群众代办各类证件并送证上门的事,已经不计其数。

陈勤还每年资助5名贫困学生,逢年过节都去看望他们。"陈勤话治安"警民恳谈活动,已成为建湖公安机关的一个新品牌。

风霜雨雪,光阴流转。二十年里,陈勤行走在片区,用这副铁脚板踩出的一个个脚印,就像一个个动听的音符,汇聚成一首回肠荡气的平安曲,萦绕在百姓的心间,更为神圣的警徽增添了一份亮丽与精彩。

社区里的矛盾不上交,现场调解,处置在微小阶段。陈勤的做法完全契合新时代的"枫桥经验"。

建湖县副县长、县公安局局长郭刚到"陈勤警务工作室"调研后，明确提出要把"陈勤警务工作室"打造成建湖公安的响亮名片和新警培训基地，发挥"传帮带"作用，通过"滴灌"培养、"上门"指导的方式，促使青年民警快速锻炼成长，推动社区警务工作实现高质量发展。

结语

陈勤带着大山的胸怀，牢记使命，扎根片区，在平凡的社区警务工作中，做出了不平凡的贡献。

春夏秋冬二十载，他用一双坚实的脚板丈量社区，用一颗赤诚之心感受社情民意，把自己融化在百姓之中。他在难以尽数的"微尘小事"中，逐步探索出与新时代合拍的社区警务工作模式。

一双铁脚板，从"脚板警务"，到"脚板+键盘""传统+智能""初心+服务""队伍+网格"，那双不知疲倦的铁脚板永不停步，踏出了一条片区群众的幸福大道，垒起了一块人民满意的平安高地。

一张社区图，从巡防图到网格图，从20年前手工绘制到如今的电子绘就、即调即看，中间更迭了近百张。唯一不变的是他服务百姓、忠诚为民的初心。

一支巡防队伍，从当初一个人，发展成专群结合、内外互应的全天候巡防队伍。他带领队员，"猫鼠同步"，日防夜守，打造出两个"零发案"社区。

一间警务室，从一个人的"流动警务室"，到全县第一家"农村治安室"，又从"农村治安室"到动静结合的"片区警务室"，再到县公安局命名的全天24小时亮灯见人的"陈勤警务室""陈勤警务工作室"。那张憨厚的笑脸，成为群众最信赖的标志，熟如家人脸庞，而再难再繁的矛盾，只要他一接手，便迎刃而解。

陈勤，被人民群众亲切地称为"脚板警察""我们身边的110""社区大管家"，先后荣获"全国优秀人民警察""全省公安系统先进个人""全省公安机关爱民模范""盐城市劳动模范"等十多项殊荣，荣立个人二等功两次、三等功8次。

2017年，著名歌词作家车行来到"陈勤警务工作室"采风，切身感受到新时代盐城警察不忘初心、忠诚为民的浩然之气，创作完成了歌曲《警察的初心》：

> 红色基因给心里留下烙印，
> 平安城镇幸福家园淳朴乡亲。
> 警徽告诉我，一切为人民，
> 穿上警服的时候，不忘初心。
>
> 盐阜大地给子孙留下底蕴，
> 广阔平原英雄铁军勤劳盐民。
> 仙鹤告诉我，与自然共命运，
> 遥望大海的时候，展开胸襟。
>
> 人民警察不忘初心，
> 呵护万家灯火，
> 守卫城镇乡村。
> 我们做好社会安定的金盾，
> 对党忠诚，
> 为民情深，
> 振奋精神。
> ……

后记：

警营里的故事很精彩

    2018 年 10 月 22 日上午，我接到公安部文联的通知，到宁波市公安局刑警支队采访全国"百佳刑警"夏琳，成稿后要入编报告文学集《中国刑警》。看了创作要求后，我的头皮有点发麻。

    以前，我曾经写过一些包括刑警、交警和派出所"片儿警"的报告文学，自认为人物题材要相对好写些，但是这次要写的对象有点特殊。夏琳既是一名基层实战部门的普通刑警，又是公安部特聘刑侦专家、反电信网络诈骗犯罪的高手，曾经成功侦破多起部督跨国大案。而电信网络诈骗是近几年才出现的新型犯罪形态，"反电诈"有许多方面涉密，况且我对利用高科技手段作案的电信网络诈骗案接触不多，电信网络专业知识也知之甚少，真想一口回掉。

    然而，粗略看了一下夏琳的简要介绍后，我对他产生了一种莫名的好奇：这位毕业于公安专科学校的年轻基层民警，没有接受过电信网络专业知识的正规培训，竟然华丽转身，成为一位大名鼎鼎的全国反电信网络诈骗犯罪的专家。

    他，究竟经历了一个怎样的蜕变过程？又是什么支撑他完成了华丽转身？

    我好像找到了一点感觉，决定接受这次挑战。

    26 日，匆匆忙完手头的急活，我就飞抵宁波，准备一睹这位传奇人物的风采。

然而，一下飞机，我就被浇了一盆冷水。宁波市公安局刑警支队政治处杨春雨科长告诉我，夏琳接到公安部刑侦局的命令，刚刚飞往南美的某国，参加另一起特大跨国电信网络诈骗案件的侦破工作。

见不到要写的"主人公"，这稿子咋弄？

在赶往宁波市区的路上，我向杨春雨询问夏琳的情况。杨春雨有点歉意地说，有关夏琳的情况，支队的同志也不怎么了解。夏琳原来在下面的分局工作，刚调到支队反电诈中心不久，而且经常被部里抽调到各地去办案，至于办什么案子，他们也不清楚。在杨春雨的印象中，夏琳就是个"空中飞人"，很神秘。

我的心一下子悬了起来，同时也被夏琳的"神秘"吊足了胃口。

在宁波市局刑警支队，陈岗政委介绍了他所知道的一些情况，但都是夏琳参加工作之初的事情。那会儿，他和夏琳在一个分局工作过。至于近几年来的情况，陈政委也只是听说夏琳参与了一些部督大案的侦破工作，具体情况由于保密，他不甚了解。

不急，既来之则安之，总不能空着脑袋回去吧？我定了定神，请陈政委提供了一份夏琳的工作简历，随后到宾馆住下，仔细琢磨那一页纸的简历表。

简历表上有一张两寸免冠照，夏琳在冲着我笑。平顶头，国字脸，给人一种敦实、谦逊的感觉，戴着一副眼镜，又平添了几分书卷气。这张极其普通的娃娃脸，似乎与"公安部特聘刑侦专家"根本就搭不上边。

但是看了下面几行工作简历，特别是他参加工作不到5个月，就立了一次三等功，我的眼前一亮：这里面肯定有故事。

顺着这个思路，我按照夏琳多次立功的记载，拉了一个初步的采访计划，先把网撒下去，大鱼小虾的，拉上一网再说。

第二天一早，我就把这份采访计划交给杨春雨科长，请他重点围绕这些立功的情况，列出夏琳当时的直接领导和同事的名单，逐位采访，挖掘其中的故事。

陈岗政委的安排很周到，在宁波的采访还算顺利。我先后与夏琳的"进门师父"许国平副局长、当年刑警队的女搭档陈悦、余姚分局副局长王胜甬以及汤涛、沈愉皓、任岳磊等面对面采访交流，围绕夏琳的工作、生活、性格包括个人喜好等方面，全方位收集他的点点滴滴，深挖隐藏在其中的鲜活素材，寻找创作灵感。

我又到夏琳的家中，采访他的父母、姐姐，尽可能多地了解夏琳，试图走进他的内心世界。

第一批基础素材到手后，我又到公安部刑侦局采访有关领导，了解夏琳参与侦办的几起跨国大案的情况。

由于时差原因，为了不影响正在大洋彼岸紧张工作的夏琳休息，我在半夜里与夏琳沟通交流，针对前期掌握的情况，刨根问底，进一步核实、深挖其中的细节。

经过一周的采访，我带回了满满一本采访素材。但是回过头来捋这些素材时，又面临三个难点：

一是公安题材报告文学保密要求很高。夏琳的故事中，最出彩的部分是"反电诈"，他之所以成为公安部特聘的刑侦专家，是因为他有一套"独门绝活"，而他这方面的"绝活"，相关媒体一直没有公开报道过，原因就是保密要求。因此，他的很多素材虽然很抢"眼球"，但是不能用，即使能用的素材，在叙事、行文、落笔等方面，必须慎之又慎，要控制好表述的"尺度"。

二是电信网络专业术语深奥复杂，务必弄懂、拿捏精准、使用正确，还要以通俗易懂的形式来展现，不能有丝毫的马虎。

三是刑警人物、案件类别大同小异，这次要出版的《中国刑警》丛书，有五六位"反电诈"的先进人物，有的大要案件他们曾经一起参与侦破，弄得不好就会"撞衫"。必须在创作中有更多的实践，在求真、求实的基础上，求新、求活、求美。

怎么才能写出一个既鲜活、真实，又彰显人物个性特征、符合公开发表要求的夏琳？我着实费了一番脑筋。

先把已有的素材嚼细嚼烂，放在肚子里发酵，努力捕捉夏琳身上的特殊"标签"，再一一摘出来展开铺平，量体裁衣，设计出最适合他的文学表达方式。

恶补反电诈专业知识之后，我从夏琳从警后逐步成长的纵向历程中，切开三个"断面"，形成了"娃娃警""数据大神""空中飞人"三个维度，再以小切口自然进入，讲述主人公与别人"不一样"的破案故事。

在对夏琳破案故事"有尺度"观照的同时，我在叙事风格、情节设置、场景渲染、人物对话以及人物心理刻画等方面，做了一些"个性化"考虑。同时在故事的开始、中间、结尾等环节，更多地采用环境、气氛、细节等描绘，注意把握叙事的主动性，尽可能体现公安文学的精彩表达，力求写出一个可信、可学、可亲的全国"百佳刑警"。

我终于走进了夏琳的内心世界，完全沉浸在角色之中。

在案头创作的那些日子里，我把自己就当成了夏琳。"我"就是夏琳，夏琳就是"我"。一手持笔，一手执剑，与要写的人物同悲欢，共命运。网海擒魔屡建奇功，空中飞人逐电驱风，越洋觅踪天涯追凶……"我"牛刀初试，把穷凶极恶的犯罪嫌疑人悉数送入大牢；"我"抽丝剥茧，挖出一个个深藏网海的"魔影"；"我"高超的专业水平，令欧洲同行刮目相看，啧啧称奇……

半个月后，初稿形成，发送给宁波市公安局政治部审核，同时进一步打磨文稿，于12月2日交稿。这篇作品编入《中国刑警》丛书后，又被群众出版社推荐发表在《啄木鸟》杂志上，还入选《中国公安文学精品文库（1949—2019）》，并被中央电视台《读书》栏目组推荐播出。

　　文学创作既是份痛苦的差事，又是个遗憾的活儿。拙作发表后，再细看一下有点汗颜，总觉得自己还没有完全摆脱以案件侦破为中心叙述的拘囿，有些地方如果当初换个角度去写，或者以更精巧的表达形式展现，人物的塑造也许会更丰满些，故事的情节也会更加生动些。只因笔力所限，不能以更完美的文学形式讲好夏琳的故事。

　　其实，发生在警营中的真实故事，远比文学表达更为精彩。只要你留心一下，类似夏琳这样的人民警察，每天都会在你的身边出现。不是吗？

　　权且就把以上创作的心得，作为本书的后记吧。

　　作为一名警营作家，发好公安声音，讴歌警营生活，讲好警察故事，是应尽的义务。从警30年，我在繁忙的警务工作之余，先后创作了100多万字的公安文学作品，出版了几部长篇。即将退休了，梳理了一下近两年的创作成果，这些作品或登载于《啄木鸟》《中国报告文学》《安徽文学》等刊物，或被收录进公开出版的《中国刑警》等书籍中，现结集出版，算是给自己的警察生涯留下一点印记吧。

　　我想，只要心中有梦想，我依然还是少年，将继续以一名警营作家的身份"仗剑走天涯"。因为那里有公平正义，那里有刀光剑影，那里有铁骨柔情，那里有我难以忘怀的战友兄弟……

　　致曾经不负韶华的自己：退休后的时光依然很灿烂。初心仍在，壮志不减，手中的笔，不会搁下。

殷　毅

2020 年 9 月